Der ehemalige Mafiaboß Antonino Calderone gibt – in einem von der Polizei geschützten Kloster – die Geheimnisse der sogenannten »Ehrenmänner« preis: die Namen der wichtigsten Familien im Universum der Mafia und deren enge Verflechtung mit der nationalen und internationalen Politik sowie deren geschickte Infiltration der Justiz und der Wirtschaft. Diese Geschichten von Intrigen, Machtkämpfen, Bündnissen und Treuebrüchen hat Pino Arlacchi zu einer Erzählung geformt, die sich so spannend liest wie ein Krimi und gleichzeitig durch ihre Fülle von Informationen das Phänomen Mafia plastischer und genauer beschreibt als alle bisherigen Studien dies vermochten.

Pino Arlacchi, geboren 1951 in Gioia Tauro (Kalabrien), Professor für Angewandte Soziologie an der Universität Florenz, ist Italiens angesehenster wissenschaftlicher Mafia-Experte.

Pino Arlacchi

Mafia von innen

Das Leben des Don Antonino Calderone

Aus dem Italienischen
von Werner Raith

Fischer Taschenbuch Verlag

Ungekürzte Ausgabe
Veröffentlicht im Fischer Taschenbuch Verlag GmbH,
Frankfurt am Main, März 1995

Lizenzausgabe mit freundlicher Genehmigung
des S. Fischer Verlags GmbH, Frankfurt am Main
Die italienische Originalausgabe mit dem Titel
»Gli uomini del disorno. La Mafia siciliana nella vita
del grande pentito Antonino Calderone« erschien 1992
bei Arnoldo Mondadori Editore

Druck und Bindung: Clausen & Bosse, Leck
Printed in Germany
ISBN 3-596-12477-8

Gedruckt auf chlor- und säurefreiem Papier

Vorwort

Das vorliegende Werk ist das Ergebnis einer Reihe von Gesprächen, die ich im März 1991 mit dem Mafiaboß Antonino Calderone aus Catania geführt habe. Calderone wurde 1986 in Frankreich verhaftet und hat den Ermittlungsbehörden eine lange, detailreiche Beschreibung der Zusammensetzung der Mafia Siziliens und der Vorgänge in ihr vom Beginn der sechziger Jahre bis Anfang der achtziger Jahre geliefert. Das Protokoll der Aussagen Calderones umfaßt 867 Seiten und enthält die Darstellung einer in ca. 60 »Familien« gegliederten kriminellen Gesellschaft mit mehr als 2000 Namen von Mafiosi und ihren Verbündeten.

Unmittelbare Folge der Zusammenarbeit Calderones mit den Behörden waren der Erlaß von 160 Haftbefehlen wegen Mordes und wegen Bildung einer kriminellen Vereinigung sowie eine überaus lange Reihe von Nachforschungen und Ermittlungen. Über diese direkte Wirkung seiner Erklärungen hinaus – also zusätzlich zu den durch sie hervorgerufenen Anklagen, Verhaftungen und Verurteilungen – gibt es einen Aspekt, der den Aussagen des Antonino Calderone eine bisher absolute Einmaligkeit verleiht: Sein ihm sehr eng verbundener Bruder Giuseppe war von 1975 bis 1977, vor Michele Greco und Gaetano Badalamenti, Chef der sogenannten »Regionalkommission« der *Cosa Nostra*; ein Organ, bestehend aus sechs Personen – für jede Provinz ein Vertreter der kriminellen »Familien« –, das die geschäftlichen und verbrecherischen Angelegenheiten der Mafia in Sizilien und andernorts leiten sollte. Das Bekenntnis Antonino Calderones ist daher der erste vollständige Aufriß der Mafia in Sizilien, der direkt von ihrer obersten Leitung erstellt wurde. Da die Brüder Calderone in Catania (Ostsizilien) wirkten, war ihre Lage bezüglich des Mafiazentrums Palermo eher »exzentrisch«, doch gerade dieser Umstand sowie ihre Stellung in den höchsten Rängen der Mafiahierarchie hat es den beiden ermöglicht, Beziehungen zu einem Kreis von (kriminellen und nichtkriminellen) Personen und Gruppen zu unterhalten, der größer ist als jener der bis dahin bedeutendsten »Kronzeugen« der achtziger Jahre: Tommaso Buscetta, Marino Manoia und Salvatore Contorno, die alle der *Cosa Nostra* Palermos zugehörten.

Nach gut vierzig Stunden Gesprächen mit Calderone hatte ich reichhaltigstes Material beisammen, das die von Calderone gegenüber den französischen und italienischen Behörden abgegebenen Erklärungen abrundete, vertiefte und ihnen darüber hinaus mehr Wahrhaftigkeit verlieh. Die Fakten, über die er im Laufe unserer Begegnungen berichtete, waren zum großen Teil dieselben, die er auch bei den Verhören angegeben hatte. Doch das daraus entstehende Gesamtbild und ihre Bedeutung unterschieden sich davon in beeindruckender Weise. Der rationale Kosmos der *Cosa-Nostra*-Regeln, den er in den Verhörprotokollen gezeichnet hatte, war verschwunden. An seine Stelle trat eine außerordentlich aufgewühlte, gewundene Darstellung, die stark abwich von dem Bild der Stabilität und der Ordnung, wie sie die gerichtlichen Dokumente und die journalistischen Rekonstruktionen aufweisen. Die dort beschriebene »einheitliche, vertikale, zentralisierte« Organisation, aufgebaut nach eisernen Regeln wie ein regelrechter »Gegenstaat« und versehen mit eigenen Gerichten, Rechtsnormen, Statuten – diese Organisation wurde in Calderones Bericht mir gegenüber allmählich zu etwas ganz anderem: ein verdoppeltes Universum, schizophren, grauenhaft, in dem alle zu gleicher Zeit Freunde und Feinde aller sind; in dem alle ostentativ Loyalität und Treue schwören und zur Schau stellen, Verträge schließen, Vereinigungen gründen und wieder auflösen – und im selben Augenblick lügen, trügen, Verschwörungen und Hinterhalte planen, Verrat üben, ihnen teure Personen ermorden. Und über allem die unentwegte Urangst, von der Thomas Hobbes in *Der Leviathan* spricht, und die Gefahr eines gewaltsamen Todes.

Die Auswirkungen auf eine Theorie der Mafia, die sich aus Calderones Bericht seiner Erfahrungen in der *Cosa Nostra* ergaben; die lange unbefriedigte Neugierde, nach und nach gestillt und doch immer wieder aufs neue geweckt; die Bestätigungen und Widerlegungen von Deutungen, Annahmen und Modellen meiner früheren Studien; die Rekonstruktion der Mafia unter einem Blickwinkel, der sich völlig von dem der Tagesereignisse und der vorher bekannten Historie abhob: All das hat meine Begegnung mit Antonino Calderone zu einer Art verpflichtendem, fast schicksalhaftem Treffen mit einem »Objekt« gemacht, das ich vordem nur indirekt beobachtet und gedeutet hatte. Dieser gleichzeitig vor- und nachwissenschaftliche emotionale Aspekt der direkten Begegnung mit Calderone hat natürlich die Einhaltung jenes Abstandes sehr erschwert, den man für jede Form von Verallgemeinerung benötigt, mit Hilfe derer man eben erst gemachte Erfahrungen zu einem Ansatzpunkt neuer, soliderer Theorien verwandeln kann.

Im Augenblick der Abfassung dieses Buches kann ich allenfalls versichern: Die Berichte Calderones bestätigen einen Großteil der Ergebnisse meiner vorangegangenen Forschungen über das Phänomen Mafia, widerlegen meine früheren Überzeugungen allerdings in einem überaus bedeutsamen Punkt, nämlich in bezug auf die Existenz – oder Nichtexistenz – einer formellen, geheimen, mit Regeln und Initiationsriten ausgestatteten Organisation aus Mitgliedern – *Uomini d'onore** – und »Familien«**, die zur sizilianischen Mafia gehören.

* Anmerkung des Übersetzers: Der Begriff »Uomo d'onore« (Plural »Uomini d'onore«) bedeutet wörtlich »Mann der Ehre« und stellt die Eigenbezeichnung des Mafioso dar. Ich habe diesen Ausdruck stets im Original gelassen, weil der Begriff der »Ehre« dabei einen nicht mit der üblichen Bedeutung identischen Sinn bekommt.

** Anmerkung des Übersetzers: Der Begriff »famiglia« existiert im Italienischen natürlich zunächst als Verwandtschaftsbezeichnung, wird innerhalb der *Cosa Nostra* jedoch als Bezeichnung einer heterogenen, durch Beitrittsformalitäten und Initiationsriten nach außen abgeschlossenen Gruppe verwendet. Handelt es sich um diese Bedeutung, habe ich dies durch Anführungszeichen kenntlich gemacht.

Die Aussage Antonino Calderones zwingt uns zu der Einsicht, daß die sizilianische Mafia – im Gegensatz zu bisherigen Annahmen nicht nur von mir, sondern fast aller Forscher auf diesem Gebiet – ohne allen Zweifel *nur bedingt* eine formale Organisation darstellt. Und es ist genau die Spannung zwischen der Mafia als Geheimgesellschaft auf der einen und der Mafia als Macht und als konkrete Verhaltensweise auf der anderen Seite, die nun einen neuen möglichen Schlüssel zur Deutung und Erforschung der Mafia liefern kann.

Ich habe mich entschlossen, das gesammelte Material in erzählender Form und in chronologischer Anordnung zu verarbeiten: Es handelt sich dabei gleichsam um »Tagewerke« eines Mafioso, wie sie sich aus der direkten Interaktion eines Sozialforschers und eines ehemaligen Mitglieds der *Cosa Nostra* ergaben. Außerdem habe ich versucht, dem Leser durch die Wiedergabe des entsprechenden Jargons dieselben Eindrücke und Gefühle zu vermitteln, die die Ausdrucks- und Argumentationsweise meines Gesprächspartners in mir selbst ausgelöst haben.

Es handelt sich also keineswegs um einen naiven Versuch zu erklären, »was die Mafia in Wahrheit sei« – wenngleich der natürliche Dünkel des Forscher-Erzählers immer mitschwingt, mit den von ihm erarbeiteten Instrumenten weiterzukommen als seine Kollegen, und obwohl die politischen und gesellschaftlichen Spannungen einen stets dazu zwingen, jedes Wissen über die Mafia auch zur Verbesserung des Kampfes gegen sie zu verwenden.

Im Hinblick auf diesen Aspekt möchte ich den Leser darauf hinweisen, daß er in diesem Buch – schon vom italienischen Titel an* – nicht die geringste Konzession an den Lobpreis und die Feier von Verhaltensweisen, Werten und der Macht der Mafia finden wird, wie sie in bestimmten italienischen und US-amerikanischen Studien und

* Der Originaltitel lautet: »Gli uomini del disonore«, wörtlich: »Die Männer der Unehre«. Da der Gegenbegriff »Uomini d'onore«, »Ehrenmänner«, aus den oben genannten Gründen im Deutschen den eigentlichen Sinn nicht wiedergeben würde, konnte folglich auch der Negativbegriff nicht für den Titel verwendet werden.

Memoiren zu diesem Thema herumgeistern. Meine Gespräche mit Antonino Calderone mußten um fünf Uhr nachmittags beendet sein, um ihm die Rückkehr in das Kloster zu ermöglichen, wo er damals wohnte. Er lebte dort aus Sicherheitsgründen, gewiß, jedoch auch weil man seiner Bitte um einen Ort entgegenkommen wollte, der ihm eine Auseinandersetzung mit seinem Gewissen, mit der schlimmen Schuld, mit der er sich beladen hatte, ermöglichen sollte.

In diesem Buch finden sich keine Mafiabosse, die daherreden wie Staatsmänner und die sich auf gleicher Ebene mit den Repräsentanten der legalen Macht auseinandersetzen, wie die etwas apologetischen Figuren in den Romanen Leonardo Sciascias. Und man trifft hier auf keine Mafia à la Santi Romano als einer vollendeten, gut eingerichteten »alternativen Rechtsordnung«, sondern lediglich auf grobe Versuche, Ordnung und Sicherheit aus dem wildwüchsigen, angestammten Machthunger und Chaos zu schaffen: Wir bewegen uns hier eher auf dem Feld juristischer Anthropologie und primitiven Rechts als in den Gefilden von Max Weber und Hans Kelsen.

Ich hoffe, daß es mir gelungen ist, ein offenes, erzählendes, da in Ich-Form geschriebenes Werk zusammenzustellen, das zugleich eine Quelle wissenschaftlicher Reflexion darstellt, weil es sich streng an die Wahrheit eines gerichtlichen Dokumentes hält und jederzeit durch eine Gegenüberstellung mit den Akten des Strafverfahrens überprüft werden kann. Das gilt auch für die darin erwähnten Personen und Umstände. Die Fakten und Personen, die dieses Werk erwähnt, wurden durchweg auch in den Verhören Antonino Calderones durch französische und italienische Ermittler genannt und sind danach im Rahmen des Verfahrens überprüft worden.*

* Die Verhaltensweisen der Untersuchungs- und Gerichtsbeamten, der Polizei und der Carabinieri, die Antonino Calderone in seinen Aussagen beschreibt (von denen ein Teil wörtlich in unseren Gesprächen erwähnt wurde und somit im Text des vorliegenden Buches erscheint), wurden als nicht gesetzeswidrig angesehen und führten folglich nicht zur Einleitung strafrechtlicher Schritte. (Pino Arlacchi)

Der Verfasser hat für dieses Buch eines der höchsten Privilegien erhalten, die einem Forscher auf dem Gebiet der organisierten Kriminalität gewährt werden können: die Möglichkeit, einen Vertreter der höchsten Mafiaebene zu treffen, der bereit ist zu »reden«, mit ihm lange und in größtmöglicher Freiheit über alle nur denkbaren Gegenstände zu sprechen und den Inhalt dieser Begegnungen aufzuzeichnen. Ermöglicht wurde mir dies durch eine Spezialerlaubnis des derzeitigen Chefs der italienischen Polizeikräfte, Präfekt Vincenzo Parisi. Meine Dankbarkeit dafür ist ebenso groß wie die Hochschätzung für ihn als hohen Staatsbeamten, der die demokratische Sicherheit in einem der schwierigsten Augenblicke der Geschichte unserer Republik mit besonderer Kompetenz garantiert.

Danken möchte ich auch Polizeidirektor Gianno De Gennaro, derzeit amtierender Leiter der *Direzione Investigativa Antimafia* (DIA), der meine Begegnungen mit Calderone angeregt hat: Er sah die Möglichkeit, daß sich die Ergebnisse eines direkten Kontaktes einer außerhalb des Ermittlungs- und Gerichtsumfeldes stehenden Person zu einem Mafiaaussteiger als nützlich für die Analyse und für den Kampf gegen das Phänomen Mafia erweisen könnten. Seine Mitarbeit ebenso wie die seines Stabes unter der Führung von Dr. Antonio Manganelli und Alessandro Pansa – denen ich hier ebenfalls aufrichtig und herzlich danken möchte – war entscheidend für eine Durchführung dieser Arbeit.

Irene Benassi und Antonella Ruggieri, Studentinnen meines Seminars für Angewandte Soziologie an der Fakultät für Politische Wissenschaften an der Universität Florenz und vielversprechende Sozialforscherinnen, haben ihr ganzes Können für die nicht leichte Aufgabe eingesetzt, den Inhalt der Gespräche, die dieses Buch ausmachen, zu übertragen. Es hätte auch nicht ohne die Geduld meiner Frau, Enza Trobia, entstehen können. Ihr habe ich dieses Buch gewidmet.

Rom, 27. März 1992 Pino Arlacchi

Vorbemerkung zur deutschen Ausgabe

Um die Originalität des Berichtes von Calderone möglichst authentisch wiederzugeben, habe ich seine Diktion aus teilweise sehr einfachen Formulierungen, dann wieder komplizierten Wendungen im Insiderjargon mit oft angelesenen, hochgestochenen Wendungen beibehalten, soweit sich das für das Verständnis des Texts vertreten ließ. Begriffe, die im normalen Sprachgebrauch eine andere Bedeutung haben, sowie die – wegen der Schwierigkeit, sie ins Deutsche zu übertragen – italienisch gelassenen Rangbezeichnungen der Mafiahierarchie und ihrer Organe sind kursiv gesetzt. Ein Verzeichnis der wichtigsten Begriffe und Fachausdrücke habe ich auf Seite 324 zusammengestellt.

Die nach den Angaben größerer Geldsummen in Klammern dazugesetzten DM-Summen beziehen sich selbstverständlich auf die in den jeweils angegebenen Jahren herrschende Umtauschsituation.

Werner Raith

»In einer solchen Lage ist für Fleiß kein Raum, da man sich seiner Früchte nicht sicher sein kann; und folglich gibt es keinen Ackerbau, keine Schiffahrt, [. . .] keine Kenntnis von der Erdoberfläche, keine Zeitrechnung, keine Künste, keine Literatur, keine gesellschaftlichen Beziehungen, und es herrscht, was das schlimmste von allem ist, beständige Furcht und Gefahr eines gewaltsamen Todes – das menschliche Leben ist einsam, armselig, ekelhaft, tierisch und kurz.«

Thomas Hobbes, *Der Leviathan* (13. Kapitel)

1

Mein Name ist Antonino Calderone. Ich bin 56 Jahre alt und habe viel zu sagen über die Mafia, denn ich war ihr Mitglied. Ich habe mich entschlossen, mich der Justiz anzuvertrauen und auszusagen, in der Hoffnung, daß man auch beachtet, was ich sage. Man muß es beachten, denn meine Familie schwebt aufgrund meiner Aussagen in allergrößter Gefahr. Auch ich selbst bin in Gefahr, weil ich die Wahrheit berichte, und dies nicht nur vom Hörensagen.

Bis zu meiner Flucht aus Sizilien war ich zusammen mit meinem Bruder Giuseppe, genannt Pippo, ein Vertreter der Mafia, ein *Capo*, ein Boß der »Familie« Catanias. Mein Bruder wurde im September 1978 ermordet, danach haben sich die Ereignisse überstürzt. Im Grunde hat sich alles aber schon vorher überstürzt. Gehen wir aber der Reihe nach vor, und beginnen wir mit der Mafia in meiner Heimatstadt.

Zunächst einmal: Es stimmt nicht, daß es die Mafia nur in Palermo, Trapani und in diesen Gegenden Siziliens gibt. In der Provinz Catania gibt es die Mafia bereits seit 1925. Zuerst gab es in Catania nur eine einzige »Familie«. So um 1950–55 zog dann eine Gruppe Mafiosi von Palmo di Montechiaro – einer Stadt im Süden, nahe Agrigent – nach Ramacca, einem Ort in der Provinz Catania, um dort Arbeit zu suchen, und erbat von der »Familie« in Catania die Erlaubnis, eine neue »Familie« zu gründen. Seitdem gab es dann zwei mafiose »Familien« in Catania.

Man sollte aber von vornherein klarstellen, daß es das Wort »Mafia« als solches gar nicht gibt, zumindest nicht unter uns. Die Mafia heißt in Wirklichkeit »Cosa Nostra«. Wir selbst sprechen niemals das Wort »Mafia« aus. *Cosa Nostra* ist geheim, eine Vereinigung der

»Uomini d'onore«, der »Männer der Ehre«. Nun darf ein Mitglied der *Cosa Nostra* niemals jemandem enthüllen, daß er ihr Mitglied ist, und so können sich Situationen ergeben, wo zwei Personen einander im Verdacht haben, beide *Uomini d'onore* zu sein, aber sie dürfen es einander nicht sagen.

Will man wissen, ob sie nun wirklich Mitglieder der *Cosa Nostra* sind, braucht man eine dritte Person, einen dritten *Uomo d'onore*, der beide kennt und sie einander vorstellt. In diesem Falle sagt er: »Questo è la stessa cosa«, »Der hier ist von der gleichen Sache«, oder »Questo è cosa nostra«, »Der ist unsere Sache«, oder auch »Questo è come te e come me«, »Der ist wie du und ich«. Allerdings muß man hinzufügen, daß die Corleoneser ihre eigenen *Soldati* (die einfachen Mitglieder, W. R.) niemals vorstellen oder allenfalls wenigen eng Vertrauten.

Viele Leute reden zwar über die Mafia, wissen aber gar nicht, wovon sie sprechen. Viele Männer werden auch als Mafiosi bezeichnet, obwohl sie nicht Mitglieder der *Cosa Nostra* sind, ja sie wissen gar nicht, daß es sie gibt. Dann gibt es noch die gewöhnlichen Verbrecher, sehr viele an der Zahl, sie sind in den letzten Jahren geradezu eine Legion geworden. Ganz zu schweigen von den Randgruppen, den Kleinkriminellen, die herumlaufen, ohne zu wissen wohin...

Man muß die echten Mafiosi, die der *Cosa Nostra*, von allen anderen Verbrechern unterscheiden, das ist wichtig. Nehmen wir als Beispiel meine eigene Verhaftung 1986. Am 9. Mai wurde ich aufgrund von zwei Haftbefehlen festgenommen. Der eine stammte von 1984 und kam von der Staatsanwaltschaft Turin. Die Beschuldigung lautete »Mafia«, d. h. Bildung einer kriminellen Vereinigung. Einige *Pentiti* (mit der Justiz zusammenarbeitende Aussteiger, W. R.) behaupteten zu wissen, daß ich zu der Vereinigung gehörte, die sie »Mafia« nannten. Ihrer Aussage nach war ich ein Mitglied dieser »Mafia«. Doch sie wußten es nur vom Hörensagen, denn sie waren keine *Uomini d'onore* und konnten übrigens auch gar keine Mafiamitglieder sein. Es handelte sich nämlich um Burschen aus Catania, die in Turin lebten. Sie glaubten zu wissen, daß es eine bestimmte Organisation namens »Mafia« gibt ... irgend etwas, das sie eben so nannten, doch konkrete Tatsachen wußten sie nicht. Nach Turin zugewanderte Catanier also, gewöhnliche Kriminelle und keine Mafiosi.

Entschuldigt bitte, daß ich zwischen Mafia und gewöhnlicher Kriminalität unterscheide, aber darauf lege ich Wert. Alle Mafiosi legen Wert darauf. Das ist wichtig: Wir sind Mafiosi, alle anderen sind gewöhnliche Leute. Wir sind *Uomini d'onore*. Nicht so sehr, weil wir darauf geschworen haben, sondern weil wir die Elite unter den Kriminellen sind. Wir sind gewöhnlichen Verbrechern haushoch überlegen. Wir sind die schlimmsten von allen!

Jeder *Uomo d'onore* fühlt sich als solcher. Er weiß es, er wiederholt es in seinem Inneren unentwegt, er fühlt sich weit erhaben über jeden anderen Verbrecher. Er betrachtet die Burschen aus dem Milieu der gewöhnlichen Kriminalität aufmerksam, hegt sie regelrecht – im Hinblick auf die Möglichkeit, den einen oder anderen einmal in die Vereinigung aufzunehmen. Doch er betrachtet sie stets mit einem gewissen Abstand, da er sie für grobe, unreife Menschen hält, die durchaus Dinge tun könnten, die ein *Uomo d'onore* nicht tun darf. Die Ausbeutung durch Prostitution zum Beispiel; die gestattet die Mafia nämlich nicht.

Die Mafia organisiert die Prostitution deshalb nicht, weil es eine schmutzige Tätigkeit ist. Könnt ihr euch einen *Uomo d'onore* vorstellen, der von der Zuhälterei lebt, von der Ausbeutung von Frauen? In Amerika haben die Mafiosi vielleicht auch dieses Geschäft betrieben ... aber die Mafia in Sizilien tut das nicht, Punktum. Francesco Rinella zum Beispiel, Bruder zweier *Uomini d'onore*, Sohn und Neffe von *Uomini d'onore*, wurde niemals zur *Cosa Nostra* zugelassen, eben weil es Gerüchte gab, daß er ein »Loddel« sei.

Bei der Entführung von Menschen ist das anders. Es gibt keine mafiainterne Vorschrift, die Entführungen verbietet. Der *Uomo d'onore* ist in seinem Innern mit Entführungen einverstanden. Sie sind für ihn nichts Schmutziges, wie etwa die Prostitution. Und wenn wir uns einige Jahre zurückerinnern, führte die Mafia tatsächlich selbst Entführungen durch.

In letzter Zeit – so sagt man wenigstens – organisiert die Mafia auf Sizilien keine Entführungen mehr; sie führt sie außerhalb durch, in Turin oder in Mailand, Luciano Liggio ist das beste Beispiel dafür. Sie tut das aber nur, um das Feld in Sizilien sauberzuhalten, um dort nicht allzuviel Unannehmlichkeiten zu bekommen. Das stimmt schon. Aber es gibt auch Ausnahmen, wie üblich. Totò Riina, zum Beispiel.

Totò Riina war es, der Cassina entführt hat. Ja, das war er. Und er hat es gegen Bezahlung getan. All das damalige Geschwätz und die Vermutungen über die Entführung Cassinas sind falsch. Er hat es für Geld getan, im Gegensatz zur Entführung Corleos, das war etwas ganz anderes.

Riina hatte vor der Entführung Cassinas bereits zwei andere Entführungen durchgeführt. Dabei handelte es sich um Unternehmer aus Palermo, einen davon haben sie sogar umgebracht. Und nicht nur das: Totò Riina hat mir selbst erzählt, daß er persönlich es war, der die Lösegeldsumme mit dem alten Cassina am Telefon ausgehandelt hat; während des Gesprächs hielt er dessen entführten Sohn zwischen seinen Beinen. Riina hatte keinerlei Angst, direkt zu sprechen, mit seiner Stimme. Da es in der Mafia seinerzeit Gerüchte gab, die Scheine des Lösegelds würden mit einer chemischen Substanz behandelt, die bei Kontakt mit den Händen der Entführer eine Krankheit hervorrief, und daß man auf diese Weise die Täter ermitteln könne, sagte Riina zu Cassina auch noch: »Versuch ja nicht, uns mit den Geldscheinen hereinzulegen.«

Kehren wir nun zur Frage der *Uomini d'onore* zurück. *Uomo d'onore* wird man meistens durch familiäres Erbe, aber nicht wie bei der Aristokratie, indem der Vater das Zepter und den Fürsten- oder Grafentitel seinem Sohn hinterläßt. Nein, bei der Mafia ist das komplizierter. Da gibt es keine Ernennung. Da wird beobachtet, da studieren die älteren Mafiosi die jungen Männer regelrecht. Die älteren Mafiosi, Freunde des Vaters, Verwandte der Mutter, verfolgen aufmerksam die Jungen. Von denen stechen einige hervor: Diese werden dann die neuen *Capi*, die neuen *Uomini d'onore*.

Am besten nehmen wir ein praktisches Beispiel: Palermo, wo es Dutzende mafioser Familien gibt. Mehr als 50, in jedem Stadtviertel mindestens eine, im Unterschied zu anderen Städten, wo es keine derartige Dichte gibt. Jede »Familie« hat einen »rappresentante« (einen Repräsentanten, W. R.), einen Chef, und besteht aus mindestens 30 oder 40 *Uomini d'onore*. Jeder von ihnen ist verheiratet, hat Söhne, Brüder und Verwandte. Nehmen wir als ein Beispiel einen *Uomo d'onore* mit zwei oder drei Söhnen. Diese Söhne werden nun von der gesamten Gruppe aufmerksam verfolgt, und wenn einer von ihnen hervorsticht, weil er besonders aufgeweckt ist, entschlossen, machthungrig, dann wird er von den erwachsenen *Uomini d'onore* gehegt, ermutigt, sie bilden ihn aus, lenken ihn, nehmen ihn mit sich, lassen ihn nach und nach die eine oder andere Aktion ausführen ...

Der Bursche kapiert schnell – eben weil er aufgeweckt ist –, daß sein Vater zur Mafia gehört, daß die Freunde und Brüder des Vaters ebenfalls Mafiosi sind, daß sie zu einem engen Kreis gehören. Für den Jungen wird die Mafia damit alles. In diesem Milieu gibt es kaum Einflüsse von außen, man liest dort kaum Zeitungen und Bücher, selbst heutzutage gehen die Leute kaum zur Schule und nur sehr selten in die Kirche.

Es herrscht ein starkes Gefühl für Anerkennung, für Nachahmung. Jeder Junge versucht so zu werden wie sein älterer Bruder, sein Vater, sein Onkel. In ihnen spiegelt er sich wider, und an einem bestimmten Punkt beginnt er, die Dinge auch so zu fühlen und zu sehen wie sie. Wenn jemand in einer mafiosen Familie, einer mafiosen Verwandtschaft, einem entsprechenden Stadtviertel lebt und aufwächst, dann versteht er das, auch wenn er es nicht wirklich weiß.

In meiner Jugend zum Beispiel wußte man überhaupt nicht, was denn diese Mafia sein sollte, von der heutzutage alle reden. In Catania erzählte man sich sogar von der »Mano Nera«, der »Schwarzen Hand«. Ohne es zu wissen, eignete man sich die mafiose Mentalität an. Die kindliche Phantasie entzündet sich ja immer an bestimmten Dingen: Da kommt einer und tauscht Wangenküsse mit deinem Vater aus, dann kommt ein anderer, der das ebenfalls tut.

Heute ist das normal. Es ist absolut normal, daß sich zwei Männer, die einander gut kennen, bei bestimmten Gelegenheiten küssen. Heutzutage können sich zwei Männer bei der Begrüßung küssen, wenn sie enge Freunde oder Verwandte sind. In meiner Jugend, Ende der fünfziger Jahre, geschah das in Sizilien, in Catania, in Palermo und allen anderen Städten niemals. Früher grüßten die Menschen einander, gaben einander die Hand, verbeugten sich, lächelten einander als Zeichen der Sympathie zu. Aber sie küßten einander nicht, jedenfalls nicht in meiner Heimatstadt. Dieser »Wangenkuß« galt nicht als normal ... Wenn zwei Männer einander küßten, hatte dies einen zweideutigen Beigeschmack, niemand hielt das für so ... ganz normal!

Ich selbst habe die Mafia kennen-, begreifen gelernt, als ich sah, wie Pippo, mein älterer Bruder, der ein *Uomo d'onore* war, andere *Uomini d'onore* küßte. Die *Uomini d'onore* küßten einander, wenn sie sich trafen!

Sie waren die einzigen Männer, die das taten. Pippo hatte andere Freunde, Burschen wie er, die einander seit Lebzeiten kannten und trafen. Sie waren zusammen aufgewachsen, hatten miteinander gespielt, miteinander gearbeitet. Dennoch küßten sie, einmal erwachsen geworden, einander niemals, wenn sie sich trafen. Sie grüßten einander, sagten »Ciao, ciao, wie geht's dir?«. Dann machten sie Witze, nahmen einander auf den Arm. Aber sie küßten einander nicht.

Wenn ich dann also sah, daß die *Uomini d'onore* – obwohl ich damals noch nicht wußte, daß es sich um solche handelte, das erfuhr ich erst später – einander küßten, blieb mir der Mund offen, fragte ich mich, warum sie das taten, mühte mich um eine Erklärung.

Ich bin in Catania geboren. Im schlimmsten aller Viertel und unter den schlimmsten aller Leute. Nicht einmal San Cristoforo – ein Ort, der schon schlimm genug ist – kann ich als Geburtsstätte angeben. Ich bin im letzten Außenviertel geboren, in den letzten Häusern Catanias, es gibt nicht einmal einen Namen für dieses Viertel. Ein unsicheres Gebiet, die Häuser hören dort auf, die Straße nach Syrakus beginnt zwischen der Uferzone und der Autobahn nach Palermo. Kurz dahinter ist ein Abgrund, ein großer Lavasteinbruch, aus dem man den gesamten Fels herausgebrochen hat; ringsum stehen noch immer Brennöfen herum.

In diesem Steinbruch spielten wir als Kinder Fußball. Manchmal kamen größere Jungen, die irgendwo von Soldaten weggeworfene Waffen aufgeklaubt hatten. Es war unmittelbar nach Kriegsende, die Burschen setzten sich an den Rand des Steinbruchs und warfen Handgranaten, Maschinengewehre, Munition hinunter. Sie wollten, daß das Zeug explodiert, und warfen darum Steine oder angezündete Kartons hinterher.

In meinem Viertel gab es eine Bande von Burschen, die vor der Polizei auf der Flucht war. Die Bande hatte sich nach dem Durchzug der Amerikaner gebildet. Die Burschen liefen bewaffnet herum, flößten den Leuten Angst ein. Letzten Endes stellten sie aber nichts dar. Sie hatten einige Morde verübt, wurden steckbrieflich gesucht, aber es waren keine *Uomini d'onore*. Irgendwelche Leute eben, gewöhnliche Männer.

Ich erinnere mich, wie der Boß dieser Gruppe eines Tages an unserem Haus vorbeikam. Er hieß Orazio Fuselli und ist später im Gefängnis gestorben, wo er lebenslänglich abzusitzen hatte. Ein Hund lief auf ihn zu, bellte und wollte ihn wohl beißen. Fuselli zog die Pistole heraus, eine sehr starke deutsche Waffe, und schoß immer wieder. Doch es gelang ihm nicht, den Hund zu töten. Wirklich ein großartiger Bandit! Er konnte nicht einmal richtig schießen.

Ich erzähle das nur, um zu zeigen, daß ich die Scheußlichkeiten des Krieges hautnah mitbekommen habe. Gleichzeitig habe ich das Elend gesehen. Bei mir zu Hause hat es nie an Brot gefehlt, weil mein Vater immer etwas auftreiben konnte. Er arbeitete ohne Unterlaß. Aber in unserer Nachbarschaft starben Leute an Hunger. Eine meiner lebendigsten Erinnerungen ist die an eine Familie mit unzähligen kleinen Kindern, die nichts zu essen hatte. Sie bekamen nur zu essen, wenn ihnen meine Mutter etwas gab.

Eine andere Nachbarsfrau machte es sonntags so: Da an diesem Tag alle Familien Fleischsoße für die Nudeln kochten, setzte die Frau eine Pfanne auf die Kohlen und warf ein Stück Fett hinein. Das brachte für die Nachbarn immerhin den Geruch von Fleisch hervor. Echtes Fleisch aber war keines da.

Mein Vater war ein armer Bauer, er arbeitete als Tagelöhner und bewirtschaftete ein winziges Stück gepachtetes Land an der Küste, an der Plaia, schon fast im Ufersand. Gerade 2000 Rebstöcke, von der kleinen Sorte, gerade ausreichend für den Wein zu Hause. Wenn er keine Arbeit bei anderen fand, harkte er seinen Weinberg; er hatte auch etwas Gemüse zwischen die Stöcke gepflanzt. Mein Vater war aus Catania, mein Großvater aus der Provinz Messina, auch er Bauer, aber er war reicher, denn er war richtiger Landwirt und hatte viele Kinder, die für ihn arbeiteten. Mein Großvater hat nie gerne gearbeitet.

Auch wenn die Landwirte ziemlich »geachtete« Personen waren, so war mein Großvater doch kein Mafioso, die gesamte Familie meines Vaters verstand überhaupt nichts von diesen Dingen. Auch mein Vater war kein Mafioso. Er war lediglich ein fleißiger Arbeiter und hatte keinerlei Vorstrafen, abgesehen von einer wegen unerlaubten Waffenbesitzes, der Arme. Die Waffe brauchte er für seine Arbeit: Tagsüber harkte und werkelte er, in der Nacht arbeitete er im Dienste anderer Leute als Wächter in Südfrüchteplantagen. Dafür hatte er das Gewehr, aber er benutzte es nie, nicht einmal, um auf die Jagd zu gehen.

Ganz anders die Familie meiner Mutter. Die erste mafiose »Familie« Catanias wurde, wie schon gesagt, 1925 aufgebaut. Ihr Gründer war einer meiner Onkel, ein Bruder meiner Mutter, der später verschwunden ist. Ja wirklich. Er verschwand, und das trug sich folgendermaßen zu: Onkel Nino war viele Jahre lang auf der Flucht, angeklagt wegen Mordes. Der Mord war möglicherweise im Zusammenhang mit einem Viehdiebstahl geschehen, aber das weiß ich nicht genau. Jedenfalls war er wegen Mordes angeklagt worden und daher untergetaucht. In dieser Zeit hatte er viele Mafiosi der Provinzen Palermo und Caltanissetta kennengelernt, die sich auch wie er versteckten.

Damals verbarg man sich den größten Teil des Jahres über in den

Madonia-Bergen, und so gab es dort zahllose Banditen und Mafiosi; sie waren dort kaum zu entdecken. Die Madonia-Berge lagen ziemlich weit weg. Ein sehr hohes Gebirge. Es gab dort kaum Straßen, und nur wenige vermochten sich gut zwischen den Eselspfaden und Steigen zu orientieren. Und wer das konnte, erzählte das sicher nicht gerade den »Häschern«, wie man damals all die Staatsbeamten, Polizisten, Carabinieri und so weiter nannte. Die Mafia »kontrollierte das Territorium«, wie man heute dazu sagt.

Diese Kontrolle ist heute noch aus denselben Gründen wie damals außerordentlich wichtig. Auch heute noch beruht zum Beispiel die Bedeutung Peppino Farinellas, des blutrünstigen Chefs der »Familie« von San Mauro Castelverde – einem Ort der Madonia-Berge in mehr als 1000 Meter Höhe –, innerhalb der *Cosa Nostra* darauf, daß er Flüchtlingen ein Netz sicherer Verstecke in den unwegsamsten Gebieten zur Verfügung stellen kann. Die Verstecke stehen ebenfalls unter der Herrschaft von *Uomini d'onore*, die in den Orten am Fuß der Berge wohnen und die von demselben Farinella befehligt werden.

Die Pfade und Steige der Madonia-Berge gibt es seit urdenklichen Zeiten, sie dienten den Viehhirten, um je nach Jahreszeit von den Bergen in die Ebene zu ziehen. Bei Wintereinbruch zogen auch die untergetauchten Banditen in die Ebene oder in die Hügelgegenden, in die Bezirke um Caltanissetta, Catania und anderswohin. Dort überwinterten sie, nachts zogen sie weiter, zu Pferde, durchs Gebüsch und durch die Felsen, dann ging es weiter auf den Feldwegen des offenen Landes. Während eines dieser Umzüge fiel das Pferd meines Onkels in einen Abgrund und zog ihn mit sich. Mein Onkel brach sich ein Bein und wurde danach verhaftet. Daraufhin gab es den Prozeß, da wurde er aber nicht wegen Mordes verurteilt, sondern wegen Bildung einer kriminellen Vereinigung.

Inzwischen aber war mein Onkel von jenen *Uomini d'onore*, die wie er selbst auf der Flucht waren, ebenfalls zum *Uomo d'onore* gemacht worden. Da es seinerzeit in Catania noch keine »Familie« gab und auch keine anderen *Uomini d'onore*, gab es dort folglich auch noch keine Mafia, und so wurde er als *Uomo d'onore* Mitglied einer »Familie« aus Gangi oder vielleicht auch aus Palermo.

Mein Onkel wurde also verhaftet; ich weiß nicht, wie viele Jahre er im Gefängnis abgebüßt hat. Dann wurde er entlassen, hatte aber kein Glück. Seinerzeit war der Präfekt Mori nach Sizilien gekommen, und der verbannte meinen Onkel auf die Insel (wahrscheinlich Pantelleria oder Lampedusa, P. A.). Mussolini schickte alle Leute wie ihn auf Inseln. Doch bevor er auf die Insel gebracht wurde, hatte mein Onkel noch Zeit für eine überaus wichtige Angelegenheit.

Während er sich im Gefängnis befand, waren palermitanische Mafiosi nach Catania gekommen; Tagliavia hießen die. Sie hatten nichts zu tun mit den reichen Tagliavias aus Palermo. Diese Tagliavias hatten das Glücksspiel in Catania eingeführt, heimliche Spielhöllen. Für dieses Geschäft brauchten sie Leute vom Ort. Sie hatten zwar die Initiative ergriffen, wußten, wie man derlei organisiert, aber das Glücksspiel floriert nicht ohne die Zusammenarbeit mit jemandem, der das Milieu gut kennt, der gute Kunden findet und der die Kriminellen auf Distanz hält, die um solche Spielhöllen herumschwirren. Die Tagliavias hatten daher zu zwei oder drei Personen in Catania Kontakt aufgenommen, einem gewissen Giuseppe Indelicato und einem Tino Florio ... Sie hatten sie zu *Uomini d'onore* gemacht, danach waren andere dazugekommen und so weiter.

Als mein Onkel Ende der zwanziger Jahre aus dem Gefängnis kam, fand er eine bereits festgefügte Gruppe catanesischer *Uomini d'onore* vor. Alles in allem zehn, 15 von den Palermitanern »großgezogene« Leute. Mein Onkel gehörte formell einer »Familie« aus Palermo an, war aber Catanier, er ist der erste *Uomo d'onore* der Stadt gewesen und genoß höchstes Ansehen, weil alle wußten, daß er Mafioso war. Man beschloß daher, ihn in die »Familie« von Catania einzubeziehen und zum Repräsentanten zu ernennen, ihn also zum Chef dieser »Familie« zu machen.

Mein Onkel widmete sich sofort dieser neuen Aufgabe. Er vergrößerte die Zahl der *Uomini d'onore* und hinterließ einen nachhaltigen Eindruck, Spuren, an die sich alle erinnern. Zuerst war er Bauer gewesen, dann betrieb er Schmuggel zwischen Malta und Sizilien. Er führte Kaffee aus Malta, wo er billig war, nach Sizilien ein, wo er viel kostete. Eine Anzahl von *Uomini d'onore* arbeiteten bei diesem

Geschäft mit, und so gedieh die »Familie« auch unter geschäftlichem Aspekt sehr gut. Dabei ging er folgendermaßen vor. Er fragte einen Mann seiner »Familie«: »Von welcher Arbeit verstehst du was? ... Gut. Also lass' ich dich jetzt dies tun, oder jenes ...«

War da ein *Uomo d'onore*, der sich als Arbeiter in einem Orangendepot verdingte? Mein Onkel sorgte dafür, daß er ein kleines Magazin auf eigene Kosten einrichten konnte. War ein anderer, sagen wir mal, Hilfsarbeiter in einer Fabrik für Kühleis (davon gab es seinerzeit viele, weil es noch keine Kühlschränke und deshalb eine große Nachfrage nach Eis gab)? Gut. Mein Onkel eröffnete eine kleine Fabrik und übertrug sie ihm, und darin arbeiteten weitere *Uomini d'onore*. Dann ging er in die Bars von Catania und »schlug« den Eigentümern »vor«, ihr Eis künftig in dieser Fabrik zu kaufen, nicht mehr dort, woher sie es bisher bezogen.

Das war eine kleine Leistung. Alles, was man heute so organisiert, das hat mein Onkel schon in den zwanziger Jahren organisiert. Er baute den Schutz des Marktes auf, unterstützte die Geschäfte der Männer seiner »Familie«. Gleichzeitig bezog er alle in den Kaffeeschmuggel ein, der damals ökonomisch gesehen eine wichtige Sache war. So wie das wohl heute der Rauschgiftschmuggel ist. Man holte Kaffee und Sacharin aus Malta und verkaufte es an die zahlreichen Bars und Getränkekioske. Die Kioske waren in den zwanziger und dreißiger Jahren in der ganzen Stadt verbreitet, es war ihre Blütezeit. Nicht so wie heute, wo es nur noch ein paar wirklich gute davon gibt. Seinerzeit bereiteten diese Kioske sehr beliebte, überaus schmackhafte, erfrischende Getränke auf der Basis von Zitrusextrakten, denen man Sacharin anstelle des viel zu teuren Zuckers zufügte.

Der Sacharinhandel war damals angesichts der großen Nachfrage die Schmuggelbranche schlechthin, und mein Onkel organisierte das alles. Die Geschäfte liefen gut, die »Familie« gedieh, die Leute hatten große Achtung vor seinen *Uomini d'onore*, die nach und nach in der gesamten Bevölkerung bekannt wurden. Sie nannten diese Männer »die von der Schwarzen Hand«, nicht Mafiosi.

Dann tauchte der Präfekt Mori auf, und wie schon erwähnt, begannen von da an die Schwierigkeiten. Tatsächlich entstanden diese Schwierigkeiten ursprünglich aber nicht aufgrund irgendwelcher Vorfälle in Catania. Mori hielt Catania nicht für eine Stadt der Mafia, und so kümmerte er sich anfangs kaum um sie. Dann allerdings versteckten sich nach und nach einige amerikanische *Uomini d'onore* sizilianischer Herkunft in Catania. Sie flohen aus Amerika wegen eines dort herrschenden Mafiakrieges und landeten in Catania. Doch gab es da einen catanesischen *Uomo d'onore*, der in Amerika gewesen war und der Kontakt hatte mit den sizilianischen »Familien« in den Vereinigten Staaten – genau jenen »Familien«, die da im Krieg miteinander lagen. Und diese sagten: »Sobald der und der ankommt, laß ihn verschwinden.« Oder auch: »Zieh den aus dem Verkehr, sobald er ankommt.«

Auf diese Weise verschwanden viele Amerikaner, die in Catania ankamen. Sie wurden ermordet. Nach einiger Zeit verschwanden dann auch Catanier selbst. Leute, die sich plötzlich in nichts auflösten: die berühmte »lupara bianca«, die »weiße Schrotflinte«. Es kam die Zeit, wo innerhalb einer Woche neun Menschen verschwanden. Für damalige Verhältnisse ein unerhörter Vorfall, eine sensationelle Nachricht. Darum wurden alle Mitglieder der »Familie« meines Onkels verhaftet. Sie wurden aber nur wegen Bildung einer kriminellen Vereinigung verurteilt, nicht wegen anderer Verbrechen.

Ich habe schon davon gesprochen: Plötzlich wehte ein anderer Wind, Mafiosi bekamen ein schweres Leben. Viele wurden von einem Tag zum anderen auf die Inseln verbannt. Dort wurden sie in eine Art Kaserne gesteckt, in ein Lager. Dort schliefen sie, morgens wurde die Kaserne geöffnet, sie gingen arbeiten. Jeder von ihnen arbeitete. Der größte Teil ging auf die Felder, und am Abend wurden sie erneut eingeschlossen. Jedenfalls war es schwer, von den Inseln abzuhauen, weil sie weit draußen auf dem Meer lagen, inmitten des Kanals von Sizilien, wo es immer Wind gibt; und da es im Winter dort nicht kalt wird, herrscht fast immer hoher Wellengang.

Offenbar gab es irgendwann mal so etwas wie eine Meuterei. Die Verbannten rebellierten und weigerten sich, in die Kaserne zurückzukehren. Da schickte Mussolini ein Schiff, das im Hafen anlegte, und drohte durch einen Lautsprecher mit der Bombardierung der Insel, falls die Leute nicht die Befehle der Obrigkeit befolgten. Ich erzähle das auf der Grundlage der Berichte der Alten, denn ich selbst habe meinen Onkel nicht mehr persönlich gekannt.

Mein Onkel war also in Schwierigkeiten. Mussolini, Mori und die Justizbeamten machten das damals folgendermaßen: Sie verpaßten einem das Höchstmaß von fünf Jahren Verbannung auf der Insel. Wenn diese fünf Jahre vorbei waren – vielmehr, schon bevor sie zu Ende waren –, erließen sie ein neues Dekret, das weitere fünf Jahre verordnete. Genau so: »Dekret: weitere fünf Jahre!« Das alles hatten Leute, die mein Onkel bei seiner Ankunft auf der Insel traf, schon erlebt. Kurz danach bekam auch mein Onkel weitere fünf Jahre. »Na so was, das ist also noch gar nicht zu Ende«, dachte mein Onkel.

Also gut. Wie das dann genau war, weiß ich nicht, aber jedenfalls kam irgendwann ein Dampfer, nahm meinen Onkel mit, und die Sache dort war vorbei. Er landete zuletzt in Tunis, doch vor seiner Abreise kam er noch nach Catania, auf der Flucht, 1935, das Jahr, in dem ich geboren wurde; er blieb einige Tage da. Dann fuhr er weg und kehrte nie mehr wieder. Seinen Platz im Kaffeeschmuggel nahm dann ein anderer Onkel von mir ein, Luigi Saitta.

Meine Großmutter war überzeugt, daß mein Onkel tot war, später glaubten dann auch alle Verwandten daran. In Tunis gab es eine Mafia-»Familie«, die in den dreißiger Jahren entstanden war. Eine Mafia-»Familie«, das ist ganz sicher. Ihr braucht euch nicht zu wundern, wenn ihr das bisher nicht wußtet. Außer einigen *Uomini d'onore* wußte das bisher niemand. Ich selbst habe es erfahren, nachdem ich *Uomo d'onore* geworden bin, als mein Bruder mir nach und nach all das zu erzählen begann, was ich über die Angelegenheiten der Mafia, über ihre Mitglieder, über ihre Morde und ihre Täter wissen mußte.

Mein Onkel Nino kam nach Tunis und richtete sich ein, ordnete seine Angelegenheiten, wobei er wohl an keine baldige Rückkehr dachte. Er erwarb einen großen Besitz in Stadtnähe, doch er trat der mafiosen »Familie« in Tunis nicht bei, entweder weil er nicht von ihr akzeptiert wurde oder weil er aus irgendeinem persönlichen Grund nicht ihr Mitglied sein wollte. In Tunis gab es seinerzeit viele Mafiosi, die vor dem Faschismus geflohen waren. Sie kamen aus Caltanissetta, aus Palermo und aus anderen Städten. Sie hatten eine reguläre »Familie« mit einem eigenen Repräsentanten aufgebaut.

Einige Männer aus der »Familie« von Tunis und andere Flüchtlinge der Mafia, die sich dort befanden, schlossen enge Freundschaft mit meinem Onkel. Unter den Flüchtlingen war Antonino Sorci, ein bedeutender *Uomo d'onore* aus Palermo, der 1983 zusammen mit seinem Sohn ermordet wurde. Die Mitglieder der »Familie« in Tunis beklagten sich bei meinem Onkel über ihren Repräsentanten, der sie zu einem Haufen Morde veranlaßte, aber seiner Position nicht gewachsen war. Auch die Flüchtigen, die nicht Mitglieder der »Familie« waren, jammerten; Sorci selbst traute dem Boß der »Familie« nicht, doch schon aus Überlebensgründen war er gezwungen, Morde zu begehen und andere Dinge zu tun, die man ihm auftrug. Niemand wußte, wo Sorci nachts schlief, denn er fürchtete, daß der Repräsentant, nachdem er ihn als Killer benutzt hatte, ihn seinerseits umbringen würde. Es war keine leichte Situation, aber Sorci mußte sich eben anpassen. Er mußte dort bleiben, weil er keine andere Möglichkeit hatte. Manchmal schlief er auf dem Friedhof, damit nicht herauskam, wo er sich aufhielt.

Die Sache mit den Flüchtigen muß man etwas genauer erklären. Es war sehr günstig, gerade sie mit Morden zu beauftragen. Niemand wußte, daß sie sich dort befanden. Sie lebten außerhalb ihres eigenen Landes und ohne den Schutz ihrer »Familie«: Sie waren diesen Leuten ausgeliefert. Das waren Männer der Mafia, das ist wahr, doch auch bei ihnen gibt es eben unehrenhafte, unkorrekte Menschen. Wie gerade dieser Repräsentant der »Familie« von Tunis, der die Flüchtigen für Morde, Körperverletzungen und andere gefährliche Dinge benutzte. Das mag zwar gerade noch angehen – doch danach brachte er sie auch noch um. Er nutzte sie aus und erklärte ihr Verschwinden mit einer Reihe von Märchen, die er – wenn überhaupt – den Verwandten der Toten übermitteln ließ.

Die Mafiosi in Tunis beklagten sich also bei meinem Onkel über ihren Repräsentanten. Mein Onkel antwortete: »Warum jammert ihr immer nur? Bringt mir diesen Mann hierher, auf meinen Besitz, mit irgendeiner Ausrede. Wir organisieren ein großes Mahl, als ob wir uns alle recht vergnügen wollten, und dann bringen wir ihn um.« Alle waren dafür, waren begeistert von der Idee. An dem für die Tat vorbestimmten Abend kamen die Eingeladenen, aber diese hatten – vielleicht aus Angst oder weil sie sich eines anderen besonnen hatten oder wer weiß warum – alles dem Clanchef berichtet. Und so brachten sie nicht ihn um, sondern meinen Onkel, und ließen ihn verschwinden. Man hat nie mehr etwas von ihm gehört, und wir selbst konnten nichts Konkretes mehr über ihn in Erfahrung bringen. Viele Gerüchte, Indizien, aber Sicherheiten, konkrete Fakten haben wir nicht herausbekommen.

Und nun denkt mal: Viele Jahre später, nach Kriegsende, wurde ein Mann aus der Provinz Caltanissetta Repräsentant der »Familie« von Tunis. Als die tunesische Regierung dann alle diese Leute des Landes verwies, kehrte der Mann – er hieß Calogero Giambarresi – nach Hause zurück. Und was glaubt ihr war sein Geburtsort? Riesi natürlich. Die Stadt Giuseppe Di Cristinas, jenes berühmten Di Cristina, der Repräsentant der »Familie« von Riesi und Trauzeuge meines Bruders Pippo war; die beiden waren engste Freunde.

Als mein Bruder von der Heimkehr Giambarresis hörte, bat er seinen Trauzeugen: »Ihr müßt Giambarresi fragen, wer meinen Onkel ermordet hat.« Pippo hatte auf Sizilien bereits einen Namen, und er wollte Rache üben.

Giambarresi hatte keine Wahl. Er mußte die Wahrheit sagen, denn Di Cristina war sein Chef, und eine der grundlegenden Vorschriften der *Cosa Nostra* ist die Verpflichtung, intern immer die Wahrheit zu sagen, und das ganz besonders den eigenen Vorgesetzten gegenüber.

»Ich kann ihm nicht sagen, wer es war, der seinen Bruder umgebracht hat. Wenn er will, fahre ich nach Tunis und hole für ihn die Knochen seines Onkels zurück, denn ich weiß, wo er begraben ist. Aber ich kann ihm nicht sagen, wer ihn ermordet hat«, antwortete

Giambarresi. Er konnte es wirklich nicht sagen. Er wußte es, aber er konnte es nicht sagen, weil Pippo schlimme Absichten hatte. Er hätte sich auf grausigste Weise gerächt; Giambarresi hätte dafür bezahlt, daß er es gesagt hatte.

Giambarresi erkannte, daß mein Bruder nun stark gegen ihn eingestellt war, und verließ alsbald die »Familie« von Riesi. Er ging zu der von Caltanissetta über, um weiter weg zu sein von Pippo und von Di Cristina. Ich habe ihn selbst einmal in Caltanissetta getroffen, diesen Giambarresi, er hatte große Angst. Er wußte nicht, was er machen sollte, wußte nicht einmal, ob er mir einen Kaffee anbieten oder davonlaufen sollte. Er fürchtete, daß ich ihn in mein Auto holen und zwingen könnte, das zu sagen, was er wußte.

Wir wollten es wissen. Doch das einzige, was wir herausbrachten, war, daß bereits vor vielen Jahren jemand meinem anderen Onkel, Luigi, berichtet hatte, in den Mord seien zwei Brüder aus Trapani verwickelt gewesen, Di Stefano mit Namen. Einer der beiden hatte meinen Onkel verraten, indem er den »Familien«-Chef über den Plan seiner Ermordung informierte. Aber ich habe auch diesen Onkel nicht persönlich gekannt.

Kehren wir zurück zur Geschichte der Mafia in Catania; sie ist ja im übrigen die Geschichte der Familie meiner Mutter. Meinem Onkel Antonio folgte, wie schon gesagt, mein Onkel Luigi Saitta, ein Mann, der innerhalb der *Cosa Nostra* hochangesehen war. Pippo hielt Riesenstücke auf ihn. Er hat ihn stets gegen alle Kritik verteidigt, hat sich wie ein Löwe für ihn eingesetzt. Einige *Uomini d'onore* aber mochten ihn nicht. Sie schätzten ihn nicht, weil er in einer schlimmen familiären Situation lebte. Seine Frau hatte ihm einst Hörner aufgesetzt, er hatte sie verlassen und lebte dann mit einer anderen, mit der er auch Kinder hatte.

Mein Onkel hätte seine erste Frau umbringen müssen, aber er hatte es nicht getan. Er fühlte sich nicht imstande, sie zu töten. Recht glaubwürdig war der Vorwurf dieser *Uomini d'onore* jedoch nicht: Es war nur ein Vorwand, denn mein Onkel war zu einem Zeitpunkt zum *Uomo d'onore* gemacht worden, als diese familiäre

Situation mit seiner Frau bereits bestand und alle davon wußten. Die Tatsache als solche war damals also akzeptiert gewesen.

Es gab einen anderen Grund für die Abneigung. Die »Familie« von Catania war inzwischen – die Sache spielt Ende der fünfziger Jahre – gewachsen. Ihr Repräsentant war damals ein alter Mafioso, Vincenzo Palermo; alt, wirklich alt, und er hatte nur noch einen Arm. Man hatte ihn angeschossen, danach war sein Arm amputiert worden. Palermo war ein harter Mann, von der alten Garde. Er hatte ein Leben auf der Flucht hinter sich, war gewohnt, zu schießen und zu töten ohne viel Federlesens. Mein Onkel Luigi kam ebenfalls aus derselben Schule.

Doch als es darum ging, meinen Onkel zum stellvertretenden Repräsentanten zu machen, begann eine Gruppe von *Uomini d'onore* aus Catania Einwände zu erheben. Schwache Leute, die nur Chaos verbreiteten und in Wirklichkeit nur Angst vor meinem Onkel hatten. Sie wollten meinen Onkel nicht, weil er sehr gut schießen konnte und weil er daher imstande war, jeden höchstpersönlich umzubringen, der einen großen Fehler beging.

Jedenfalls schoben diese Leute die familiäre Situation meines Onkels vor, um sich gegen seine Ernennung auszusprechen. Mein Bruder legte sich zur Verteidigung meines Onkels ins Zeug und sagte: »Mein Onkel ist schon Mitglied der ›Familie‹. Also ist er eurer Meinung nach würdig, ihr Mitglied zu sein. Habt nicht gerade ihr ihn zum *Uomo d'onore* gemacht? Wer zur ›Familie‹ zugelassen wird, kann jeden Posten übernehmen. Ihr könnt nicht heute daherkommen und sagen, daß er nicht zum stellvertretenden Repräsentanten ernannt werden kann. In diesem Falle hättet ihr ihn nicht zum *Uomo d'onore* machen dürfen.«

Die Sache wurde immer ernster, es entwickelte sich ein interner Krieg innerhalb der »Familie« von Catania. Auf der einen Seite war da die Gruppe, die auf seiten meines Onkels stand, auf der anderen waren diejenigen, die behaupteten, daß er nicht Vizerepräsentant werden könnte. Leider waren nur sehr wenige auf der Seite meines Onkels. Es gab eine Spaltung, und die anderen gründeten eine eigene »Familie«.

Bei meinem Onkel, der nun Vizerepräsentant geworden war, blieben ein gewisser Agatino Flotio, einer der ersten *Uomini d'onore* Catanias, der nun Repräsentant wurde, außerdem mein Vetter, Pippo und ein paar andere Personen. Die Ausgetretenen waren viel zahlreicher und ernannten Vincenzo Palermo zu ihrem Repräsentanten – jenen Vincenzo Palermo, der ein enger Freund meines Onkels war.

2

Ein *Capofamiglia,* das Oberhaupt einer »Familie«, wird durch Wahlen ernannt, reguläre Wahlen mit gleichem Stimmrecht für alle.

Wenn wir zum Beispiel 30 oder 40 *Uomini d'onore* haben, die alle zur selben »Familie« gehören, ist alles ganz einfach. Ich habe an Wahlen in unserer »Familie«, die nie mehr als 40 Personen zählte, teilgenommen. Zur Wahl des *Capofamiglia* wird eine Versammlung einberufen. Am Anfang wird ein Sitzungssekretär ernannt, der einen Kandidaten vorschlägt. Er sagt: »In meinen Augen eignet sich der und der zum Repräsentanten der ›Familie‹. Wer ist damit einverstanden?« Daraufhin äußert sich jeder vor der Versammlung, und wenn er einverstanden ist, hebt er die Hand.

So verfährt man, solange es sich um eine kleine »Familie« handelt. In den großen »Familien« – solchen, die aus 150 bis 200 Männern bestehen – geht man anders vor. Jeder *Capodecina* (darüber gleich mehr) versammelt seine Leute und befragt sie. Dann trägt er ihre Ansichten vor ...

Man kann ja keine »Familie« von 200 Personen versammeln. Es gibt keine geeigneten Plätze dafür, und es ist auch einfach zu gefährlich: Wenn alle an einem Ort zusammenkommen, werden sie allzu leicht zur Zielscheibe für die Polizei und für ihre Feinde.

Die Hierarchie innerhalb einer »Familie« beginnt mit den einfachen *Uomini d'onore,* den *Soldati.* Sie heißen wirklich so: »Soldaten«. In Palermo nennt man sie auch »Picciotti«. Wir in Catania nennen sie schon seit langer Zeit *Soldati,* schon vor dem Film »Der Pate«. Darüber stehen die *Capidecina,* wörtlich Zehnerführer: Das sind die Leiter einer Gruppen von fünf, zehn, mitunter auch 30

Uomini d'onore. Die Zahl ist nicht festgelegt. Sie hängt von der Größe der »Familie« ab. Über den *Capidecina* stehen der Vizerepräsentant und der Repräsentant der »Familie«.

Der Vizerepräsentant hat bei uns, in einer »Familie«, nicht einmal ein Stimmrecht. In Abwesenheit des Repräsentanten hat er die Entscheidungsgewalt; ist dieser jedoch selbst da, hat der Vize kaum eine Bedeutung. Die Mitglieder des Clanrates müssen ihn zu ihren Versammlungen nicht einmal einladen. Der *Consiglio,* der Rat der »Familie«, besteht aus dem Repräsentanten und seinen *Consiglieri,* seinen Beratern. Wo es nur einen einzigen *Capodecina* gibt oder höchstens zwei, werden auch sie zu den Versammlungen des Rates eingeladen. Wo es viele *Capidecina* gibt, vier, fünf oder gar zehn, werden die Berater nicht hinzugezogen.

Wird ein Problem diskutiert, das eine bestimmte *Decina,* eine dieser Gruppen betrifft, wird oft auch der Leiter dieser Gruppe eingeladen. Man fordert offiziell Darlegung und Aufklärung des fraglichen Sachverhalts. Letztendlich entscheidet der Rat.

Die *Consiglieri,* die Berater, haben nichts mit den *Capidecina* zu tun. Sie sind eine eigene Instutition. Beim *Consigliere* handelt es sich um einen *Uomo d'onore,* der irgendwann als Berater ausgewählt wurde. Mitunter ist er genauso wichtig wie der »Familien«-Repräsentant selbst, denn er steht ihm äußerst nahe, beeinflußt, informiert ihn und stellt ihm die Dinge in einer bestimmten Weise dar.

Mit dem *Capodecina* verhält es sich anders: Er hat eine spezifische Aufgabe. Er hat das Kommando über seine Leute und führt Befehle aus. Er hat sich um seine Gruppe zu kümmern. Und er ist der Vermittler zwischen dem Repräsentanten und den *Uomini d'onore.* Der Repräsentant zum Beispiel kann einem *Capodecina* auftragen: »Sag deinen Leuten, daß die Dinge in deinem Viertel folgendermaßen zu regeln sind. Diese Operation (ein Mord, eine Schutzgeldforderung, eine Erpressung etc.) muß durchgeführt werden. Wähle einen von deinen Leuten aus und beauftrage ihn damit. Wenn nötig, verlange einen weiteren Mann von irgendeiner anderen Gruppe dazu.« Das ist alles. Zumindest war es bis vor einiger Zeit so.

Niemand überging die Vorgesetzten. Wenn ein *Uomo d'onore* eine

Genehmigung vom Clanboß einholen mußte, wandte er sich an seinen *Capodecina,* der die Frage an den Repräsentanten weiterleitete, und der stimmte dann zu oder lehnte ab.

Früher war die Hierarchie innerhalb der Familie formaler. Der Repräsentant gab keine direkten Befehle, ja er sprach mit den einzelnen *Uomini d'onore* nicht einmal darüber. Die Befehle liefen immer über den *Capodecina.* Heute ist das oft anders. Es gibt jetzt Repräsentanten, die direkten Kontakt zu einigen *Uomini d'onore* haben, weil sie mit ihnen eng befreundet sind oder ihnen besonderes Vertrauen entgegenbringen.

Kehren wir zu den Beratern zurück. Der *Consigliere* hat, wie schon gesagt, nichts mit dem *Capodecina* zu tun, auch nicht mit dem Vizerepräsentanten; letzterer wird vom Repräsentanten gleich nach dessen Wahl ernannt und genießt das allerhöchste Vertrauen des Chefs. Er ist bereit, den Chef im Falle einer Verhaftung, seiner Verhinderung oder in seiner Abwesenheit zu vertreten. Es gab aber in der Vergangenheit auch viele Fälle, in denen der Vizerepräsentant regulär gewählt wurde und eine wichtige Rolle in allen »Familien«-Angelegenheiten spielte.

Der Berater hingegen wird stets von den *Uomini d'onore* der Familie gewählt; er hat die Aufgabe, den Repräsentanten zu unterstützen und auch zu kontrollieren. Jawohl, auch zu kontrollieren. Sollte es nämlich vorkommen, daß der Repräsentant allzu hoch hinaus will, zum Despoten wird, absurde Befehle erteilt und falsche Entscheidungen trifft, dann ist es die Aufgabe des *Consigliere,* ihn zu bremsen und zur Vernunft zu bringen.

Der Berater muß die Wahrheit sagen, muß dem Repräsentanten die Dinge zeigen, wie sie sind. Dieser Roman, dieser Film, der da gedreht wurde, ich meine »Der Pate«, hat das sehr gut herausgearbeitet. Ich habe das Buch gelesen und auch den Film gesehen (wie übrigens alle aus meiner »Familie«). Sicher, es geht über die Wirklichkeit hinaus, doch in gewisser Weise ist der Film schon glaubwürdig. Der *Consigliere* ist hier ein echter Berater, einer, der dem *Capo* seine eigenen Ideen vorstellt, und der Chef wird dargestellt wie ein Mann, der tatsächlich die Meinung eines anderen braucht.

Die »Familie« ist auf ihrem Territorium autonom. Ebenfalls autonom ist der Repräsentant und sein Rat; allerdings nicht in allen Fällen. Nehmen wir als Beispiel die Entscheidung über einen Mord.

Soll zum Beispiel ein Mann auf dem Territorium der »Familie« umgebracht werden, um ein gewöhnliches Vergehen zu bestrafen, etwa weil einer bei der Polizei »gesungen« hat, ein normaler Fall der Geschäftsordnung sozusagen, dann entscheidet der Repräsentant. Der *Capodecina* sorgt für die Ausführung des Befehls, und der Mann ist erledigt. Die einzige Pflicht des Repräsentanten besteht darin, dem *Capomandamento* zu berichten, d. h. dem Chef eines Distriktes, der jeweils drei »Familien« umfaßt. Der Repräsentant geht zu ihm und sagt: »Weißt du, diese Sache, die gestern geschehen ist (oder vorgestern, vorige Woche etc.) ... das habe ich getan.« Der *Capomandamento* berichtet, was er erfahren hat, dem Provinzrepräsentanten, und damit hat sich's.

Wichtig sind präzise Informationen. Innerhalb der Mafia muß es präzise Informationen geben. Sonst versteht man nichts mehr, und es gerät alles durcheinander. Mein Bruder wäre – das war so um 1975 – beinahe von einer Gruppe ermordet worden, die nach einer Auseinandersetzung mit der Bande Pillera nach Mailand geflohen war – der Chef dieser Catanier war irrtümlicherweise davon ausgegangen, daß Pippo Chef der Pilleras geworden war. Mit dem Ziel, Pippo zu töten, sind dann tatsächlich drei Männer in Mailand losgefahren. Ich weiß wirklich nicht, wie die Sache ausgegangen wäre, hätte es da nicht Gerlando Alberti gegeben: Der tat so, als wolle er auch mitmachen, und ließ zwei der Killer während einer Rast in Neapel verschwinden. Eine fehlerhafte Information konnte das Leben eines Menschen kosten.

Wenn unklar ist, wer jemanden umgebracht hat, oder wenn man falsche Informationen darüber hat, kann sich keiner mehr auf etwas verlassen, sich nicht einmal mehr seines Lebens sicher sein. Genau dieses Spiel haben diese Teufel getrieben, diese schamlosen Kerle der »Familie« Corleone. Sie haben gelogen über die Morde, die sie begangen haben! Haben alle hereingelegt! Aber lassen wir die Corleoneser zunächst beiseite und gehen der Reihe nach vor.

Soll eine bedeutende Persönlichkeit ermordet werden, ein Politiker, ein Polizist, ein Richter, dann muß die Entscheidung von oben kommen, von der höchsten Ebene, das heißt von der »Regionalkommission«, über die ich später ausführlicher sprechen werde. Der Grund ist einleuchtend: Ein Mord von diesem Kaliber kann allen Schwierigkeiten bereiten. Zwar wird der Mord in einem bestimmten Gebiet verübt; doch die Folgen davon tragen alle.

Darüber hinaus gibt es besondere Gelegenheiten, bei denen die Kommission oder der Provinzrepräsentant beschließen kann – und das auch bei ganz gewöhnlichen Morden –, daß es im Augenblick besser ist, Ruhe zu bewahren. Etwa weil man ein Gerichtsurteil abwarten muß oder Maßnahmen der Polizei in der Luft liegen, oder weil die Regierung uns gerade nicht gewogen ist (das geht aber vorbei ... man muß nur abwarten). In solchen Fällen lautet die Antwort der Mafiaspitze, selbst wenn sich jemand über das unkorrekte Verhalten irgendwelcher Personen beklagt (»Der oder der hat das oder jenes getan«, »Dieser Mann hat das getan, man muß einschreiten!«): »Gut, gut. Hab Geduld: Jetzt ist nicht der Zeitpunkt, etwas zu unternehmen. Warten wir noch etwas.«

Es gibt nur einen einzigen Fall, in dem solche Einschränkungen außer Kraft gesetzt sind. Und zwar, wenn ein Mafiamitglied sich plötzlich in Luft auflöst, mit der Absicht verschwindet, sich mit den Carabinieri in Verbindung zu setzen, um eine schwere Straftat anzuzeigen und mit ihnen zu kollaborieren. In diesem Fall tritt sofort der Notstand ein. Der Befehl, vielmehr die Pflicht für jeden *Uomo d'onore* besteht dann darin, diesen Menschen zu suchen und ihn unverzüglich umzubringen, wo immer er sich befinden mag und zu welchem Zeitpunkt auch immer. Jeder *Uomo d'onore* darf, ja muß das tun, in jeder Situation und ohne das Einverständnis von irgend jemandem abzuwarten. Selbst wenn viel Polizei herumläuft oder gerade ein Prozeß vor dem Abschluß steht.

Handelt es sich aber um andere Probleme oder um Entscheidungen, die man verschieben kann, versucht man Zeit zu gewinnen, um nicht in die Zeitungen zu kommen oder öffentliches Aufsehen zu erregen. Im allgemeinen hat man sowieso genug Zeit. Es besteht ja nicht die Gefahr, daß die Dinge im Sande verlaufen. Die Mafia läßt nichts unvollendet, macht keine halben Sachen. Die Mafia ist eine ernste Sache. Es ist sinnlos, sich da Illusionen zu machen: Wenn sie einen Beschluß gefaßt hat, führt sie ihn auch bis zum Ende durch. Außer im Fall, wo Männer ausgetauscht worden sind oder wo es nur um eine begrenzte Angelegenheit geht, die die Regeln der Vereinigung nicht allzusehr verletzt.

Zum besseren Verständnis: Vergessen wir nicht, daß die Mafia die Vereinigung all jener Männer ist, die einen Eid auf sie geleistet haben, und daß sie klare Regeln vorschreibt. Doch sie besteht eben stets aus Menschen. Und Menschen haben ihre Vorlieben, ihre Freundschaften, ihre Abneigungen – auch, wenn sie eine Stellung an der Spitze einnehmen. Läßt Michele Greco von der »Kommission« (dem Mafialeitorgan, dessen Chef er war, siehe weiter unten, W. R.) eine seiner Entscheidungen billigen, die einen Monat – oder zwei oder drei Monate – später ausgeführt werden soll, und ist er dann, wenn sie ausgeführt werden soll, nicht mehr Chef der »Kommission«, dann wird sie möglicherweise auch nicht mehr ausgeführt. Es könnte sein, daß sie den anderen Mitgliedern der Mafia als allzu persönliche, private Entscheidung erscheint, die man zwar auch dann ausführen kann, wenn man nicht von ihr überzeugt ist, von der man aber auch die Finger lassen kann, wenn Greco in der Zwischenzeit nicht mehr seine frühere Position innehat.

Handelt es sich jedoch um eine von allen gebilligte Entscheidung, die alle betrifft, die Interessen aller berührt, dann gibt es keinen Ausweg. Da gibt es keine Revision. Wenn man entscheidet, daß man alle *Pentiti* (Mafiaaussteiger, W. R.) umbringen muß, vom ersten bis zum letzten, dann gibt es kein Zurück. Selbst wenn viel Zeit vergeht und die Männer, die später in der »Kommission« sitzen, andere sind und mich und die anderen Aussteiger gar nicht kennen – da darf man sich keine Illusionen machen. Sie vergessen es nicht. Die Mafia vergißt nie.

Auch die einzelnen Mafiosi, die Männer in der Mafia, vergessen nicht. Sie rächen sich immer. Denkt nur an meinen Bruder: Noch in den siebziger Jahren, 30 oder 40 Jahre nach dem Tod meines Onkels, versuchte er vor Ort herauszukriegen, wie dieser ermordet worden war, und er war bereit, sämtliche noch lebenden Verantwortlichen zu töten. Die alte Mafia war eben so. In dieser Hinsicht ist aber auch die »neue Mafia«, wie sie die Zeitungen nennen, noch genauso wie die alte.

Ein Mafioso wie Gaetano Badalamenti – es macht keinen Sinn, einen Mann wie ihn als »alten« oder »neuen« Mafioso zu bezeichnen – erteilte 1969, sofort nach seiner Ernennung zum Provinzrepräsentanten, dem in die *Cosa Nostra* aufgenommenen neapolitanischen Camorristen Michele Zaza den Befehl, jemanden umzubringen. Und wißt ihr, warum? Lange zuvor, Ende der fünfziger Jahre, hatte dieser Mann im Reitstadion von Agnano den gerade aus Amerika zurückgekommenen Lucky Luciano geohrfeigt. Der Mord wurde ausgeführt, und Badalamenti ließ in Amerika stolz verbreiten, daß diese Beleidigung mit Blut vergolten worden war, wenn auch mit Verspätung.

Die Durchtriebenheit der *Cosa Nostra* bestand immer darin, eine geheime, für nur wenige Mitglieder zugängliche Vereinigung und dennoch gleichzeitig mit dem normalen Leben verflochten zu sein, mit dem Alltag und den Berufen der Männer. In der Mafia gibt es alle möglichen Leute. Mit Ausnahme von Richtern, Staatsanwälten und Polizisten gehören ihr Leute aller Art an, sie ist nämlich in jeden nur möglichen Winkel der Gesellschaft eingedrungen. Der Mafioso ist wie eine Spinne. Er knüpft Netze aus Freundschaften, Bekanntschaften und Verpflichtungen. Heutzutage hat allerdings das Geld die Oberhand gewonnen, und alles ist heruntergekommen; man investiert nicht mehr soviel Zeit wie einst, um Freundschaften zu pflegen. Doch bis vor nicht allzu langer Zeit gab es Leute wie meinen Bruder Pippo, die ganz und gar das Leben eines Mafioso führten.

In der *Cosa Nostra* gibt es zahlreiche kleine Unternehmer. Mehr noch: Die Mehrheit in ihr besteht aus Geschäftsleuten, Männern, die Läden, Firmen und Unternehmen führen. Sie treiben Handel, sind erfinderisch und von morgens bis abends unterwegs. Ruhelose Menschen, denen ein aktives Leben gefällt, die neue Dinge mögen und die eine unendliche Zahl von Leuten aus allen möglichen Bereichen kennen. Unternehmer, die rund um die Uhr hellwach sind. Tagsüber führen sie ihren Betrieb wie alle anderen und arbeiten immer viel. Nachts aber, statt sich schlafen zu legen, gehen sie stehlen. Wie jener Repräsentant der »Familie« von Catania z. B., der eine gutgehende Transportfirma mit vielen Kunden hatte und Aufträge für die Kleinindustrie der Stadt ausführte. Er war ein geachteter, weithin bekannter Mann; doch in der Nacht verübte er zusammen mit dem Onkel von Nitto Santapaola (dem späteren Boß von Catania) Einbrüche.

Luciano Liggio, das Oberhaupt der Corleoneser, war Gutspächter und verstand sich auf Landwirtschaft wie alle Corleoneser und wie die Grecos, die Bosse aus der Peripherie Palermos. Die Bontades (der führende Clan Palermos in den siebziger Jahren) z. B. betrieben Südfrüchtehandel. In der *Cosa Nostra* gab es immer viele Händler und Exporteure von Südfrüchten, heute sind auch zahllose Bauunternehmer und Aquisiteure öffentlicher Aufträge darunter. Cavataio war ein kleiner Bauherr, Rosario Spatola ein großer Bauunternehmer, einer der größten in Palermo. Einer aus der Familie Vernengo hatte eine Fabrik für Kühleis. Badalamenti hielt Kühe und verkaufte Käse. Viele andere waren Fuhrunternehmer, Ersatzteillieferanten für Kraftfahrzeuge, Metzger, Vieh-, Fisch- oder Obsthändler. Nitto Santapaola begann als fahrender Schuhhändler und wurde schließlich Generalvertreter von Renault in Catania. Zur Einweihung seines Geschäftes kamen der Präfekt und höchste Staatsvertreter. Sein Bruder Salvatore hatte eine Rosticceria (Rostbratküche, W. R.). Die Ferreras verkauften Mineralwasser und unterhielten Spielkasinos. Viele haben dann – mit dem Geld aus dem Rauschgiftschmuggel – Hotels, landwirtschaftlichen Besitz und zahlreiche Wohnungen gekauft. Die Santapaolas haben einen Großteil des Stadtviertels um die Via Vincenzo Giaffruga erworben.

Sogar Priester sind dabei, wie etwa Padre Agostino Coppola. Er hat den Corleoneser-Boß Totò Riina mit Antonietta Bagarella getraut, während Totò im Untergrund lebte. Außerdem sind viele Ärzte und Rechtsanwälte dabei. Für den Beruf des Anwalts haben Mafiabosse eine Schwäche. Wenn sie ihre Söhne auf die Universität schicken, kann man sicher sein, daß sie Recht studieren müssen. Giovanni Bontade z. B. war Anwaltsanwärter, er trug den Beinamen »L'avvocato«, der Advokat. Rechtsanwalt Chiaracane, Sohn und Neffe von Mafiabossen, war *Uomo d'onore* der »Familie« aus Misilmeri.

Das Ansehen eines Mafioso innerhalb der *Cosa Nostra* hängt allerdings nicht von seinem Beruf und seinem Titel ab. Ein großer *Uomo d'onore* wie Stefano Bontade, ein wirklicher Führer, ein Mann mit der Fähigkeit zum Befehlen und zur Leitung einer »Familie«, selbstsicher und elegant, hatte nur eine relativ bescheidene Bildung. Er ist das genaue Gegenteil seines Bruders Giovanni: Der war zwar Akademiker, aber doch eine viel blassere, unsicherere Figur und innerhalb und außerhalb seiner »Familie« viel weniger angesehen als Stefano. Das hatte seinen Grund auch darin, daß er immer zu Michele Greco lief und sich ausheulte, wenn ihn Stefano oder sonst jemand ausgeschimpft hatte.

Die Bosse der »Familie« von Corleone waren völlig ungebildet. Doch sie waren schlitzohrig, wahre Teufel. Verschlagen und grausam, eine seltene Kombination in der *Cosa Nostra*. Totò Riina war unglaublich ungebildet, doch er besaß Intuition, war intelligent, kaum zu durchschauen und hereinzulegen. Gleichzeitig aber hatte er einen wirklich bestialischen Charakter. Nach seiner Lebensphilosophie war es besser, bei einer Krankheit am Finger den ganzen Arm abzuschneiden, damit man sicher gehen konnte. Bino Provenzano hatte den Beinamen »u viddano«, der Grobian – seiner feinen Umgangsart wegen. Mein Bruder nannte ihn »u tratturi«, den Traktor, eine Anspielung auf seine Fähigkeiten als Mörder und auf die Art, wie er über Probleme oder Menschen drüberwalzte.

Einer der besten *Uomini d'onore,* die ich gekannt habe, war zweifellos Totò Greco »Cicchiteddu«. Er war ein Verführer mit großem Charisma. Ganz anders als sein Vetter Michele, eine glatte Mafiosofälschung, ein Nichts, der bis 1975 im Dreck steckte, bis ein anderer Vetter, Totò Greco, genannt »l'ingegnere«, der Ingenieur, ihn zum Provinzrepräsentanten und *Capomandamento* machte.

Die Reputation und der Bekanntheitsgrad eines *Uomo d'onore* außerhalb der *Cosa Nostra* entsprechen nicht unbedingt seiner Position innerhalb der Vereinigung. Jeder kennt den Namen von Calogero Vizzini, Don Calò, und alle wissen von Genco Russo. Das waren Berühmtheiten (in den fünfziger bzw. sechziger Jahren, W. R.), die Zeitungen sprachen unentwegt von ihnen. Und doch war Vizzini nie der Repräsentant von ganz Sizilien. Der Chef der Regionalkommission war damals, in den fünfziger Jahren, Andrea Fazio, ein Mafioso aus Trapani, den niemand kannte. Und Genco Russo war lediglich Provinzrepräsentant von Caltanissetta. Die Berühmtheit von Vizzini und Russo war innerhalb der *Cosa Nostra* gar nicht gerne gesehen. Die beiden setzten sich allzusehr in Szene, gaben Interviews, ließen sich sogar fotografieren. Sie waren zu Stars geworden wie Sänger und Tänzerinnen. Innerhalb der *Cosa Nostra* machte man seinerzeit ironische Bemerkungen über sie. Über Genco Russo pflegte Totò Minore zu sagen: »Habt ihr unsere Gina Lollobrigida heute in der Zeitung gesehen?«

Die großen *Uomini d'onore* waren kaum bekannt. Es waren Leute, die die Öffentlichkeit scheuten, wie der alte Giovannino Mongiovino, dem mein Bruder den Posten des Regionalrepräsentanten anbot. Er bat ihn, dieses Amt anzunehmen, weil sein Ansehen ihm den Respekt aller »Familien« sichern würde. Doch Mongiovino verweigerte sich mit der Begründung, er wolle nicht Leute vertreten, die es nicht verdienten, Mitglieder der *Cosa Nostra* zu sein.

Ich habe die Schule bis zur ersten Klasse der Mittelschule besucht. In die Grundschule (in Italien fünf Klassen, W. R.) bin ich bis Kriegsbeginn gegangen, dann habe ich unterbrochen und nach der Ankunft der Amerikaner (1943, W. R.) weitergemacht. 1946 begann in Catania die Zeit des sogenannten »intrallazzo« (Machenschaften, W. R.), wie die Schmuggelgeschäfte nach dem Krieg genannt wurden. Als ich dann wieder zur Schule ging, war ich zwölf Jahre alt und konnte noch immer nicht lesen und schreiben.

Darum schickte mich mein Bruder zu Privatstunden bei einer Lehrerin aus einer reichen Familie in unserem Viertel. Ein oder zwei Jahre, ganz genau weiß ich es nicht mehr, bin ich zu diesen Privatstunden gegangen, danach habe ich mich als Externer zur Prüfung der 5. Grundschulklasse angemeldet (die Prüfung gewährt den Übergang zur Mittelschule, W. R.). Der Vater meiner Lehrerin war der Pate Pippos. Sein Firmpate, nicht zu verwechseln mit den Mafiapaten. Also kein *Uomo d'onore*. Er war ein gewöhnlicher Mensch, ein Kaufmann, der Getreidesilos besaß. Als Junge schaute ich mir die Lagerhäuser immer wieder an: enorme Gebäude mit einer hohen Mauer und einem riesigen Innenhof, ringsum gab es unzählige Zementsilos, die bis obenhin mit Getreide gefüllt waren.

Zwei Onkel mütterlicherseits, Vincenzo und Luigi Saitta, befanden sich damals in einer schlimmen wirtschaftlichen Lage. Sie mußten ums schiere Überleben kämpfen. Luigi war, wie schon gesagt, ein bedeutender Mafioso. Vincenzo war kein Mafioso, war aber als Straßenräuber auch nicht schlechter als Luigi. Die beiden wußten nicht mehr, wie sie ihr Leben fristen sollten, weil die Mafia während des Faschismus verarmt war. Nach dem Krieg gab es kaum mehr Mafiosi. Die sizilianischen »Familien« waren vom Präfekten Mori zerschlagen worden. Die Mafia war wie eine Pflanze, die niemand mehr pflegte. Mein Onkel Luigi, der ein Boß war, eine Autorität, stand so schlecht da, daß er zum Dieb wurde, um wenigstens Brot zum Überleben zu haben.

Dann begann man mit der Reorganisation: Man begann von Tabak zu sprechen. Mein Onkel Vincenzo, ein intelligenter, fähiger Mann mit vielen Freunden, kannte Leute in Apulien, in der Nähe von Lecce, die Staatsgutscheine für den Erwerb von Säcken voller Tabakpulver, das man als Dünger nutzte, besaßen. Es waren Säcke, die in staatlichen Betrieben abgefüllt und zu einem lächerlich niedrigen Preis an Bauern verkauft wurden. Mein Onkel stattete sich mit solchen Gutscheinen aus und meldete sich bei dem staatlichen Betrieb, um den Dünger auf seinen Wagen zu laden. Der Lagerhausleiter ließ den Lastwagen – nach Zahlung eines Schmiergeldes – statt mit Tabakpulver mit guten langen Tabakblättern volladen, die man für Zigaretten verwendete.

Der Lastwagen fuhr nach Catania und kam ohne Schwierigkeiten über die Meerenge von Messina. Damals wurden die Fähren zwischen Italien und Sizilien von der »Guardia di Finanza« (Finanzpolizei, W. R.) aufmerksam kontrolliert, denn das Salz (damals ein Staatsmonopol, W. R.) kostete in Sizilien viel weniger als auf dem Festland, und so blühte der Schmuggel. Mein Onkel kannte jedoch einen Eisenbahnbeamten, der ihm Inspektionen vom Hals halten konnte. So überquerten sowohl die Lastwagen voller Tabak als auch die Eisenbahnwaggons, die mein Onkel manchmal statt dessen benutzte, die Meerenge ohne alle Zwischenfälle.

Dafür mußte man nicht viel investieren. Der Tabakdünger kostete sehr wenig, die Schmiergelder waren eine Angelegenheit unter Freunden, unter Leuten, die einander achteten. Große Vorauszahlungen waren nicht nötig. Die Freundschaft ersetzte das Geld und die Banken.

Die Tabakladungen wurden in der Nähe unserer Wohnung abgesetzt und in extra für diesen Zweck geleerten Getreidesilos untergebracht. Wahre Berge von Tabaksäcken, auf denen wir als Kinder spielten! Die Säcke waren alle gleich groß. Ursprünglich wurden Mandeln darin aufbewahrt, in jedem ein Doppelzentner Mandeln. Jeden Abend nach der Arbeit füllte mein Onkel einen Sack mit dem Geld, das sie eingenommen hatten, dann zählten sie es. Es war das Geld von damals, die AM-Lire der amerikanischen Besatzung, das wenig wert war. Das Unternehmen bestand aus meinen Onkeln und noch einem Mann, der in Wirklichkeit alles leitete. Pippo arbeitete als Vertrauensmann mit, war aber kein Gesellschafter und wurde wie ein Angestellter bezahlt.

Das für uns Kinder faszinierendste Schauspiel fand dann im Innenhof des vormaligen Getreidesilos, unmittelbar nach der Ankunft einer großen Ladung, statt. Da versammelte sich dann auf dem freien Platz eine bunte Menge von Leuten. 200–300 Personen der verschiedensten Art. Einfache Leute und kleine Straßenräuber, die aus den verschiedenen Vierteln Catanias kamen, aus Orten in der Provinz und auch aus noch weiter entfernten Gebieten. Ich genoß diese Szene vom Fenster unserer Lehrerin aus, das auf den Silohof blickte. Dann bat ich darum, etwas trinken gehen zu dürfen, und mischte mich unter diese Menge. Es waren lustige Leute, die mit mir scherzten. Sie waren alle zufrieden, denn es gab etwas zu verdienen. Jeder von ihnen kaufte einen Sack Tabak oder auch zwei. Dann kehrten sie nach Hause zurück und verkauften ihn, abgefüllt in Pakkungen von ein oder zwei Kilo, an die Einzelhändler, die ihrerseits kleine Mengen von 30–50 Gramm an die Raucher abgaben. Damals kaufte niemand fertige Zigaretten. Man ging zum Tabakladen und kaufte Tabak und Zigarettenpapier zum Drehen. Günstiger war es aber, sich privat einzudecken. Natürlich hatten die Käufer der Säcke mehr Geld als die Einzelhändler, sie hatten auch mehr Freunde, weil sie wußten, wo man ohne Gefahr Tabak auftreiben konnte.

Man darf nicht vergessen, daß diese Geschäfte ja nicht legal waren (Tabak war und ist in Italien Staatsmonopol, W. R.), auch wenn die »Guardia di Finanza« über alles Bescheid wußte. Der geheime Sozius meiner Onkel, der Mann, der alles organisiert, meinen Onkel Vincenzo der staatlichen Tabakfabrik empfohlen und dem Eisenbahnbeamten vorgestellt hatte, war selbst Major der Finanzpolizei, ein Gevatter meines Onkels, der später Oberst wurde. Er ist inzwischen aber gestorben, der Arme, er erlitt hier in Catania, am Steuer seines Autos, einen Infarkt.

Es war eine einträgliche Tätigkeit, sie gestattete meinen Onkeln, sich nach den schlimmen Zeiten des Präfekten Mori und des Krieges ein bißchen zu erholen. Dann jedoch fuhr der Teufel, wie immer, erneut dazwischen. Bevor ich das genauer erkläre, muß ich noch über einen Zwischenfall berichten.

Einer der Großeinkäufer, ein gewisser Natale Di Raimondo, der sich aus demselben Depot wie meine Onkel versorgte, hatte einige Zeit zuvor erklärt, daß ihm die Finanzpolizei zwei Säcke beschlagnahmt habe. Das stimmte aber nicht. Mein Onkel hatte herausgefunden, daß es nicht stimmte. Das konnte er, weil wie gesagt sein wichtigster Gesellschafter eben der Chef der Finanzwache von Catania war. Also log Di Raimondo offensichtlich, um nicht bezahlen zu müssen. Er war einer von jenen, die nicht sofort bezahlten, sondern erst wenn sie die Ware verkauft hatten – es galt das gegebene Wort, wie man das so unter ehrenhaften Leuten hält. Alle bezahlten früher oder später. Es herrschte Vertrauen. Allerdings hatten aber auch alle Angst vor den möglichen Konsequenzen, die ein Betrug meines Onkels Luigi, der ein weithin bekannter Mafioso war, nach sich ziehen konnte. So sagte mein Onkel damals also zu Di Raimondo geduldig und freundlich: »Natale, hör auf damit. Ich weiß, daß die Finanzpolizei nichts damit zu tun hat. Wenn du das Geld für die Rechnung nicht hast, ist das kein Problem. Aber hör auf mit dieser Geschichte von der Finanzpolizei, denn sie stimmt nicht.« Darauf antwortete Di Raimondo: »Ich zahle nicht, weil mir die Finanzpolizei die beiden Säcke weggenommen hat.«

Kurz nach dieser Debatte versammelten sich wieder einmal die üblichen Leute im Hof des Depots und warteten auf die Ankunft einer neuen Ladung. Die Gruppe war besonders groß, wohl deshalb, weil bereits mehrere Wochen seit der letzten Sendung vergangen waren. Die Tabakkunden waren nervös, weil sie Zigaretten benötigten; die Preise waren gestiegen, es herrschte starke Spannung. Das Ganze geschah an einem Sommernachmittag. Mein Onkel Vincenzo stand auf dem offenen Platz im Hof mit den Händen in der Tasche, sprach mit den Käufern und erklärte, daß es eine Verspätung gebe und man Geduld haben müsse.

Da kam dieser Di Raimondo daher und fragte: »Gibt's nicht mal für mich Tabak?« – »Tabak gibt es hier, wie du siehst, nirgends. Wir erwarten die Ankunft der Ladung aber jeden Augenblick. Sobald sie hier eintrifft, wird es Tabak für alle geben«, antwortete mein Onkel. Di Raimondo vermutete jedoch, daß das Ganze nur inszeniert war – man stelle sich das vor –, um ihm, der nicht bezahlt hatte, keinen Tabak mehr zu verkaufen! Als ob meine Onkel den Verkauf einer Riesenmenge Ware an 200 Personen eingestellt hätten, nur weil Di Raimondo nicht bezahlt hatte!

Aber mit solchen Dummköpfen kann man einfach nichts anfangen. Di Raimondo gab meinem Onkel, der seine Hände noch in der Tasche hatte, eine Ohrfeige. Mein Onkel fiel hin, schlug mit dem Kopf auf und blieb bewußtlos liegen. Mein anderer Onkel, der Mafioso, war nicht dabei. Er war zu Hause und schlief. Pippo aber war im Hof und sprach mit einigen Leuten, als er Stimmen hörte und den Onkel am Boden sah, daneben Di Raimondo, der ein Messer herauszog. Di Raimondo war kein Mafioso, lediglich ein kleiner catanesischer Räuber. Vielleicht war er auch ein Polizeispitzel. Pippo zog seine Pistole heraus und schoß auf Di Raimondo, der sich zu verteidigen versuchte, indem er ein Bündel herauszog. Es war ein Taschentuch, in dem etwas eingewickelt war. Alle dachten, daß es sich um eine Handgranate handelte, denn Di Raimondos Bruder war in Oberitalien Partisan gewesen (die ganze Familie war etwas merkwürdig). Alle liefen davon.

Mein Bruder schoß weiter, doch seine Pistole, eine Automatik, blockierte bei den ersten Schüssen. Er mußte davonlaufen und versteckte sich hinter einigen Fässern im Hof. Was Di Raimondo herausgezogen hatte, war in Wirklichkeit eine Pistole. Er begann nun auf Pippo zu schießen. Inzwischen hatte Pippo seine Pistole repariert und traf Di Raimondo, der zu Boden fiel. Alle schrien: »Er hat ihn umgebracht, er hat ihn umgebracht.«

Ich befand mich in diesem Augenblick in der Schule, also im Hause meiner Lehrerin, die im ersten Stock wohnte, über den Depots. Ich hatte die Schüsse und die Schreie der Leute gehört und sofort an Pippo gedacht. Ich lief nach Hause und sah, daß er sich wusch und dann flüchtete, um sich zu verstecken.

Di Raimondo war nicht tot. Ein *Uomo d'onore,* der bei diesem Zwischenfall dabeigewesen war, ein gewisser Ferrera, genannt »Cavaduzzu«, Vater der später berühmten Ferreras, leistete Erste Hilfe. Er brachte ihn zu einem Arzt und ließ ihn behandeln. Di Raimondo schwebte zwei Tage in Lebensgefahr, erholte sich dann aber wieder.

Die Angelegenheit wurde von meiner »Familie« geregelt. Man ging zum Chefkommissar im Polizeipräsidium, und damit hatte es sich. Der Zwischenfall war erledigt. Im Polizeipräsidium wußten sie alles. Von den 300 Personen im Depothof bestand die Hälfte aus kleinen Schmugglern, die fast jeden Tag zu den Polizisten liefen und ihnen erzählten, was sie wußten (und mitunter auch das, was sie nicht wußten, weil sie nämlich Märchen erfanden, um sich wichtig zu machen). Jedenfalls wurde die Sache auf diese Weise geregelt. Di Raimondo mußte erklären, daß er zwar ein kleines Messer gezogen hatte, aber nicht mit der Absicht anzugreifen, und mein Bruder mußte erklären, daß er die Handbewegung mißverstanden und deshalb aus Notwehr geschossen habe. Ich glaube, daß es nicht einmal zum Prozeß gekommen ist.

Aber den Schmuggel mußte er danach seinlassen. Man mußte etwas warten, damit sich das Aufsehen, das der Zwischenfall erregt hatte, legte. Pippo versteckte sich für einige Zeit. In der Zwischenzeit nahm die Nachfrage nach Schmuggeltabak kontinuierlich ab, weil die Fabriken die Arbeit wieder aufgenommen hatten und es in den Geschäften keinen Mangel an Tabak mehr gab.

Pippo und mein Onkel Vincenzo gaben also den Handel mit Tabak auf und eröffneten ein Stoffgeschäft. Mein Bruder hatte Erfahrung im Stoffhandel, weil er zehn Jahre lang als Verkäufer im Stoffgroßhandel an der Piazza Bicocca im Zentrum Catanias gearbeitet hatte. Das neue Geschäft wurde 1948 eröffnet, und mein Bruder wurde zum *Uomo d'onore* gemacht.

Ich habe schon erzählt, daß sich die »Familie« in den fünfziger Jahren als Folge des Widerstandes gegen die Ernennung meines Onkel Luigi zum Vizerepräsentanten gespalten hatte. Die Mitglieder der »Familie«, die sich nach der Spaltung gebildet hatte, versammelten sich in einem anderen Stadtviertel, in San Cristoforo, dem Viertel der Santapaolas, während mein Onkel, Pippo und die anderen in der alten »Familie« verblieben und sich am Corso d'Italia trafen. Zu einer Aufteilung des Territoriums kam es aber nicht. In Catania hat es nie eine echte Aufteilung der Viertel gegeben; die Tradition einer einzigen »Familie« erforderte auch ein einheitliches Territorium.

Die palermitanischen »Familien« hatten sowohl zu meinem Onkel und seinen Leuten Kontakt als auch zu deren Gegnern. Daher versuchten sie die zerbrochene »Familie« wieder zusammenzufügen. Doch es gelang ihnen nicht, weil mein Onkel Luigi und auch Pippo auf keinen Fall mehr die frühere »Familie« mit denselben Leuten wiederherstellen wollten. Darum dauerte die Spaltung noch viele Jahre.

Das waren überaus traurige Jahre für mich. Ich hing sehr an Onkel Luigi, der einen bösen Tumor an der Nase bekommen hatte. Er ließ sich in Mailand operieren, aber die Operation blieb erfolglos. Ich verlor noch dazu meine Stelle bei der Landwirtschaftskooperative, weil ich bei ihm sein und ihn pflegen wollte.

Damals verlobte sich Pippo. Er sah ein Mädchen, das ihm gefiel, und ging ihm nach, um herauszufinden, wo es wohnte. So machte man das früher. Das Mädchen lebte in einem Palazzo, wo auch ein *Uomo d'onore* wohnte, den Pippo gut kannte. Es war kein anderer als der Neffe Giuseppe Indelicatos, des Repräsentanten der gegnerischen »Familie«. Mein Bruder hatte sich mehrere Male mit diesem *Uomo d'onore* getroffen, weil er der flexibelste unter den Gegnern war, ein Mann, mit dem man vernünftig reden konnte.

Pippo wurde sich allmählich darüber klar, daß ihm dieses Mädchen wirklich sehr gefiel, und so reifte in ihm die Idee, sich zu verloben, es zu heiraten. Das sagte er dem Neffen Indelicatos, der wiederum der Bruder dieses Mädchens war; Pippo hielt ihn auf der Straße an und teilte ihm mit, daß er beabsichtige, seine Schwester zu heiraten. Der *Uomo d'onore* war glücklich über diese Nachricht, weil er Pippo trotz der Reibereien zwischen den »Familien« sehr schätzte. So kam es zu diplomatischen Schritten und schließlich zur allgemeinen Aussöhnung. Diese Heirat beendete die Streitigkeiten, und die »Familie« Catanias vereinigte sich wieder. Aus ganz Sizilien waren Leute gekommen und hatten versucht, diese Spaltung zu beenden, doch es war ihnen nicht gelungen. Eine Hochzeit aber brachte alles wieder in Ordnung.

Es kam so weit, daß eine Kommission zu meinem Onkel Luigi ging und ihm offiziell vorschlug, den Platz eines Provinzrepräsentanten einzunehmen. Er sollte nicht mehr nur der Vizerepräsentant einer einzelnen »Familie« sein – wie vor der Spaltung –, sondern ein viel höheres Amt bekleiden. Doch mein Onkel nahm nicht an. Er erklärte: »Ich liege schon fast im Sterben und kann nichts mehr machen. Haltet mich, wenn ihr wollt, als *Soldato* bei euch.« Dann schlug er Giuseppe Indelicato, den angeheirateten Onkel Pippos, zum Provinzrepräsentanten vor. Und zwar deshalb, weil er fähig war, die in Zwietracht lebende »Familie« zu einen, und weil er gezeigt hatte, daß er über kleinlichem Zank und Rachegedanken stand.

Wenn man es genau nimmt, war diese Spaltung im Inneren der »Familie« niemals endgültig gewesen. Auch wenn man aus Claninteressen, aus Machtgründen zu Feinden geworden war, hatte man nie alle Brücken abgebrochen. Es gab noch immer Prinzipien, die alle Gegensätze überdauerten. Z. B. die Freundschaft und der gegenseitige Respekt zweier starker Männer: meines Onkels Luigi und Vincenzo Palermos. Diese Freundschaft hat nie aufgehört, auch nicht, als sie entgegengesetzten Fronten angehörten.

Der Beweis dafür ist folgender Vorfall. Er geschah nach der Spaltung. Vincenzo Palermo schützte einige catanesische Grundstücksbesitzer, von denen einer nach einiger Zeit Übergriffe auf seine Ländereien zu verzeichnen hatte, und zwar Diebstähle und Brände. Dann bekam er auch noch anonyme Briefe. Er wandte sich an Palermo, der auf die Ländereien kam und den Täter erwischte. Es war ein gewisser Catarinella, der vor der Polizei auf der Flucht war und mächtig angab.

Palermo beschimpfte ihn, um ihn zur Räson zu bringen. Doch Catarinella ergriff ein Gewehr und schoß auf ihn. Der arme Palermo war unbewaffnet, und außerdem hatte er nur noch einen Arm. Doch er war ein alter Mafiafuchs, und als er das Gewehr auf sich gerichtet sah, drehte er sich zur Seite, um weniger Angriffsfläche zu bieten und seine Brust zu schützen. Gerade darum aber erwischte es nun seinen anderen Arm, und er fiel zu Boden. Der Chauffeur Palermos war Salvatore Santapaola, der Bruder von Nitto. Palermo wurde aufgesammelt und in eine Klinik gebracht.

Als mein Onkel von der Sache hörte, zog er gleich los und suchte seinen alten Freund auf, obwohl sie einander seit der Spaltung der »Familie« nicht mehr grüßten. Als er ihn küßte, fragte er: »Wer war's?« – »Catarinella«, antwortete Palermo. Fünf oder sechs Tage später fand man drei Tote auf den Ländereien, auf denen sich Catarinella als Herr aufgespielt hatte. Alle drei waren Flüchtige, Mitglieder der Bande Catarinellas. Catarinella begriff. Er rannte zum

Polizeipräsidium und verlangte, eingesperrt zu werden, weil er Vincenzo Palermo angeschossen hatte.

Es gab einen Prozeß, und die zwei wurden einander gegenübergestellt. Catarinella wiederholte seine Selbstbezichtigung, doch Palermo gab zurück: »Hör mal, du kannst alle Dummheiten erzählen, die dir in den Sinn kommen, aber ich kenne dich nicht. Ich habe dich nie gesehen. Du bist es nicht gewesen.« Und so wurde Catarinella freigesprochen.

Als es Palermo besser ging, besuchte er meinen Onkel und sagte: »Luigi, ich stehe bis zu meinem Lebensende auf deiner Seite. Solltest du eines Tages bemerken, daß ich dich enttäuscht habe, erschieß mich, denn dann müßte ich verrückt geworden sein.«

Gut. So war Freundschaft früher. Mein Onkel hat diese Leute für ihn ermordet. Obwohl sie miteinander im Streit lagen. Denn er achtete und bewunderte Vincenzo Palermo.

3

Die »Familie« hatte sich also wieder vereint. Wie immer, wenn die internen Schwierigkeiten gelöst waren, machte man sich an die Lösung der äußeren Probleme. Der Augenblick für eine Vergrößerung der »Familie« war günstig. Es gab mehrere vielversprechende junge Leute, die man »machen«, d. h. in die Gesellschaft der *Uomini d'onore* aufnehmen konnte.

Unter diesen Burschen waren Leute, die später große Bedeutung erlangten und in den Folgejahren recht bekannt wurden. Da gab es z. B. den Sohn Salvatore Ferreras, der Neffe des »Cavaduzzu«, Franco Ferrera, der so alt war wie ich. Dazu kamen zwei weitere Neffen des »Cavaduzzu«, Nitto Santapaolo und sein Bruder Natale. Der ältere Bruder Nittos, Salvatore, war bereits *Uomo d'onore.* Damals waren wir vier so zwischen 22 und 25 Jahre alt. Außer uns gab es aber auch noch weitere aufgeweckte Burschen, die man so bald wie möglich aufnehmen wollte: Natale Ercolano, auch er ein Neffe Ferreras, und noch andere. Zusammen waren wir acht junge Männer.

Wir selbst wurden über diese Pläne jedoch im unklaren gelassen; ich jedenfalls wußte überhaupt nichts davon. Während ich meinen frisch operierten Onkel in Mailand besuchte, war einmal mein Bruder dazugekommen und hatte mich aus dem Zimmer hinauskomplimentiert, weil er alleine mit dem Onkel reden mußte. Ich hatte den Eindruck, daß sie über mich sprachen, aber sie haben mir nichts gesagt, und Pippo war nach Catania zurückgefahren.

Ich war neugierig, etwas zu erfahren, aber es gelang mir nicht. Mit meinem Onkel Luigi hatte ich nur wenig Vertraulichkeit. Er war ein

Mann der alten Garde, der einem Unterlegenheitsgefühle einflößte und alle auf Distanz hielt. Ich redete ihn mit »Vossia«, »Euer Gnaden« an (wie im übrigen alle meine Onkel) und getraute mich nicht einmal, ihm zu sagen, daß ich kein Geld hatte, daß ich essen mußte oder Zigaretten brauchte.

Was das Geld betraf, so war alle Mühe umsonst. Mein Onkel gab sowieso niemals jemandem Geld. Er war ein schrecklicher Geizkragen und bot einem nicht einmal eine Zigarette an. Er bat um nichts und gab auch nichts, ein Mensch, ganz aus einem Guß.

Dann sagte er eines Tages zu mir: »Hör zu, wir müssen jetzt nach Catania runterfahren. Dort wird dich jemand zu sich rufen, mit dir reden und dir einen Vorschlag machen. Lehn ab. Ich habe diese Predigten, die sie dir halten werden, auch schon über mich ergehen lassen. Danach habe ich einen Bruder verloren. Schau nur, wie schlecht es mir geht. Ich habe kein Geld und liege im Sterben.«

Er konnte nicht richtig sprechen. Man hatte ihm die Nase weggeschnitten. Er war ziemlich entstellt. Die Operation war schlecht verlaufen. »Sag nein zu denen. Du weißt doch, wie schön es ist, sich am Abend ins Haus zurückzuziehen oder ins Kino zu gehen. Ganz in Ruhe. Ohne daß irgend jemand nach dir sucht. Danach kannst du ins Bett gehen und sicher sein, daß während der Nacht keiner an deine Tür klopft, weder die Carabinieri noch andere Leute.

Auch wenn du kein Geld für Vergnügungen hast oder gerade genug zum Rauchen, macht das nichts. Du kannst ruhig die Straße entlanggehen, den Leuten ins Gesicht sehen und darüber nachdenken, wie merkwürdig und komisch das Leben ist. Sag nein zu denen. Denk daran, daß die Sache, über die sie nach unserer Rückkehr reden werden, wie eine Rose ist: schön anzusehen, rührst du sie aber an, dann sticht sie.«

Das sagte mein Onkel 1962 zu mir, kurz bevor ich der *Cosa Nostra* beitrat. Manchmal denke ich noch an diese Worte. Ehrlich gesagt weiß ich heute, 30 Jahre später, nicht einmal, ob seine Bemerkungen aufrichtig und uneigennützig gemeint waren oder ob er andere Ziele damit verfolgte. Aber das sind private, persönliche Überlegungen, über die ich hier nicht sprechen möchte.

Das Geld aus dem Schmuggel hatte man schlecht angelegt. Das Geschäft, das Onkel Vincenzo zusammen mit meinem Bruder eröffnet hatte, lief nicht gut, sie mußten es wieder schließen. Danach eröffneten sie ein anderes, zusammen mit neuen Teilhabern. Ein großes Geschäft für Schuhe, Stoffe und andere Artikel. Auch ich habe dort gearbeitet. Doch nach anderthalb Jahren ging auch dieses Unternehmen ein. Pippo und ich waren arbeitslos. Wir waren so arm, daß wir von dem leben mußten, was mein Vater nach Hause brachte.

Wir waren sehr arm. Mein Vater arbeitete in einem Warenlager und verdiente nur wenig. Das werde ich niemals vergessen. Irgendwann einmal, während des Essens, war ich auf einmal tief erschüttert: Mir wurde plötzlich klar, wie mies es uns ging und wie schlecht alles lief. Absolut schlecht. Pippo war ganz verstört, als er mich weinen sah. Damals war ich da erst 15 oder 16 Jahre alt.

Einige Tage danach ging Pippo zu einem schwerreichen Mann, einem Palermitaner, der Olivendepots besaß. Es wurden dort auch eingelegte Sardellen, Würzoliven, Auberginen in Öl und andere Waren hergestellt. »Hören Sie, Sie müssen meinem Bruder Arbeit geben«, sagte er, »er braucht Arbeit.«

So wurde ich angestellt. Ich wurde am Tor des Lagers postiert, führte die Lohnliste der Arbeiterinnen, und das waren nicht wenige: 100 bis 150 Frauen aus ganz Catania.

Ich habe dort von 1952 bis 1957 gearbeitet, bis ich zum Militärdienst mußte. Man muß dazusagen, daß Pippo damals bereits ein bekannter *Uomo d'onore* war und daß dieser Palermitaner, der nach Catania gekommen war und das Depot eröffnet hatte, von der Mafia empfohlen war. Daß mein Bruder ihn um meine Anstellung bat, war nur eine winzige Sache, denn der Mann war schwerreich, und bis dahin hatte noch keiner von uns je etwas von ihm verlangt.

Damals hatte die Mafia kein Geld. Wir Mafiosi befanden uns alle in ausgesprochen schlechten wirtschaftlichen Verhältnissen. Doch wir kamen nicht im mindesten auf die Idee, reihenweise Erpressungen vorzunehmen. Der einzige Fall, an den ich mich erinnere, war eine

Schutzgelderpressung Ende der fünfziger, Anfang der sechziger Jahre. Wir erpreßten die Rendos, die damals bereits die größten Unternehmer Catanias waren. Das Ganze wurde jedoch nur durchgeführt, um der Firma Costanzo einen Dienst zu erweisen. Eine Bombe wurde in die Dachrinne der Rendo-Büros gelegt, dann machte man den üblichen Anruf und verlangte Geld. Doch das alles war Kleinkram. Wir gingen nicht zu den Geschäftsleuten und forderten Schutzgelder. Wir dachten nicht im Traum daran, ein Racket (Erpresserbande, W. R.) aufzubauen. Wir hatten dazu gar nicht die Mentalität.

In den fünfziger Jahren und zum großen Teil auch noch in den Sechzigern war unser Leben ziemlich trostlos. Wir machten kleine Geschäfte, kleine Schiebereien. Man klaute, kaufte und verkaufte gestohlenes Zeug. Man dachte in kleinen Dimensionen und forderte das Gesetz nicht allzusehr heraus.

Man ging z. B. zu einem Großgrundbesitzer und sagte ihm, daß er eine bestimmte Person einstellen und ihr einen festen Lohn bezahlen solle. Die sogenannte »Wachgebühr«. Das war keine Schutzgelderpressung, denn die Ländereien wurden tatsächlich bewacht. Der Fürst von Castelbianco z. B., ein schwerreicher Mann, zahlte an den Vizerepräsentanten der »Familie« von Catania, einen gewissen Salvatore Torrisi. Torrisi erhielt einen festen Betrag, und so geschah den Feldern des Fürsten nichts. Wenn der Fürst Torrisi brauchte, rief er ihn an. Er bat ihn, ihn auf seinen Ländereien zu begleiten, zum Schutz gegen eine mögliche Entführung (was in Sizilien in den fünfziger Jahren ab und zu vorkam). Das war alles.

Sicher, manchmal ging Torrisi zum Fürsten und sagte: »Fürst, ich habe auf Ihren Ländereien einen Mann versteckt, der vor der Polizei auf der Flucht ist. Sehen Sie mal zu, ob Sie ihm etwas geben können.« Der Fürst erfüllte den Wunsch. So ging es in der alten ländlichen Mafia zu. Sie lebte an der Grenze des Legalen, tat mehr Gutes als Böses und war mit wenigem zufrieden. Ihr reichte es, dem Fürsten von Castelbianco für einen armseligen Lohn zur Seite zu stehen!

Solche Traditionen der ländlichen Mafia glaubte man nicht auf die

Städte mit ihren Geschäften und Unternehmen übertragen zu können. Das war keine Frage der Angst vor der Polizei. Manche sagen, daß die Polizei damals besser organisiert war, daß sie eher wußte, was los war, und erfolgreicher verhaftete. Das spielt hierbei aber keine Rolle. Abgesehen davon, daß die Polizei immer einen Schritt hinter den Kriminellen zurücklag, dachten wir schlichtweg nicht an Schutzgelderpressung, an die 1000 Lire, die man einem kleinen Laden abpressen kann.

Wir dachten einfach nicht in diese Richtung. Wenn wir schon Erpressungen ausheckten, dann dachten wir an Großgrundbesitzer, an Reiche, nicht an die kleinen Leute. Es gab aber nur wenige Großgrundbesitzer – keine Industriellen, noch nicht einmal Händler, denn die Wirtschaft war damals rein bäuerlich – und die Landherren alle gut geschützt: Man kam gar nicht an sie heran. Erpressungen empfahlen sich daher einfach nicht.

4

Im Lager für Sardinen und eingelegte Oliven habe ich bis 1957 gearbeitet. Am 2. Juli dieses Jahres trat ich meinen Militärdienst an, zunächst in Avellino, dann bei Eboli. Dort absolvierte ich die Panzerfahrschule. Dann habe ich den Militärdienst in Civitavecchia fortgesetzt, 1958 bin ich nach Catania zurückgekehrt.

Da habe ich mich dann etwas eingerichtet. Zusammen mit einem anderen jungen Mann hatte ich eine Goldschmiedewerkstatt, wo ich das Versilbern von Spiegeln lernte. Doch da dieser Beruf keinen ausreichenden Verdienst bot, gab ich ihn wieder auf und verdingte mich in einer Landwirtschaftsgenossenschaft. Mein Onkel kannte den Leiter.

In der Landwirtschaftsgenossenschaft habe ich meine Frau kennengelernt. Sie arbeitete dort. Später wurde mein Onkel krank, und ich verlor, wie schon gesagt, meine Stelle, weil ich ihn pflegte. Danach habe ich mit Pippo zusammengearbeitet, der mit meinem Onkel zusammen ein kleines Baugeschäft hatte. Das war 1960, und mein Bruder kannte viele Leute in der Regionalverwaltung Palermos. Leute, die viele öffentliche Aufträge an private Unterhändler vergaben. Wir bekamen drei Aufträge in der Provinz Messina, und damit hatten Pippo, ich und unsere Arbeiter fast ein Jahr lang zu tun.

Als diese Aufträge ausgeführt waren, geriet die Firma in Schwierigkeiten, auch wegen der Krankheit meines Onkels, der seinen Anteil an Pippo übertrug. Als die Firma vor dem Ruin stand, hatte Pippo das Glück, zusammen mit Concetto Gallo Kontakt zu den richtigen Politikern zu bekommen. Ich habe vergessen zu erwähnen, daß Concetto Gallo seit den Zeiten meines Onkels einer der Firmengesellschafter war. Gallo war einer der Führer der »Separatistischen Bewegung« Siziliens. Er war auch Parlamentsabgeordneter und überdies *Uomo d'onore* der »Familie« von Catania. Er erreichte sogar die Stellung eines *Consigliere,* doch dann warfen sie ihn hinaus. Zusammen mit Gallo gelang es meinem Bruder schließlich, Aufträge für fast drei Milliarden Lire zu ergattern (damals ca. 20 Millionen DM, W. R.). Fast drei Milliarden, und das 1962! Man erinnere sich nur daran, daß das Benzin damals 92 Lire pro Liter kostete, heute kostet es 1500. Die Firma hieß Sidexport. Sie baute mehrere Motels in verschiedenen sizilianischen Städten, unter Verwendung von Fertigbauteilen aus Tirol.

Im Jahr danach ergab sich noch ein weiteres gutes Geschäft. Wir gründeten zusammen mit Pippos Schwager eine Gesellschaft für Heizstoffhandel. Wir kauften Kohle und Erdölprodukte und verkauften sie zum Heizen an Hausbesitzer, Einzelfamilien, kleine Firmen usw. Der Schwager Pippos verstand etwas von Kohle, ich wiederum von Treibstoffen, weil ich nämlich in der Landwirtschaftsgenossenschaft im Büro für Erdölprodukte geareitet hatte. Wir mieteten sogar ein großes Depot; doch dann verstanden wir uns mit dem Schwager Pippos nicht mehr.

Inzwischen hatte ich Graziano Verzotto kennengelernt, den Sekretär der Christdemokratischen Partei Siziliens. Er war ein Mann mit viel Macht; dazu ein enger Freund, ja die rechte Hand von Enrico Mattei, dem Direktor der staatlichen Erdölgesellschaft ENI. Mein Bruder kannte Verzotto sehr, sehr gut. Sie waren eng miteinander befreundet. Auch Giuseppe Di Cristina war gut mit ihm befreundet.

Eines Tages fragte Pippo Verzotto, ob er dafür sorgen könnte, daß die AGIP mir eine Tankstelle verpachtet, ich verstünde ja etwas von Brennstoffen. Verzotto antwortete, daß diese Möglichkeit bestünde: An einer Piazza am Stadtrand von Catania – einem Gebiet, das mittlerweile zur Innenstadt gehört – gab es leere AGIP-Tanks, die nicht unter die Erde gelegt worden waren, weil die Gemeinde die Genehmigung dafür verweigerte.

»Die Genehmigung ist kein Problem«, sagte Pippo, »ich sorge sofort dafür, daß er die Genehmigung von der Gemeinde erhält.« Pippo kannte Nino Succi, den stellvertretenden Bürgermeister und Stadtdezernenten für öffentliche Arbeiten. Er war kein Mafioso, aber ein enger Freund meines Bruders, stammte aus Catania und besaß hier Hotels. Mittlerweile ist er verstorben.

»Wenn sie euch die Genehmigung erteilen, bekommt ihr die Tankstelle«, versprach Verzotto. Pippo solle mit dem AGIP-Generalvertreter von Catania reden, einem gewissen Vanzetti. Dieser gab das Okay. Er war sich aber sicher, daß wir die Genehmigung nicht bekommen würden. Es handelte sich um eine wichtige Piazza, die als Grünanlage erhalten bleiben sollte.

Pippo ging zu seinem Freund Succi und mußte dort etwas hartnäckig werden, weil der Mann unwillig war. Schließlich sagte der stellvertretende Bürgermeister: »Hör mal, Pippo, ich erteile dir die Genehmigung, aber die AGIP gibt dir die Tankstelle ganz bestimmt nicht.«

Als die Sache dann spruchreif war, ließen mich die Leute von der AGIP kommen und sagten: »Sie müssen verstehen, Herr Calderone. Ein armer Teufel, ein gewisser Dr. Noci, hat diese Genehmigung schon seit geraumer Zeit beantragt. Da müssen Sie zurückstehen. Wir setzen uns statt dessen dafür ein, daß Sie eine ganz, ganz große Tankstelle am Stadtrand von Catania bekommen, die gute Geschäfte verspricht.«

Das stimmte. Die Tankstelle lag an der Straße zum Flughafen von Catania. Eine herrliche Tankstelle. Ich hatte bereits alle Unterlagen beisammen, auch die Eintragungen für das Finanzamt und die gesamte Reklame. Ich sollte in Kürze eröffnen. Wir waren voller Begeisterung. Da kam eines Abends der Regionaldirektor der AGIP zu mir.

»Sie müssen mir alle Dokumente zurückgeben, Herr Calderone. Es tut mir leid, aber Sie sind nicht mehr der Inhaber der Tankstelle. Der Direktor verpachtet sie einem Freund, dem er insgesamt fünf Tankstellen überlassen muß.«

Was war passiert? Mattei, der Chef der staatlichen Petroleumgesellschaft, war bei dem berühmten Flugzeugunfall umgekommen, und bei der AGIP hatte es daraufhin eine Säuberung gegeben: Alle Freunde Matteis waren rausgeschmissen worden. Zack, einfach so! In Rom war ein anderer Direktor eingesetzt worden, der wiederum einen Freund in Catania hatte, und diesem mußte er nun alle neuen Tankstellen überlassen, die in dem Gebiet eröffnet wurden.

Ich hatte alle Dokumente vorbereitet, alle Genehmigungen bekommen und nur noch auf eine formelle Erteilung gewartet. Von mir aus war alles in Ordnung. Und ich war noch nicht mal vorbestraft.

»Ich verzichte nicht auf die Tankstelle.«

»Dann werden sie mich entlassen«, sagte der AGIP-Beamte. Er hieß Tagliaferri.

»Was wollen Sie eigentlich? Zwei Jahre bin ich nun hinter meiner Tankstelle her. Ich habe sie mir verdient. Außerdem habe ich den Brief von der AGIP, sogar von Ihnen selbst unterschrieben; in dem steht, daß ich die Tankstelle bekomme. Und nun kommen Sie daher und sagen, daß Sie entlassen werden.«

»Hören Sie zu. Wissen Sie, was die machen? Um Ihnen die Tankstelle nicht geben zu müssen, entlassen sie mich, so können sie sagen, daß das Zuteilungsschreiben nicht mehr gültig ist.«

»Was geht das mich an? Als Sie den Brief geschrieben haben, waren Sie Regionaldirektor.«

Jedenfalls bestand die AGIP weiterhin auf meinem Rückzug. Sie riefen mich zu sich, versuchten mich zu überzeugen, wollten um jeden Preis die Rückgabe des Briefes. Aber da war nichts zu machen. Ich hatte nicht die Absicht, diesen Machtmißbrauch zu dulden.

Unser damaliger Anwalt war der Abgeordnete Laterza, dieser Faschist. Pippo kannte ihn gut, weil er ihn für die Vermittlung von Aufträgen – einige davon waren öffentliche Aufträge für seine Firma – geschmiert hatte. »Wir verlangen 100 Millionen Schadenersatz«, sagte mein Bruder zum Anwalt. 100 Millionen! Und das 1963! Laterza wollte sogar eine parlamentarische Anfrage machen.

Die Sache nahm immer größere Dimensionen an. Schließlich sandte mir der Direktor der AGIP ein Telegramm, in dem er mich dringend zu sich rief. Aufgepaßt: Es handelte sich jetzt nicht mehr nur um den Regionaldirektor, der war nämlich inzwischen von Sizilien wegversetzt worden. Es handelte sich jetzt um den Generaldirektor der AGIP für ganz Italien, der oben im Wolkenkratzer im EUR-Zentrum in Rom residiert. Er hieß Bartolotta.

Pippo und ich fuhren sofort hin. Wir erreichten das EUR-Zentrum, gingen in den Wolkenkratzer vor dem künstlichen See und fuhren zum 14. Stock hinauf. Der Generaldirektor sagte sofort: »Was seid ihr nur für Leute! Was für Dickköpfe!« Dann drückte er einen Knopf. Daraufhin trat ein gutaussehender, distinguierter Herr ein.

»Seht mal, meine Herren. Das ist Solaro del Borgo.« (Ich bin nicht sicher, ob er so hieß, aber es war ein längerer Name.) »Ein Turiner. Ein freundlicher falscher Fünfziger. Erinnert ihr euch, wie Garibaldi zu euch nach Sizilien kam? Garibaldi stand vornedran mit dem Vorderlader. Dahinter diese Turiner mit den modernen Gewehren. Hätte Garibaldi daneben geschossen, diese Leute hätten ihn umgebracht. So sind die Turiner.« Darüber mußte er laut und lange lachen.

Dann wurde er wieder ernst und sagte zu mir: »Geben Sie mir diesen Brief zurück. Den mit der Zuteilung für die Tankstelle. Und sorgen Sie auch für die Rücknahme der Anzeige durch den Abgeordneten Laterza. Ich gebe Ihnen dafür mindestens drei Tankstellen. Darauf haben Sie mein Wort.« Dann fügte er hinzu: »Glauben Sie mir?«

Er war der Generaldirektor und hatte mich, Antonino Calderone, bis nach Rom gerufen.

»Dottore, ich glaube Ihnen«, sagte ich.

»Ich teile Ihnen sofort eine Tankstelle zu, die jemandem gehört hat, der pleite gegangen ist. Sobald ich die anderen habe, übertrage ich sie Ihnen. Fahren Sie ruhig nach Catania zurück, Herr Calderone. Ich habe gesehen, daß Sie . . .«

Der Direktor konnte rechnen. Er war sich klargeworden, daß die Sache ziemlich groß geworden war. Er fürchtete einen Skandal und die rechtlichen Folgen. Auf der anderen Seite hatte er sich davon überzeugt, daß Pippo und ich eine Tankstelle gut betreiben konnten, daß es uns ernst damit war und daß wir dieses Geschäft wohl auch gut führen würden. Vielleicht wußte er nicht, daß wir Mafiosi waren. Vielleicht kümmerte ihn das auch nicht.

Die erste Tankstelle bekam ich sofort. Es war eine kleine Tankstelle in der Via VI. Aprile. Zwei Jahre danach bekam ich die nächste, in Giarre. Eine riesengroße Tankstelle mit drei Autowaschanlagen. Sie war allerdings in schlechtem Zustand, weil die Kleinmafiosi von Giarre den Inhaber erpreßten. Er arbeitete mit Verlust und mußte seine Südfrüchteplantage verkaufen, um seine Schulden zu bezahlen. Diese Leute waren keine Schutzgelderpresser. Die örtlichen Mafiosi wollten ihn einfach nicht da haben. Sie wollten ihn vertreiben, damit die AGIP diese Tankstelle jemand anderem übergab, und zwar einem von ihnen.

Wie sie das machten? Sie pflanzten sich zu viert oder fünft an der Tür zur Imbißhalle der Tankstelle auf, schnitten gewalttätige Gesichter, und schon getraute sich niemand mehr hinein. Drei oder vier weitere reihten sich vor den Zapfsäulen auf und verlangten jeweils Benzin für 100 Lire (gerade ein Liter, W. R.) und eine Rundumkontrolle: Ölstand, Reifendruck, Kühlwasser und so weiter. Eine Dreiviertelstunde für jeden. Danach waren praktisch alle Kunden der Tankstelle verschwunden. Niemand wollte mehr zum Tanken kommen. Der Tankstelleninhaber wurde auf diese Weise total ruiniert.

Die Leiter der AGIP von Catania ließen mich rufen und fragten: »Da ist diese Tankstelle. Wollen Sie sie haben?«

»Klar will ich sie.«

»Es sind aber noch fünf Millionen Lire Schulden zu bezahlen.«

»Wie bitte? Die bezahle ich nicht.«

»Doch. Sie zahlen sie. Wir machen das so: Wir geben Ihnen einen Brief, eine Art Genehmigung, daß Sie bei jedem Tankvorgang und jedem Verkauf an der Tankstelle einen Teil der Schulden abbezahlen.«

So machten wir es dann auch. Ich zahlte meine Schulden ab, ohne es zu merken, und die Tankstelle lief ausgezeichnet. Die örtlichen

Kleinmafiosi waren kein Problem. Ich kannte sie gut: eine kleine Clique, keine *Uomini d'onore,* eher eine Art Camorristen. Solche, wie man sie in der Provinz Messina findet.

Ich war ihnen gegenüber höflich, aber bestimmt. Ich ging zu ihnen – wie man das unter honorigen Leuten tut –, um ihnen mitzuteilen, daß ich die Tankstelle übernommen hatte. Sie antworteten, daß sie das freue, daß sie zur Verfügung stünden, und wenn ich etwas brauchte... Ihr Anführer war ein gewisser Leone, der Dutzende von Lastwagen besaß. Er war im Laufe der Zeit der eigentliche Herr der Tankstelle geworden, doch bei mir kam er damit nicht an. Wir lösten das Problem in einem vernünftigen Gespräch. Es blieb dabei, daß er der Kunde und ich der Tankstellenbetreiber war.

Sie haben sich dann nicht mehr blicken lassen, die Mafiosi von Giarre. Wenn sie zum Tanken kamen, bezahlten sie wie alle anderen und begegneten mir sogar mit Ehrerbietung. Obwohl es diejenigen waren, die vorher den Imbiß besetzt hatten. Doch ich hatte ihnen gesagt: »Haut ab, ihr Burschen. Wenn ihr zu Besuch kommen wollt, gerne. Aber setzt euch in diese Ecke da, und rührt euch nicht von der Stelle.«

Sie wußten, daß sie uns nichts anhaben konnten. Später (so ist das Leben) wurde einer von ihnen ermordet. Doch abgesehen von der Tatsache, daß sich ein Zusammenstoß mit uns nicht empfahl, muß man auch sehen, daß wir befreundet waren. Schon dadurch, daß sie unsere Freunde waren, mußten sie sich zur Verfügung stellen. Das hatte mit der Mafia direkt nichts zu tun.

1970 habe ich dann geheiratet. 1971 wurde Pippo verhaftet. Zu dieser Zeit hatte ich viele Geschäfte laufen. Ich hatte die Tankstelle. Daneben verkaufte ich auch Brenn- und Schmierstoffe en gros. Nach der Verhaftung meines Bruders gab ich gezwungenermaßen einige dieser Tätigkeiten auf, weil ich oft nach Palermo mußte, zu den Anwälten und wegen anderer Angelegenheiten. Meine größte Tankstelle ließ ich von einem meiner Vettern führen, dem Marchese, der auch ein *Uomo d'onore* war. Er wurde später reich, stieg in den Schmuggel ein und arbeitete selbst nicht mehr.

Nun ist es aber an der Zeit, von einem der wichtigsten Ereignisse in meinem Leben zu sprechen: über meinen offiziellen Eintritt in die *Cosa Nostra* und über die Zeremonie, die es zu diesem Anlaß gab.

5

Kehren wir kurz zurück zu meinem Onkel Luigi Saitta, dem Mafioso. Wir trafen uns häufig, auch nach unserer Rückkehr aus Mailand. Er ging mit mir ins Kino, erzählte mir von seinem Leben, machte mich auf feindlich gesinnte Leute aufmerksam, auf verkehrte Verhaltensweisen. Er empfahl mir, immer erst nachzudenken, bevor man etwas unternimmt. Seine Aufmerksamkeit schmeichelte mir. Ich war noch ein Junge, und das Vertrauen eines so verschlossenen, altertümlichen Mannes wie er berührte mich tief.

Eines Tages sagte er zu mir: »Nino, an einem der nächsten Abende gehen wir zusammen essen.« Ich wußte, worum es ging, doch es machte mir Freude mitzuspielen, außerdem dachte ich, daß sie mich noch auf die Probe stellen würden, bevor sie mich »machten«: »Sie werden mich noch testen, werden von mir verlangen, einen heiklen Auftrag für sie zu erledigen, und mich dann zum *Uomo d'onore* machen.« Tatsächlich aber hatten sie mich bereits überprüft, sie hatten mich nämlich ein Auto fahren lassen, das einem Röntgenarzt gehörte, einem Freund meines Onkels, bei dem man eine Schutzgelderpressung versucht hatte. Daß ich am Steuer dieses Autos saß, sollte anzeigen, daß der Arzt unter dem Schutz meiner »Familie« stand.

Ich wußte, daß sie normalerweise die Kandidaten für die *Cosa Nostra* wesentlich schwierigere Aufgaben erledigen lassen. Attentate, Körperverletzungen, um ihre Eigenschaften als Männer der Tat zu testen. Und um sie in einer Weise zu kompromittieren, daß sie nicht mehr aussteigen konnten.

Von mir aber haben sie nur das verlangt, was ich soeben erzählt habe. Vielleicht auch, weil ich der Blutsverwandte einer traditionsreichen Mafiafamilie bin. Ich weiß nicht, was ich getan hätte, wäre von mir verlangt worden, daß ich jemanden umbringe. Wahrscheinlich wäre ich davongelaufen. Wie ich es dann bei solchen Gelegenheiten während meiner gesamten Zeit in der *Cosa Nostra* zu tun versucht habe, auch als ich Vizerepräsentant war.

Genau das war immer mein schwacher Punkt. Oder auch mein starker – je nachdem, wie man die Dinge sieht. Nitto Santapaola hat mir – in den folgenden Jahren, als ich innerhalb der »Familie« viel galt – des öfteren vorgehalten, niemals an einem bewaffneten Überfall teilgenommen zu haben.

Er hatte recht, diese Bestie. Ich versuchte immer, mich rauszuhalten, wenn jemand ermordet werden mußte, erfand Ausreden oder sorgte dafür, daß man mich nicht fand, wenn solche Aktionen durchzuführen waren. 1976, 77 und 78 habe ich mich genau deshalb aus Catania fortgemacht, weil ich Feuergefechte voraussah. Da bin ich dann mit meiner Familie mal in Palermo, mal in der Nähe Neapels, in Gioiosa Marina abgetaucht. Auch die Familie Pippos kam ab und zu mit uns mit. Verlieren wir jedoch nicht den Faden, kehren wir zum Frühjahr 1962 zurück.

Eines Abends brachten sie mich in einen kleinen Ort am Abhang des Ätna. Im Auto saßen auch Pippo, ein weiterer Onkel von mir und ein angeheirateter Onkel Pippos, Peppino Indelicato. Wir hielten im Innenhof einer kleinen Villa. Der Eigentümer war selbstverständlich Mitglied der »Familie«. Er hieß Santo und war von Beruf Marmorsteinmetz.

Im Haus begegnete ich vielen Leuten, die ich schon früher gesehen hatte. Doch ich kannte sie nur im normalen Leben als Männer, die gewöhnliche Berufe ausübten. Von einigen wußte ich es allerdings schon: Zum Beispiel hatte ich vom Repräsentanten der »Familie«, Orazio Nicotra, schon vorher vermutet, daß er ein *Uomo d'onore* war. Bei anderen wiederum hätte ich es niemals angenommen; wieder andere, von denen ich sicher war, daß sie irgendeiner Gruppe angehörten, waren nicht dabei. So etwa der Vetter des Professors Navarra aus Palermo, der lange Zeit in Catania untergetaucht war, weil Luciano Liggio ihn suchte, um ihn umzubringen. Mein Onkel hatte ihn versteckt, deshalb war ich sicher gewesen, daß der ein *Uomo d'onore* war. Doch er war keiner. Statt dessen war ein so völlig ruhiger Mann wie ein gewisser Caradonna – ein Fuhrunternehmer, von dem man alles glauben konnte, nur nicht, daß er ein *Uomo d'onore* sei – tatsächlich einer.

Und dann waren da wir jungen Männer. Insgesamt acht, darunter auch Nitto und Natale Santapaola, Francesco Ferrera, genannt »Cavaduzzu«, dazu Giuseppe Ferlito, der Onkel Alfios, der dann in Palermo umgebracht wurde, und noch andere mehr. Wir blickten einander an, einige grüßten sich durch eine Kopfbewegung; aufgeregt waren wir alle sehr. Gerade als wir in das größere Zimmer gehen sollten, bemerkte ich Pippo.

Er war sehr verdrossen und diskutierte mit einigen älteren Männern. Später habe ich erfahren, daß Pippo mit den anderen aneinandergeraten war: Er wollte die Zeremonie platzen lassen, weil eine Person mehr als vereinbart eingeführt werden sollte. Ein Mann, der ihm nicht paßte und der gar nicht hätte dabeisein dürfen. Sie hatten monatelang diskutiert, die Geeignetsten ausgewählt, unsichere Kandidaten ausgeschieden. Sie hatten den Tag bis ins kleinste Detail vorbereitet, eine für alle bindende Entscheidung getroffen. Und nun war am Ende einer dabei, der nichts damit zu tun hatte. Statt sieben waren wir acht.

Der Überzählige war Natale Ercolano. Ein Bursche, der sich dann als der Beste von allen herausstellte. Doch mein Bruder und auch mein Onkel waren nicht nur dagegen, weil Ercolano nicht vorgesehen war und weil er hier aufgrund irgendeines Geheimpaktes erschien. Sie wollten ihn vor allem deshalb nicht, weil er ein »Cavaduzzu« war. Von den acht Burschen, die aufgenommen werden sollten, waren vier »Cavaduzzis«, das heißt Blutsverwandte der Familie Ferrera: die beiden Brüder Santapaola (Söhne einer Schwester des Ferrera-Bosses Salvatore), Franco Ferrera und eben Natale Ercolano.

Die »Cavaduzzis« waren alle eng miteinander verwandt, ein regelrechter Familienclan. Läßt man aber so viele Leute aus einer Verwandtschaft in einer »Familie« wie der unseren zu, entsteht eine überaus gefährliche Lage. Mein Onkel und mein Bruder sahen das voraus. Sie überlegten: »Diese ›Cavaduzzis‹ bringen jetzt auf einen Schlag vier ihrer Leute in die ›Familie‹. Junge Leute, aufgeweckte Burschen, entschlossene Männer wie Nitto Santapaola. Eine Bedrohung für die Zukunft, am Ende werden sie die Gesetze diktieren. Und der Rest der ›Familie‹, nämlich wir, wird übermannt.«

Pippo sagte den anwesenden älteren Männern, daß dieser Abend nicht stattfinden werde, weil die Regeln nicht eingehalten worden waren. Daraufhin zogen sich die Ältesten in ein anderes Zimmer zurück und diskutierten lange miteinander. Wir jungen Männer waren verwirrt. Wir wußten nicht, was passierte, hatten keine Ahnung, was wir tun sollten. Dann erschien Onkel Peppino Indelicato, der Provinzrepräsentant war, deutete auf die eine Seite des Zimmers und sagte: »Ihr Burschen geht dorthin.«

»Liebe junge Männer, wißt ihr denn, warum wir heute abend hier sind?« Der eine oder andere sagte ja, weil er es wußte oder annahm. Andere schwiegen.

»Wir sind hier, weil wir euch heute ein schönes Geschenk machen wollen. Heute wollen wir euch zu ... kennt ihr die Mafia? Habt ihr davon gehört, habt ihr eine Vorstellung, was diese Mafia ist, von der alle reden?«

»Gewiß, ja«, sagten einige.

»Also, heute abend ...« Der Repräsentant hielt inne. Es ging ihm zu schnell voran. »Also die echte Mafia ist nicht das, wovon alle reden. Die echte Mafia ist die *Cosa Nostra*. Sie heißt *Cosa Nostra*.«

Er sagte das mit erhobener Stimme, wie eine offizielle Mitteilung. Als ob er sich einer Last entledige. Ich war überrascht. Es war das erste Mal, daß ich diesen Namen hörte. Zwar hatte ich ihn schon einmal gehört, zur Zeit Valachis, des amerikanischen Kronzeugen. Ich hatte davon in den Zeitungen gelesen, aber geglaubt, die *Cosa Nostra* sei die amerikanische Mafia. »Die unsere heißt wirklich Mafia«, hatte ich mir damals gesagt.

Der Repräsentant wiederholte die Worte im Stakkato immer wieder, um sie in unsere Köpfe einzuhämmern: »Dies ist die *Cosa*

Nostra – Co-sa No-stra! Versteht ihr? *Cosa Nostra*, nicht Mafia. Mafia nennen sie die Häscher, die Zeitungen.«

»Und nun sage ich euch, wie die *Cosa Nostra* entstanden ist. Sie ist zur Zeit der Sizilianischen Vesper entstanden. Als die Leute rebellierten, zu dieser Zeit sind auch die Beati Paoli entstanden (ein Geheimbund in Palermo, W. R.). Die *Uomini d'onore* gehen auf die Beati Paoli zurück. Ihren Ursprung verdanken sie Dingen, die einst in Palermo geschehen sind.«

Das wußte ich. Die anderen jedoch wußten meiner Ansicht nach davon nichts. Sie hatten keine Ahnung, wer diese Beati Paoli waren. Ich möchte nicht angeben, aber die Bücher über die Beati Paoli hatte ich gelesen. Auch »Coriolan della foresta«, »Talvano il bastardo« und andere hatte ich gelesen. Ich war informiert.

Der Repräsentant widmete einen Gutteil seiner Rede der Erklärung dieser Geschichten. Dann sagte er:

»Hier nun die Regeln. Erstens: Wo auch immer sich ein flüchtiger *Uomo d'onore* befindet, muß er sich daran erinnern, daß jeder andere *Uomo d'onore* die Pflicht hat, ihn aufzunehmen und wenn nötig auch in seinem Haus zu behalten. Doch wehe dem, der sich untersteht, der Tochter oder der Frau eines anderen nachzustellen. Tut er es, ist er ein toter Mann. Sobald herauskommt, daß ein *Uomo d'onore* die Frau eines anderen *Uomo d'onore* belästigt hat, muß er sterben.

Zweitens: Was auch immer geschieht, nie darf man sich an die Polizei wenden, nie Anzeige erstatten. Wer es dennoch tut, muß getötet werden.

Drittens: Stehlen ist verboten.«

Da sprang Natale Ercolano, der Kandidat der Ferreras, auf und schrie: »Halt, alles einhalten! Da mache ich nicht mit! Damit bin ich nicht einverstanden.«

Ercolano war Dieb und klaute ständig. Wie sonst hätte sich der Arme sonst auch durchschlagen sollen? Wie im übrigen fast alle hier im Raum anwesenden jungen *Uomo d'onore*-Anwärter Diebstähle verübten. Ich war wohl der einzige, der in dieser Hinsicht keine Erfahrung besaß. Ein Augenblick größter Verlegenheit.

Onkel Peppino Indelicato, der Repräsentant, grinste vergnügt.

»Du da, setz dich hin. Sei brav, dann erkläre ich dir, wie das mit dem ›Nicht stehlen‹ gemeint ist«, sagte er zu Ercolano. Dieser allerdings blieb bis zum Ende der Zeremonie ausgesprochen besorgt.

Onkel Peppino fuhr fort und erklärte die weiteren Gebote. Ausbeutung durch Prostitution ist nicht gestattet. Streit mit anderen *Uomini d'onore* ist zu vermeiden, über die *Cosa Nostra* muß man Außenstehenden gegenüber Stillschweigen bewahren. Man muß ein ernsthaftes Benehmen an den Tag legen, Angeberei und Selbstdarstellung sind zu vermeiden, außerdem ist ausdrücklich untersagt, sich von alleine anderen *Uomini d'onore* als solcher vorzustellen.

Wie viele schöne Worte! Welch herrliche Prinzipien. Und wie oft stand ich dann in den folgenden Jahren vor der mangelnden Respektierung dieser Regeln, vor doppeltem Spiel, vor Verrat, vor Mord, der gerade das große Vertrauen dessen ausnutzte, der an diese Regeln glaubte. Bis ich schließlich zwangsweise zu dem Schluß kam, daß die wirkliche *Cosa Nostra* etwas ganz anderes ist als das, was mir bei dieser Gelegenheit vorgestellt wurde.

An jenem Abend aber schien mir alles schön und außergewöhnlich. Ich betrat eine neue Welt voller großartiger Menschen, alle bereit, das eigene Leben zum Schutz der Kameraden aufs Spiel zu setzen, alle imstande, Unrecht zu rächen, und alle mächtig bis an die Grenze des Vorstellbaren.

Nach der Erklärung der Regeln machte der Repräsentant eine Pause. Dann sagte er: »Jetzt wißt ihr, worum es sich handelt. Wollt ihr also dieser *Cosa Nostra* angehören? Wenn ihr nicht dabeisein wollt, ist es noch Zeit dafür. Ihr könnt weggehen, auch wenn ihr uns schon kennengelernt habt. Es wird euch nichts geschehen. Wenn ihr aber beitreten wollt, müßt ihr eines immer im Kopf behalten: Der *Cosa Nostra* tritt man mit seinem Blut bei, und man verläßt sie auch nur mit seinem Blut! Aus der *Cosa Nostra* kann man nicht austreten. Es gibt keinen Rücktritt von ihr. Ihr werdet es selbst in Kürze sehen, was das heißt, mit seinem Blut beizutreten. Tretet ihr aus, werdet ihr ebenfalls mit eurem Blut austreten – sie bringen euch um. Ihr könnt euch nicht davonmachen, könnt die *Cosa Nostra* nicht verraten, denn sie steht über allem. Sie steht im Zweifelsfall über eurem Vater und eurer Mutter, über eurer Frau und euren Kindern.«

Der Repräsentant redete noch lange weiter. Dann sprachen Pippo und andere ältere *Uomini d'onore*, die die Grundregeln erläuterten, Beispiele aufführten, Probleme klärten.

Eine gut durchdachte Zeremonie, vollendet ausgeführt, ganz nach alter Art. In der Folgezeit gab es weitere solche Zeremonien, wir »machten« weitere *Uomini d'onore*. Ich selbst habe, als Vizerepräsentant, viele solcher Initiationen organisiert. An eine derart exakte, hochklassige wie jene damals aber erinnere ich mich nicht mehr. Vielleicht erschien sie mir nur so besonders, fühlte ich das alles in dieser Weise, weil ich noch jung war und auch noch nicht so verdorben. Auch die anderen Burschen waren damals ganz ähnlich wie ich, allesamt viel naiver als später. Wir hatten noch nicht einmal auf jemanden geschossen oder jemanden umgebracht. Keiner von uns acht hatte bis zu diesem Abend jemals gemordet. Damals schoß man nicht so einfach. Nicht einmal Nitto Santapaola hatte jemanden umgebracht. Er hat seinen ersten Mord erst danach begangen, 1963, und dieser wurde ihm dann nicht einmal angelastet. Angeklagt wurde statt dessen Franco Ferrera, der dann von Rechtsanwalt Giovanni Leone, dem späteren Staatspräsidenten, verteidigt wurde.

Die Burschen, die wir in den Jahren danach »gemacht« haben, waren alles junge Leute, die bereits schossen, die schon geschossen hatten und die schon alles über die *Cosa Nostra* wußten, was man über sie wissen muß. Da brauchte es keine langen Erklärungen. Die Zeremonie machte keinen Eindruck mehr auf sie.

Onkel Peppino fuhr fort: »Jetzt wählt jeder von euch einen *Padrino* (einen Paten, W. R.).« Üblicherweise wählt man zum Paten den Mann, der einen bis zur beabsichtigten Aufnahme in die *Cosa Nostra* begleitet, »großgezogen« hat. Einen *Uomo d'onore*, der die Verantwortung übernommen hat, der »Familie« diesen Kandidaten vorzustellen. In meinem Fall war es Onkel Peppino selbst, der mich »hereingebracht« hatte, und darum wählte ich ihn als meinen *Padrino*.

Onkel Peppino nahm daraufhin eine Nadel, eine Art Haarnadel, und fragte mich: »Mit welcher Hand schießt du?«

»Mit der hier«, antwortete ich.

Da stach er mich in einen Finger, ließ etwas Blut heraustropfen und auf ein Heiligenbildchen laufen. Ich warf einen Blick darauf. Es war das Bild der Jungfrau Maria, der Schutzpatronin der *Cosa Nostra*, deren Fest am 25. März stattfindet.

Onkel Peppino zündete ein Streichholz an und legte die Flamme an eine Ecke des Bildchens, dann forderte er mich auf, es in die Hand zu nehmen, bis es vollkommen verbrannt war. Ich machte die Hand zu einer Mulde – ich war aufgeregt und schwitzte – und sah zu, wie sich das Bild in Asche verwandelte. Währenddessen forderte mich Onkel Peppino auf, gemeinsam mit ihm den Schwur zu sprechen. Nach dieser Formel muß ein Mitglied, das die Gebote der *Cosa Nostra* verrät, verbrennen wie das Heiligenbildchen der Jungfrau Maria.

Nach dem Schwur kamen alle Anwesenden zu mir und küßten mich. Ich war nun ein *Uomo d'onore* geworden. Der Repräsentant setzte den Ritus mit den anderen Burschen fort, vor Schluß der Zeremonie wandte er sich noch einmal an alle Neulinge der *Cosa Nostra* und beschrieb die Hierarchie der »Familie« von Catania, die Situation in den Provinzen und in der gesamten Region Sizilien. Ganz besonders ging er auf die Funktion des *Capodecina* (Chef einer Gruppe von *Uomini d'onore*, W. R.) ein – der war ja nun der direkte Vorgesetzte eines jeden von uns.

Wie schon gesagt, ich habe in den Folgejahren vielen Zeremonien beigewohnt. Dabei konnte ich beobachten, wie sich manche Rituale je nach den regionalen Gewohnheiten ändern. In einigen »Familien« benutzte man zum Anstechen des Fingers beim Kandidaten einen Orangenbaumstachel. In der »Familie« von Riesi nahm man eine Goldnadel, die nur zu diesem Zweck verwendet wurde.

Wenn nötig, geschahen die Aufnahmen auch schneller. Da reichte dann die Gegenwart von drei *Uomini d'onore*, selbst wenn diese verschiedenen »Familien« angehörten oder gar »Familien« verschiedener Provinzen. Etwa bei der Einführung des Antonino Madonia, der zur »Familie« Resuttana gehörte: Sie fand im Zuchthaus Ucciardone statt. Oder auch die von Nello Pernice, bei der ich selbst zu den Initiatoren gehörte.

Der Pate Pernices war Luciano Liggio aus der »Familie« von Corleone. Außer mir war da noch Francesco Madonia von der »Familie« aus Vallelunga. Also drei *Uomini d'onore* aus drei »Familien« dreier verschiedener Provinzen.

Der Fall des Nello Pernice ist etwas kompliziert, mag aber zur Klärung der Zugehörigkeitsregeln dienen. Pernice sollte der »Familie« von Vallelunga angehören und Liggio zugewiesen werden, und zwar als dessen Vertrauensmann in Mailand. Liggio hatte Eile, ihn nach Mailand zu schicken, deshalb mußte alles schnell gehen – auch um mögliche Einwände der »Familie« von Catania zu vermeiden.

Tatsächlich wäre es wohl korrekter gewesen, wenn er in die »Familie« von Catania eingeführt worden wäre, da Pernice aus einer ehemaligen afrikanischen Kolonie Italiens kam und seit längerem in Catania wohnte.

Doch Liggio verhielt sich diesmal korrekt (eines der wenigen Male, wo er es tat): Er unterrichtete sowohl den damaligen Repräsentanten, Orazio Nicotra, wie auch meinen Bruder, der Provinzrepräsentant war und gerade in Haft saß, in Erwartung des »Prozesses der 114« (ein Verfahren gegen 114 Angeklagte, der erste größere Mafiaprozeß in Sizilien, W. R.).

Die Zermonie war beendet. Doch da war noch eine Frage zu klären. Natale Ercolano, der Dieb, hatte ein Problem aufgeworfen, das tatsächlich alle betraf. Onkel Peppino ging zu ihm hin und sagte mit lauter Stimme, so daß es alle hören konnten:

»Natale, versuch mich zu verstehen. Es ist nicht so, daß du nie mehr stehlen darfst. Sicher, es wäre besser, wenn du nicht stiehlst, weil das zu den Regeln der *Cosa Nostra* gehört. Doch die Regeln muß man auch richtig zu deuten wissen. Du mußt ja auch leben, und wenn du stehlen mußt, um zu leben, darfst du das tun. Ich kann dich, in meiner Eigenschaft als Provinzrepräsentant, nicht aushalten, kann dir kein Gehalt bezahlen, mit dem du gut leben kannst und nicht mehr stehlen mußt. Ich habe das Geld nicht, und so ist das ja auch nicht gemeint: Die ›Familie‹ funktioniert nicht auf diese Weise. Also stiehl ruhig. Doch sei vorsichtig, wen du bestiehlst. Einen *Uomo d'onore* darfst du nicht bestehlen, auch nicht seine Verwandten. Alle anderen ja.«

Nun war alles klar. Man konnte zum festlichen Teil übergehen. Wir tranken unzählige Flaschen Champagner, ich weiß nicht mehr, wie viele, auch nicht mehr, wie viele Grillhähnchen wir gegessen haben. Eine Riesensache. Ich werde diesen Abend niemals vergessen.

Seit meinem Eintritt in die *Cosa Nostra* waren gerade ein paar Wochen vergangen, und schon begannen die Forderungen. Ich wartete auf die Konzession für eine AGIP-Tankstelle, da ließ mich der *Capodecina* zu sich rufen.

»Hör mal«, sagte er, »ich habe erfahren, daß du diese Tankstelle bekommen wirst. Willst du sie ganz alleine führen? Wäre es nicht besser, einen Sozius aufzunehmen?«

»Ich bin nicht alleine. Pippo ist als Gesellschafter dabei«, antwortete ich barsch, »ich brauche keinen Sozius.« Dann ging ich zu Pippo und fragte:

»Hör mal, vielleicht habe ich das nicht gut verstanden. Bedeutet der Eintritt in die *Cosa Nostra* auch die Teilung des Eigentums mit den anderen? Was soll denn das? Ist das vielleicht Kommunismus?«

Pippo antwortete, daß die legalen Geschäfte eine absolut persönliche, freie Angelegenheit seien. Die »Familie« durfte sich da nicht einmischen. Das Privateigentum war anerkannt, jeder durfte machen, was er wollte. Illegale Geschäfte waren jedoch etwas anderes: Da mußte man vor allen Dingen die Vorgesetzten informieren, um Erlaubnis fragen, zumindest bei einigen Dingen. Es war verboten, eine illegale Tätigkeit vollkommen im verborgenen durchzuführen.

6

Bis Ende der sechziger Jahre war mein Leben in der Mafia, alles in allem betrachtet, normal. Denn auch die Mafia war damals noch normal. Außerdem lebte ich in Catania, in einer »Familie«, die kaum 40 Personen zählte. Eine »Familie« auf allenfalls handwerksmäßigem Niveau, vergleicht man sie mit den »Familien« in Palermo. Sicher, 1962 bis 1964 gab es in Palermo den ersten Mafiakrieg; doch davon spürten wir in Catania höchstens Ausläufer, hörten Berichte, sahen Flüchtige. Für uns ereignete sich all das weitab, in der Ferne. Unsere Mafiatätigkeit bestand darin, daß wir von irgend jemandem Begünstigungen einforderten, Schmuggel trieben und geklaute Ware weiterverkauften. Es ging uns nicht um Reichtum. Man dachte bei uns nicht an große Dinge.

Pippo und ich wohnten bis 1962 im Haus unserer Eltern. Nach der Verlobung meines Bruders zogen wir um. Wir lebten dann in einer anderen Wohnung, die aber auch recht ärmlich war und nur zwei kleine Zimmer hatte. Sie lag im Süden von San Cristoforo. Im Süden des Viertels S. Cristoforo von Catania! Man muß sich das vorstellen: Sizilien, Catania, das ist der Süden Italiens. Und wir wohnten im Süden des ärmsten Stadtviertels von Catania.

Dort blieben wir allerdings nur wenige Monate. Nachdem Pippo die Aufträge von der Regionalverwaltung Siziliens bekommen hatte, wurde er zum Bauunternehmer, und wir zogen ins Zentrum von Catania, in ein riesengroßes Haus. Es war meine erste große Wohnung, ich hatte sogar ein eigenes Zimmer darin, ganz alleine für mich.

Eines Tages kamen viele Leute in diese Wohnung: Totò Greco

genannt »Chicchiteddu«, Antonio Salomone, Nini Geraci aus Partinico, Gianni La Licata, der später von Pippo Calò umgebracht wurde; und noch andere Männer waren dabei. Sieben oder acht *Uomini d'onore.* Allesamt waren vor der Justiz auf der Flucht.

Sie legten Matratzen auf den Boden des Speichers und konnten dort bequem leben. Das gibt einen Eindruck von der Größe des Hauses. Ab und zu ging ich in den Raum und brachte ihnen Kaffee. Einige Tage nach ihrer Ankunft kam der Repräsentant der Mafia von Catania, und die Männer begannen eine eifrige Diskussion. Recht lange. Bei dieser Gelegenheit – doch nur für einen Tag – kam auch Gerlando Alberti, der damals in Mailand wohnte.

Ich hielt es kaum aus vor Neugier. Schließlich erklärte mir dann Pippo, warum diese Leute in unserem Hause waren, und verriet mir auch den Grund dieser Versammlung. Gerlando Alberti war gekommen, weil ihn jemand davon verständigt hatte, daß Angelo La Barbera mit dem Flugzeug von Mailand nach Catania kommen und im Hotel Central Corona wohnen werde. Das war damals das beste Hotel in der Stadt. Und daß man ihn dort umbringen müsse.

Angelo La Barbera regierte zusammen mit seinem Bruder die »Familie« von Palermo-Zentrum und lag im Krieg mit den Grecos von Ciaculli sowie der gesamten *Cosa Nostra* von Palermo. Es hatte eine Anzahl von Anschlägen und Morden an bedeutenden Mafiosi gegeben. Zwei mit Dynamit vollgestopfte Alfa Romeo »Giulietta« waren in die Luft geflogen, einer davon hatte im Juni 1963 das Blutbad in Ciaculli angerichtet (bei der Explosion des Wagens starben sieben Carabinieri, W. R.).

Sowohl die Mafia wie die Polizei dachten, daß die Brüder La Barbera die Urheber dieses Massakers und all der anderen Anschläge waren, und so waren alle hinter ihnen her.

Ich muß jedoch noch die Geschichte von Angelo Bruno erzählen, bevor ich erkläre, warum diese Mafiabosse, die glaubten, alles zu wissen, in Wirklichkeit Dummköpfe waren: Sie wurden nämlich von einem einzigen, der bloß ein bißchen schlauer war als alle anderen, an der Nase herumgeführt.

Ich habe Angelo Bruno 1962 kennengelernt, der der Repräsentant der »Familie« von Philadelphia war. Es war die erste wichtige Person, die ich nach meiner Aufnahme in die *Cosa Nostra* kennengelernt habe. Er war ein ruhiger, gesetzter Mann. Eine Persönlichkeit: Er wohnte im Excelsior und war jemand, der in Amerika das Sagen hatte. Wir hier haben Amerika immer als Monstrum betrachtet. Sowohl was die Mafia betraf als auch im Hinblick auf das Geld und alles andere.

In Amerika herrschten damals sieben »Familien«. Fünf in New York und zwei außerhalb, eine in New Jersey und eine in Philadelphia. Es gab sieben Repräsentanten, und Bruno war einer von ihnen. Einer der wichtigsten. Pippo erzählte mir, daß er Mitglied der »Grand Jury« war, der Kommission der Sieben, die ganz Amerika leitete.

Der Vizerepräsentant von Philadelphia hieß Testa. Bruno informierte sich über die Lage der *Cosa Nostra* im Dorf des Vaters von Testa, in Calatabiano; es lag genau zwischen der Provinz Catania und der Provinz Messina. Er bat mich herauszufinden, ob es in Calatabiano eine »Familie« gab. Aber damals gab es dort nichts dergleichen. Heute bringen sie sich dort um, daß es eine wahre Freude ist. Angelo Bruno selbst stammte aus Vallelunga in der Provinz Caltanissetta. Als Baby von 18 Monaten kam er nach Amerika. Damals hieß er noch nicht Bruno, sondern Andaloro. Später änderte er seinen Namen.

Bruno war nach Sizilien gekommen, um seine Wurzeln aufzuspüren, seine Verwandten kennenzulernen, seinen Geburtsort zu besuchen. Er war um die 65 Jahre alt und sprach Sizilianisch. Seine Frau nicht, denn sie war keine Sizilianerin, aber immerhin Italienerin, besser gesagt, Italo-Amerikanerin. Er wurde uns vom Repräsentanten von Vallelunga vorgestellt, damals ein gewisser Calogero Sinagra, der sogar ein Vetter Brunos war. Bruno war glücklich über seinen Besuch in Sizilien und besonders darüber, daß in seinem Heimatort einer seiner Vettern Repräsentant war, also dieselbe Stellung wie er innehatte.

Am Ende seines Besuches sagte Angelo Bruno zu Sinagra: »Du mußt mit mir kommen. Ich wünsche mir sehr, daß du eine Weile bei mir in Amerika lebst.«

Er nahm ihn tatsächlich mit und bezahlte alles für ihn. Er behielt ihn vier oder fünf Monate bei sich, ließ ihn überall in Amerika herumfahren und zahlte ihm die besten Hotels. Calogero Sinagra schnappte regelrecht über. Er war nicht reich, war lediglich Tierhändler in einem Dorf mit 5000 Einwohnern mitten in Sizilien. Außerdem war er ungebildet, ein Analphabet. Er hatte sein Leben zwischen Ställen, Viehmärkten, Eselswagen verbracht (und natürlich nach den Regeln der alten *Cosa Nostra* gelebt). Was er da vom Amerika der sechziger Jahre sah, diese riesige Welt, all diese neuen, zukunftsträchtigen Dinge, brachten ihn regelrecht um den Verstand.

Angelo Bruno wollte während seines Aufenthaltes in Sizilien ein Spielkasino in Italien kaufen. Er kannte sich im Glücksspiel gut aus. Als er noch einfacher *Uomo d'onore* war, so erzählte er uns, besaß er ein Spielkasino in Cuba, zusammen mit einer ganzen Reihe von Teilhabern. Er erzählte uns von der Sache, weil er vor seiner Ankunft in Sizilien alle Spielkasinos in Italien besucht hatte. Und er war fassungslos über das, was er da gesehen hatte.

»Das sind Spielhöllen und keine Kasinos«, sagte er uns. »Unser Kasino in Cuba war vollkommen anders. Es hatte Qualität. Wenn wir wußten, daß ein Spieler einen bestimmten Fisch mochte und man diesen Fisch vor Ort nicht fand, kam extra ein Flugzeug und brachte ihm den Fisch. In den italienischen Kasinos muß man sogar Eintritt bezahlen. Bei uns war das ganz anders . . . Sie mögen gerne eine bestimmte Sorte Whisky? Sie wünschen etwas Spezielles? . . . Bitte sehr. Im Restaurant zum Beispiel. Aber meinst du, daß ein Spieler dafür bezahlt hätte? Natürlich zahlte er nicht. Er bezahlte nicht, und damit hatte es sich, wir gaben ihm alles, was er wollte.«

Angelo Bruno war in Cuba, als dort noch Battista, der Vorgänger Castros, herrschte. Kaum hatte Fidel Castro sich ein wenig profiliert, da riefen die Leute Battistas ihn, Angelo Bruno, und fragten ihn, ob er imstande sei, Castro umzubringen.

»Damals war es die leichteste Sache der Welt, Castro umzubringen«, sagte Bruno, »absolut einfach.« Er sagte es seinem *Capodecina,* doch der war ein Trottel mit einem Brett vor dem Kopf. Er sah nur die *Cosa Nostra*. In »Familien«-Angelegenheiten war er ein schlauer

Fuchs, doch von Geschäften und der großen Welt außerhalb verstand er nichts. Er hatte einfach keinen Sinn für solche Dinge.

»Ich konnte nicht direkt mit dem Repräsentanten sprechen, weil ich nur ›Soldat‹ war und mich auf jeden Fall zunächst an den *Capodecina* wenden mußte. Dem sagte ich: ›Hör mal, Battista will, daß wir Fidel Castro umbringen. Kannst du dir vorstellen, was geschieht, wenn wir einem wie diesem Battista einen Gefallen tun? Wir werden dort Herren sein. Wir bauen uns einen Garten – einen großen Besitz, einen Palazzo – mit all dem Geld, das wir verdienen.‹ – ›Wir machen so was nicht. Wir machen keine politischen Sachen, wir nicht. Wir mischen uns in diese Geschichten nicht ein‹, antwortete dieser Idiot.«

»Das war in den fünfziger Jahren. Fidel Castro war damals noch ganz, ganz klein. Und nun hat er Cuba unter sich. Ganz Cuba! Und man kommt nicht einmal mehr an ihn heran«, rief Bruno aus, immer noch verbittert. »Das Problem sind die Leute, die nichts verstehen. Hier ist es nun genauso, mit diesen Kasinos, wo die Dummköpfe, die die Kasinos führen, glatt Eintritt verlangen.« Er überzeugte sich, daß das bei uns wirklich anders gehandhabt wird. Danach blieb er noch eine Weile, und schließlich fuhr er wieder nach Amerika zurück.

Aber er kam später wieder. Als er mit seiner Frau und einem Verwandten am Bahnhof von Catania stand und gerade in sein Dorf fahren wollte, kaufte er sich eine englische Zeitung und las darin die Nachricht, daß er steckbrieflich gesucht wurde. Es gab eine Vorladung und einen Haftbefehl gegen ihn.

»Hör mal, ich fahre jetzt nicht«, sagte er zu seinem Verwandten. »Ich muß erst mal sehen, wie die Dinge stehen. Ich kann auch nicht mehr ins Hotel zurück, dort verhaften sie mich sofort. Verschaff mir eine Unterkunft!«

So kam er zu uns, in Begleitung seines Vetters. Er telefonierte nach Amerika und erfuhr, daß es sich bei der Sache um Kredite und Wucher handelte. Irgend jemand hatte ihn angezeigt ... ein Neger war auch mitverwickelt ... Ich kenne die Geschichte nicht so genau. Er hatte sich mit dem Mann zu arrangieren versucht, doch der erklärte weiter, daß Bruno Wucher betrieben habe. Dann fand man den Neger tot auf. Eine schlimme Sache.

Er rief einen Anwalt in Catania an, beschloß, sich zu stellen, und vereinbarte mit den amerikanischen Polizisten, daß sie ihn am Flughafen von Rom erwarten und den Fall übernehmen sollten. Tatsächlich hatten sie ihn festgenommen und weggebracht.

Bruno und seine Frau blieben nur eine Nacht bei uns. Die Frau schlief bei uns und flog am Tag darauf in die Vereinigten Staaten zurück. Er selbst schlief nicht. Er redete mit Pippo und mir, erzählte uns die Geschichte von Cuba und Castro, sprach von seinem Leben und von der amerikanischen *Cosa Nostra*. Natürlich war das in dieser Nacht eine besondere Situation. Normalerweise sprach er nämlich wenig. Er war eine große Persönlichkeit und sehr zurückhaltend. Mein Eindruck von ihm war der eines ... ja, eines guten Menschen. Gut, jawohl. Er beglückwünschte mich zu meiner eben erfolgten Aufnahme in die *Cosa Nostra*, küßte mich und sagte: »Viel Glück.« Aber er sagte es mit viel Herz, ganz nach sizilo-amerikanischer Art.

Ich war damals 28 Jahre alt. Er war der erste große Mann, den ich kennenlernte. Später habe ich gehört, daß sie ihm das Haus in die Luft gesprengt haben und daß er gestorben ist, ich glaube, es war so um 1980.

Ich habe euch die Geschichte mit Angelo Bruno nicht nur deshalb erzählt, weil ich sie miterlebt habe und er mich beeindruckt hat, sondern auch, um zu zeigen, welch himmelweiter Unterschied zu den Amerikanern besteht. Wenn ich von einer italo-amerikanischen *Cosa Nostra* lese, also einer, die sowohl italienisch als auch amerikanisch sein und noch dazu eine einheitliche Vereinigung darstellen soll, kann ich nur lachen. Wir haben niemals Beziehungen von Vereinigung zu Vereinigung gehabt. Die *Cosa Nostra* ist autonom. Die Regionalkommission entscheidet auf eigene Rechnung.

Viele von uns kennen amerikanische *Uomini d'onore*. Wir tauschen Gefälligkeiten aus. Man versteckt einen Flüchtigen oder schickt einen der Unsrigen zu ihnen. Man erkennt sogar gegenseitig den Treueschwur der *Cosa Nostra* an. Die Qualifikation als *Uomo d'onore* gilt hier wie dort. Das ist aber alles.

Sie hingen mehr als wir am Geschäft, am Geld. Und mitunter war die Aufnahme sizilianischer *Uomini d'onore*, die auf der Flucht oder zu Besuch bei ihnen waren, auch nicht die beste.

7

Kehren wir zurück zu dem Plan, Angelo La Barbera während seines Aufenthalts in Catania zu ermorden. Diese erlauchten Herren in unserem Hause wollten ihn umbringen, weil sie noch nicht kapiert hatten, daß die beiden Alfa »Giulietta« voller Dynamit nicht von ihm oder seinem Bruder hingestellt worden waren, sondern von Cavataio.

Wer war Cavataio? Er war der Repräsentant eines Mafiabezirks von Palermo, dem von Acquasanta, und er hatte eine eigene Gruppe gegründet, heute würde man sie wohl als »zusammengewürfelt« bezeichnen, denn sie bestand aus einigen ehemaligen Oberhäuptern anderer »Familien«. Diese *Capi,* die von den neuen Bossen entthront worden waren, sich aber mit ihrer Lage nicht abfinden wollten, hatten nun mit Michele Cavataio eine geheime Koalition gebildet.

Viele waren es nicht, doch es handelte sich um tapfere, recht gefährliche und erfahrene *Uomini d'onore.* Sie kannten alle, erfuhren von den Gegenmaßnahmen der anderen, und niemand hegte Verdacht gegen sie.

Dem Ganzen lag der Groll Cavataios gegen die Elite der *Cosa Nostra* zugrunde. Ein Freund Cavataios war von Antonio Salomone, dem Repräsentanten der »Familie« von San Giusepe Iato, ermordet worden, weil er diesem einen Weinkeller beschädigt hatte. Da die *Cosa Nostra* von Palermo den Mord gebilligt hatte, brachte Cavataio nun Calcedonio Di Pisa um – und zwar so, daß der Verdacht auf die La Barberas fiel.

Danach gingen nacheinander mehrere Autobomben in der Nähe

von Häusern der wichtigsten Mafiosi hoch, und jede davon leitete den Verdacht auf den jeweils anderen. In der überaus komplizierten Welt der *Cosa Nostra* bleibt der geringste Fehler jahrelang im Gedächtnis. Es entstehen Tausende von verwirrenden Situationen. So mangelt es auch nicht an Gründen für Argwohn und böse Vermutungen.

Jeder hatte irgendein neues oder auch altes, ein offenes oder verborgenes Motiv zur Rache an einem anderen. Die Bomben Cavataios säten Zwietracht im Herzen der Mafia, weil niemand zugab, daß er sie gelegt hatte. Außerdem lenkten sie auch noch die Aufmerksamkeit der Polizei und der Presse auf die Opfer. So kam Bernardo Diana um, der Vizerepräsentant der »Familie« Bontade. In Lebensgefahr geriet bei einem Attentat auch die Schwester des Salvatore Greco »Chicchiteddu«. Bei der Explosion der »Giulietta« in Ciaculli starben sieben Carabinieri – und die *Cosa Nostra* hatte während der gesamten sechziger Jahre die Folgen zu tragen.

Cavataio war erbarmungslos und böse. Er war imstande, einen ganzen Palazzo zum Einsturz zu bringen, ohne sich um die unschuldigen Toten zu kümmern, nur weil er einen Feind erledigen wollte. Sein Plan bestand darin, alle zu treffen, indem er dafür sorgte, daß sie sich durch interne Kämpfe schwächten oder daß sie von der Polizei verhaftet wurden. Am Schluß wollte er der einzige Chef der Mafia von Palermo sein.

Doch diese Genies von Bossen der *Cosa Nostra* kapierten das nicht und beschuldigten die La Barberas wegen des ganzen Durcheinanders. Man berief eine Sitzung der Provinzkommission ein, die aus den *Capimandamento* bestand. Dort fragte Salvatore Greco den Angelo La Barbera, wieso sein Bruder Totò, der mit den Nachforschungen über den Mord an Calcedonio di Pisa beauftragt war, noch nichts herausgebracht habe. Die Erklärungen der La Barberas wurden als unzureichend angesehen, und der Verdacht ihnen gegenüber wuchs weiter.

Salvatore Greco klagte also Totò La Barbera wegen Mordes an; im Verlaufe der Versammlung wurde der Mann von den *Capimandamento* erdrosselt. Salvatore Greco übergab dann höchstpersönlich die Leiche für die Bestattung an Gigino Pizzuto, der mir diese Ereignisse einige Jahre später, ungefähr 1972, erzählte.

Angelo La Barbera aber konnte aus dieser Versammlung fliehen – und das nahm nun Cavataio als Beweis, daß die Barberas nicht nur an der Sache Di Pisa, sondern auch an den Bomben und Attentaten, die es gegen die Chefs der Kommission gegeben hatte, schuld waren. Da nach der Flucht Angelo Barberas die Zwischenfälle weiter anhielten – die aber das Werk desselben Cavataio waren –, verbündete sich die gesamte *Cosa Nostra*, um den Schuldigen zu suchen.

Der Befehl lautete, ihn um jeden Preis zu schnappen oder ihn sofort zu erschießen, auf der Straße oder wo auch immer. Doch auch Angelo La Barbera wollte seine Feinde aufsuchen, weil er erklären, diskutieren und sie davon überzeugen wollte, daß er nichts damit zu tun habe und daß er selbst ebenfalls auf der Suche nach den Verantwortlichen für die Attentate sei.

Schließlich gelang es La Barbera, mit einigen Bossen Kontakt aufzunehmen. Nach langen Verhandlungen legten sie Ort und Zeit für ein klärendes Treffen fest. La Barbera brachte zu der Versammlung Stefano Giaconia mit, einen seiner engsten Vertrauten. Man erzählt sich – ich bin aber nicht sicher, ob es stimmt –, daß Giaconia vollgestopft mit Dynamit zu dem Treffen kam. Er sah aus wie eine Salami und hielt eine Zündschnur in der Hand.

»Wenn ihr irgend etwas Verdächtiges tut, stecke ich die Zündschnur an, und wir fliegen alle zusammen in die Luft«, erklärte er, als er beim vereinbarten Treffpunkt ankam. Einer der Anwesenden machte, vielleicht ohne es zu wollen, irgendeine Geste. Angelo La Barbera befahl Giaconia zu fliehen. Die Hoffnung auf Klärung war endgültig dahin. La Barbera war nun überzeugt, daß kein Erklärungsversuch nützte. Sie hätten ihn in jedem Falle umgebracht. Die anderen machten von da an verstärkt auf ihn Jagd.

Das war also der Grund, warum diese Leute nach Catania gekommen waren. Sie organisierten sofort alles, gingen in die verschiedenen Hotels und fragten nach, ob La Barbera dort wohne. Sie verteilten die Aufgaben untereinander. Gerlando Alberti wartete darauf, daß ihm jemand von Mailand aus die Parole »Der Waggon ist abgefahren« durchgab – das Zeichen, daß La Barbera losgefahren war. Doch der Mann kam nicht an. Oder er kam an, übernachtete aber nicht in Catania, sondern fuhr mit dem Auto nach Messina weiter. Man hat das nie herausgefunden. Angelo La Barbera wurde später im Zuchthaus erstochen, aber aus anderen Gründen.

Von 1962 bis 1969, dem Jahr des Massakers in der Viale Lazio (bei dem Cavataio starb, W. R.), herrschte in der palermitanischen Mafia großes Durcheinander. Es gab viele Tote im Mafiakrieg, und es gab viele Verhaftungen – mehr als 100. Die wichtigsten Bosse wurden eingesperrt, danach gab es den Prozeß von Catanzaro. Die Alfa »Giulietta«, die 1963 in Ciaculli vor dem Haus der Greco explodierte (und die wie erwähnt sieben Carabinieri tötete, W. R.), richtete den größten Schaden an. Die Regierung setzte die Antimafiakommission ein. Nach 1963 gab es die *Cosa Nostra* in Palermo zunächst einmal nicht mehr. Sie war k. o.

Die Mafia stand kurz vor der Auflösung, so sehr war sie ins Schleudern geraten.

Erinnern wir uns nur daran, daß der Chef der Provinzkommission von Palermo, Totò Greco »Chicchiteddu«, sein Amt aufgab und nach Venezuela auswanderte. Er tauchte unter und wurde in seiner Abwesenheit verurteilt.

Alle »Familien« waren in Mitleidenschaft gezogen. Man tat allenfalls noch das Notwendigste. Es kam kaum mehr zu Morden. Zwar gab es noch den einen oder anderen »gewöhnlichen« Mord, von der Sorte, bei der man den Täter sofort findet. Es gab aber keine richtigen Mafiamorde mehr. In Palermo zahlte man nicht einmal mehr Schutzgelder.

In den anderen Städten aber herrschte die Mafia noch. In Catania gab es, wie schon gesagt, keine besonderen Probleme. Wir lebten in Ruhe, Morde kamen nicht vor. In der Stadt dachte niemand an die Mafia. Alle dachten nur an den Wohlstand: Catania war damals die arbeitsamste Stadt Siziliens.

Irgendwann kam man dann hinter das Spiel Cavataios. Aber da war es schon zu spät. Da waren schon alle festgenommen worden, nichts mehr zu machen. Man mußte auf die Entlassung der wichtigsten Bosse warten, die aber erst 1968/69, nach dem Prozeß von Catanzaro, erfolgen sollte.

Bevor man sich jedoch neu organisieren und an die Zukunft denken konnte, war es absolut notwendig, das Problem Cavataio zu lösen. Innerhalb der *Cosa Nostra* bildeten sich dazu zwei Meinungen heraus: Frieden mit ihm schließen oder ihn vernichten. Das waren jedoch keine festen Fronten. Sie änderten sich von einem Augenblick auf den anderen. Vor allem je nachdem, wie man die eigene Stärke einschätzte.

Zunächst vermutete man, daß hinter Cavataio ein großes Heer stand und daß er in allen »Familien« Spitzel hatte. Daher begannen zahlreiche Verhandlungen mit der Absicht, sich mit ihm zu arrangieren.

Wie komisch ist doch manchmal die *Cosa Nostra*! Wie pragmatisch sie die Dinge plötzlich sah, wie entgegenkommend sie war! Alle waren geschädigt worden, verraten, beleidigt. Alle haßten Cavataio wegen der Leute, die er umgebracht hatte, wegen seiner Hinterhältigkeit. Doch er war stark, weil er immer das letzte Wort behielt. War er aber stark, mußte man Frieden mit ihm schließen.

Schließlich erwies sich die Stärke Cavataios dann doch als Bluff. Letztlich war er ein Niemand. Doch wieviel Zeit hatte man mit Kontakten, Vereinbarungen, Reisen, Botschaften vergeudet, bis man das herausfand. Und welche Vorsicht man beim Reden anwandte, welche Vorbehalte selbst innerhalb der einzelnen »Familien«!

Die Losung hieß: Aufpassen und sowenig wie möglich reden – es bestand immer die Gefahr, daß Cavataios Spitzel ihm unsere Manöver und geheimen Pläne berichteten. Man wandte außerordentliche Vorsichtsmaßnahmen an, weil man nicht mehr erkannte, woher die Anschläge kamen. Den Burschen, die zum Schießen abgeordnet waren, hatte man befohlen, zu niemandem alleine ins Auto zu steigen, zu keinem Treffen ohne Begleitung eines anderen zu gehen, der dann im Auto warten sollte. Außerdem sollte man den *Capodecina* oder jemand anderen jedesmal informieren, wenn man von einer anderen »Familie« gerufen wurde.

Die Ereignisse der frühen sechziger Jahre hatten uns eine Lektion erteilt, die man sich immer vergegenwärtigen mußte. Sogar ein geachteter, wichtiger Boß wie Pietro Torretta machte Cavataios Doppelspiel mit. Totò Greco dachte, Toretta sei sein Mann, doch der erzählte Cavataio alles. Den entscheidenden Hinweis auf Cavataio lieferte, wenn auch ungewollt, am Ende Torretta.

Eines Tages nämlich mußte ein *Soldato* zu einem Treffen mit »Onkel Petro«, und dazu hatte er einen anderen *Uomo d'onore* mitgebracht, Gianni La Licata. Er wartete unten auf der Straße, während der andere zur Wohnung Torrettas hochstieg. Dort versuchten sie, ihn sofort umzubringen. Der »Soldat« reagierte schnell. Er zog seine Pistole heraus, begann zu schießen, sprang auf den Balkon und schrie: »Gianni, Gianni, Gianni!«

Doch er fiel tot auf die Straße hinunter, weil die Leute in Torrettas Wohnung ihn noch beim Übersteigen des Balkongeländers erwischt hatten. Gianni La Licata gelang jedoch die Flucht. Er erzählte den Vorfall der Kommission. Diese wurde sich nun klar über den Irrtum, La Barbera wegen des Massakers und all der anderen Zwischenfälle beschuldigt zu haben. Sie erkannte, daß die Verwicklung Torrettas in diese Angelegenheit in eine andere Richtung wies. So kam man bald auf Cavataio.

Kehren wir aber zum Beginn dieser Geschichte zurück: zur Situation nach dem Prozeß von Catanzaro, als man Cavataio noch für stark hielt und meinte, daß man sich mit ihm und seinen Leuten arrangieren müsse. Drei Vermittler traten damals auf. Alle drei kamen von außerhalb Palermos, entweder weil sie außerhalb geboren waren oder, wie im Falle Gerlando Albertis, seit einiger Zeit in Mailand wohnten und nicht direkt an den Auseinandersetzungen zwischen den palermitanischen »Familien« beteiligt waren.

Neben Alberti vermittelten noch Pippo Calderone, mein Bruder also, und Giuseppe Di Cristina. Es verbreitete sich die Nachricht, daß sie Frieden stiften wollten. So gab es offizielle Treffen mit Vertretern der größeren »Familien« und mit den *Capimandamento* von Palermo. Man hörte sich die Meinung der Repräsentanten der anderen Provinzen an. Schließlich ließ dann Ciccio Occhialino, der Repräsentant des Clans vom Englischen Garten in Palermo und ein

Mann Cavataios, Pippo wissen, daß Cavataio ihn zur Aussprache treffen wolle.

Mein Bruder und Cavataio trafen sich zweimal. Bei einer dieser Begegnungen – da war auch Nino Sorci dabei – erklärte sich Cavataio zum Frieden bereit und stellte seine Bedingungen dafür. Da blieb meinem Bruder aber der Mund offen: Cavataio ereiferte sich während der Rede immer mehr, steckte dann plötzlich die Hand in seinen Strumpf und holte ein Stück Papier heraus. Es handelte sich um eine Karte Palermos. Jedes Viertel war mit einem Kreis umrandet, und darin standen jeweils die Namen von »Familien«, der Repräsentanten und aller *Uomini d'onore,* soweit sie bekannt waren. Cavataio legte die Karte auf den Tisch und sagte: »Hier muß dieser *Capomandamento* hin, da dieser *Capofamiglia,* auf diese Seite setzen wir diesen da, den anderen verlegen wir dorthin ...« usw. usf. Er diktierte also seine Bedingungen und legte einen Organisationsplan vor. Etwa so, wie das der Präsident der Vereinigten Staaten tut. Als wäre er George Bush.

Eine unglaubliche Sache. Pippo war zunächst einmal überrascht, daß damit der endgültige Beweis – ein »erdrückender« Beweis, wie die Anwälte der Mafia zu sagen pflegen – dafür erbracht war, daß Cavataio verrückt war, ja größenwahnsinnig. Niemand kann die »Familien« der *Cosa Nostra* so behandeln, als wären sie Schachfiguren. Doch Pippos Erstaunen hatte noch einen anderen Grund: Wie war es nur möglich, daß ein derartig gerissener Hund wie Cavataio sich nicht der Gefahr bewußt war, die allein schon die Existenz eines solchen Dokumentes darstellte?

Vielleicht war Cavataio doch nicht ganz so schlau. Vielleicht hatte auch Liggio recht gehabt, als er über Cavataio sagte, daß unter den Blinden eben der Einäugige König sei. Tatsache ist jedenfalls, daß Cavataio dann genau wegen dieses Stadtplans umgebracht wurde. Er hatte ihn auch noch anderen Leuten gezeigt, der Schlaumeier.

Abgesehen vom absoluten – bis heute gültigen – Verbot, irgend etwas, das sich auf die *Cosa Nostra* bezieht, aufzuschreiben, gab es damals auch noch einen praktischen Grund, der diesen Stadtplan überaus gefährlich machte. Die Polizei wußte damals noch nichts über die wirkliche Struktur der Mafia. Es hatte noch keine Aussteiger gegeben, die die Hierarchie beschrieben und Namen genannt hätten. Die Staatsanwälte machten bei ihren Ermittlungen über die Morde einen Haufen Fehler. Es gab viele, die meinten, daß es die Maifa, d. h. die *Cosa Nostra,* gar nicht gebe.

Die Vermittler in diesem Streit beschlossen jedenfalls, eine Versammlung einzuberufen. Sie mußten den Bossen der *Cosa Nostra* die Ergebnisse ihrer Gespräche mitteilen und mußten Totò Greco – der in seiner Eigenschaft als Generalsekretär der Kommission von Palermo der gewichtigste *Capo* war – vom Friedenswillen Cavataios berichten. Das Treffen fand in der Schweiz statt, in einem Hotel in Zürich. Es war unter größter Geheimhaltung organisiert worden. Mein Bruder und Di Cristina wurden über den Ort des Treffens erst informiert, als sie am Flughafen von Rom angekommen waren. Die Bosse der *Cosa Nostra* von Palermo mißtrauten einander und auch Gerlando Alberti, weil sie allesamt zu viel mit dem teuflischen Cavataio zu tun gehabt hatten.

Die Versammlung – an ihr nahm auch Tommaso Buscetta teil (der spätere Aussteiger und erste »Kronzeuge«, W. R.) – zeichnete sich durch viele schöne Worte aus. »Frieden, Frieden, Frieden! Schluß mit den Morden. Vergessen wir alles, und marschieren wir vorwärts!« empfahlen die Friedenstifter, und viele zollten ihnen dafür Beifall. Totò Greco »Chicchiteddu« jedoch blieb die ganze Zeit über schweigsam. Am Ende erklärte er: »Gut, gut. Schließt Frieden. Tut, was ihr wollt. Ihr seid die Mehrheit« – und ließ so erkennen, daß er nicht damit einverstanden war.

Dann rief er Pippo beiseite und sagte ihm: »Ich kann mich nicht damit abfinden. Ich will den Tod Cavataios.«

»Also, lieber Totò, stoppen wir alles. Halt. Fangen wir die Diskussion von vorne an«, antwortete Pippo.

»Nein. Niemand darf von meiner Absicht wissen. Ihr tut so, als sei Frieden. Verlassen wir diesen Ort mit der Absicht, Frieden zu schließen. Aber wir müssen ihn umbringen.«

»Ich weiß auch, daß wir ihn umbringen müssen. Doch wenn wir hier offiziell beschließen, Frieden zu machen, und wir ihn dann doch umbringen, haben wir die gesamte *Cosa Nostra* Siziliens gegen uns«, beharrte Pippo, »sie werden uns beschuldigen, es genauso zu machen wie Cavataio: Abkommen nicht einzuhalten, heimlich illegale Dinge zu tun ...«

»Ich werde ihn auf eigene Rechnung ermorden. Ihr müßt nicht mitmachen«, beendete »Chicchiteddu« das Gespräch.

Pippo sah ein, daß es sinnlos war, ihn umstimmen zu wollen.

»Hör zu, Totò. Ich bin einverstanden mit dem, was du sagst. Du hast recht. Sie haben dir die Bombe vors Haus gelegt und hätten beinahe deine Schwester umgebracht. Doch erklär mir, wie ich, der ich doch eine andere Position einnehme, bei einem solchen Doppelspiel mitmachen kann? Wenn ich es tun soll, brauche ich mindestens ein paar Leute, die es unterstützen und auch entsprechend Verantwortung übernehmen wollen. Ich kann nicht wie eine dumme Gans herumlaufen und ›Frieden, Frieden, Frieden‹ gackern, nur weil du mir das aufgetragen hast, und dabei stimmt es gar nicht. Irgend jemandem muß ich doch sagen, daß das ein Trick ist, daß es in Wirklichkeit keinen Frieden gibt. Und derjenige muß die List mit verantworten. Sag mir, wen ich ins Vertrauen ziehen kann.«

»Du kannst es Stefano Bontade sagen. Und dann soll Stefano, und nur er, entscheiden, ob man es auch Gaetano Badalamenti mitteilt.«

»Und Di Cristina?«

»Dem kannst du es auch sagen.«

Als wir wieder in Sizilien waren, begann dieser vorgetäuschte Friede. Bontade und Di Cristina wurden informiert, danach auch Badalamenti, Liggio und andere hochrangige Vertreter Palermos. Bis zum Überdruß redete man von Versöhnung und vom friedlichen Zusammenleben. Die übrigen »Familien« Siziliens kamen schließlich ebenfalls zur Überzeugung, daß nun eine Phase der Eintracht beginne. (Auch die Palermitaner wollten ja die Eintracht. Aber erst, nachdem sie Cavataio umgebracht hatten.)

Es war jedoch nicht einfach, Cavataio aufzustöbern. Man sandte ihm Friedensbotschaften und lud ihn zu Verhandlungen ein. Man erklärte sich bereit, seinen Stadtplan zu diskutieren. Doch er hielt sich weiterhin versteckt und biß nicht an.

Die einzigen, die Kontakt zu ihm hatten, waren Pippo und Di Cristina. Die Position der beiden gegenüber Cavataio war nicht ganz und gar unaufrichtig. Sie hatten die Idee noch immer nicht völlig aufgegeben, im letzten Moment vielleicht doch noch eine andere Lösung zu finden.

Cavataio traute den aus der Züricher Versammlung hervorgegangenen Friedenserklärungen nicht. Seiner Ansicht nach konnte wirklicher Friede nur aus einem Vertrag erwachsen, der auf einem allgemeinen Gipfeltreffen aller Repräsentanten der sizilianischen »Familien« unterzeichnet werden würde; eine große Sache also, wie man sie noch nie zuvor unternommen hatte. Solange man diese Art von »Parlament« der Mafia nicht einberufe, würde er nicht aus seinem Versteck herauskommen.

Inzwischen wurde er auch immer unzugänglicher. Während eines Treffens mit Di Cristina verbiß er sich in ein Problem, und als Di Cristina ihn aufforderte, Vernunft anzunehmen, antwortete er, wenn man seine Vorschläge nicht annehme, werde Salvatore Scaglione genannt »il Pugile« (der Boxer, W. R.) ermordet. Zum Beweis, daß dies kein Scherz war, sagte er Di Cristina, wo sich Scaglione in der nächsten Stunde aufhalten werde. Der arme Di Cristina bat ihn, damit aufzuhören, und Cavataio machte eine großzügige Geste: Er nahm das Telefon und stoppte das Killerkommando, das eben losziehen wollte.

Dieser Vorfall erschütterte nun auch jene Bosse der *Cosa Nostra,* die noch immer bezweifelten, ob man sich Cavataios wirklich entledigen müsse: Und sie schwenkten zu jenen über, die ihn wegen des Stadtplans und aus anderen Gründen umbringen wollten.

Schließlich kam es zu einem konkreten Plan für die Ermordung Cavataios. Zunächst dachte man daran, eine Gelegenheit auszunutzen, von der nur wenige wußten: Cavataio fuhr ab und zu nach Acireale bei Catania; dort lebten seine Söhne in einem Internat. Da konnte man ein schönes Attentat auf der Straße organisieren. Doch dann beschloß man, diese Gelegenheit doch nicht zu nutzen.

Stefano Bontade, Gaetano Badalamenti und Di Cristina hatten aber insgeheim ausgemacht, ihn genau dort, also auf dem Territorium der Provinz Catania, zu ermorden. Und zwar ohne es Pippo zu sagen, der damals bereits der oberste *Uomo d'onore* dieser Provinz war. Das war eine unglaubliche Frechheit.

Es war Giuseppe Di Cristina, einer der liebsten Freunde meines Bruders, der den anderen einredete, meinen Bruder nicht zu verständigen und nicht an dem Vorhaben zu beteiligen. Es gab kein ernsthaftes Motiv dafür. Es war lediglich Eifersucht; er beneidete Pippo, weil er immer hervorstach und das Vertrauen einer immer größeren Zahl von *Uomini d'onore* genoß.

Man bildete ein Exekutionskommando. Badalamenti stellte zwei seiner Leute zur Verfügung, die in Catania arbeiteten, die Brüder Sciacca, sowie Natale Rimi. An einem der Tage, an dem sie darauf warteten, daß Cavataio vorbeifuhr, um ihn zu erschießen – was sinnlos war, weil Cavataio zu dieser Zeit nie nach Acireale fuhr –, hielten sie an meiner Tankstelle zum Kaffeetrinken. Die Tankstelle wurde von jenem Vetter Marchese geleitet, von dem ich schon gesprochen habe. Er war ein *Uomo d'onore,* der sie kannte, und so grüßte er sie. Dann berichtete er Pippo, daß er sie getroffen hatte.

Als mein Bruder das nächste Mal einen der Sciaccas traf, fragte er ihn, wieso sie zusammen mit Rimi dagewesen sind, ohne bei ihm vorbeizuschauen.

»Wir konnten Sie nicht besuchen kommen, lieber Onkel Pippo. Wie hätten wir denn zu Ihnen kommen können – wir warteten dort auf Cavataio, um ihn umzubringen. Wußten Sie das etwa nicht?« lautete die Antwort.

Pippo geriet außer sich vor Wut, raste nach Palermo zu Bontade und Badalamenti und nahm von dem Anschlag auf Cavataio Abstand. Er beschuldigte die beiden, verlogen zu sein, und drohte mit Repressalien gegen ihre Leute, die ohne Erlaubnis auf seinem Territorium operierten.

Doch seine Wut hielt nicht lange an. Er war ein guter Mensch und konnte in Wirklichkeit Stefano Bontade und Gaetano Badalamenti gut leiden. Außerdem glaubte er an die Regeln der *Cosa Nostra* und traute seinen Freunden. Deshalb mußte er dann auch sterben.

Das Massaker in der Viale Lazio in Palermo, das am 10. Dezember 1969 dem Leben Cavataios ein Ende setzte, geschah völlig ohne Wissen meines Bruders. Er erfuhr es aus den Zeitungen und wurde erst danach von den palermitanischen Bossen informiert.

Über all das wurde viel Humbug geschrieben. Soweit mir Pippo erzählte, nahmen an der Aktion fünf Personen aus drei verschiedenen »Familien« teil: einer der Brüder Grado und Emanuele D'Agostino waren von den Bontades, Bernardo Provenzano und ein Bruder Leoluca Bagarellas waren von Gaetano Badalamento zur Verfügung gestellt worden. Dazu kam noch Damiano Caruso, der als der wertvollste *Soldato* der »Familie« Di Cristina galt (wobei man sich allerdings fragen muß, wie dann die anderen waren angesichts seiner Stümpereien bei dieser und anderen Gelegenheiten).

Die »Soldaten« fuhren mit verschiedenen Autos zu den Büros des Bauunternehmers Moncada. Caruso und die anderen waren als Polizisten verkleidet. Rundherum patroullierten zahlreiche andere Wagen, um die Sache unter Kontrolle zu halten. In einem davon saß Salvatore Riina und leitete die Operation.

Caruso war der Situation nicht gewachsen. Der Trick mit der Verkleidung war völlig umsonst. Caruso begann nämlich, statt »Halt, keine Bewegung!« zu rufen und abzuwarten, bis alle stehenblieben, wie das die echte Polizei tut, wie verrückt zu schießen, traf aber niemanden. Das gab Cavataio die Gelegenheit, sich hinter einen Schreibtisch zu flüchten und mit seiner Pistole das Feuer zu erwidern. Kalt und präzise schoß Cavataio Bagarella mitten durch die Brust. Dann zielte er auf Provenzano und verletzte ihn leicht an der Hand. Cavataio war außergewöhnlich geschickt. Caruso selbst wurde von Cavataio am Arm verwundet. Dieser versteckte sich dann unter einem Tisch und stellte sich tot. Er dachte, daß die Angreifer abhauen würden und keine Zeit dafür hätten, nachzusehen, ob sie ganze Arbeit geleistet haben.

Doch Provenzano und die anderen hatten Befehl, alle umzubringen, die sich in dem Raum befanden, und danach alles zu verbrennen, damit auch der berühmte Stadtplan der *Cosa Nostra*, den Cavataio bei sich trug, vernichtet wurde. Zu diesem Zweck hatten sie

Benzinkanister mitgebracht, die sie jedoch wegen der Ungeschicklichkeit Carusos und der mörderischen Reaktion Cavataios nicht einsetzen konnten. Sie mußten sich um ihren Toten und um ihren Verletzten kümmern und hatten keine Zeit, alles abzubrennen.

Es herrschte eine unwirkliche Stille im Raum. Man konnte die Autos hören, die auf der Straße vorbeifuhren. Provenzano hielt einen Augenblick inne, dann besann er sich und erinnerte sich daran, daß der Stadtplan möglicherweise in Cavataios Strumpf steckte. Er zog Cavataio an den Füßen unter dem Tisch hervor, bemerkte einen merkwürdigen Widerstand und kapierte, daß der Mann noch lebte. Cavataio, reaktionsschnell wie immer, schoß ihm ins Gesicht, oder besser versuchte, ihm ins Gesicht zu schießen, doch es waren keine Kugeln mehr in der Pistole, sie war leer.

Provenzano drückte den Abzug seines Maschinengewehrs, der jedoch blockierte, und da er selbst an einem Finger verletzt war, konnte er ihn nicht wieder lösen. So schlug er Cavataio den Kolben seines Gewehrs auf den Kopf und trat ihn mit den Füßen, bis er das Bewußtsein verlor. Schließlich gelang es ihm, ihn zu erschießen. Doch den Stadtplan fand er nicht. Vielleicht hatte er auch einfach nicht die Zeit dazu. Die ganze Aktion hatte drei Minuten gedauert. Am Boden blieben fünf Tote und zwei Verletzte, außer Caruso und Provenzano selbst.

Die Killer flohen mit dem Auto. Caruso fuhr, obwohl er verletzt war. Die Leiche Bagarellas wurde in den Kofferraum geworfen und danach auf dem Friedhof von Corleone im Grab eines anderen verscharrt. Caruso wurde nach Amerika geschickt, um sich von seinen Verletzungen zu erholen und auch als Belohnung.

Die Teilnahme Bagarellas am Massaker der Viale Lazio und sein Tod blieben den Ermittlern und auch vielen Leuten aus der *Cosa Nostra* selbst verborgen. Pippo und Totò Riina haben mir davon erzählt. Totò tat die Sache mit Gagarella sehr leid, denn er war damals mit dessen Schwester verlobt, einer Lehrerin aus Corleone. Ich erinnere mich, daß er nach dem Massaker eine Zeitlang eine schwarze Krawatte als Zeichen der Trauer trug.

Das Massaker hatte einen allgemeinen Aufstand der sizilianischen

»Familien« gegen die Palermitaner zur Folge. Diese beschuldigte man, niemanden informiert zu haben und hinsichtlich ihrer »Friedensabsichten« mit Cavataio gelogen zu haben.

Eine Zeitlang hatte Pippo Angst vor Racheakten der überlebenden Gefolgsleute Cavataios – auch jener, die sich nicht als solche zu erkennen gaben – und vor Protesten von Leuten, die von ihm, als dem Vermittler im Streit der Palermitaner, Rechenschaft über einen derart unvorhergesehenen, spektakulären Ausgang der Sache verlangten. Wir verließen das Haus in Catania, wo wir bis dahin lebten, und verschwanden zwei Wochen von der Bildfläche. Doch nichts geschah. Niemand protestierte gegen uns. Auch die Vorhaltungen gegenüber den Palermitanern hörten bald auf. Die »Familien« wollten die Vergangenheit hinter sich lassen. Sie hatten genug von Verschwörungen und Kriegen. Eine Epoche war zu Ende. Vor ihnen lag ein vielversprechendes Jahrzehnt.

8

Der Prozeß von Catanzaro ging für die Mafia gut aus. Viele Angeklagte wurden freigesprochen, und die palermitanischen »Familien« begannen sich zu reorganisieren. Es gelang jedoch nicht sofort, die alten Strukturen in der Provinz wiederherzustellen, weil die *Mandamenti,* die Bezirke, noch nicht hinreichend funktionierten. Die Lage war instabil. Es kam immer noch zu Unannehmlichkeiten. Als Salvatore Greco »Cicchiteddu«, Chef der Provinz Palermo – in Palermo heißt der Provinzvorsteher »Sekretär« – nach Südamerika losfuhr, übertrug er seinen Posten Antonino Sorci, der damals *Capomandamento* war. Sorci wurde jedoch verhaftet, und man mußte von vorne beginnen.

Nach dem Prozeß von Catanzaro errichtete man in Palermo eine provisorische Leitung – »Regentschaft« nennt man das, glaube ich, jedenfalls haben die Staatsanwälte es so genannt, die mich verhört haben. Sie bestand aus Gaetano Badalamenti, Luciano Liggio und Stefano Bontade.

Einige Zeit nach dem Massaker in der Viale Lazio rief Badalamento meinen Bruder Pippo und Calogero Conti, damals Vizerepräsentant der Provinz Catania, und mich zu sich. Er lud uns in seine Heimatstadt Cinisi ein, und während des Essens fragte er uns, ob wir seinen Gevatter Luciano Liggio aufnehmen könnten. Der war damals bei ihm untergetaucht, konnte aber nicht dort bleiben.

Während wir bei Tisch saßen, kam ein Priester. Er wurde uns als *Uomo d'onore* der »Familie« von Partinico vorgestellt, sein Name war Agostino Coppola. Der Mann, der dann später bei der Entführung Cassinas das Lösegeld einholte. Auf der Heimfahrt machten mein

Bruder und ich uns über diesen Priester, der zur Mafia gehörte, lustig.

Wir nahmen den Vorschlag Badalamentis gern an. Di Cristina sorgte für falsche Ausweise und eine Wohnung für Liggio, der einige Tage später ankam. Bevor er sich in der von Di Cristina besorgten Wohnung einrichtete, sollte er im Landhaus Calogero Contis Station machen. Eines Abends kam also ein Schwarm Autos bei uns an, vier oder fünf Stück, seine Eskorte. Luciano Liggio entstieg einem blauen Mercedes, den Stefano Bontade fuhr. Liggio hatte ein vornehmes Auftreten, er war würdevoll. Er sah ... ich weiß nicht ... wie ein Präsident des Bundesgerichtshofes aus. Elegant, im hellen Zweireiher, einen leichten Hut auf dem Kopf. Er setzte sich an den Straßenrand. Wir schauten ihn alle hingerissen an, diesen Liggio, als sei wer weiß wer angekommen.

Man kann allerdings kaum in Abrede stellen, daß Liggio schon damals eine Persönlichkeit war. Er war die Nummer eins in Sizilien. Die Nummer eins, die rote Primel, wie man das so nennt bei uns.

Im Hause der Contis blieb er nur wenige Tage. Es sei ihm zu kalt, sagte er, und darum wollte er weg. Er war komisch wie ein Kind. Und voller Ansprüche. Wir mußten zwei ganze Provinzen durchfahren, bis wir Mineralwasser der Marke Ferrarelle für ihn auftreiben konnten. Etwas anderes wollte er nicht trinken. Das heißt, er hätte Wasser aus der Leitung trinken müssen, doch das bereite ihm Beschwerden (sagte er), denn er war an der Prostata operiert worden.

Er machte uns verrückt. Die Wohnung wechselte er noch ein paarmal, bis wir eine kleine Villa etwas außerhalb fanden, auf den Hügeln in San Giovanni La Punta. Es war ein schöner Ort, wo er fast zwei Jahre blieb. Zu ihm war Bernardo Provenzano gestoßen, auch er auf der Flucht. Im Dorf stellten die beiden sich als zwei Fleischhändler vor, zwei Metzger. Liggio sagte, er sei krank und hierhergekommen, weil er saubere Luft brauche.

Die Villa wurde auf den Namen Antonio und Giuseppe Farruggia gemietet, und zwar mit den von Di Cristina besorgten gefälschten Ausweisen. Es waren dieselben Dokumente, die dann bei Liggio während seiner Verhaftung in Mailand gefunden wurden. Di Cristina beschwerte sich bei Pippo über die Unvorsichtigkeit Liggios, nach so langer Zeit noch immer diese Ausweise zu benutzen.

Die Unterstützung eines bedeutenden Flüchtigen ist keine leichte Aufgabe. Man muß ihn schützen, das Gebiet überwachen, in dem seine Wohnung liegt, Überraschungen ausschalten und ihn mit Essen und Trinken versorgen. Wir versorgten Luciano Liggio mit allem. Er war völlig von uns abhängig. Wir steckten ihm sogar Geld in die Tasche, denn trotz seines großen Namens hatte er 1969 nicht eine Lira.

Doch auch wir, selbst mein Bruder, hatten damals nicht viel Geld zur Verfügung. Wenn Pippo kein Geld für Liggio mehr hatte, ging er zum Bauunternehmer Costanzo und erbat welches. Gino Costanzo wußte, daß wir Liggio bei uns hatten, und er lehnte nicht ab. Wie auch keiner der anderen ablehnte, an die wir uns aus demselben Grund wandten. Einige der Mittel für solche Ausgaben kamen durch die heimlichen Spielhöllen herein, durch eine Art Selbstbesteuerung derer, die sie betrieben. Etwas Hilfe kam auch aus Palermo.

Achtung! Wenn ich sage, daß damals kein Geld verfügbar war, daß die Mafia kein Geld hatte, ist das keine Übertreibung. Nach den Verhaftungen von 1962/63, den Verbannungen, den Gefängnisaufenthalten und nach dem Prozeß von Catanzaro war allen das Geld ausgegangen. Es war für Anwälte, für die Unterstützung im Gefängnis und dergleichen ausgegeben worden. Man veranstaltete einmal eine Sammlung, die 20 bis 30 Millionen (damals ca. 120 bis 180 000 DM, W. R.) einbrachte. Das Geld wurde Totò Riina, dem Regenten von Palermo, ausgehändigt. Es diente zur Unterstützung derer, die dringend Geld brauchten oder sich in einer Notlage befanden. Um 1971 organisierte man sogar eine Reihe von Entführungen. Die Entführung Pino Vassallos – der Sohn des Don Ciccio, eines Bauunternehmers, der aufgrund seiner Freundschaft zu den Bossen der *Cosa Nostra* reich geworden war – war einfach notwendig. Die Einnahme von 400 Millionen (damals ca. 2,4 Millionen DM, W. R.) wurde unter die notleidendsten »Familien« Palermos verteilt.

Selbstverständlich nutzten die Corleoneser die Lage sofort aus und entführten einige Monate später Cassina, ohne jemandem etwas davon zu sagen. (Graf Cassina, um dessen Sohn es sich handelte, war einer der reichsten Unternehmer Palermos, W. R.) Überflüssig hinzuzufügen, daß die Einnahmen aus einer solchen Maßnahme der Corleoneser nicht unter den im Gefängnis sitzenden oder notleidenden *Uomini d'onore* der anderen »Familien« verteilt wurden.

Auch Stefano Bontade war in großen Schwierigkeiten. Glücklicherweise hatte er Anrecht auf einen Anteil am Verdienst des Zigarettenschmugglers Tommaso Spadaro, der sich damit brüstete, ihm eine Art Lohn zu zahlen. Als die *Capi* der *Cosa Nostra* so um 1968 schließlich aus dem Gefängnis kamen, nagten sie fast alle am Hungertuch. Luciano Liggio besaß vielleicht ein paar Häuser oder hatte andere Besitztümer, aber er verkaufte nichts davon.

Ihr werdet es kaum glauben, aber Totò Riina weinte, als er mir erzählte, daß ihn seine Mutter 1966 oder 1967 nicht im Gefängnis besuchen konnte, weil sie die Zugfahrkarte nicht hatte bezahlen können!

Die einzige Ausnahme waren die Grecos. Denen ging es gut, sie waren schon immer reich gewesen. Wenn ich in diesem Zusammenhang von den Grecos spreche, meine ich aber einen anderen Zweig der Familie, den man später mit dem des Michele Greco (dem Vorsitzenden der Kommission in den siebziger Jahren, W. R.) verwechselt hat.

Später wurden alle innerhalb weniger Jahre zu Millionären. Und zwar durch den Rauschgifthandel.

Kehren wir zum flüchtigen Liggio zurück. Die kleine Villa in San Giovanni La Punta besaß eine Terrasse zum Garten hinaus, wo es keine anderen Häuser gab. Eines Tages entkleidete sich Liggio und legte sich in die Sonne. Es konnte ihn ja niemand sehen. Doch in einiger Entfernung wurde ein größeres Haus gebaut, das fast fertig war. Da der Unternehmer die Appartements verkaufen wollte, begleitete er des öfteren Kaufinteressenten zur Besichtigung dorthin. Als die Kunden diesen nackten Mann beim Sonnenbaden sahen – Liggio hatte mittlerweile die Gewohnheit angenommen, sich nackt auf die Terrasse zu legen –, machte das natürlich einen schlechten Eindruck.

Der Bauunternehmer ging schließlich zu den Carabinieri und beschwerte sich über den nackten Mann, der den Verkauf der Wohnungen verhinderte. Und so klopften also die Carabinieri an Liggios Tür. Er war noch in der kurzen Hose, als er sie herankommen sah.

»Oh je, die Carabinieri. Was mache ich nun?« Eine Fluchtmöglichkeit gab es nicht, zudem war er alleine zu Hause, Provenzano war ausgegangen. Er mußte also wohl oder übel öffnen. »Guten Tag«, sagte er zu den Polizisten.

»Guten Tag. Der *Maresciallo* (Polizeimeister, W. R.) möchte Sie sprechen.«

»Jetzt sofort?« fragte Liggio höflich. »Also sofort kann ich nicht kommen.« Er schob seine Badehose runter.

»Wie ihr seht, habe ich einen Katheter.« Das stimmte, er hatte ein Prostataleiden. »Ich erwarte gerade den Arzt, der mir den Katheter entfernen muß. Danach komme ich dann sofort zum *Maresciallo.*«

»In Ordnung. Sie können auch am Nachmittag kommen«, antworteten die Carabinieri. Als sie weg waren, zog sich Liggio an und rief sofort in Pippos Büro an. Ich war gerade dort.

»Komm sofort«, sagte er.

»Was ist denn? Was ist passiert?«

»Komm sofort, sag ich dir. Und komm nicht zum Haus, sondern zur Bushaltestelle.«

Ich rannte zum vereinbarten Ort. »Wollen Sie mir nicht endlich sagen, was passiert ist?« fragte ich Liggio.

»Die Carabinieri sind gekommen. Sie wollen mich sprechen. Der *Maresciallo* will mich sprechen.«

»Wenn die Carabinieri wirklich da waren, warum sind Sie noch immer hier? Warum sind Sie nicht abgehauen?«

»Weil die offenbar gar keinen Verdacht hatten. Die haben mich nicht erkannt.«

Wir beschlossen, in die Stadt zu fahren und den Vorfall mit Pippo zu besprechen. Der sagte: »Hör mal, Professor . . .« Wir nannten ihn »Professor« statt Luciano. Er bestand darauf und freute sich, wenn wir ihn »Professor« nannten. Schließlich hielten ihn viele in unserem Milieu wirklich für einen Professor.

»Hör mal, Professor, die sind nicht gekommen, weil sie wissen, daß du dort wohnst. Die wären niemals so gekommen, einfach so, indem sie an die Tür klopfen. Und ich bin sicher, hätten die es anders versucht, würden sie jetzt nicht mehr leben«, sagte mein Bruder und spielte damit auf die Brutalität und Geistesgegenwart des »Professors« an, die man ihm schon damals nachsagte.

»Und wenn sie es doch noch merken? Wenn ihnen der Verdacht jetzt kommt? Was soll ich tun?« fragte Liggio. Ihn bedrückte die Aussicht, dieses Versteck verlassen zu müssen, an dem er hing. Ihm gefiel das Haus und der Ort. Er hatte sogar zwei Frauen gefunden, zwei Schwestern. Die eine gefiel ihm sehr – er hatte meinen Vetter sogar um ein Schlafmittel gebeten, damit er die andere Schwester in Tiefschlaf versetzen konnte, so daß sie nicht sehen konnte . . . Ich weiß aber nicht, ob er sie wirklich gevögelt hat.

»Schau, die haben dich nicht erkannt und hegen noch immer keinen Verdacht. Ich weiß natürlich nicht, ob sie nicht später Verdacht schöpfen werden. Doch ganz sicher schöpfen sie Verdacht, wenn du nicht zum *Maresciallo* gehst.«

»Na gut«, sagte Liggio nachdenklich. »Soll ich euch was sagen? Ich gehe hin. Ich gehe zu den Carabinieri.«

Inzwischen war Bino Provenzano aus Palermo gekommen, und zwar im Zug, weil er so sicher vor Kontrollen war und auch weil er nicht Auto fahren konnte. Obwohl er einen schönen gefälschten Führerschein besaß. Er erzählte herum, daß er, wo er doch einen Führerschein besitze, auch ein Auto lenken könne. Doch er konnte es nicht, und wir alle, die wir gute Autos hatten, vermieden tunlichst, ihn ans Steuer zu lassen.

Provenzano wurde über alles informiert. Man beschloß, ihn statt Liggio zum *Maresciallo* zu schicken, und zwar mit der Ausrede, daß Liggio krank sei. Aus der Reaktion der Carabinieri würde man dann erkennen, welches der wirkliche Grund für diese Vorladung war und ob sie dort einen ernsten Verdacht hegten.

Mit dem Auto brachten wir Provenzano bis zum Hauptplatz von

San Giovanni La Punta, wo die Polizeiwache war. Dann mußten wir lange auf ihn warten. Liggio war nervös. Er fluchte, sagte, daß es ein Fehler gewesen sei und daß er ihn nicht an seiner Stelle hätte hinschicken sollen. Er fluchte weiter, bis Provenzano herauskam. Der war völlig ruhig, trat vor das Auto und sagte: »Es ist gut gelaufen.«

Wir fuhren ein Stück hinter ihm her, dann ließen wir ihn einsteigen. »Was haben sie dir gesagt?«

»Nichts. Daß dieser Bauunternehmer nebenan ist und sich beim *Maresciallo* beschwert hat, weil er immer einen Mann nackt herumliegen sieht«, sagte Provenzano und spielte Entrüstung vor.

Wir blickten Liggio empört an. Der spielte mit und tat beleidigt: »Wer ist dieser Scheißkerl, der behauptet, daß ich mich nackt hinlege? Stimmt doch überhaupt nicht. Ich bin nie nackt.« In Wirklichkeit war er natürlich erleichtert. Provenzano sagte: »Ich habe dem *Maresciallo* gesagt, daß du krank gewesen bist, daß du operiert worden bist und daß du Sonne brauchst. Er hat gesagt, daß er das verstehen kann und daß er weiß, daß wir hier zur Erholung sind. Es reicht, wenn du eine Badehose anziehst. Leichte Bekleidung, und alles ist in Ordnung.«

Liggio dachte nach und platzte dann los: »Wenn das so ist, wer wird denn hier noch jemals weggehen? Jetzt ist alles in Ordnung. Wir sind keine Flüchtigen mehr: Die Carabinieri wissen von unserer Anwesenheit. Sie haben keinen Verdacht, also werden sie uns auch nicht mehr suchen.«

Liggio blieb bis Juli 1971 in Catania untergetaucht; bis Pippo wegen einer Anklage im »Prozeß der 114« vor dem Schwurgericht Palermo verhaftet wurde. Er verließ Catania, weil es zu gefährlich wurde, in einem von Pippo kontrollierten Gebiet zu wohnen, das nun im Fadenkreuz polizeilicher Ermittlungen und Kontrollen lag. Hätte man meinen Bruder gründlich überwacht, so hätte man auch auf Liggio stoßen können.

Er tat ihm leid, fortzumüssen. Er hatte sich eingewöhnt und neue Bekannte gefunden. Darunter auch Nino »Cori granni«, einen jungen *Uomo d'onore*, der ihm sehr zusagte, weil er wenig sprach und ein Mann der Tat war. »Cori granni« besuchte ihn häufig in seiner Villa in San Giovanni und begleitete ihn auch auf den Fahrten, die er unternahm, um seinen unversöhnlichen Feind, den Polizeikommandanten Angelo Mangano, aufzuspüren.

Liggio haßte Mangano zutiefst, weil der ihn Anfang der sechziger Jahre in Corleone verhaftet hatte, vor allem aber aufgrund der Mißhandlungen, die Mangano Liggios Schwester zugefügt hatte. Da er wußte, daß Mangano aus Riposto stammte, einem Küstenort nördlich von Catania, dachte er, daß der Polizist während des Sommers sicherlich dorthin zum Baden fahren würde. »Am besten ihn da umbringen«, vertraute sich Liggio seinem getreuen »Cori granni« an und fuhr mit ihm den ganzen August über jeden Vormittag von San Giovanni La Punta an den Strand bei Riposto, um Mangano aufzuspüren. Sie fuhren völlig unbekümmert mit einem FIAT 500, die Pistolen griffbereit. Noch dazu hatten sie ein großes Messer dabei. Liggio hatte gar nicht die Absicht, auf Mangano zu schießen. Er hätte nicht auf ihn geschossen. Er hätte ihn mit seinen Händen zerrissen.

Doch er fand Mangano nicht in Sizilien. Einige Jahre später fand er ihn jedoch in Rom und versuchte ihn umzubringen. Erinnert ihr euch an das berühmte Attentat auf den Polizeikommandanten Angelo Mangano, von dem die Zeitungen so viel berichteten? Gut, ich kann euch erzählen, wie das alles gelaufen ist. Einer der Täter war Liggio, die anderen Mittäter jedoch waren keine Sizilianer, sondern Neapolitaner. Ich habe das von verschiedenen Personen erfahren, darunter auch von Pippo, der das gegenüber Stefano Bontade so kommentierte: »So eine Stümperei – zum Glück war kein Palermitaner dabei.«

Die Neapolitaner, die bei dieser Operation mit Liggio zusammenarbeiteten, waren Ciro Mazzarella und Michele Zaza, beide Schmuggler. Mazzarella steuerte das Auto bis zum Eingang des Hauses von Mangano. Um sicherzugehen, ihn nicht zu verfehlen, stieg Liggio aus dem Auto und schoß aus nächster Nähe auf Mangano. Doch entweder hatte die Waffe oder auch die Munition einen Fehler oder es gab einen anderen Grund – jedenfalls wurde Mangano nicht tödlich getroffen. Außerdem hatte es ausgerechnet während dieser Aktion Streit zwischen Liggio und Zaza gegeben, dadurch ging wertvolle Zeit verloren. Nello Pernice erzählte mir, daß Liggio sich mit dieser Pleite nie abgefunden hat.

Luciano Liggio war ein blutrünstiger Mann. Er hatte Freude am Töten. Er hatte eine Art, einen anzusehen, die jedem Angst einjagte. Auch uns Mafiosi. Die kleinste Kleinigkeit genügte, daß er sich aufregte. Dann kam ein merkwürdiges Leuchten in seine Augen, und alle ringsumher verstummten. In seiner Gegenwart mußte man immer aufpassen, was man sagte. Ein falscher Ton, ein mißverständliches Wort, und schon war da dieses plötzliche Schweigen. Alle waren stumm. Es war ungemütlich, und man spürte den Tod herumschleichen.

Während seines Aufenthalts in Catania habe ich mir einmal erlaubt, ihm zu sagen, er sei verrückt. Jawohl. Ich, Antonino Calderone, habe einmal zu Luciano Liggio gesagt, daß er meiner Ansicht nach verrückt sei, wahnsinnig. Liggio hatte eine Geliebte in Tarent. Er hatte sie während eines Klinikaufenthalts dort kennengelernt und wollte nun dorthin, um sie zu besuchen. Als er mir das sagte, antwortete ich sofort: »Professor, das ist verrückt. Sie wollen zu einer Frau fahren, die Ihre Identität kennt, die weiß, wer Sie sind. Sind Sie sich klar darüber, wie gefährlich das ist?« Genau so habe ich ihm das gesagt. Ganz spontan, ohne viel nachzudenken ...

Die Rede kam danach auf den Polizeikommandanten Mangano. Liggio zog sein Messer heraus und hantierte damit herum, als wolle er gerade Mangano umbringen: »Schau, wie ich das anstelle: Ich zerschneide ihn so und so.«

Unmittelbar danach sagte mein Vetter zu mir: »Wie kannst du es wagen, solches Zeug zu reden? So mit Luciano Liggio zu sprechen! Du hast keine Ahnung. Hast du nicht gesehen, wie er dich angeschaut hat? Was für ein böses Gesicht er machte, als er mit dem Messer vor dir herumfuchtelte?«

Während er in Catania lebte, begann Liggio auch noch gegenüber einer anderen Person Groll zu hegen, nämlich dem Journalisten Giuseppe Fava, der dann viele Jahre später, 1984, von der Mafia umgebracht wurde. Favas Sünde bestand darin, ihn schlecht behandelt zu haben: Er hatte es gewagt, sich in einem Artikel über die Augen Luciano Liggios lustig zu machen. Liggio bat Pippo, die Gewohnheiten und die Adresse Favas herauszufinden, um ihm »ein Geschenk zu machen«. Pippo lehnte ab und wies Liggio darauf hin, daß es keinerlei Grund gab, sich mit einem Mann in dieser Stellung anzulegen.

Liggio tötete aus Spielerei, aus purer Bosheit. Eines Tages sagte er zu einem jungen Mann, Giuseppe Madonia: »Meiner Ansicht nach bist du nicht imstande, einen Carabinieri umzubringen.« Sie setzten sich ins Auto und hielten Ausschau nach einer Carabinieriuniform, glücklicherweise ohne Erfolg. Die Geschichte hat mir der Vater Madonias erzählt, der sich noch immer mit Schrecken daran erinnert. Sein Sohn war damals noch ein Junge, unerfahren und beeinflußbar.

Nach der Verhaftung Pippos ging Liggio nach Mailand und begann Entführungen zu organisieren. Er brauchte Geld und betätigte sich, zusammen mit Nello Pernice, sogar als Rauschgiftdealer. Die Beziehungen zu den Catanesern brach er nicht ganz ab. Francesco Madonia erzählte mir, daß Liggio ab und zu nach Catania kam, doch ich selbst traf ihn nur noch ein einziges Mal.

Da kam er zusammen mit Nello Pernice an meine Tankstelle und redete merkwürdiges Zeug. Er sagte, daß er von meiner engen Freundschaft zu den Costanzos wisse und daß die Costanzos regelmäßig von ihren Banken 100 bis 200 Millionen Lire zur Bezahlung ihrer Arbeiter abhoben. Die Geldscheine wurden in die Büros des Unternehmens gebracht. Eine Carabinierieskorte schützte den Transport. Liggio wollte, daß ich mich an die Costanzos wende, damit diese mich über den Zeitpunkt der Geldtransporte informieren, so daß man bequem einen Raub durchführen konnte. Sollte der Begleitschutz von der Waffe Gebrauch machen, würde das keine Probleme geben, denn die Räuber würden entsprechend reagieren. Die Costanzos würden auch nichts verlieren, weil der Geldtransport ja unter der Verantwortlichkeit der Banken geschah.

Die Sache war merkwürdig, ja sogar etwas provozierend. Liggio verlangte einen Schlag gegen Personen, die unter meinem Schutz standen und meine Freunde waren. Überdies setzte er automatisch dabei auch noch die Erlaubnis voraus, auf dem mir unterstehenden Territorium operieren zu dürfen.

Bei dieser Gelegenheit bemerkte ich noch eine Merkwürdigkeit im Verhalten Liggios. Er redete mich nicht mehr, wie in der Vergangenheit, mit »Du« an, sondern mit »Sie«. Ich fragte ihn nach dem Grund, und er antwortete, das tue er, weil ich nicht seinem Vorschlag gefolgt sei, keinen Verteidiger für meinen Bruder im »Prozeß der 114« zu benennen. Auch er war Angeklagter in diesem Prozeß und hatte keinen Verteidiger benannt. Und zwar als Zeichen des Protestes. Nun verlangte er, daß alle anderen Angeklagten seinem Beispiel folgten. Ich rechtfertigte mich damit, daß ich Pippo nicht ohne Verteidigung lassen konnte, doch er siezte mich weiterhin. Als ich ihm dann entschieden sagte, daß ich nichts tun würde, um ihm den Raub zu ermöglichen, sprang er auf und ging fort. Es war das letzte Mal, daß ich ihn sah.

Liggios Verhalten beunruhigte mich. Ich redete darüber mit Francesco Madonia, besuchte Pippo im Gefängnis und besprach den Vorfall auch mit ihm. Beide waren sich einig, daß Liggios Forderungen völlig unannehmbar waren und daß andere Motive dahinterstecken mußten. Nach einiger Zeit schüttelte Pippo den Kopf und sagte: »Es ist sicher ein Vorwand, um die Beziehungen mit uns abzubrechen, obwohl wir ihm geholfen haben und er den Calderones vertraglich verpflichtet ist. Es ist ja bekannt, daß Liggio das so macht: Er stellt sich gegen Leute, die ihm geholfen haben, weil er sich niemandem erkenntlich zeigen will. Genauso hat er sich auch gegenüber Gaetano Badalamenti aufgeführt, der ihn lange Zeit versteckt hat.«

In Wirklichkeit hatte der Groll Liggios gegen Badalamenti (und gegenüber vielen mit ihm verbündeten palermitanischen »Familien«) andere Gründe, die auch die anderen Corleoneser teilten. Sie beschuldigten Badalamenti, sich am Drogenhandel in einem Moment bereichert zu haben, in dem sich viele andere »Familien« in ernsten finanziellen Schwierigkeiten befanden und zahlreiche *Uomini d'onore* am Hungertuch nagten.

9

Während Liggio in Catania im Versteck lebte, besuchten ihn zwei Bosse der *Cosa Nostra* von Palermo, Salvatore Greco »Cicchiteddu« und Tommaso Buscetta. Sie hatten mit ihm eine Frage von erheblicher Bedeutung zu besprechen: die Beteiligung der Mafia an einem Staatsstreich, dem sogenannten »Borghese-Putsch« von 1970. Zum Empfang der Gäste war Liggio ins Zentrum Catanias gekommen, in Pippos Haus in der Via Etnea, wo auch ich wohnte. So konnte ich bei ihrer Ankunft dabeisein. Mein Bruder hielt auf dem Balkon Ausschau nach ihnen, trat dann herein und sagte: »Sie kommen. Masino ist auch dabei.«

Liggio explodierte vor Wut: »Was fällt Totò ein, mit diesem Schandknecht anzurücken? Statt ihm zwei Kugeln in den Kopf zu jagen, fährt er mit ihm in der Gegend herum.« Pippo war schon auf der Treppe nach unten und konnte daher Liggios Kommentar nicht hören. Ich fragte ihn, warum er etwas gegen Buscetta habe. Er antwortete, Buscetta habe stets ein »verhurtes« Leben geführt. Dann fing er sich wieder, weil die Gäste ins Haus traten, und begrüßte Buscetta aufs herzlichste.

Die Sprache kam sofort auf den Fürsten Junio Valerio Borghese. Der Name war mir nicht gänzlich unbekannt. Soviel ich wußte, war er ein Kommandant der MAS oder der NAS (Torpedoboot-Einheiten, W. R.) oder von etwas Ähnlichem. Ihr müßt Nachsicht mit mir haben, ich war immer etwas ungebildet, und was ich gelernt habe, stammt aus der täglichen Zeitungslektüre und den Lösungen der »Rätselwoche«.

Ich wußte nicht, was diese MAS waren. Ich habe den Namen in

der »Rätselwoche« gelesen. Als ich zum ersten Mal vom Fürsten Borghese und von den MAS reden hörte, hat mich das nicht besonders beeindruckt. Ich dachte an die MAS der »Rätselwoche«.

Alles in allem ging es darum, bei einem Militärputsch mitzumachen, der sich von Rom aus über das ganze Land ausbreiten sollte. Aufgabe der Mafia wäre es gewesen, sich an den Operationen in Sizilien zu beteiligen. Zur vereinbarten Zeit sollten die Mafiosi bestimmte Personen, die sich an die Stelle des Präfekten (entspricht in etwa einem Regierungspräsidenten in Deutschland, W. R.) setzen sollten, in die verschiedenen Präfekturen Siziliens begleiten. Verbindungsmann zu den Putschisten war ein palermitanischer Mafioso, den ich kannte, ein gewisser Carlo Morana. Er war ein verrückter Typ und enger Freund Di Cristinas.

Man diskutierte lange. Die Meinungen gingen auseinander. Greco und Buscetta hielten sich etwa drei Wochen im Hause meines Bruders auf und debattierten mit Liggio, der keine besonderen Einwände gegen die Beteiligung am Staatsstreich hatte, und anderen Mafiaführern. Es gab eine Reihe von Versammlungen; allzu viele waren es allerdings nicht. Damals lief gerade die Fußballweltmeisterschaft, und viele Mafiosi wollten die Spiele nicht versäumen.

Die Gegenleistung der Putschisten für die Mafia sollte in der Revision einer Anzahl bereits abgeschlossener Prozesse bestehen, darunter des Verfahrens gegen die Rimis aus Alcamo und gegen Liggio wegen der Ermordung des Arztes Navarra aus Corleone. Doch es herrschte viel Mißtrauen: Schließlich waren die Putschisten Faschisten, und vorher hatte es die Sache mit Mussolinis Präfekten Mori gegeben. »Wir helfen ihnen bei der Machtergreifung«, dachten viele Bosse, »und dann verhaften sie uns, gerade wo sie uns dann dazu auch noch kennen.« Andere schlugen vor, die Revision sämtlicher Mafiaprozesse zu fordern, eine Art Generalamnestie für alle.

Man beschloß schließlich, beim sogenannten Staatsstreich mitzumachen, aber nur eben so, ohne wirkliches Engagement. Quasi um die Putschisten auf den Arm zu nehmen.

Pippo fuhr nach Rom zu einem Treffen mit dem Fürsten. Am vereinbarten Ort auf einer der Tiber-Promenaden empfing ihn ein

Mann, der als Erkennungszeichen eine schwarze Tasche und die Tageszeitung »Il Messaggero« trug. Der Mann fragte ihn, ob er »Pippo aus Catania« sei, und brachte ihn zu Valerio Borghese. Der Fürst erklärte meinem Bruder, daß er Männer brauche zur Einnahme der sizilianischen Präfekturen und zur Einsetzung neuer Präfekten. Alle, die Widerstand leisteten, seien von den Mafiosi – die zu dieser Gelegenheit ein Erkennungsband am Arm tragen sollten – sofort zu verhaften.

Pippo hörte sich die Darlegung des Planes geduldig an, doch als der Fürst auf die Verhaftungen zu sprechen kam, fuhr er zusammen. »Wer soll verhaften? Wir, wir Mafiosi sollen Verhaftungen vornehmen? Wir übernehmen niemals Aufgaben der Polizei. Wir verhaften niemanden«, empörte er sich. »Wenn wir jemanden umbringen müssen, gut. Dann bringen wir ihn um. Aber Polizeidienste übernehmen wir nicht.«

Valerio Borghese war einverstanden, daß die *Uomini d'onore* keine Verhaftungen vornehmen würden. Sie sollten nun nur noch die notwendigen Gewaltaktionen unterstützen, indem sie jungen, bereits eingewiesenen Faschisten aus Catania, Palermo und anderen Städten halfen. In Rom waren der staatliche Rundfunk RAI und das Innenministerium zu besetzen. Von dort aus sollten dann die Präfekten kommandiert werden.

Daraufhin versprach der Fürst eine Revision der Prozesse, und Pippo erklärte: »Lieber Fürst, wir sind einverstanden. Sie führen uns aber hoffentlich nicht an der Nase herum und wiederholen am Ende nur die Geschichte von Mussolini und dem Präfekten Mori?«

»Nein, nein, seien Sie beruhigt. Wenn ihr uns helft, werden wir euch nicht schaden. Wir stehen zu unseren Vereinbarungen. Allerdings müßt ihr einsehen, daß die Polizei – wenn wir an der Regierung sind – nicht untätig zusehen wird, wenn weiter Morde geschehen. Die Polizei muß ihre Arbeit tun.«

»Logisch, logisch. Man kann nicht verlangen, ungestraft Morde begehen zu dürfen. Nein, die Absprache besteht darin, diese Dinge mit anderen Augen zu betrachten.«

All das überzeugte jedoch in Wirklichkeit niemanden. Liggio und andere hatten sich einverstanden erklärt oder taten jedenfalls so. Viele jedoch waren nicht einverstanden, und sie hatten es auch erklärt. Ich vermute, daß die Mafia bluffte, um bei ihrem Versuch, jemanden aus dem Gefängnis zu holen, unterstützt zu werden, oder um den einen oder anderen Prozeß zu »regeln«.

Wenn man es sich genau überlegt, empfahl es sich in jedem Fall, den Putschisten zuzusagen. Unternahmen sie den Staatsstreich mit unserer Hilfe und gewannen ihn, so konnte man sich den einen oder anderen Vorteil erhoffen. Gewannen sie ihn ohne unsere Hilfe, hätten sie uns danach sicherlich bekämpft. Sie hätten uns alle auf Inseln verbannt wie während des Faschismus. Wir wären verschwunden. Es empfahl sich also, ihnen zu sagen, daß wir auf ihrer Seite waren. Doch ohne ihnen irgendwelche Namenslisten zu geben. Sie wollten – man stelle sich das vor! – eine Aufstellung aller Mafiosi. Pippo sagte ihnen, daß die Mafia über 2000 Männer verfüge, daß es aber keine Namenslisten geben werde.

Im geeigneten Moment würde man den Verschwörern sagen, daß sie sich an eine bestimmte Person in einem bestimmten Ort und dort in einem bestimmten Viertel wenden sollten. Nur deren Identität würde ihnen danach bekannt sein. War dann alles erledigt, würden wir ihnen Personen zur Einsetzung in die neuen Ämter empfehlen (bzw. ihnen von anderen abraten). Aber Namenslisten würde es keine geben. Wir waren ja nicht blöde. Was, wenn die Faschisten alle diese Namen nur benutzt hätten, um die Männer zum Teufel zu schicken?

Doch dann ist nichts unternommen worden. Sie hatten uns gesagt, daß an einem bestimmten Tage einer von uns bei einer Gruppe von Männern in Rom sein sollte. Natale Rimi fuhr hin. Sie gaben ihm eine Maschinenpistole. Während der Nacht waren Schüsse zu hören. Rimi sollte am nächsten Morgen mit dem Flugzeug nach Catania zurückkehren und uns sagen, was wir tun und ob wir weitere Männer schicken sollten usw. Pippo fuhr zum Flughafen und holte ihn ab. Rimi erklärte, daß weiter nichts unternommen werde.

Später haben wir erfahren, daß ein Carabinierigeneral aus Neapel im letzten Augenblick aus dem Projekt ausgestiegen war. Wir selbst hatten, wie schon angedeutet, stets große Zweifel an der Ernsthaftigkeit der Angelegenheit. Im Jahr danach, beim »Prozeß der 114« in Palermo, tauchte ein Brief auf, der den Ablauf der ganzen Sache beschrieb.

Mein Bruder hatte später – es war immer noch 1971 – im Zusammenhang mit dem schiefgegangenen Putsch ein merkwürdiges Erlebnis. Er wurde in Catania verhaftet, nach Palermo transportiert und dort zwei Tage in einer Carabinierikaserne eingesperrt. Der erste, der ihn verhörte, war der Polizeihauptmann Russo, der dann 1977 ermordet wurde. Russo fragte ihn: »Hören Sie, wie werden Sie genannt?«

»Was soll das heißen, wie ich genannt werde?«

»Wie Ihre Verwandten, Ihre Freunde Sie nennen?«

»Sie nennen mich Pippo.«

»Da haben wir's. Er ist es also! Pippo aus Catania«, rief der Hauptmann, sprang auf und holte den Kommandanten. »Er ist es! Er ist es!«

Mein Bruder war verwirrt. »Der Mann da ist verrückt. Den muß man anketten. Wer ist er denn überhaupt?« (Hauptmann Russo war in Zivil). »Ich sage ihm, wie ich heiße, und der schreit dann so herum.«

Nach dem (für die Mafia) günstigen Ausgang des Prozesses von Catanzaro und nach der Ermordung Cavataios wurde Gaetano Badalamenti zum mächtigsten Mann der *Cosa Nostra.* Eine seiner ersten Aktionen war die Organisation einer Reihe von Attentaten auf Sizilien. Er wollte zeigen, daß die Mafia stärker ist als je zuvor. »Wir müssen wieder Besitz von Sizilien ergreifen, müssen uns bemerkbar machen. Und die Carabinieri müssen wir alle ins Meer schmeißen«, pflegte er zu sagen. Man mußte also Chaos schaffen, mußte Richter, Politiker und Journalisten umbringen.

Ich weiß nicht, ob in diesem Plan der Mafia auch politische Aktionen eine Rolle spielten. Francesco Madonia von der »Familie« aus Resuttana wurde meines Wissens jedenfalls beauftragt, gleichzeitig in verschiedenen öffentlichen Ämtern Bomben hochgehen zu lassen und Anschläge gegen angesehene Männer durchzuführen. Viele der Bomben explodierten jedoch wegen fehlerhafter Vorbereitung nicht.

Madonia brachte zusammen mit einem anderen Mann eine Bombe persönlich nach Catania. Sie händigten den Sprengsatz Pippo aus; der wiederum gab ihn meinem Vetter zum Verstecken, und der ließ ihn dann schließlich auf Weisung Luciano Liggios im Justizpalast hochgehen, und zwar hinter der Eingangstüre zum Schwurgerichtssaal. Dort lief gerade der Prozeß gegen einen gewissen Mirabello und andere wegen eines bewaffneten Raubüberfalls. So wurde das Attentat Komplizen der Räuber angelastet, und Mirabello wurde zu lebenslänglich verurteilt.

Die Anschläge auf Personen des öffentlichen Lebens hatten mehr Erfolg als die Bomben. Ich weiß nichts Genaueres darüber, aber Pippo sagte mir, daß das Verschwinden des Journalisten Mauro De Mauro 1970 und im Jahr danach der Mord am Generalstaatsanwalt von Palermo, Pietro Scaglione, Bestandteil dieser Mafiastrategie waren.

Anfang der siebziger Jahre war eine Zeit größter Einigkeit. Es gab keine Reibereien. Tano Badalamenti hätschelte Luciano Liggio. Riina und Provenzano gehörten zum aufstrebenden Nachwuchs und beugten sich »Don Tano«, als sei er ihr Vater.

Selbst der Abgeordnete Nicosia, der Faschist, und Giuseppe D'Angelo, der Präsident der Region Sizilien (vergleichbar mit einem Länder-Ministerpräsidenten in Deutschland, W. R.), sollten umgebracht werden. Nicosia überlebte nur aufgrund der Unerfahrenheit seines Killers (des bereits anläßlich des Mordes an Cavataio erwähnten Damiano Caruso, W. R.). Er verletzte sein Opfer lediglich. Das Leben des Abgeordneten D'Angelo wurde geschont, weil der für das Gebiet zuständige *Capofamiglia* sein Veto einlegte – D'Angelo schwebte wirklich in ernster Gefahr, umgebracht zu werden, weil ihm die *Cosa Nostra* zur Last legte, nach dem Massaker von Ciaculli lautstark die Einrichtung der Antimafiakommission gefordert zu haben. Seit dem Jahr des Attentats, 1963, war schon viel Zeit vergangen, doch die Schäden, die die parlamentarische Kommission der Mafia zugefügt hatte, wirkten noch immer nach. Giovanni Mongiovi, der Repräsentant der Provinz Enna, in der D'Angelos Geburtsort Calascibetta lag, widersetzte sich dem Mord. Sicher nicht aus Angst vor Vergeltung.

10

Am 14. Dezember 1970 habe ich geheiratet. Etwas spät für einen Sizilianer, erst mit 35 Jahren. Ich heiratete in Catania, und zwar jenes Mädchen, das in der Landwirtschaftsgenossenschaft arbeitete und das mich in allen Wechselfällen meines merkwürdigen Lebens begleitet hat. Ich habe immer versucht, ihr nichts von meinem Engagement in der Mafia zu sagen, sie von den Problemen, vom Haß und von der Angst fernzuhalten. Ich habe, soweit es irgend ging, so getan, als führte ich ein normales und ruhiges Leben. Genauso habe ich es mit meinen Kindern gemacht. Sie haben trotzdem alles verstanden. Sie sind eben intelligente Menschen. Doch Verstellung kann auch hilfreich sein.

Meine Trauzeugen waren Francesco Cinardo und Gino Costanzo, der auch Trauzeuge bei der Hochzeit Pippos und überdies Firmpate seines Sohnes Salvatore war. Die Beziehungen zu den Costanzos waren damals enger geworden, auch weil das Bauunternehmen Pippos pleite gegangen war und er seither die Interessen der Costanzos in verschiedenen Teilen Siziliens vertrat.

Die Hochzeitsreise war nur kurz. Weihnachten stand bevor. Wir fuhren zuerst nach Neapel, dort organisierten Stefano Bontade und Stefano Giaconia bei »Giuseppone a mare« im Stadtteil Mergellina ein schönes Abendessen. Über einen der *Cosa Nostra* sehr verbundenen Mann, den Schauspieler Franco Franchi, reservierten die beiden uns dann auch noch ein Zimmer im Hotel Massimo d'Azeglio in Rom. Wir fuhren alle gemeinsam dorthin und feierten erneut in einem Restaurant im historischen Zentrum.

Dann fuhren wir weiter nach Mailand, wo uns Giuseppe Bono –

der große Rauschgifthändler – und Antonio Salomone an einen Ort außerhalb der Stadt einluden. Dort rief mich Pippo an und berichtete mir, daß Salvatore Ferrera, der sich damals ebenfalls gerade in Mailand befand, durch einen Pistolenschuß am Kopf verletzt worden war. Ich besuchte ihn sofort im Krankenhaus. Ferrera sagte mir, daß ein gewisser Arena auf ihn geschossen habe. Es ging wohl um die Aufteilung des Erlöses aus dem Verkauf gestohlener Pelze. Dann kehrten wir nach Catania zurück, auch wenn meine Frau sich ein bißchen dagegen sträubte.

Von 1971 bis 1973 ist Palermo fast mein Zuhause geworden. Ich fuhr jede Woche hin, besuchte Pippo im Gefängnis Ucciardone und traf mich mit verschiedenen *Uomini d'onore.* Häufig besuchte ich einen meiner Freunde, Salvatore Rinella. Er war mir ein paar Jahre zuvor von Francesco Di Noto, einem Exponenten der palermitanischen »Familie« vom Corso dei Mille, vorgestellt worden. Ich hatte Rinella und seinem Bruder über die Costanzos ein Milchhandelsdepot im Gebiet von Catania verschafft, und dafür waren sie mir dankbar. Mit den Rinellas trafen wir uns fast jede Woche, sprachen über allerlei Dinge, auch wenn Salvatore Rinella kein *Uomo d'onore* war. Es war eine aufrichtige Freundschaft. Als ich 1976 untertauchte, beherbergte mich Rinella in einer von ihm in Casteldaccia, nahe Palermo, angemieteten Villa. Ich war sehr traurig, als ich – während ich 1987 in Frankreich lebte – in den Zeitungen die Nachricht von seiner Ermordung las.

Bei meinen Gesprächen mit Pippo im Gefängnis war oft auch Gaetano Badalamenti anwesend, der seine Besuchszeiten so einrichtete, daß sie mit denen Pippos zusammentrafen. Während dieser Treffen übermittelte ich Botschaften Totò Riinas an Badalamenti und umgekehrt. Eines Tages trug er mir auf, Riina auszurichten, daß man einem der Brüder Silvestri »die Krawatte umlegen« müsse. Das waren vier oder fünf Brüder, die keine *Uomini d'onore* waren, die aber so unvorsichtig gewesen waren, sich mit der *Cosa Nostra* anzulegen. Sie hatten im Zuchthaus Ucciardone einen *Uomo d'onore* verprügelt. Die Schlägerei war nicht weiter ausgeartet, weil ein Mitglied der »Familie« von Porta Nova dazwischengegangen und die Streithähne getrennt hatte. Doch das Urteil war sofort erlassen worden: die Todesstrafe.

Zu dieser Zeit traf ich mich oft mit Riina. Er erzählte mir auch, wie sie die Entführung Cassinas organisiert hatten. In Palermo waren Entführungen damals an der Tagesordnung. Von einer weiteren erzählten mir einmal die Brüder Antonio und Gaetano Grado, *Uomini d'onore* aus der »Familie« Stefano Bontades. Wir saßen in einem Restaurant, und als ich etwas Gutes über Pippo Gambino sagte, einen von Totò Riina unzertrennlichen Freund, widersprach Gaetano Grado. Er sagte mir, daß Gambino zusammen mit seinem, Gaetanos Bruder Salvatore in der Innenstadt Palermos versucht hatte, jemanden zu entführen. Als das Opfer wagte, sich zu wehren, wurde es von Pippo Gambino erschossen.

Totò Riina schlug mir in dieser Zeit – wir befinden uns immer noch am Anfang der siebziger Jahre – sogar vor, zusammen mit ihm in den Drogenhandel zu investieren. Er und seine Gruppe stiegen damals gerade in dieses Geschäft ein. Sie hatten aber nicht genug Kapital. Das Lösegeld aus der Entführung Cassinas war damals noch nicht kassiert. Totò forderte jedoch eine Summe als Einsatz, die ich in der »Familie« von Catania nicht auftreiben konnte. Nachdem ich meinen Bruder um Rat gefragt hatte, kratzte ich fünf Millionen Lire zusammen (damals an die 20 000 DM, W. R.). Bino Provenzano beteiligte sich mit drei Millionen Lire, die er sich aber von Nitto Santapaola leihen mußte, weil er selbst kein Geld hatte. In Palermo, in einem Antiquariat, das ein kleiner fetter Mann namens Enea führte, händigte Nitto die Summe in meiner Gegenwart an Bino aus.

Ich wartete einige Zeit, doch der Profit aus meiner Investition ließ auf sich warten. Zunächst informierte ich mich bei Pippo Gambino über den Verbleib meines Geldes. Doch dieser antwortete, daß er keine Ahnung habe, und empfahl mir, mich direkt an Totò Riina zu wenden.

Ich fragte Riina, was passiert sei. Er entschuldigte sich damit, daß es Probleme wegen der schlechten Qualität des Rauschgiftes gegeben habe und daß er es daher zu einem niedrigen Preis verkaufen mußte. Nachdem alles abgerechnet war, blieben für mich noch viereinhalb Millionen übrig. Zu dieser Summe legte er – aus seiner eigenen Tasche, wie er sagte – noch 500 000 Lire dazu, weil er mir noch kein Hochzeitsgeschenk gemacht hatte. Am Ende bekam ich genau das zurück, was ich vorgestreckt hatte.

Ich glaubte nicht, daß Riinas Erklärungen ehrlich waren. In Wirklichkeit wollte er mich bestrafen, weil ich seine vertraulichen Mitteilungen über die Entführung Cassinas und den von Badalamenti ohne Pippos Wissen aufgebauten Drogenhandel Pippo weitererzählt hatte. Tatsächlich lagen die Dinge jedoch anders: Riina hatte mich ermächtigt, mit Pippo über die Entführung Cassinas zu sprechen, nicht jedoch über den Rauschgifthandel, den Badalamenti alleine und ohne Wissen der anderen Mafiabosse, die damals in großen wirtschaftlichen Schwierigkeiten waren, begonnen hatte.

An dieser Stelle könntet ihr mich fragen, wie Riina von dem heimlichen Geschäft Badalamentis erfahren hat und warum dieser es verheimlicht hat. Widersprach es nicht den Regeln der *Cosa Nostra,* illegale Geschäfte zu unternehmen, ohne dies zumindest den Mitgliedern der eigenen »Familie« mitzuteilen? Oder galt das nur für die »Soldaten« und die *Capidecina,* während die *Capifamiglia* tun konnten, was sie wollten?

Es ist nicht leicht, das zu beantworten. Die *Cosa Nostra* hat bestimmte Regeln, doch auf der anderen Seite gibt es die konkreten Fälle mit ihren jeweiligen Besonderheiten und Komplikationen. Außerdem sind es Menschen, die diese Regeln anwenden. Und es gibt Ausnahmefälle und Mißbräuche. Manche davon werden toleriert, manche zur Schau gestellt, wieder andere werden bestraft. Die meisten *Capimafia* glauben, daß sie sich einen Mißbrauch der Regeln erlauben können. Sie betrachten das als Zeichen ihrer Macht. Liggio, Riina und die Corleoneser waren Meister des Mißbrauchs und der Täuschung.

Gaetano Badalamenti hätte zumindest die Leute seines Ranges wissen lassen müssen, daß er in den Drogenhandel eingestiegen war. Jedenfalls nach den Regeln der *Cosa Nostra.* Außerdem hätte er nach den Regeln der Höflichkeit andere »Familien«-Oberhäupter einladen müssen, Mitgesellschafter zu werden. Doch er hatte es nicht getan. Und nun?

Zu seiner Rechtfertigung hätte er vorbringen können, daß es sich nicht um eine starre Regel handle und daß, wo doch bei den legalen Geschäften der *Uomini d'onore* absolute Freiheit herrsche, dasselbe Prinzip auch bei den illegalen Aktivitäten angewendet werden müsse, soweit sie keine Nachteile für die Sicherheit der »Familie« mit sich brachten. Oder er hätte sich auch auf die Praxis innerhalb der *Cosa Nostra* berufen können, nach der man nicht über Drogengeschäfte sprechen sollte, weil sofort eine große Anzahl von Leuten einsteigen wollten, wenn sie davon hörten. Oder er hätte sich auf das Territorium berufen können und erklären, daß seine Aufgabe in der Ausfuhr großer Mengen von Heroin in die USA bestand. Da dieses Geschäft am Flughafen Punta Raisi abgewickelt wurde, der zu Cinisi gehört – seinem Territorium also –, habe er nicht die Pflicht gehabt, irgend jemanden zu informieren.

Wer aber hatte Riina gesagt, daß sich Badalamenti auf solche Weise heimlich bereicherte? Mein Verdacht richtete sich auf Domenico Coppola (ein Verwandter des berühmten Frank Coppola, genannt »Drei Finger«), den Bruder von Padre Agostino aus der »Familie« von Partinico: ein enger Freund Badalamentis, der aber auch eng mit Riina verbündet war.

Ich erinnerte mich nämlich daran, daß Totò Riina eines Tages an meiner Tankstelle vorbeikam und mich bat, Domenico Coppola und Nello Pernice vom Flughafen Punta Raisi abzuholen. Ich tat es und organisierte gleich danach ein Mittagessen im Landhaus meines Bruders in Monterosso Etneo. Dorthin kamen dann mehrere *Uomini d'onore,* darunter natürlich auch Totò Riina.

Während des Essens wurde mir aufgrund einer Reihe von Einzelheiten klar, daß das Treffen zwischen Riina und den anderen nicht zufällig in Catania stattfand. Tatsächlich handelte es sich um eine vorbereitende Versammlung, weil man fernab von Palermo einige wichtige Informationen austauschen mußte. Domenico Coppola drückte seine Freude über den glücklichen Ausgang des Massakers in der Viale Lazio aus und tadelte Antonio Minore, *Capomafia* von Trapani, der gerade in den USA war, weil er die Aktion gegen Cavataio kritisiert hatte. Es sei nicht recht gewesen, hatte dieser gesagt, ihn umzubringen, nachdem die Palermitaner allen vorgemacht hatten, daß sie sich mit ihm aussöhnen wollten. Minore befand sich in den USA, weil er aus seinem Verbannungsort Sommariva Bosco in Ligurien geflohen war, nachdem ihm der sozialdemokratische Abgeordnete Lupis einen Paß besorgt hatte.

Das Mittagessen dauerte lange. Nach einer gewissen Zeit setzten sich Coppola und Riina etwas beiseite und unterhielten sich länger miteinander. Als Badalamenti von dem Gespräch erfuhr, wurde er Coppola gegenüber sehr böse und wollte sogar Maßnahmen gegen ihn ergreifen.

Am Ende hatte es jedoch keinen Sinn, herausfinden zu wollen, wer recht und wer unrecht hatte, Riina oder Badalamenti. Riina jedenfalls rächte sich unverzüglich, kaum hatte er von Badalamentis Drogengeschäften erfahren. Auch er begann mit dem Rauschgifthandel und sagte Badalamenti nichts davon. Daraus entstand der zweite große Mafiakrieg, der allerdings auch noch viele andere Gründe hatte.

Die Machtfrage zum Beispiel. Oder besser gesagt die Frage der Vorherrschaft, die Gaetano Badalamenti um den Verstand brachte. Gegen Ende 1973 ernannte er sich eines Tages zum Repräsentanten der Provinz Palermo, machte Luciano Liggio zu seinem Provinzberater und Stefano Bontade zu seinem Vize. Badalamenti wollte alle zermalmen mit seiner Wichtigtuerei, seiner Gewalt. Statt dessen aber haben dann die anderen ihn vernichtet.

Ist so etwas überhaupt möglich? Konnte es jemand ernsthaft für realistisch halten, daß ein Mann wie Luciano Liggio, der seinen Hut vor niemandem abnahm, nicht einmal, wenn er die Kirche betrat, sich Badalamenti nur deshalb beugte, weil dieser sich als Provinzrepräsentant aufspielte (oder sich dazu ernennen ließ, was kaum einen Unterschied macht)?

Bei der ersten Versammlung, die Badalamenti einberief – Anfang 1974, es ging um die Entscheidung, das vor 1962 geltende System der aus den *Capimandamento* bestehenden Provinzkommission wieder einzuführen –, setzte sich Liggio denn auch von den anderen ab und sagte: »Die habt ihr eingerichtet, diese Kommission. Gut, dann erhaltet sie auch! Ich will niemandem untergeordnet sein.« Damit begann das Unheil.

Allerdings war dieser Zwischenfall gar nicht nötig, um zu kapieren, was Liggio von Vereinbarungen, Regeln und Gebräuchen der *Cosa Nostra* hielt. Ich habe ja die Episode mit seinem Plan zum Raub an den Costanzos schon erzählt. Ihr könnt noch eine andere hören.

Ende 1972, Anfang 1973, während der Haftzeit Pippos, berichtete mir mein Vetter Salvatore Marchese, daß ihn Calogero Conti, der Vizerepräsentant der »Familie« von Catania, im Auftrag Liggios gebeten hatte, in seinem Gebiet eine reiche Person für eine Entführung auszumachen. Zwei Namen fielen: der des Verlegers Ciancio, dem die Zeitung »La Sicilia« gehörte, und der des Stoffhändlers Pavia. Laut Marchese entschied man sich dann für Pavia, weil man über einen Angestellten herausgefunden hatte, wann der Mann täglich zu seinem Geschäft fuhr und es wieder verließ. Der Angestellte hatte Marchese Pavia vorgestellt. Man beschattete diesen und versuchte, seine Gewohnheiten herauszufinden.

Eine unerhörte Sache. Pippos Position und sein Ansehen überstiegen die des Calogero Conti bei weitem. Die Entführung sollte im Zentrum Catanias geschehen, inmitten unseres Territoriums, und niemand hatte uns gefragt. Nicht die kleinste Diskussion innerhalb der »Familie« hatte es gegeben, doch alles war schon vorbereitet.

Ich tadelte meinen Vetter wegen seiner Unkorrektheit mir und meinem Bruder gegenüber. Er versuchte sich damit herauszureden, daß die Aufteilung des Territoriums in Catania nicht so starr und bindend sei wie in Palermo und anderswo. Das stimmte, doch er mußte auch wissen, daß eine Entführung viel zuviel Aufregung verursachte, als daß sie nicht zumindest mit den örtlichen Verantwortlichen der *Cosa Nostra* besprochen werden mußte. Marchese sagte mir überdies, daß er eigentlich allen gegenüber zur Geheimhaltung verpflichtet gewesen sei, diese Pflicht nur aus Loyalität uns gegenüber gebrochen habe und sich damit schweren Repressalien seitens der Organisatoren der Entführung aussetze. Calogero Conti, den ich ebenfalls anfuhr, gab sinngemäß dieselbe Antwort.

Ich verpflichtete Marchese, mir den vorgesehenen Zeitpunkt für die Entführung zu nennen, und nahm mir vor, genau zu dieser Stunde vor dem Depot Pavias aufzukreuzen. Gegenüber lag ein Bekleidungsgeschäft, wo ich mit der Ausrede hingehen konnte, ich müsse Anzüge für Pippo kaufen. Als ich zur vorgesehenen Zeit hinkam, wäre ich um ein Haar mit Totò Riina und seinem Begleiter (wahrscheinlich Gino Martello oder Pippo Gambino) zusammengestoßen. Aus den Augenwinkeln konnte ich auch Nino Badalamenti und Nello Pernice bemerken, die versuchten, sich vor mir zu verbergen. Alle taten wir so, als wären wir ganz zufällig dort, grüßten einander verlegen – und die Entführung unterblieb.

Später fragte ich Calogero Conti, warum die Entführung, von der er gesprochen hatte, denn nicht durchgeführt worden sei. Er antwortete, daß die Umstellung auf die Sommerzeit zu einer Änderung der Lichtverhältnisse geführt habe. Der Ort, an den man den Entführten habe bringen wollen, sei nunmehr zu hell gewesen. Eine klare Ausrede, aber ich tat so, als glaubte ich sie.

11

Diese Herrschaften profitierten auch davon, daß Pippo im Gefängnis saß. Ich tat, was ich konnte, um die »Familie« an seiner Stelle zu leiten, seine Gegenwart trotz allem spüren zu lassen. Aber es war nicht dasselbe. Wenn ich an die Zeit der Abwesenheit Pippos denke, fällt mir eine weitere Episode ein, die sich um 1971 oder 1972, als Pippo im palermitanischen Gefängnis Ucciardone saß, abspielte. Eine lustige Episode, von der ich bisher noch nie gesprochen habe. Sie betrifft den Schauspieler Franco Franchi. Dieser war, wie schon gesagt, Freund vieler Mafiosi, vielleicht wurde er nach 1978 sogar *Uomo d'onore.* Mit Stefano Bontade war er eng befreundet. Sein Vertrauensmann in Rom, eine Art von Chauffeur mit Namen Giorgio, gehörte zur »Familie« Maria del Gesù, d. h. er war Mitglied der römischen *Decina* dieser »Familie«, deren Chef Onkel Angelino war.

Auch Pippo und ich waren mit Franco Franchi befreundet; sein wirklicher Name ist übrigens Franco Benenato. Wann immer Franchi nach Catania kam, war das ein Fest. Wir waren oft zusammen. Während Pippo im Gefängnis saß, kam Franchi in die Nähe von Catania, nach Acireale, und drehte dort den Film »Der Patensohn des Paten«, eine Parodie auf den »Paten«. Ich war jeden Abend dort. Kino hat mir immer gefallen. Ich war der Freund eines wichtigen Schauspielers, plauschte mit dem Team und war bei den Dreharbeiten dabei. Meine Anwesenheit war gern gesehen. Sie fragten mich sogar, ob eine bestimmte Szene gut gelaufen war oder nicht. Es gab viel zu lachen.

Nach den Aufnahmen gingen wir ins Hotel und aßen zusammen. Franchi war ein extrovertierter Typ. Er spielte gern Klavier und sang gern. Eines Tages kam er zu mir nach Hause, ich stellte ihm meine Frau vor, meine Schwägerin und meinen Neffen. Die freuten sich, einen so berühmten Mann kennenzulernen, doch die Stimmung war nicht sonderlich heiter: Der Mann meiner Schwägerin war ja im Gefängnis. Franchi verstand die Situation sofort. Er fühlte sich in den Seelenzustand dieser jungen Frau und ihres Sohnes ein. Darum sang er meinem Neffen das Lied »Papà, quanto costa la libertà« (Papa, was kostet die Freiheit? W. R.). Der Junge war zehn Jahre alt, und sein Vater saß im Gefängnis. Er war so gerührt, daß ihm große Tränen herabkullerten. Auch wir waren sehr gerührt. Um uns wieder etwas aufzumuntern, sang er dann »Sono l'ultimo dei belli« (Ich bin der letzte der Schönen, W. R.), ein Lied, das er auf dem Festival von San Remo vorgestellt hatte.

Er war ein sensibler Mensch, ein Künstler. Als er an diesem Abend unser Haus verließ, traten wir alle auf den Balkon und winkten ihm noch nach, als sein Wagen schon auf dem Weg zur Autobahn war.

Ein paar Tage später sprach er mich nach den Dreharbeiten an: »Hör mal, Nino, der Film ist bald zu Ende. Wir müssen fort. Kannst du mir einen Gefallen tun?«

»Was brauchst du denn?«

»Man müßte den Lastwagen mit den Aufnahmegeräten in Brand setzen. Die neuen Geräte kommen dann frühestens in vierzehn Tagen oder drei Wochen an. Auf diese Weise könnte ich noch länger hierbleiben, ohne daß ich arbeiten muß.«

Franchi wohnte im Hotel Maugeri in Acireale. Es war ein gutes Hotel mit sehr viel Personal. Ich schickte einen Burschen dorthin, um diesen Auftrag auszuführen. Dieser Idiot von Nino Condorelli wollte sich jedoch den Ort kurz ansehen, bevor er das Feuer legte. Er betrat das Hotel, ließ sich mit seinem Galgengesicht und seinen Kleidern Marke Hungerkünstler in der Empfangshalle blicken und ging wieder hinaus. Ein Kellner hatte ihn bemerkt und verfolgte ihn bis fast zum Lastwagen. Er dachte, daß der Mann den Wagen klauen wollte, und schlug daher Alarm. Condorelli war jedoch ein Profi, oder er hielt sich jedenfalls dafür. Tatsächlich gelang es ihm doch noch, den Wagen anzuzünden und die Ausrüstung zu beschädigen, bevor er abhaute.

Es dauerte wirklich zwei Wochen, bis der Schaden behoben war. Seinerzeit wurden Filmaufnahmen tageweise bezahlt, und Franco Franchi gönnte sich auf Kosten der Produktionsgesellschaft einige Tage Urlaub am Meer.

Einen anderen denkwürdigen Abend erlebten wir dann im Sommer 1973. Pippo war gerade entlassen worden und hatte eine schwere Operation hinter sich. Nach einer schlimmen Zeit war es das erste Mal, daß wir miteinander rein zum Vergnügen ausgingen. Franco Franchi trat in Enna (im Zentrum von Sizilien, W. R.) auf, und wir fuhren hin, um ihn zu treffen.

Er war dort zusammen mit der Sängerin Minnie Minoprio. Nach der Aufführung gingen wir alle in ein Restaurant. Es war ein großes Fest: Wir blieben die ganze Nacht dort. Franchi besoff sich, und Pippo folgte seinem Beispiel. Mein Bruder hat sich tatsächlich besoffen, etwas, was er sonst nie tat! Doch es war eben ein besonderer Abend. Er hatte eine schwierige Operation überstanden. Man hatte ihm einen Tumor in der Luftröhre entfernt, er sprach mit Hilfe eines Gerätes, das er sich an den Hals hielt. Und dann trank er, trank immer weiter, zusammen mit den anderen. Gerade so, als wolle er an diesem Abend gar nicht mehr aufhören zu trinken. Irgendwann zog er Minnie Minoprio den Schuh aus und trank daraus. Er hielt den Schuh über den Tisch, füllte ihn mit Wein oder Champagner und trank dann auf ihre Gesundheit. Minnie Minoprio war eine schöne Frau, sie war gutgelaunt, ihr drehte sich wohl der Kopf. Ich glaube, daß sie überhaupt nicht mitbekam, was geschah. Sie wußte gar nicht, mit wem sie da anstieß. Vielleicht ahnte sie es auch und war gerade deshalb so aufgedreht.

Viele Jahre später, nach dem Tod Pippos, als ich mit fast niemandem mehr verkehrte, suchte mich ein gewisser Romeo auf, der von meiner Bekanntschaft mit Franco Franchi wußte. Romeo leitete einen privaten Fernsehsender in Catania und fragte mich, ob ich für ihn ein Treffen mit Franchi in Rom arrangieren könne. Er wollte ihm einen Vertrag für einen Reklamespot anbieten.

Ich rief Franchi an: »Ciao Franco, ich bin Nino, aus Catania, der Bruder von ...«

»Ah ja, ja! Was brauchst du?«

»Ich habe hier einen Freund, der dich treffen und dich um einen Sketch für seinen Fernsehsender bitten möchte.«

»Hör mal, ich muß sowieso nach Catania, du weißt ja, ich habe da eine Verabredung mit Freunden.« Er dachte, daß ich über seinen Besuch informiert sei. Doch ich wußte nichts davon. Franchi vermutete mich wohl noch immer in den höheren Etagen, im Umfeld der bedeutenden *Uomini d'onore,* und glaubte daher, daß ich über alles Bescheid wisse.

»Ich komme nach Catania, um einige Dinge mit den Freunden zu erledigen. Da sehen wir uns dann. Du bist doch sicher auch da.«

Ich erkundigte mich bei Nitto Santapaola und anderen nach dem bevorstehenden Besuch Franchis. Sie bestätigten mir, daß er zur Vorstellung des Films »Paprika, cioccolato e peperonicino« kommen wolle, den ein Sohn Michele Grecos gedreht hatte, ein *Uomo d'onore,* der Regisseur war. Sein Vater wollte ihn, wie das so schön heißt, »lancieren«. Man fragt sich, warum er ihn nicht vom Balkon hinunter »lancierte«, so nutzlos war dieser Mensch. Er war ein Niemand. Er war lediglich der Sohn Michele Grecos. Offenbar verstanden sich Vater und Sohn nicht. Er umgab sich mit einer Aura der Noblesse und tätigte Geschäfte mit einigen Adeligen Palermos. Zusammen betrieben sie eine Honda-Niederlassung nahe dem Palazzo der Handelskammer.

Ich schlug ein Treffen Franchis mit diesem Romeo vor. Letzterem sagte ich, er solle mit den Leuten nach der Filmvorführung zum Abendessen gehen. Ich selbst würde nicht dabeisein. Romeo wunderte sich und fragte mich, wieso ich mich absetze. Ich antwortete nicht. Ich konnte nicht antworten. Wie sollte ich ihm sagen, daß ich nachts nicht mehr mit diesen Leuten ausgehen konnte? Konnte ich ihm sagen, daß es zu gefährlich war und ich Angst hatte, daß sie mich umbringen würden?

Sie gingen in ein feines Restaurant, »La costa azzurra«. Nitto Santapaola war da, außerdem »Cavaduzzu« und andere. Alles in allem also die Elite der catanesischen Mafia. Die Sieger.

12

In den siebziger Jahren gab es zahlreiche Entführungen, zahlreiche Schutzgelderpressungen und vor allem Schmuggel, viel Schmuggel. Die Mafiosi waren reich geworden. Bis dahin hatte man mit kleinen legalen Geschäften dahinvegetiert. Jeder hatte irgendeinen Beruf, einen Laden oder ein kleines Unternehmen. Die Tatsache, ein Mafioso zu sein, unterstützte die Geschäfte ein wenig, und zwar in den Beziehungen zu den Lieferanten und den Kunden, aber auch zur Konkurrenz. Das alles war jedoch nichts Besonderes. Es gab keinen Kredit bei den Banken. Die öffentlichen Aufträge rissen die großen Unternehmer an sich, die mit der Politik verfilzt waren, und diejenigen, die genug Geld hatten, die Beamten zu bestechen, die über die Vergabe entschieden. Daß mein Bruder schon in den sechziger Jahren ein Bauunternehmen auf die Beine stellen konnte, war eine Ausnahme.

In Catania gelang es den *Uomini d'onore* doch in den siebziger Jahren und auch später nicht, in nennenswertem Umfang in die Welt der öffentlichen Aufträge einzudringen. Es gab bereits die »Cavalieri del lavoro« (ein vom Staatspräsidenten für »verdiente Unternehmen« verliehener Ehrentitel, W. R.), die alles kontrollierten und ihre Geschäfte gut zu führen verstanden. Es waren ausgesprochen fähige Leute und in Geldfragen viel gerissener als wir. Uns gegenüber verhielten sich die Banken regelrecht feindselig. Die Firma Pippos ging pleite, weil er in eine Auseinandersetzung zwischen der Firma Costanzo und der Banca Nazionale del Lavoro hineingeriet. Pippo wollte dem Leiter der Filiale von Catania, einem Verwandten seines Partners Concetto Gallo, einen Gefallen tun. Danach wurde der gesamte Besitz meines Bruders auf meinen Namen eingetragen, weil nach dem Konkurs Pippos die Gefahr bestand, daß man ihm sein Eigentum nahm. Außer diesem juristischen Manöver gab es jedoch praktisch keinerlei Trennung zwischen Pippos und meinem Vermögen. Wir haben immer alles gemeinsam durchgeführt, im legalen wie im illegalen Bereich.

Die illegalen Geschäfte wuchsen erst in den siebziger Jahren so an, daß die Mafiosi davon leben konnten. Davor gab es nur sehr wenige wirklich reiche *Uomini d'onore*. Abgesehen von den Grecos und den Salvos sowie den La Barberas, die als Bauunternehmer nach und nach reich wurden, war die Lage der meisten Mafiosi trostlos. Ein wohlsituierter Mafioso war so selten, daß Nino Sorci – der *Uomo d'onore*, der mit meinem Onkel in Tunesien war und der auf Friedhöfen übernachtete, um nicht ermordet zu werden – »Ninu u riccu«, Nino der Reiche, genannt wurde.

Heute gibt es viele reiche Mafiosi. Die Santapaolas sind allesamt reich, man sieht es ihnen auch an. Bei anderen wiederum bemerkt man nicht, daß sie reich sind, weil sie das Geld verstecken. Sie wollen nicht das Augenmerk der Polizei auf sich ziehen und fürchten das Gesetz, das die Beschlagnahme von Geld und Gütern gestattet. Vor einiger Zeit habe ich in der Zeitung gelesen, daß man in der Wohnung der Frau (oder der Freundin) Francesco Ferreras bei einer Durchsuchung 500 Millionen Lire (damals ca. eine Million DM, W. R.) gefunden hat. Sie waren in einem Nachttisch. Gut. Hätte man sie nicht gefunden, niemand hätte von ihrer Existenz gewußt.

Der Zigarettenschmuggel war in den siebziger Jahren das größte Geschäft. Begonnen hatte er zu Beginn der siebziger Jahre, 1974 bis 75 war er kräftig angewachsen. Es gab eine Vereinbarung zwischen der sizilianischen *Cosa Nostra* und den Neapolitanern – Zaza, Nuvoletta und anderen –, die bis 1978 in Kraft war. Man hatte vereinbart, den neapolitanischen Markt gegenüber Fremden abzuschotten und Arbeitsschichten sowie Anteilsquoten festzulegen.

Die Schichten bezogen sich auf die Schiffe. Die eine Schicht gehörte den Neapolitanern, die zweite den in Neapel ansässigen Sizilianern, die dritte war für Palermo und die anderen bestimmt. Soweit ich weiß, fuhr alle zwei Monate ein Schiff nach Sizilien. Die ankommende Zigarettenladung wurde unter den sizilianischen »Familien« der *Cosa Nostra* aufgeteilt. 1000 bis 2000 Kisten waren z. B. für Michele Greco bestimmt, 1000 gingen an die Corleoneser, 2000 gehörten den Bontades, 1000 bekam Di Cristina und so weiter. Auf diese Weise wurden jedesmal 20 000 bis 25 000 Kisten aufgeteilt. Totò Inzerillo und Francesco Scaglione sorgten für die Entladung der Schiffe. Sie verfügten über Mannschaften für diese Arbeit. Sie sorgten sogar für die genaue Auszählung und brachten die Aufstellung zu Gaetano Badalamenti, der dann alles aufteilte. Wir anderen taten nichts dazu. Eine recht bequeme Sache, allerdings verdiente man keine großen Summen damit, nicht soviel wie später mit den Drogen.

Gut war der Verdienst dennoch: in der Größenordnung von 10 bis 15 Millionen Lire (damals 40 000 bis 60 000 DM, W. R.) alle zwei oder drei Monate für jeweils 1000 Kisten Zigaretten. Man konnte seine Quote jedoch nicht über eine bestimmte Menge hinaus aufstocken (sie lag bei 2000 bis 2500 Kisten), denn es gab ja eine Beladungsgrenze für das Schiff, und so hätte jede Erhöhung der eigenen eine Verminderung der Quote eines anderen bedeutet. Pippo besaß darüber hinaus auch nicht die Mentalität, um zu spekulieren. Seine Quote lag bei 1000 Kisten, wie es einem wichtigen Boß zustand. Lief dann der Verdienst von zehn Millionen Lire ein, flossen zwei oder drei Millionen davon sofort in Geschenke und in die Unterstützung für besonders notleidende Leute der »Familie«.

Sicher hätte man auch ein Schiff ganz allein für sich nehmen und viel mehr verdienen können. Aber wer hatte das für eine solche Investition nötige Kapital? Dazu das Risiko, und überdies brauchte man dafür auch noch die richtigen Verbindungen. Die Neapolitaner kontrollierten den Hafen, hatten Kontakte zum Ausland, zu den Tabakherstellern und zu den Kapitänen und den Mannschaften der Schmugglerschiffe. Auch von uns Sizilianern hatten einige gute Kontakte, doch Geld war nur wenig vorhanden. Jedenfalls gab es mehrere Anläufe, größere Geschäfte zu machen.

Ich selbst habe 1975 einen unternommen. Ich organisierte eine eigene Mannschaft, die hervorragend funktionierte und gute Einnahmen brachte, weil alles reibungslos verlief.

Damals schlossen sich die *Uomini d'onore* auch innerhalb ein und derselben »Familie« zu verschiedenen Interessengruppen zusammen. Man trat sogar in Konkurrenz zueinander. Nitto Santapaola, mein Bruder und Francesco Mangion waren zum Beispiel Gesellschafter eines weiteren Schmuggelunternehmens. Mein eigenes war folgendermaßen aufgebaut: Ich hatte besonders junge, aber sehr aufgeweckte und eifrige *Uomini d'onore* angeworben, die hart arbeiteten und keine großen Ansprüche stellten. Die Spesen waren minimal. Ich mußte keine Vorauszahlungen leisten, weil Giovanni Badalamenti die Ware auf Vertrauensbasis lieferte. Der Preis war 100 000 Lire pro Kiste; ich verkaufte sie für 160 000 bis 170 000 Lire weiter.

Auf dem Markt von Catania schlugen sich meine Burschen beim Verkauf gut. Wir verdienten pro Kiste 60 000 bis 70 000 Lire (damals 240 bis 280 DM, W. R.), das waren 120 bis 140 Millionen für je 2000 Kisten. Abzuziehen waren 20 Millionen an Spesen, so verblieben 100 bis 120 Millionen Lire Reingewinn, die unter zehn Personen aufzuteilen waren. Zehn Millionen Lire (ca. 40 000 DM, W. R.) waren damals, 1975, keine geringe Summe!

Die erste Arbeit dieser Art wurde nach allen Regeln der Kunst ausgeführt. Die Zahlung erfolgte pünktlich, unsere Kredite beim Zulieferer stiegen. Ohne Kapital und mit niedrigsten Unkosten hatte ich die Zigaretten bis nach Catania kommen lassen. Wir hatten einen schönen Haufen Geld damit verdient! Den gesamten Gewinn investierten wir in eine zweite Lieferung, doch dann ruinierte ein unvorhergesehenes Ereignis alles. Um das zu erklären, muß ich euch jedoch ein Problem darstellen. Nichts Besonderes. Nur das übliche Problem, das in der *Cosa Nostra* immer wieder auftritt.

Nitto war eifersüchtig auf unseren Gewinn. Er kritisierte mich unentwegt, beklagte sich bei Pippo, weil seine Leute unserer Konkurrenz nicht standhalten konnten. Damit er sich nicht so beklagen konnte, hatte ich sogar seinen älteren Bruder zu meinem Partner gemacht. Mit dem Ergebnis, daß nun verflixterweise die beiden Brüder Santapaola untereinander zu streiten begannen. An den Verkaufsstellen trafen sich mein Verkäufer und der von Nitto und verglichen die Preise untereinander:

»Was habt ihr mit einer Kiste verdient?«

»70 000 Lire.«

»Und warum wir nur 40 000?«

Offensichtlich lief da irgendwas etwas schief.

Ich wußte genau, warum deren Geschäft nicht funktionierte. Francesco Mangion, der Chef der Mannschaft von Nitto, gab unendlich viel Geld für Dienstreisen aus. Er fuhr zwei- oder dreimal nach Griechenland, der feine Herr, um mit den Kapitänen Kontakt aufzunehmen und die »Kähne« zu finden, die als Schmugglerfahrzeuge dienten. Er verschleuderte bedenkenlos das ganze Geld und setzte alles auf die Rechnung der Mannschaft. Er reiste auch direkt nach Rotterdam oder Brüssel zu den Vertretern der Zigarettenfabriken und kaufte die Kiste zu 90 000 Lire. Da fuhr er zur Vorbereitung der Sache zusammen mit anderen hin, und die lebten dann alle schon mal zwei Monate in den besten Hotels und machten sich ein schönes Leben. Sie gingen in die besten Restaurants, kauften sich die teuersten Anzüge und ließen sich alles von ihrer Firma bezahlen. Das verursachte enorme Spesen. Die Kiste kostete deshalb 120 000 statt der 85 000 bis 90 000 Lire.

Ich hingegen fuhr nach Palermo und fragte: »Giovanni, um wieviel Uhr kommt das Schiff an?« »Es kommt an diesem oder jenem Tag. Schick den Fischdampfer da und da hin.« Wir hatten zu diesem Zweck für 12 bis 15 Millionen Lire einen Fischdampfer gekauft. Das war unser gesamtes festes Kapital. Meine Spesen bestanden in der Reise nach Palermo, dem Gespräch mit Giovanni Bontade und der Heimfahrt. Dann warben wir die Leute für den Fischdampfer an: einen Kapitän mit dem Spitznamen »Nick u capitanu«, einen Vizekapitän und noch ein paar Leute, die bis zur Ankunft des Schiffes so taten, als würden sie am vereinbarten Ort fischen. Es gab außerdem noch geringere Spesen für die Lagerung der Kisten, doch es gab keine unnützen Ausgaben.

Während der zweiten Fahrt geriet unser Dampfer in Brand. Auf der Heimfahrt nach Catania mit der Ladung im Schiffsbauch fiel, so jedenfalls hat es der Kapitän erzählt, während des Kochens eine Gasflasche aus der Halterung und setzte das Boot in Brand. Kriegsschiffe der NATO, die gerade ein Manöver durchführten, kamen ihnen zu Hilfe und schleppten das Schiff nach Syrakus. Dort wurden der Kapitän und sein Vize wegen Schmuggels verhaftet. Ich habe den Verdacht, daß der Brand vom Kapitän selbst gelegt wurde. Vielleicht ist er dafür bezahlt worden.

Unsere Schmuggelgeschäfte haben wir danach nicht wieder aufgenommen, schließlich hatten wir diese zweite Fahrt mit dem gesamten Verdienst der ersten finanziert. Auch ich selbst habe danach keinen Schmuggel mehr organisiert.

Ich bin ein paarmal nach Neapel gefahren, um mich einiger Probleme, die alle sizilianischen »Familien« mit dem Schmuggel hatten, anzunehmen. Bei einem dieser Aufenthalte in Neapel gestand mir Giovanni Bontade, der Bruder und Rivale Stefanos, daß er gerade einen Doppelmord begangen habe. Er hatte eine Auseinandersetzung mit zwei norditalienischen Schmugglern gehabt. Einer der beiden war während eines Streits so unvorsichtig gewesen, ihn tätlich anzugreifen und mit einer Krawatte zu würgen.

Bontade hatte mit seiner Rache abgewartet, bis die beiden eine Reise nach Neapel unternahmen, und beauftragte einen palermitanischen *Uomo d'onore,* sie mit einer Ausrede in die Wohnung von Pepe Sciorio nach Giugliano zu bringen. Dort erdrosselte er sie dann mit Hilfe dieses Palermitaners und des Hausherrn. Bestimmt hat dabei auch noch eine weitere Person mitgeholfen, denn Erdrosseln ist keine leichte Arbeit. Es ist mühsam, und man braucht viel Kraft dazu.

Ich erinnere mich auch, daß Giovanni Bontade das Verhalten Sciorios – eines von seinem Bruder sehr geschätzten Mannes – rügte, weil er sich nach der Tat erschüttert zeigte. Bontade brachte die Leichen dann selbst auf den Hof der Nuvolettas in Marano, die richtig glücklich waren, sie zu beseitigen.

Das Abkommen zwischen den Sizilianern und den Neapolitanern über die Organisation des Zigarettenschmuggels hielt jedenfalls nicht sehr lange. Es gab zu viele Streitigkeiten. Außerdem war es nicht mehr zu kontrollieren, inwieweit sich alle an ihre Verpflichtungen hielten. Wie üblich wollten die Neapolitaner besonders gerissen sein. Sie versuchten, von jeder Ladung mehr als vereinbart für sich abzuzweigen. Das war 1979, und zu dieser Zeit zog bereits das Drogengeschäft die mächtigsten *Uomini d'onore* an.

13

Mein Bruder übernahm seine Rolle als interner Friedensmittler der *Cosa Nostra* in den Jahren 1973–74. Der »Prozeß der 114« war beendet. Die Regentschaft Riinas wurde durch reguläre Organe der *Cosa Nostra* ersetzt. Allerdings beunruhigte viele die zerstörerische Macht Gaetano Badalamentis, der den Posten des Provinzrepräsentanten Palermos eingenommen hatte. Wie bereits erwähnt, reagierte Liggio sofort auf diese Situation und erklärte, die Entscheidungen der Provinzkommission nicht mitzutragen. Diese ersetzte ihn in seinem Amt als *Consigliere* durch Totò Riina und Bernardo Provenzano. Die beiden sollten sich alle zwei Jahre abwechseln.

Der einzige, der erkannte, wieviel Zündstoff sich hinter der Vorherrschaft Badalamentis verbarg und wie wackelig die Ordnung der *Cosa Nostra* seit der Ermordung Cavataios und dem »Prozeß der 114« war, war mein Bruder Pippo. Er hatte es schon vor Di Cristina kapiert und immer wieder mit mir darüber gesprochen. Er plagte sich sehr mit der Sache ab. Allmählich entstand in seinem Kopf dann ein Plan.

Es war etwas ausgesprochen Wagemutiges, etwas Neues. Er plante ein System, das dem Verrat, den Mißverständnissen, den Eifersüchteleien, den Streitigkeiten ein Ende setzen sollte, die die Beziehungen zwischen den *Uomini d'onore* vergifteten und soviel Unglück und Morde zur Folge hatten. Es war ein Weg, um dauerhaften Frieden zu schaffen, um zu vermeiden, daß ständig Blut vergossen wurde, sobald jemand glaubte, daß ein anderer einen Fehler begangen habe.

An einem Winterabend rief mich Pippo noch sehr spät zu Hause an und bat mich, sofort zu ihm zu kommen. Er wollte erneut über seine Vorstellungen von der *Cosa Nostra* sprechen. Er bot mir einen Sessel an und behielt mich mehrere Stunden da. Während der ganzen Zeit sprach immer nur er. Seine Überlegungen gingen von den richtigen Voraussetzungen aus.

»Schau, Nino. Innerhalb der *Cosa Nostra* gibt es das Prinzip, wonach unter *Uomini d'onore* die Pflicht besteht, die Wahrheit zu sagen. Du weißt das ja sehr gut. Wir müssen wissen, wer einen Mord begangen hat oder einen Raub, wer eine Entführung angeordnet hat, wer wen beschützt. Andernfalls geht alles den Bach hinunter. Dann treten Typen wie Gavataio auf, die Zwietracht säen und dafür sorgen, daß der eine den anderen umbringt. Doch die Wahrheit ist nicht immer schwarz oder weiß. Es gibt zahlreiche komplizierte Situationen, die nicht enden wollende Diskussionen hervorrufen. Und es gibt Umstände, unter denen die Wahrheit wie eine Münze mit zwei Seiten ist. Es gibt aber auch Tatsachen, die die Wahrheit vernebeln, weil sie sie in einem falschen Licht erscheinen lassen.

Die Dinge innerhalb einer ›Familie‹ sind leichter zu lösen, weil es da den Repräsentanten gibt und die Berater und weil man sich untereinander kennt. Man lebt am selben Ort und arbeitet zusammen. Der eine kontrolliert den anderen, ohne daß wir uns dessen überhaupt bewußt werden. Da ist es schwierig, etwas zu verbergen.

Doch es gibt viele größere Probleme, die außerhalb der ›Familien‹ entstehen; und niemand weiß, wie man damit umgehen soll. Es gibt Großmäuler, die mit den Regeln rumspringen, wie es ihnen gefällt, und sich auch auf fremden Territorien betätigen. Eine Ausrede dafür finden sie immer. Sie entführen oder ermorden jemanden auf eigene Rechnung und sagen es niemandem. Und niemand findet je den Beweis dafür, daß sie es waren. Und findet man ihn doch, wo soll man sich denn beschweren? Wer hat das Recht zu entscheiden, ob eine ›Familie‹ einen Fehler begangen hat? Niemand. Natürlich, wenn eine ›Familie‹ Schaden erleidet, kann sie sich mit ihren eigenen Kräften, ihren eigenen Männern dagegen wehren. Doch das berechtigt die andere ›Familie‹ wiederum, darauf zu reagieren, und alle anderen müssen zusehen und abwarten, wer gewinnt. Oder aber sie versuchen Frieden zu stiften, nachdem die Schweinerei bereits in vollem Gange ist.

Warum also gründen wir nicht eine Kommission für ganz Sizilien, eine Stelle, wo alle Fragen diskutiert werden, sobald sie entstehen – oder sogar schon vorher? Eine Stelle, die über alle wichtigen Dinge entscheidet, etwa über die Morde und die Unterstützung bei Wahlen, wo derjenige bestraft wird, der einen Fehler macht; und wo man für die gesamte *Cosa Nostra* spricht und nicht nur für die üblichen Grecos, Liggios und die anderen aus Palermo. In den fünfziger Jahren hat es ja bereits einmal den Versuch gegeben, eine solche Regionalkommission einzurichten. Der Regionalrepräsentant war damals Don Andrea Fazio aus Trapani gewesen. Diese Kommission müssen wir wieder auf die Beine stellen, Nino. Und sie muß stärker sein als damals.

Warum sollen wir nicht ein Gesetz vorschreiben, ein Statut der *Cosa Nostra,* das alle ohne Vorbehalt und ohne immer dann auf Gewalt zurückzugreifen, wenn ihnen das Gesetz nicht mehr in den Kram paßt, respektieren müssen? Ich weiß, wir halten nie etwas schriftlich fest. Aber wir müssen ja nicht die Namen aufschreiben oder Stadtpläne machen wie dieser verrückte Cavataio. Wir müssen lediglich schreiben: Dies hier sind unsere Regeln, und alle verpflichten sich, sie zu beachten.«

Ich blickte ihn bewundernd an. Wieder einmal bestätigte sich mir, warum mein Bruder so angesehen war, so viel Gehör und Respekt fand. Auch bei Leuten, die viel mehr Macht besaßen als er, bei Oberhäuptern von vielköpfigen »Familien«, Männern, die jedoch nicht seine Intelligenz und seinen Weitblick besaßen. Ein beeindruckender, überzeugender Plan. Der einzige, der uns vor dem Desaster und dem Streit bewahren konnte, die auf uns zukamen.

In den folgenden Monaten widmete Pippo der Verwirklichung dieses Planes viel Zeit. Das ganze Jahr 1974 hindurch reiste er landauf, landab durch Sizilien. Zustimmung erhielt er von den angesehensten »Familien«, vor allem von jenen außerhalb Palermos. Die Kommission wurde 1975 eingerichtet. Das Statut wurde ebenfalls geschaffen und eigenhändig von meinem Bruder verfaßt.

Das Statut war ein Instrument, um das immer verwirrendere Umfeld der Mafia zu ordnen. Es sollte für die »Familien« untereinander gelten, war also kein Verhaltenskodex für den einzelnen *Uomo d'onore*. Der Mafioso der *Cosa Nostra* kennt ja die Regeln, da ist kein Statut notwendig. Er weiß, daß er das Richtige tun, daß er ehrlich sein, den anderen *Uomini d onore* gegenüber die Wahrheit sagen und »unbescholten« (im Sinne der Mafia, W. R.) sein muß. Er darf den Frauen der anderen nicht nachstellen und muß noch eine Reihe weiterer Verbote beachten – es gibt mehr Ver- als Gebote. Gute Regeln, doch reine Utopie. Ein schönes Spielzeug: Alle tun so, als würden sie es beachten, doch gleichzeitig handeln sie mit Rauschgift, morden, klauen und tun, was ihnen paßt. Die Mafiosi haben einen Haufen Regeln, doch tatsächlich verletzen sie diese ständig.

Das Statut – und natürlich dann die Regionalkommission – sollte das Verhalten der »Familien« untereinander regeln, das Durcheinander verhindern, die Zersetzung, die zu einem neuen Cavataio und zu einer neuen bösen Periode der Repression durch die Regierung, wie in den sechziger Jahren, hätte führen können. Eine der wichtigsten von Pippo ausgearbeiteten Regeln besagte, daß ein und derselben »Familie« nicht mehr als zwei Brüder angehören durften und daß zwei Brüder oder Blutsverwandte nicht gleichzeitig an der Spitze einer »Familie« oder eines Provinzorgans stehen durften. Aufgrund dieser Regel wäre es unmöglich geworden, daß z. B. Pippo und ich unsere Ämter als Repräsentant der Provinz Catania und deren Vizerepräsentant behielten.

Pippo hielt diese Regel für unabdingbar, weil sie verhinderte, daß sich die Macht in Verwandtschaftskreisen konzentrierte. Die *Cosa Nostra* war seiner Ansicht nach dabei, immer mehr eine Sache von Privatinteressen zu werden, eine Angelegenheit von Clans, von beschränkten Interessen, die früher oder später immer miteinander kollidieren würden.

»Erinnerst du dich, wie ich mich an jenem Abend vor vielen Jahren geärgert habe, als wir dich, Nitto und die anderen zu *Uomini d'onore* gemacht haben? Die Cavaduzzis haben damals vier ihrer jungen Leute eingeführt, und sie sind heute zu einer Macht geworden, zu einer fast nicht mehr kontrollierbaren Gefahr. Vier Cavaduzzi schon 1962. Danach kamen noch Turi und Nino Santapaola dazu, da waren es schon sechs. Dann Pippo, Sebastiano und Aldo Ercolano, das macht neun. Und schließlich Vincenzo Santapaola: zehn! Ein einziger Familienclan, der fast so groß ist wie eine ganze ›Familie‹ der Mafia! Er hat unsere ›Familie‹ fast aufgefressen.

Hatte ich nicht recht, als ich gegen allzu viele Brüder, zu viele Vettern und enge Verwandte in der ›Familie‹ plädierte? Es endet immer damit, daß sie die Herrschaft an sich reißen. Die Kraft des Blutes setzt sich gegen alles durch. Die Kraft des Blutes aber kennt keine Vernunft: Sie zerstört alles, worauf sie trifft.

Stellen wir aber die Regel auf, daß nur ein einziger Bruder eine Spitzenposition einnehmen darf und nicht mehr als zwei Brüder in ein und derselben ›Familie‹ sein dürfen, müssen alle, die regelwidrige Positionen einnehmen, sofort ersetzt werden. Gegebenenfalls kann man auch das Ende der Amtszeit eines jeden – in Palermo sind das fünf Jahre – abwarten und die Leute so nach und nach auswechseln.

Machen wir statt dessen so weiter wie bisher, dann machen wir Rückschritte, anstatt voranzuschreiten. Hast du bemerkt, wie diese Cavaduzzis sich abmühen, männlichen Nachwuchs zu bekommen, gerade so wie einst die Barbaren im Mittelalter? Ein Trottel wie Salvatore Ferrera – ein Mensch, den wir immer ausgelacht haben – wurde stark und geachtet, nur weil er vier Söhne bekam. Francesco, Natale, Pippo und Nino sind alles Straßenräuber, doch Pippo sitzt in der Provinzleitung. Wer war Salvatore Ferrera denn, bevor er seine Söhne bekam? Niemand war er.«

Nach dem Tod Pippos habe ich in seinen Papieren vergeblich nach diesem Statut gesucht.

Die Zeitungen nannten sie »Cupola«, Kuppel, doch für uns war sie schlichtweg die »Region«: ein Komitee aus sechs Personen. Jede davon vertrat eine Mafiaprovinz Siziliens (nicht dabei waren die Provinzen Messina, Syrakus und Ragusa). Dieses Organ sollte einmal im Monat jeweils in einer anderen Provinz tagen. Das sollte das Vertrauen stärken und anzeigen, daß alle Provinzen gleich viel zählten. So ganz stimmte das natürlich nicht: die Palermitaner zählten in der *Cosa Nostra* immer mehr als die anderen, und die »Familie« Greco hatte stets stärkeren Einfluß als jede andere. Die Grecos hatten lange Zeit die wirkliche Macht innerhalb der Mafia Siziliens, unabhängig davon, wer formell der Chef der »Region« war.

Die Regionalkommission, das Organ zur Koordination der »Familien« der sizilianischen *Cosa Nostra,* war etwas ganz anderes als die Provinzkommission von Palermo. Die beiden wurden oft verwechselt, weil in der Provinz Palermo im Gegensatz zu den anderen Provinzen, sieht man einmal von dem kurzen Versuch Badalamentis ab, der Provinzrepräsentant keine größere Macht gegenüber den einzelnen »Familien« besaß. Es gab zwar eine Provinzkommission mit einem Sekretär, der aus den 18 *Capimandamento* der Provinz gewählt wurde. Doch dieser Sekretär war ein Koordinator, kein Chef, der die *Capimandamento* kommandieren oder Befehle an die Männer der »Familien« geben konnte.

Michele Greco zum Beispiel, der lange Zeit Sekretär von Palermo war, pflegte gewöhnlich bei weitreichenden Entscheidungen, die die Regionalkommission treffen sollte, zu sagen: »Halt. Ich kann weder ja noch nein sagen. Ich muß dazu erst mit den *Capimandamento* sprechen.«

Ein *Mandamento* war das Territorium dreier aneinandergrenzender »Familien«. Palermo hatte 54 »Familien« – sie sind seit Jahrzehnten mehr oder minder gleichgeblieben – und etwa 2000 *Uomini d'onore*. Welch ein Unterschied zu Catania: Dort gab es keinen einzigen *Mandamento,* weil es nur zwei »Familien« gab. In Palermo mußte der *Capomandamento* auch Repräsentant einer »Familie« sein, während man anderswo, etwa in Agrigent und in Caltanissetta, die beiden Posten getrennt zu halten versuchte. Das war in Catania ebenso. Mein Bruder war Provinzrepräsentant, jedoch nicht Repräsentant der »Familie«. Man trennte die Posten, um eine übermäßige Machtkonzentration zu vermeiden.

Totò Riina versuchte, die in der Kommission von Palermo repräsentierten *Mandamenti* zu verringern. 18 waren seiner Meinung nach zu viel; bei einer geringeren Zahl konnte man schneller entscheiden. So wurden einige *Mandamenti* Palermos zusammengefaßt, um die Zahl der Kommissionsmitglieder auf acht bis zehn zu verringern.

Die erste Versammlung der »Region« fand im Februar 1975 in Enna statt, im Hause des Paolino Cancelliere. Das Organ wurde formell konstituiert und der Sekretär gewählt. Doch auch hier muß man aufpassen: Wir haben den Mann von Anfang an »Sekretär« genannt und nicht »Capo« oder »Präsident«. Auch nicht »Repräsentant«, denn der Sekretär der Kommission hatte gegenüber den sechs Mitgliedern des Regionalkomitees eine schwächere Position als der Provinzrepräsentant und der *Capomandamento* gegenüber den einzelnen »Familien«-Oberhäuptern. Als Michele Greco Sekretär wurde, verstand er sich als »Kammerdiener« der Repräsentanten, als Mann, der sich alles zuerst einmal anhörte und dann den Zeitpunkt für die Versammlung und die Tagesordnung festlegte.

Der erste Sekretär der Regionalkommission war mein Bruder. Das war eine verdiente Anerkennung seiner Bemühungen um den Frieden und die Vereinigung der *Cosa Nostra*. Die Wahl war jedoch nicht einstimmig. Es gab eine Überraschung: Cola Buccellato aus Castellammare del Golfo – Repräsentant der Provinz Trapani – sprang auf, als die Reihe an ihm war: »Ich stimme für Binuzzo Provenzano aus Corleone.«

Stefano Bontade erwiderte: »Onkel Cola, so können Sie das nicht machen. Provenzano hat mit dem hier nichts zu schaffen.«

»Und warum?«

»Das wollen Sie wirklich wissen? Bino Provenzano ist nicht einmal hier anwesend. Er ist auch kein Provinzrepräsentant. Wie soll man ihn wählen, wenn er nicht wählbar ist?«

»Ich stimme trotzdem für ihn.«

Eine merkwürdige Sache. Buccellato war kein Dummkopf. Er wußte sehr gut, daß es sinnlos war, für jemanden zu stimmen, der nicht Kandidat und nicht einmal wählbar war. Man sprach nach der Versammlung darüber. Bontade war verstört, aber mein Bruder sagte zu ihm: »Stefano, verstehst du nicht, daß er das absichtlich macht? Daß er nur gekommen ist, um uns aufzuziehen, uns zu warnen?«

Die Versammlung wurde jedoch in aller Feierlichkeit fortgesetzt. Es wurde festgelegt, daß die weiteren Treffen nach dem Rotationsprinzip in den verschiedenen Provinzen abgehalten werden sollten. Dann wurde ein absolutes Verbot für Entführungen innerhalb Siziliens verhängt, und zwar unter Androhung der Todesstrafe für die dafür Verantwortlichen. Pippo betonte ausdrücklich, daß man sich mit derlei Aktionen bei den einfachen Leuten höchst unbeliebt mache und daß das durch eine Entführung ausgelöste Aufsehen den polizeilichen Druck auf die Mafiosi verstärke und so die »Familien« schädige, auf deren Territorium sich die Tat abspielt.

Eine einfache, klare Rede, der niemand widersprechen konnte; tatsächlich erhob auch niemand Einwände. Doch die Rede richtete sich auch gegen die Gewohnheiten und gegen die Privilegien der Corleoneser. Noch war der Ärger Bontades und Badalamentis gegenüber Totò Riina wegen der Entführung Cassinas drei Jahre zuvor nicht verraucht. Obwohl damals alle drei Mitglieder der zeitweiligen »Regentschaft« der palermitanischen *Cosa Nostra* waren, hatte Riina die Entführung organisiert, ohne die anderen zu konsultieren. Dabei hatte er die Tatsache ausgenutzt, daß die beiden damals gerade im Gefängnis saßen. Bontades Prestige war schon vorher angeschlagen, und zwar durch die Entführung Vassallos 1971. Seit diesem Vorfall war ein gewisser Groll zurückgeblieben.

Niemand protestierte. Der Vorschlag des Entführungsverbots wurde einstimmig gebilligt, alle erklärten sich entschlossen, ihn um jeden Preis durchzusetzen.

Doch die Folge dieser Entscheidung war dann – die Entführung Luigi Corleos, des Schwiegervaters von Nino Salvo, nur wenige Monate später, im Juli 1975. Ein äußerst schwerwiegender Vorfall, der tiefe Spuren innerhalb der *Cosa Nostra* hinterließ. Nino Salvo war ein *Uomo d'onore, Capodecina* in Salemi, und überdies Sohn eines *Uomo d'onore.* Zusammen mit seinem Bruder Alberto und seinem Vetter Ignazio – auch er ein *Uomo d'onore* und Vizerepräsentant von Salemi – hatte er die Steuereinziehung für ganz Sizilien unter sich (in

Italien vergibt der Staat die Steuereinziehung oftmals an Privatunternehmen, W. R.). Die Salvos waren schwerreich. Sie hatten nur eine kleine »Familie«, sozusagen ein Fürstentum Monaco. Doch sie nutzten die große Macht des Geldes. Damit kauften sie die Politiker. Sie kauften alles, sorgten sozusagen für gutes oder schlechtes Wetter in der Politik Siziliens.

Die Salvos waren überaus eng mit Badalamenti und Bontade verbunden. Badalamenti tat gegenüber den Salvos so, als sei er der König Italiens. Und beide, Badalamenti und Bontade, gaben dann gegenüber Nino Salvo eine miserable Figur ab, weil es ihnen nicht einmal gelang, ihm die Leiche seines Schwiegervaters zu verschaffen. Die Entführung hatten die Corleoneser durchgeführt und dafür 20 Milliarden Lösegeld verlangt, das entspricht ungefähr 80 Milliarden heute (umgerechnet ca. 105 Millionen DM, W. R.). Ich weiß es nicht sicher, aber ich glaube nicht, daß die Salvos nichts bezahlt haben. Doch die Entführung war sicher nicht des Geldes wegen durchgeführt worden. Sie war organisiert worden, um den Salvos klarzumachen, daß sich die Waage inzwischen nach der anderen Seite neigte. Um ihnen zu zeigen, bei wem die Macht lag, und zwar jenseits aller Regeln, Vereinbarungen und Kommissionen.

Nach der Versammlung von Enna kehrte Pippo nach Catania zurück und berichtete seinem Freund Nitto Santapaola von seiner eigenen Ernennung zum Sekretär der »Region«. Doch statt ihn zu beglückwünschen, verzog Nitto sein Gesicht und sagte: »Das war falsch von dir, Pippo. Du hattest zu große Eile, hast ihnen zu viel Vertrauen entgegengebracht. Du hättest nicht annehmen sollen, ohne mich vorher zu konsultieren.«

Mein Bruder war bestürzt über diese Worte; er hätte sie nicht von einem brüderlichen Freund erwartet. Außerdem klangen sie auch nach Mangel an Respekt ihm gegenüber. Er antwortete brüsk, daß er keinen Grund sehe, warum er ihn vorher hätte um Rat fragen sollen. Nitto sah seinen Fehler ein, wechselte das Thema und versuchte abzumildern, was er gerade gesagt hatte.

Wenn ich heute darüber nachdenke, was später geschah, vermute ich jedoch, daß die Worte Nitto Santapaolas weder eine Drohung noch einen Ausdruck von Arroganz darstellten. Nitto war damals noch ein aufrichtiger Freund meines Bruders und fürchtete, daß Pippo vom Machtspiel der Corleoneser zermalmt würde. Erst Monate später hat sich die Freundschaft Nitto Santapaolas allmählich in ihr Gegenteil verkehrt.

Ein weiteres bedrohliches Signal für eine Klimaveränderung gab es einige Monate nach der Entführung Corleos. Am 24. Oktober 1975, dem Tauftag meines Sohnes, trafen in Catania zwei Vertreter des Greco-Clans ein, Nicola und Giovanello Greco. Sie sollten meinen Bruder über eine wichtige Neuerung informieren, die man in Palermo vorbereitete. In der *Cosa Nostra* bieten solche Besuche Gelegenheit zu geselligen Treffen, zu gemeinsamen Essen mit Freunden, man unternimmt Ausflüge und vergnügt sich gemeinsam.

Pippo hatte für diesen Tag eine Treibjagd organisiert. Es war Sonntag. Nach der Jagd kamen alle zum Mittagessen in mein Haus. Die Taufe sollte am Abend stattfinden, der Nachmittag bot Zeit zum Diskutieren, auch wenn die Jagdteilnehmer etwas müde und schläfrig waren. Wir setzten uns an einen Tisch. Ich hatte auch Nitto Santapaola eingeladen.

Man redete über vielerlei Dinge, doch Nicola Greco fand auch Gelgenheit, meinem Bruder, und nur ihm, mitzuteilen, daß Nicolas Bruder Totò Greco, »l'ingegnere« (der Ingenieur) – ein hochrangiger Vertreter der *Cosa Nostra* Palermos –, ihn wissen lassen wollte, Gaetano Badalamenti habe als Sekretär der Provinzkommission seine Zeit nun hinter sich und daß sein Nachfolger aller Wahrscheinlichkeit nach Michele Greco sein werde. Badalamentis Position wakkelte, weil ihm in den Versammlungen der Kommission allmählich die Stimmen fehlten. Er befand sich bereits in der Minderheit, viele der 18 *Capimandamento* stimmten regelmäßig gegen ihn. Sein Prestige war bereits derart gesunken, daß sich Bino Provenzano einmal sogar erlaubte, ihm öffentlich zu sagen: »Onkel Tano, was Sie sagen, trifft nicht zu. Es ist nicht so, wie Sie sagen. Ich glaube, Sie sind ein bißchen auf den Kopf gefallen.« Ein schwerwiegender Satz. Daraus entstand dann auch der Vorschlag, Michele Greco zum Sekretär zu ernennen.

Pippo erkannte sofort, worum es ging. Es war der erste große Schlag gegen die Gruppe Badalamenti-Bontade-Inzerillo in Palermo – und indirekt auch gegen ihre Verbündeten auf dem Rest der Insel. Er verbarg seine Enttäuschung hinter der Antwort, daß er sich als Sekretär der »Region« nicht in die internen Entscheidungen der Provinzorgane einmischen könne. Er selbst aber sei jedenfalls nicht für die Ernennung eines so bläßlichen Mannes, bar jeglichen Charismas, für einen derart wichtigen Posten.

»Was du sagst, stimmt«, sagte Nicola Greco, »aber hinter Michele Greco stellen wir Antonio Mineo, den Chef der ›Familie‹ von Bagheria, einen Mann mit großer Erfahrung. Er wird Michele Greco die richtigen Ratschläge geben.«

Mineo war auch *Capomandamento* und hatte bereits einigen Einfluß; zwei oder drei andere *Capimandamento* standen hinter ihm. Das bedeutete, daß die Anti-Badalamenti-Front breit und konsolidiert war. Und daß man alles sorgfältig vorbereitet und auch die Einwände der gegnerischen Seite vorbedacht hatte. So wurde Michele Greco Ende 1975 tatsächlich zum Sekretär der Provinzkommission von Palermo gewählt, eine der Schlüsselstellungen der *Cosa Nostra* in Sizilien.

Die Zeit von der Gründung der »Region« 1975 bis zum August 1977, als der Carabinierioberst Russo ermordet wurde, war eine Periode scheinbarer Ruhe, und das täuschte viele Leute. Die Corleoneser erweckten irgendwie den Eindruck, als wollten sie die von der »Region« festgelegten Regeln achten, zumindest die wichtigeren davon. Nach der Entführung Corleos versuchten sie etwas Glaubwürdigkeit wiederzugewinnen, indem sie Verfehlungen bestraften, die niedrige Chargen begangen hatten.

Eines Tages, im Jahr 1976, befand ich mich zusammen mit Pippo auf dem Gut Favarella. Wir diskutierten gerade mit Michele Greco, da trafen Rosario Riccobono und Vittorio Mangano ein, letzterer ein *Uomo d'onore* aus Pippo Calò, den ich bereits in Mailand getroffen hatte. Er war gekommen, um Greco über die Ausführung eines Befehls zu informieren: Sie hatten soeben die Verantwortlichen für die Entführung einer Frau umgebracht und auch die Geisel befreit. Die nun Ermordeten hatten das (für Nicht-Corleoneser) strenge Verbot von Entführungen auf sizilianischem Gebiet übertreten und waren dafür exemplarisch bestraft worden. Riccobono berichtete, daß man den Ort, wo die Frau gefangengehalten wurde, aufgrund des Geständnisses eines der mutmaßlichen Entführer herausgefunden hatte. Sie hatten ihn gefangen und am Abend zuvor »verhört«. Die Leichen hatten sie dann in zwei Müllsäcke verpackt, die Ausweise der Ermordeten daneben gelegt und danach die Polizei angerufen, damit man die Körper fand.

Die Ruhe innerhalb der *Cosa Nostra* war in Wirklichkeit nur die Ruhe vor dem Sturm, die Stille vor dem Kampf. Die Corleoneser spannen ihre Intrigen weiter. Sie schufen ein Netz ihnen treuer Personen innerhalb der verschiedenen »Familien«. Das waren Verräter, die sie über die Manöver ihrer Gegner informierten, machthungrige Leute, die sich an die Stelle ihres *Capofamilia* oder ihres *Capomandamento* oder des Provinzrepräsentanten setzen wollten.

Die Versammlungen der »Region« wurden nur in den ersten Monaten regulär und an den vorgesehenen Orten abgehalten. Eine davon, die in Catania vorgesehen war, fand in meinem Haus statt. Eine weitere in Agrigent, auf dem Gut Falconara von Antonio Ferro. Die für Caltanissetta fand in der eben fertiggestellten Villa Di Cristinas in Riesi statt, die in Trapani auf einem abgelegenen Landsitz bei Castellammare del Golfo. Die Versammlung von Palermo tagte in Ciaculli, im Gut Favarella des Michele Greco.

Nach dieser ersten Runde fanden die monatlichen Versammlungen der Regionalkommission nahezu immer auf dem Gut Favarella statt. Man saß um den großen Tisch eines Landhauses, das inmitten riesiger Zitrusplantagen lag. Die Macht der Grecos, der Verbündeten der Corleoneser, wurde damit erneut bestätigt.

Bevor wir fortfahren, versuchen wir einmal, die Gesamtsituation der *Cosa Nostra* in der Mitte der siebziger Jahre zu umreißen. Daß es mit Amerika in der Vergangenheit keine festen Beziehungen gegeben hatte, haben wir schon gesehen, und bis zu diesem Zeitpunkt waren auch keine geschaffen worden. Zwar gab es immer persönliche Freundschaftsbande und Verwandtschaftsverhältnisse, doch die *Cosa Nostra* als solche hatte keinerlei Kontakt zu den Vereinigten Staaten. Auch die Beziehungen zu Tunesien hatten nach dem Krieg aufgehört und waren nicht wieder aufgenommen worden. Es gab in Tunesien keine »Familien« mehr.

Die einzige »Familie« der *Cosa Nostra* außerhalb Siziliens hatte ihren Sitz in Neapel. Sie existierte bereits seit langer Zeit. Ein alter, aus Palermo stammender *Uomo d'onore*, der in einem Palazzo des Viertels Santa Lucia lebte, hat mir während eines Besuchs in Neapel 1974 die Geschichte dieser »Familie« seit den dreißiger Jahren erzählt. Die wichtigsten Vertreter der »Familie« in Neapel waren die Brüder Zaza, Nuvoletta und Mazzarella. Dazu gab es auch noch weitere Persönlichkeiten wie Nunzio Barbarossa, die Brüder Sciorio und andere. Die gesamte »Familie« Neapels hing von Michele Greco ab, doch intern bildeten die Brüder Nuvoletta noch eine eigene *Decina* mit einer noch engeren, direkteren Bindung zu Michele Greco, der sie ohne die Vermittlung der Leitungsorgane der »Familie« befehligen konnte. Tatsächlich jedoch waren die Beziehungen zwischen dem sizilianischen Stammhaus und der neapolitanischen Kolonie nie besonders idyllisch gewesen. Die *Cosa Nostra* meinte, über ihre örtlichen Filialen Neapel beherrschen zu können. In Wirklichkeit jedoch war Neapel ein zu großer Brocken für alle. Ich habe einmal Giovanni Mongiovi gefragt, was in Neapel und Umgebung geschieht. Das war zu Beginn der achtziger Jahre, es hatte zahlreiche Morde gegeben, man begann von der Camorra zu reden. Mongiovi antwortete, daß sich die Regionalkommission zwei Tage hintereinander auf dem Gut Favarella versammelt habe, um die Neapel-Frage zu erörtern und etwas Ordnung in diesem Gebiet zu schaffen. Damit der Inhalt dieser Diskussion nicht nach außen drang, war es den Teilnehmern verboten worden, die Sitzung vor der endgültigen Entscheidung zu verlassen. Nitto Santapaola und Salvatore Ferrera wurden danach sofort nach Neapel zur Übermittlung der Beschlüsse gesandt. Ciro Mazzarella verweigerte jedoch die Anerkennung der Gültigkeit jener Entscheidungen.

Außer der »Familie« in Neapel gab es noch Untergruppen *(Decina)* in Turin und in Rom. Die in Turin hatte Giuseppe Di Cristina gegründet. Er hatte dort Ende der sechziger Jahre in Verbannung gelebt. Die *Decina* bestand aus Männern, die aus Rieti gebürtig waren und die – weil sie, wie es im Jargon der *Cosa Nostra* heißt, die »Augen offen hatten« – von einem dort ansässigen alten Mafioso aus Caltanissetta zu *Uomini d'onore* gemacht worden waren. Es handelte sich dabei jedoch um eine illegale, nicht autorisierte Initiative, und diese Leute wußten nicht, wem sie sich anschließen sollten, welcher sizilianischen »Familie« sie zugehörten. Es waren Leute, die einigermaßen auf Draht waren, aber irgendwie alleingelassen. Sie schlugen sich, so gut es ging, als Arbeiter durch. Di Cristina regelte die Lage, indem er formell eine *Decina* gründete und sie seiner »Familie« einverleibte.

In Rom gab es die *Decina* von Stefano Bontade, die Onkel Angelino befehligte. Ich weiß nicht, ob später, in den siebziger Jahren, auch Pippo Calò eine *Decina* gegründet hat. Calò war lange in Rom unter falschem Namen untergetaucht. Er nannte sich Mario und kam häufig nach Palermo. Dort wurde er sogar zum *Capomandamento* ernannt.

In Mailand lebte Pippo Bono. Er war Repräsentant der »Familie« von Bolognetta, einem Ort in der Nähe von Palermo. Als er nach Mailand zog, nahm er einige *Uomini d'onore* seiner »Familie« mit. Aber trotz des Umzugs blieb er Repräsentant von Bolognetta. Pippo Bono fuhr ständig hin und her, schloß sich aber niemals jemandem an. Weder Badalamenti noch den Grecos. Er tanzte auf beiden Hochzeiten. Bono war einer der ersten, die mächtig ins Drogengeschäft einstiegen. Er war mit Joe Adonis befreundet, einem amerikanischen Mafioso. Vor ihm hatten schon andere mit Drogen Geschäfte gemacht, doch er war der erste, der das in großem Stil machte. Vielleicht hat er sich deshalb keiner Gruppe angeschlossen und ist in kritischen Augenblicken stets abgetaucht. Deshalb paßte ihm auch die Ankunft Liggios in Mailand zu Beginn der siebziger Jahre nicht. Liggio wollte ebenfalls in den Drogenhandel einsteigen; er verkaufte zusammen mit einem in Mailand wohnenden Mafioso der »Familie« aus Ramacca kleinere Mengen Rauschgift. Dann jedoch spezialisierten sie sich auf Entführungen.

1975, als Pippo bereits Sekretär der »Region« war, reiste ich mit ihm nach Mailand. Dort trafen wir die Brüder Bono. Alfredo Bono hatte Probleme mit den Mailänder Verbrechern, er hatte einmal sogar, während eines Raubs in einer Spielhölle, Prügel bezogen. Mein Bruder riet Pippo Bono, die »Familie« von Bolognetta zu verlassen und eine eigene Mailänder »Familie« der *Cosa Nostra* zu bilden. So würden sich die Bonos besser verteidigen können und die zahlreichen *Uomini d'onore*, die damals in Mailand lebten, besser in diesem vielversprechenden Gebiet arbeiten können. Bono nahm diesen Rat nicht an. Doch die Beziehungen zu ihm brachen deshalb nicht ab: Bei unserer Abreise aus Mailand schenkte er uns beiden Mäntel aus Rentierleder aus einem Atelier, dessen Teilhaber er war. Angesichts des Klimas von Catania waren die Mäntel wohl etwas unangebracht, doch Pippo und ich gaben sehr damit an und trugen sie häufig auf unseren Fahrten durch die Stadt.

Soviel zu den Beziehungen zum Ausland und zu den Gebieten außerhalb Siziliens. Wir besaßen sogar ein »Paßamt« für Personen, die problemlos unser Land verlassen wollten. Das ist natürlich ein Scherz. Das, was die Zeitungen mit so großen Worten benennen und auf diese Weise wer weiß welche Vorstellungen wecken, war tatsächlich eine viel einfachere, simplere Einrichtung. Das »Paßamt« war nichts anderes als der Sekretär des Abgeordneten Lupis, Aurelio Bonomo. Bonomo verschaffte in kürzester Zeit Pässe für jeden von uns, der einen brauchte. Er stand mit einem für die Ausstellung von Pässen zuständigen Beamten eines italienischen Konsulats in Deutschland in Verbindung. Da reichte es, wenn Bonomo die Fotografien und die persönlichen Angaben einer Person hinschickte: Der Beamte stellte sofort den Paß aus und sandte ihn nach Catania. Die Polizei erfuhr davon nichts, denn der Beamte unterließ es einfach, das Polizeipräsidium Catanias von der Ausstellung dieses Passes in Kenntnis zu setzen.

Dank dieses »Paßamtes« konnte z. B. auch Nitto Santapaola zusammen mit seiner Frau gegen Ende 1980 eine schöne Reise in die Vereinigten Staaten unternehmen. Das weiß ich mit Sicherheit, denn Nitto erzählte uns nach seiner Rückkehr, daß er viel Spaß gehabt habe. Auch seine Frau redete darüber mit anderen Frauen und schwärmte von den Orten, die sie besucht hatten.

14

In Kalabrien gibt es weder »Familien« noch *Uomini d'onore* der *Cosa Nostra*. 1972 oder 1973 kam Paul Violi nach Catania, ein berühmter kanadischer Mafioso, der aus Kalabrien stammte. Er blieb eine halbe Stunde in meinem Büro, trank einen Espresso und fragte mich, ob ich in Kalabrien *Uomini d'onore* kenne. Violi war in Sinopoli geboren, einem kleinen Ort in der Provinz Reggio Calabria, er erklärte mir, daß er *Capodecina* der »Familie« Carlo Gambinos war, der New Yorker »Familie« also, jedoch nach Kanada versetzt worden sei. Scherzhaft meinte er, Onkel Carlo interessiere an seiner *Decina* in Toronto nichts – außer den Dollars, dem Geld. Violi machte, was ihm richtig schien. Onkel Carlo mischte sich nicht ein, er übertrug ihm alle Macht. Am Jahresende aber mußte Violi ihm Geld bringen. Das Geld verdienten sie durch Schutzgelderpressung, zu diesem Zweck plazierten sie Bomben in Milchgeschäften. Auch Violi selbst war Eigentümer einer Milchhandlung in Toronto.

Auf mich machte er keinen großen Eindruck, dieser Paul Violi. Ein Großmaul, ein fetter, großer Mann, der offenbar nicht viel Grips hatte. Jedenfalls war er gekommen, weil er glaubte, daß es kalabresische *Uomini d'onore* gab. In Amerika war das anders. Nicht nur Sizilianer sind dort *Uomini d'onore,* sondern auch Kalabresen oder Neapolitaner. Das macht dort keinen Unterschied. An dieser Stelle könnte man sich fragen: Wenn Violi Kalabrese und dabei auch noch ein wichtiger Mafioso war, wieso hatte er dann keine direkte Verbindung, wieso kannte er die *'Ndranghetisti* (*'Ndrangheta* nennt sich eine mafiaähnliche – jedoch mit ihr nicht identische – Vereinigung in Kalabrien, W. R.) Kalabriens nicht persönlich?

Damit kommen wir zurück auf die Tatsache der Geheimhaltung der Identität eines *Uomo d'onore*. Wenn Violi Leute von der *'Ndrangheta* gekannt hätte, hätte er damit keineswegs auch schon *Uomini d'onore* gekannt, auch wenn es dort welche gegeben hätte. Denn die Leute von der *'Ndrangheta* hätten nichts davon gewußt, und hätten sie davon gewußt, hätten sie sie ihm nicht vorstellen können. Deshalb war Violi korrekterweise nach Sizilien gekommen, um einen *Uomo d'onore*, eine dritte Person zu finden, die imstande war, sie ihm vorzustellen. Nur ein *Uomo d'onore* konnte ihm sagen, ob es in Kalabrien *Uomini d'onore* gab, und sie ihm vorstellen.

Jedenfalls machen wir Sizilianer keine Kalabresen zu *Uomini d'onore*. Mag sein, daß auch mal der eine oder andere Kalabrese persönlich aufgenommen worden ist, wie es bei Neapolitanern in Einzelfällen geschah. Aber die Regel galt trotzdem.

Auch deshalb, weil die Kalabresen ihrerseits gar nicht in die *Cosa Nostra* einzutreten versuchten. Sie hatten ihre eigene Organisation, die fast so wie die unsere war, und hielten sich gar für wichtiger als wir, sie glaubten, daß ihre Organisation über der *Cosa Nostra* stand. Ich weiß nicht, wie ihre Hierarchie aussieht, aber ich weiß, daß auch die *'Ndrangheta* engmaschig ist. Es gab sie in allen Orten. Zu Lebzeiten meines Bruders sprach man von Don Antonio Zoccali als dem Chef der *'Ndrangheta*.

Bemerkten sie, daß sie gerade mit einem *Uomo d'onore* sprachen, benutzten sie sofort einen besonderen Wortschatz, um sich eine gewisse Aura zu verschaffen. Etwa: »Don Antonio Zoccali ist die Sonne unserer Provinz.« Den Chef der kalabresischen »Region«, Don Antonio Macri, betitelten sie in ich weiß nicht mehr welchen übertriebenen Worten aus dieser blumigen Sprache.

Außerdem redeten die Kalabresen unaufhörlich. Sie redeten unentwegt. Nicht mit den anderen, damit wir uns recht verstehen: Sie sprachen miteinander. Sie stellten nicht enden wollende Überlegungen über ihre Regeln an, besonders in Anwesenheit von uns *Uomini d'onore*. Sie fühlten sich unbehaglich, weil sie in Wirklichkeit der *Cosa Nostra* unterlegen waren, und so versuchten sie die *Uomini d'onore* mit all diesen Spintisierereien und verbalen Tücken zu verwirren.

Sie besaßen unendlich viele Regeln. Sprach ein *Uomo d'onore* mit einem von ihnen, verlor er bald den Faden und bekam Kopfweh. Grauenhaft, wenn man mit einem *'Ndranghetisten* in derselben Zelle landete. Von morgens bis abends derselbe Sermon. Das waren langweilige, unerträgliche, sture Menschen. Sie tuschelten unentwegt, redeten immer wieder um dieselbe Sache herum: »Wenn sich einer so und so benimmt, ist er dann ein Bulle oder ist er keiner?« Und so weiter. Oder sie gingen dich gar mit Kinderreimen und Versen an wie Erstkläßler. Thema? Die *'Ndrangheta* mit ihren Regeln und Gebräuchen.

Sie hielten sich für wichtig, diese *'Ndranghetisten,* doch tatsächlich machten sie nur einen Haufen Dummheiten. Man denke nur: Sie nahmen in ihre Gesellschaft sogar Gefängniswärter auf. Viele von denen waren wirklich Mitglieder der *'Ndrangheta*. Für die Mafia ist das etwas ganz und gar Unzulässiges. Einst sagte man sogar, daß niemand, der eine Uniformmütze trägt, *Uomo d'onore* werden könne, nicht einmal ein Stadtpolizist. Auch Staatsanwälte und Richter waren ausgeschlossen, weil das Menschen waren, die verurteilen. Die *'Ndrangheta* jedoch ließ sie zu. Sie gestatteten einer unendlichen Zahl von Leuten den Zutritt, darum waren sie auch insgesamt so viele. Doch sie waren nicht so organisiert wie die *Cosa Nostra*. Wir wählten aufmerksam aus und hatten so auch vertrauenswürdigere Leute in unseren »Familien«.
Ich weiß nur von einem einzigen Mann in Uniform, der mit vollem Recht zur *Cosa Nostra* zugelassen wurde: der Stabsoberarzt Vito Cascio Ferro, ein *Uomo d'onore* aus Agrigent, den ich im Hause eines Vetters von Stefano Bontade kennengelernt habe. Er trug denselben Namen wie einer der berühmtesten Mafiosi des Jahrhunderts.

Mag sein, daß es einen inneren Kern besonders erfahrener, ausgewählter *'Ndranghetisten* gibt, die zur Geheimhaltung in der Lage sind. Es kann auch sein, daß sie die Gefängniswärter zuließen, weil sie auf diese Weise leichter Botschaften aus dem Gefängnis hinausbringen konnten. Wir jedenfalls haben es vermieden, die Rekrutierung unserer Mitglieder auch auf diese Leute auszudehnen.

Außerdem gab es noch den Umstand, daß die Kalabresen – wie

auch die Neapolitaner – die Prostitution zuließen. Als es noch Bordelle (sie wurden 1957 in Italien verboten, W. R.) gab, machten viele von ihnen Geschäfte mit Freudenhäusern. Die Sizilianer haben das nie gemacht. Wir haben die Prostitution stets von den Geschäften der *Cosa Nostra* ausgeschlossen und alle verachet, die die Prostituierten ausbeuten. In den dreißiger Jahren schickte der Präfekt Mori auch Zuhälter auf die Inseln in die Verbannung. Dort organisierten die *Uomini d'onore* Prügelaktionen gegen diese »Ricottari« (Loddel, W. R.), wie sie seinerzeit hießen.

Aus diesen Gründen haben wir die Kalabresen immer als minderwertig betrachtet, als eine Art Ausschußware. Ganz zu schweigen von den Neapolitanern: Denen brachte man sowieso kein großes Vertrauen entgegen.

15

Zum Verständnis der Lage der »Familie« von Catania ist zunächst einmal zu beachten, daß wir zusammen nur 35 *Uomini d'onore* in einer Stadt von 500 000 Einwohnern waren. Bei uns gab es keine solche Dichte wie in Palermo. Unsere Geschäfte und Aktivitäten waren keinen besonderen Einschränkungen unterworfen. Es herrschte Freizügigkeit. Wer beispielsweise einen Raub machen wollte, tat das, und damit hatte es sich. Nachdem er die Genehmigung bei seinem *Capodecina* oder beim Repräsentanten eingeholt hatte, und mitunter auch ohne Antrag: Man ging davon aus, daß jeder wußte, an wem er die Tat verübte. Die Bosse machten sich lediglich Gedanken darüber, ob die geschädigte Person oder Firma nicht unter dem Schutz irgendeines *Uomo d'onore* stand.

In Palermo war das anders. Da mußte man nicht nur die Genehmigung einholen, sondern auch einen Prozentsatz an die eigene »Familie« abführen, wenn man die Aktion auf eigenem Territorium ausführen wollte, oder an eine andere »Familie«, wenn man sie auf deren Terrain durchführte.

Andererseits hatte sowohl in Catania wie in Palermo derjenige die Verantwortung, der die Sache durchführte. Wenn der Räuber verhaftet wurde, war das seine Angelegenheit. Wenn er während der Tat umkam, ebenso. In der Regel war die »Familie« bereit, ihm zu einer Haftentlassung zu verhelfen oder im Falle seines Todes seine Frau und seine Kinder zu unterstützen; doch es war keine Pflicht. In den für den Schmuggel gebildeten Vereinigungen gab es die Verpflichtung, dem Sozius zu Hilfe zu kommen, wenn dieser Probleme mit der Justiz oder den Konkurrenten hatte.

Viele Mafia-»Soldaten« hatten jedenfalls ein Interesse, sich für ihre illegalen Geschäfte die Unterstützung der *Capodecina* und der Repräsentanten zu sichern, und boten diesen daher Teilhaberschaften an. Sie gingen zu ihrem Boß und sagten: »Hör mal, ich mach' diese Sache da. Willst du einen Anteil? Werden wir Gesellschafter und teilen uns die Verdienste.« Ergaben sich dann Schwierigkeiten oder jemand richtete Unheil an, waren die Bosse gezwungen, bei der Lösung der Probleme mitzuhelfen.

Anders lagen die Dinge, wenn eine »Familie« jemandem einen Raubüberfall oder einen Mord befohlen hatte. Wurde der Mann verhaftet, mußte der Repräsentant alles tun, ihn aus der fatalen Lage herauszuhauen. Er hatte die Pflicht, die Anwälte zu bezahlen, die Richter anzusprechen, die Ausgaben für die Haft aufzubringen, monatliche Zahlungen an die Familie des Verhafteten zu leisten etc.

Das Gerede von der Mafia von einst, die darauf achtete, daß es keine Diebstähle und Raubüberfälle gab, die Ordnung und gute Beziehungen zur Bevölkerung unterhielt, dieses Gerede ist Schnee von gestern. Wenn ein Bursche in einem Viertel sich als Räuber betätigte und zuviel Unheil anrichtete, und selbst nachdem er ermahnt worden ist, weitermachte wie zuvor, konnte der *Capomafia* sagen: »Bringen wir diesen Schwachkopf um, der ist nicht zur Vernunft zu bringen.« Gab's aber einen Burschen, der auf Draht war und klug, der gut schoß und die *Uomini d'onore* achtete, dann ging man auf ihn zu und sagte: »Hör mal, wenn du schon rauben mußt, sagen wir dir, wo und bei wem du das darfst.« Wenn der Mann darauf einging, wenn er kapierte, daß es besser war, sich mit uns zu arrangieren, als alles alleine zu machen, nahm man ihn in die »Familie« auf.

Es stimmt, daß die »alte« Mafia keine Übergriffe auf arme Leute verübte. Sie tat dies aber nur, weil es nichts einbrachte. Was konnte man schon von Leuten holen, die sowieso nichts hatten? Die Armen auszunehmen, das konnte nur Dummköpfen einfallen. Man nahm kaum etwas ein und machte sich dabei auch noch unbeliebt. Benahm sich jemand schlecht, indem er freundschaftliche Beziehungen mit Carabinieri pflegte oder sich der Mafia entgegenstellte, versuchte man, ihn zu schädigen. Gegen anständige Menschen, das heißt gegen diejenigen, die die *Uomini d'onore* achteten und schützten, ging man aber nicht vor. Und man raubte oder stahl auch nicht wahllos bei Leuten, bei denen es sich nicht lohnte. Man ging nicht zu den Kleinen. Solange ich in Catania lebte – da bin ich sicher –, gab es keinen Mafioso, der 500 000 Lire (damals ca. 2000–3000 DM, W. R.) vom Kauflädchen verlangte. Unsere Zielgruppe waren die Großunternehmer; die versuchten wir auszubeuten. Die hatten ihrerseits Vorteile davon, wenn sie sich mit uns zusammentaten, und so funktionierte alles, wie es sollte.

Dann kam der große Wandel. Nun erschienen schreckliche Kerle auf der Bildfläche; unbekannte Leute, die sich in Gruppen organisierten, in den Geschäften anriefen und den »Pizzo« (das Schutzgeld, W. R.) verlangten. Aus diesem Grunde ist es wichtig, zwischen der Mafia und der gewöhnlichen Kriminalität zu unterscheiden. In Catania hat die Mafia nie flächendeckend Erpressungen vorgenommen. Zumindest nicht in der Zeit, wo ich noch dort lebte. Auch die einfachen Mitglieder unserer »Familie«, die *Soldati,* betrieben keine Schutzgelderpressungen. Sie schlugen sich mit Schmuggel durch, mit Hehlerei, mit Raub, dem einen oder anderen Diebstahl und mit legalen Geschäften, aber nicht mit kleinen Schutzgelderpressungen; diese galten nämlich nicht als ehrlicher Broterwerb, man setzte sie mit Wucher gleich. Ich weiß nicht, ob die Mafia inzwischen in Catania auch Wuchergeschäfte betreibt. Zu meiner Zeit tat sie es jedenfalls nicht. Das war eine Frage des Prinzips, wie im Fall der Prostitution. Die Prostitution wurde von anderen Personen organisiert, von Verbrechern, den Leuten aus der gewöhnlichen Kriminalität.

In Palermo herrschte hinsichtlich der Schutzgelderpressungen ein anderes System: Alle bezahlten Schutzgeld, auch die kleinen Geschäfte. Die mafiose Bevölkerung war sehr groß, und irgendwer mußte sie ja erhalten. Jeder Bezirk, jedes Viertel, jede Straße Palermos wurde von einer »Familie« beherrscht, und jede »Familie« hatte mehrere *Capidecina,* von denen jeder wiederum eine bestimmte Anzahl *Uomini d'onore* unter sich hatte. Manche *Uomini d'onore* erzwangen das Schutzgeld in den Bars und Geschäften der ihnen zustehenden Straßenzüge schlimmer als Steuereintreiber. Im Gegenzug boten sie den Schutz vor Gangsterbanden an. Doch das war eine Versicherung gegen eine eher imaginäre als eine reale Gefahr: Verbrecherbanden gab es zwar, logisch, auch in Palermo, doch sie betrieben nur selten Schutzgelderpressung – in diesem Falle nämlich wurden sie gesprengt, sobald sie sich gebildet hatten.

Die »Soldaten« meiner »Familie« bekamen kein Gehalt und auch die der palermitanischen »Familien« bekamen keines. Jeder mußte sich seinen Lebensunterhalt selbst beschaffen. Sicher, es gab eine gewisse Solidarität innerhalb der »Familie«. Wenn jemand Geld besaß, war er in gewisser Weise gehalten, es einem anderen Mitglied der »Familie« zu leihen, wenn dieses es zur Gründung eines Geschäftes brauchte. Es bestand keine Gefahr, daß der es nicht zurückgab. Es galt als ehrlos, erhaltene Kredite nicht zurückzuzahlen und damit das Vertrauen anderer *Uomini d'onore* zu mißbrauchen. Ich erinnere mich an keinen einzigen Fall nichtbezahlter Schulden, außer wenn ein »Soldat« während einer Aktion umkam.

Die »Soldaten« meiner »Familie« kennen sich alle. Es wäre auch schlimm, wenn sie sich nicht kennen würden! Innerhalb der »Familie« gab es die gleichen Unterschiede wie im normalen Leben: Einige Mitglieder waren befreundet, auch ihre Familien verkehrten miteinander. Sie besuchten sich gegenseitig, luden sich zum Essen ein und so weiter. Andere grüßten sich nur, und damit hatte es sich; wieder andere verstanden sich nicht und mieden sich, um nicht zu streiten und die Einigkeit der Gruppe nicht zu schädigen. Allen »Soldaten« gemeinsam aber war das Gefühl, etwas Besonderes zu sein und anderen Menschen überlegen zu sein. Im Laufe der Zeit setzten sie sich auch von ihren früheren Bekannten ab, von ihren Jugendfreunden, und trafen nur noch Leute wie sie, Leute, mit denen sie gemeinsam Probleme bereden, diskutieren, dieselbe Sprache sprechen konnten. Die Welt und die Angelegenheiten der *Cosa Nostra* gewannen früher oder später die Oberhand über alles andere. Die normalen Freundschaften verloren an Bedeutung oder wurden inhaltsleer, weil die »Soldaten« nach einiger Zeit begannen, auf die Nichtmafiosi herabzuschauen. Sie langweilten sich in ihrer Gesellschaft und ließen sie das am Ende auch spüren.

Die »Familie« von Catania funktionierte anders, als es in den Zeitungen beschrieben wurde. Diese hartgesotteten, hochspezialisierten Figuren wie der Killer, der Waffenmeister, der Buchhalter – die gab es bei uns nie. Einige Zeit hatten wir einen Kassenführer, doch den haben wir dann abgeschafft, weil er nicht ehrlich war. Er nahm sich das Geld aus der Kasse, statt es zu hüten. Als ich der *Cosa Nostra* beitrat, war der Kassenführer der »Familie« von Catania der Onkel eines sehr bekannten Schneiders. Da illegale Geschäfte damals noch keine größeren Einnahmen einbrachten, lebte die gemeinsame Kasse von den Einzahlungen der Mitglieder. Jeder *Uomo d'onore* überwies einen monatlichen Betrag, doch das Geld reichte nie. Es gab einen *Capodecina,* Giovannino »u scemu« (der Verrückte, W. R.), der regelmäßig wegen Taschendiebstahl verhaftet wurde; und die Ausgaben für ihn waren meist schon so groß, daß die Kasse danach leer war. Kaum war er nämlich verhaftet, erklärte sich Giovannino besitzlos und beanspruchte das Geld für sich, seine Kinder und seine Anwälte. Dazu kam, daß er auch noch zwei Familien hatte, eine reguläre und eine mit seiner Geliebten und deren Kindern. Gottlob verlangte er nicht auch noch für seinen Teilhaber Geld, einen Zellenwärter des zentralen Polizeigefängnisses.

Für die Waffen gilt dasselbe: Einen »Waffenmeister der Mafia« gab es nie. Die »Familie« nahm sich einen kleinen Prozentsatz vom Verkauf einer Ladung geschmuggelter Zigaretten, kaufte damit Waffen und gab sie jemandem, der irgendwo einen Landbesitz hatte, zum Verstecken. Der *Capodecina* ging dann eines Tages zu diesem Landbesitzer, bat um eine Pistole, und am Abend gab es dann einen Mord. Waffen waren nie ein Problem, man konnte sie leicht auftreiben. Abgesehen davon, daß jeder *Uomo d'onore* seine eigenen Waffen besaß, reichte es, einen Nachtwächter zu bestechen, wenn man eine Pistole für einen Mord der »Familie« benötigte. Dem Mann sagte man, er solle einem die Pistole für eine Million Lire verkaufen, die Nummer wegfeilen und die Pistole als gestohlen oder verloren melden. Brauchte man Gewehre, raubte man sie aus einer Waffenhandlung, für Sprengstoff wandte man sich an die mit der »Familie« befreundeten kleinen Bauunternehmer.

Kalaschnikow-Maschinenpistolen kamen erst später auf, erst nach dem Tod meines Bruders. Alfio Ferlito ließ sie zusammen mit dem Haschisch kommen. Für mich und Pippo war es noch einfacher als für alle anderen, an Waffen heranzukommen: Der Bruder unseres Werkmeisters, Vorarbeiter unserer Baufirma, bastelte mit außerordentlicher Geschicklichkeit Waffen, veränderte sie oder stellte sie aus den unmöglichsten Dingen her.

Es hat niemals junge Berufskiller gegeben, Burschen, die für 200 000 Lire (damals an die 800 DM, W. R) hingingen und jemanden umbrachten. Die Mafia hat so etwas niemals getan, und ich glaube, sie tut es auch heute nicht, weil sie es nämlich gar nicht nötig hat. Kein Mafiaboß würde sich einem Burschen ausliefern, den er nicht kennt und der »singen« könnte, wenn ihn die Polizei erwischt. Muß ein Mafiaboß von echtem Schrot und Korn einen Mord durchführen lassen, wird er einen seiner *Uomini d'onore* dafür einsetzen, einen Mann seines Vertrauens. Ich habe nie von einem Repräsentanten gehört, der irgendeinem jungen Mann gesagt hätte: »Geh hin und bringe den und den um, und ich gebe dir eine Million.« Mag sein, daß ein 15- oder 20jähriger Bursche nach einem Raub mit einer Beute von zehn Millionen einen anderen jungen Mann beauftragt hat, für zwei Millionen jemanden umzubringen, und daß er das getan hat. Doch Verantwortungslosigkeit hat nichts mit der Mafia zu tun, die Mafia ist nicht so.

Die Mafia ist nicht verantwortungslos. Sie kann gut rechnen, das hat sie gezeigt. Mafiosi sind keine verantwortungslosen Leute. Vielleicht waren sie es manchmal, wenn sie Massaker anrichteten und andere schlimme, schmutzige Dinge taten. Doch solche kindischen Aktionen (wie die Anheuerung von Berufskillern, W. R.) hat sie nie gemacht. Würde sich die Mafia so benehmen, müßten wir daraus schließen, daß sie nicht vernünftig überlegt. Denkt sie aber nicht vernünftig, wieso gelingt es dann dem Staat nicht, diese hirnlosen Leute zu besiegen?

Die mafiosen »Familien« können sich den Luxus leisten, ihre Leute auszuwählen. Sie haben keine Probleme mit Beitrittsanträgen. Im Zentrum steht das Stadtviertel, in dem die *Uomini d'onore* leben. In der Mafia Palermos spielt das jeweilige Viertel eine noch größere Rolle als in Catania. Sobald wir Catanier ein wenig Geld verdient haben, ziehen wir vom Stadtrand ins Zentrum. Niemand möchte in einer Gegend wie San Cristoforo leben. Wir Calderones wurden, ebenso wie die Santapaolas, wie Turi Palermo und viele andere, in den schlimmsten Bezirken der Stadt geboren und sind dann allesamt ins Stadtzentrum gezogen. Die palermitanischen Mafiosi ziehen nicht ins Zentrum Palermos. Sie verlassen das eigene Viertel nicht. Sie werden geboren, leben und sterben am selben Ort. Das Stadtviertel ist ihr Leben, ihre Familie lebt dort seit Generationen, alle sind miteinander verwandt. Es gibt eigentlich nur vier oder fünf Nachnamen, die anderen sind zugezogen. Man baut sich allenfalls ein schöneres, prunkvolleres Haus. Stefano Bontade hat das Haus seines Vaters in Santa Maria del Gesù abgerissen und ein wahres Schloß hingebaut, ähnlich sein Bruder Giovanni und Salvatore Inzerillo in Bellolampo. Sie haben sich keinen Meter von ihrem Reich entfernt. Dort sind sie seit Jahrzehnten absolute Herrscher.

Bemerken die jungen Burschen eines Viertels allmählich die Achtung, die Ehrerbietung und den Eifer, die man den *Uomini d'onore* entgegenbringt, verlieben sie sich schließlich in die Mafia. Sie sehen, wie Onkel Soundso in eine Bar geht und ihm alle entgegenlaufen, ihn verehren, wie sie wetteifern, wer ihn besser bedient, oder wie sie gar nur hinrennen, um ihn anzuschauen, ihn zu bewundern – gerade so, wie das die jungen Rockfans z. B. bei Madonna machen. Sie sehen die Mafia als eine großartige Sache an, durch die man die anderen überragen, sich über die anderen erheben kann. Diese jungen Leute würden für den Eintritt in die »Familie« alles tun. Lesen sie dann auch noch in den Zeitungen von diesem *Uomo d'onore*, von diesem Mann, den sie auf der Straße gesehen haben oder in der Bar oder im Geschäft, dann hat ihre Hochachtung für ihn keine Grenzen mehr.

Manche von ihnen begehen einen Raubüberfall nur, um sich beim Mafiaboß des Gebiets hervorzutun. Der hat nämlich ein Auge auf vielversprechende junge Burschen. Dabei beginnt er mit den jungen Männern aus seiner eigenen »Familie«, doch sein Blick richtet sich auch nach außen. Um jeden einigermaßen wichtigen *Uomo d'onore* tummeln sich stets 20 oder 30 Burschen, die noch nichts darstellen, aber gerne etwas werden wollen. Diese Burschen stehen ihm zur Verfügung, sind ständig bei ihm, erweisen ihm kleine Gefallen, fragen ihn, ob er etwas braucht. Der Einfluß einer mafiosen »Familie« ist überaus weitreichend. Sie kann 50 aktive *Uomini d'onore* zählen, und um die herum bewegt sich zunächst einmal die Blutsverwandtschaft (Söhne, Neffen, Brüder etc.), danach aber auch dieser Kreis von Burschen, die zu allem bereit sind und die nichts anderes wollen, als auf eine Zulassung zur *Cosa Nostra* geprüft zu werden.

Der *Uomo d'onore* sitzt aber nicht einfach untätig herum und nimmt nicht nur, ohne seinen Gefolgsleuten etwas zu geben. Vergessen wir nicht, daß der *Uomo d'onore* auch eine Autorität darstellt, eine Person, an die sich alle mit der Bitte um Gefallen oder zur Lösung von Problemen wenden. Der Mafioso sucht die Macht und nimmt sie sich; darauf ist er stolz. Doch einen großen Teil seiner Macht gewinnt er durch die anderen. In der Zeit, in der wir Calderones ganz oben waren, gab es jeden Tag eine wahre Prozession in mein Büro. Ein unentwegtes Kommen und Gehen von Leuten, die mit den verschiedensten Anliegen zu uns kamen. Irgendwann wurde die Menge dieser Leute so groß, daß wir zu ihrem Empfang eine extra Wohnung neben meinem Büro mieten mußten. Hinter gut geschlossenen Türen, damit man von außen nichts sah, hörte sich mein Bruder darin dann die Bitten an.

Der eine suchte Arbeit, der andere hatte sich an einer Ausschreibung beteiligt und wollte diese gewinnen, ein dritter bot Zulieferungen für die Firma Costanzo, ein vierter war dem Hungertod nahe und konnte das tägliche Brot für seine Familie nicht beschaffen. In diesem konkreten Fall bat mich mein Bruder um 50 000 Lire für diesen armen Teufel; ich antwortete scherzhaft, daß wir eigentlich eine Tafel mit der Aufschrift »Wohltätigkeitsbüro« draußen anbringen müßten. Die Leute kamen aus ganz Catania, auch aus der Provinz. Pippo sagte nie nein zu jemandem und nahm sich immer aller Probleme der anderen an.

Am Ende dachten wir sogar an unsere eigenen Probleme nicht

mehr so, wie wir es hätten sollen. Damals wäre es so einfach gewesen, sich zu bereichern! Es hätte genügt, von Carmelo Costanzo 100 Millionen Kredit zu erbitten, ein Grundstück damit zu kaufen und dieses im Jahr darauf für 150 Millionen zu verkaufen. Wir haben das nie getan, weil wir niemals Zeit hatten, uns auf das Reicherwerden zu konzentrieren. Die Leute ließen uns keine Zeit, an uns selbst zu denken und unsere eigenen Interessen zu verfolgen.

Ich stand jeden Morgen gegen sieben Uhr auf, trank Kaffee und verabschiedete mich von meiner Frau, die zur Arbeit an die Universität fuhr. Dann wartete ich auf meinen Bruder; zusammen gingen wir in unser Büro neben unserem Haus. Wir waren unzertrennlich. Vor der Bürotür warteten bereits Leute auf uns: Die einen wollten von der Firma Costanzo eingestellt werden, andere suchten Hilfe für einen bürokratischen Vorgang bei der Stadtverwaltung oder für einen Krankenhausaufenthalt. Wieder andere hatten Probleme mit der Kleinkriminalität der Seeleute in ihrem Viertel und baten um das Eingreifen Pippos. Er merkte sich alles – aus Angst vor einer möglichen polizeilichen Hausdurchsuchung schrieben wir nie etwas auf – und versuchte, die Dinge in Ordnung zu bringen. Zu diesem Zweck fragte er wieder andere Leute oder rief bei Bekannten an, die möglicherweise Bescheid wußten oder eingreifen konnten.

Andere kamen und berichteten über eine Schlägerei vom Vorabend oder von einer Schießerei, in die sie irgendwie verwickelt waren. Oder sie hatten Probleme mit einem Schuldner, der nicht zahlte, mit einem Stadtpolizisten, der sie schikanierte, mit einer Gruppe von Feinden, die sie bedrohte. Mit denen vereinbarte Pippo dann ein Treffen, hörte die Gründe der Gegenseite an und rief dann beide zur Aushandlung einer Lösung zusammen. Das waren alles gewöhnliche Leute, mit gewöhnlichen, alltäglichen Problemen. Sie sahen in Pippo eine Persönlichkeit, einen Menschen, der ihnen helfen konnte. Diese Leute waren natürlich keine *Uomini d'onore. Uomini d'onore* streiten sich nämlich nicht um Kleinigkeiten; und wenn sie Probleme haben, lösen sie diese innerhalb der *Cosa Nostra* und nach deren Regeln. Mitunter erbaten allerdings auch sie Gefallen und Empfehlungen. Rosario Riccobono zum Beispiel empfahl meinem Bruder einen palermitanischen *Uomo d'onore,* der den Gaststättenbetrieb am Flughafen von Catania übernehmen wollte. Pippo sollte die Konkurrenten von der Beteiligung an der Auftragsausschreibung »abbringen«. Das erregte dann eine gewisse Verstimmung zwischen ihm und dem Bruder Nitto Santapaolas, Nino, der in dieser Branche arbeitete und selbst gerne diesen Auftrag übernommen hätte.

Am Ende konnte mein Bruder sogar bei Universitätsexamen nachhelfen. Ein Junge mit dem Spitznamen »Puntina« aus der catanesischen Verbrechergruppe Di Mauro hatte sich an der Universität in Palermo in der Jurafakultät eingeschrieben, weil dort das Studium angeblich leichter war als an der Universität Catania. Sein Vater schätzte Pippo sehr und kam mehrere Male zu ihm mit der Bitte, seinen Sohn bei besonders schweren Examen den Prüfern zu »empfehlen«. Pippo reichte die Bitte an die *Uomini d'onore* Palermos weiter, die dann den Namen des jeweiligen Professors wissen wollten und den Stadtteil, in dem er wohnte. Der Repräsentant, der diese Gegend »regierte«, ging dann zum Professor und bat ihn um Wohlwollen für den Kandidaten aus Catania. Als der junge »Puntina« schließlich sein Staatsexamen bestanden hatte, sagte sein Vater, daß man eigentlich Pippo für die zahlreichen Empfehlungen die akademische Würde hätte geben müssen.

In der Fakultät für Maschinenbau der Universität Palermo lehrte ein eng mit der Firma Costanzo liierter Professor. Zwei Sprößlinge der Familie Costanzo haben denn auch in Palermo unter der Aufsicht dieses Dozenten das Diplom erworben. Der Mann kannte überdies auch zahlreiche mit Bauprojekten befaßte Ingenieure. Tatsächlich war er – soweit es die Universität anging – so etwas wie der »verlängerte Arm« der Costanzos im Raum Palermo. Er war auch Schiedsrichter bei Auseinandersetzungen zwischen ihnen und den öffentlichen Auftraggebern. Die Costanzos beriefen ihn oft als Berater und Planer für ihre Angelegenheiten. Ab und zu rief der Professor in Catania an und erbat dieses oder jenes, ein Auto oder dergleichen. Die Costanzos ärgerten sich über diese Bitten, doch dann erfüllten sie sie trotzdem sofort.

Pippo liebte seine Rolle sehr, er engagierte sich stark für die Probleme der anderen, auch für die merkwürdigsten Anliegen. Er sorgte gerne für Harmonie. Tag für Tag saß er in seinem Büro, hörte zu und wurde niemals ungeduldig, noch langweilte er sich jemals. Einer der Brüder Costanzo bat ihn einmal, bei einem seiner Söhne einzuschreiten, der sich in ein Mädchen verliebt hatte, über das es allerlei Klatsch gab. Die Costanzos hatten Informationen über die junge Frau eingeholt, woraus hervorging, daß sie recht leichtlebig war, sich gerne vergnügte und daher wahrscheinlich auch nicht mehr Jungfrau war. Pippo sollte nun den jungen Costanzo von dem Mädchen ablenken, indem er ihn mit anderen Personen bekanntmachte, in der Hoffnung, das Mädchen würde ihm so aus dem Kopf gehen. Pippo griff ein – ohne jedoch Erfolg zu haben. Der Junge versteifte sich darauf, und die Angelegenheit endete mit der Heirat.

Am schwierigsten waren für ihn die Auseinandersetzungen mit den gewöhnlichen Verbrechern der Stadt zu schlichten. Eines Tages hatten die Laudanis, auch sie eine Gruppe der kriminellen Unterwelt, Streit mit einem Burschen, den sie einem mit ihnen rivalisierenden Clan zurechneten, den Carcagnusis. Diese wiederum erwarteten nichts sehnlicher als einen Anlaß, um kriegerische Auseinandersetzungen zu eröffnen. Der Bursche, der mit den Laudanis in Konflikt geraten war, hatte damit nichts zu tun. Doch zwei Stunden später gab es bereits die ersten Schüsse der Carcagnusis auf die Laudanis. Pippo stellte die genaue Sachlage fest und warf sein ganzes Ansehen in die Waagschale, um den Parteien klarzumachen, daß es sich um ein Mißverständnis handelte und daß es weder gerecht noch anständig war, ohne wirklichen Grund einen Krieg anzufangen. Er organisierte eine Versöhnungszeremonie und rettete so das Leben dieses Unglücksraben – der, nebenbei gesagt, selbst fünf oder sechs Brüder hatte und dazu eine Gruppe von Freunden, die schon zur Rache und zum Krieg bereit standen.

Heute kommt es zu all diesen Morden, weil es keine Leute wie Pippo mehr gibt, die bei Konflikten einschreiten, die Streithähne zurückhalten und in Aktion treten, bevor es Tote gibt. Wir Mafiosi hatten den Ruf, über den Parteien zu stehen, über diesen Banden von gewöhnlichen Vorstadtgangstern, die Vertrauen zu uns hatten und unsere Einmischung in ihre Auseinandersetzungen akzeptierten. Als Nitto Santapaola Leute aus der einen wie aus der anderen Gruppe umzubringen begann, haben wir unser Prestige verloren und sind auf ihr Niveau herabgesunken.

Pippo hat nie auch nur eine Lira für all diese Bemühungen genommen. So gesehen war er ein Mafioso wie vor 50 Jahren. Niemand durfte, wenn er kam, um einen Gefallen zu erbitten, von Geld überhaupt nur reden. Hätte es jemand getan, Pippo hätte ihn sofort hinausgeworfen. Kam jemand mit der Bitte um Schutz und schlug dann irgendwann vor, daß wir sein Teilhaber wurden, taten wir es. Doch wir dachten nicht einmal im Traum daran, Entschädigungen als Gegenleistung für von uns erwiesenen Gefallen zu verlangen.

Natürlich trafen zu Weihnachten alle möglichen Geschenke in unserem Haus ein. Doch das waren genauso viele wie auch Pippo zu diesem Anlaß verschenkte. Zehn, 14 Tage vor dem Fest schloß sich Pippo in der Wohnung neben unserem Büro ein, füllte den Wein, den er in seinem Gut in Monterosso Etneo produziert hatte, in Flaschen ab und etikettierte sie. Er war mächtig stolz auf seinen Wein. Er ließ ihn sieben oder acht Jahre in Eichenfässern altern, füllte ihn dann in Flaschen ab, um ihn zusammen mit seinen besten Mandarinen, Artischocken in Öl und Lammfleisch, die zusammen sein Festpaket bildeten, zu verschenken. Waren die Pakete fertig, schickte er zwei Jungen mit ihnen durch die Stadt und ließ sie an den Anwalt, den Arzt, den Abgeordneten, den Professor überbringen. Dutzende und Aberdutzende von Geschenkpaketen, im Wert von Millionen Lire. Gleichzeitig empfing Pippo dann seinerseits Geschenke für die Gefallen, die er erwiesen hatte.

Neben alledem gab es auch noch das Leben innerhalb der *Cosa Nostra* selbst. Die unerschöpflichen, endlosen Diskussionen über die *Cosa Nostra*. Tag für Tag sprach man über die *Cosa Nostra*. Die *Cosa Nostra* hört nie auf, die Diskussionen über die *Cosa Nostra* finden kein Ende. Mein Bruder war ein wirklicher *Uomo d'onore*. Hätte er nur gewollt, so wäre er reicher geworden als Gino Costanzo. Aber ihm lag mehr an der *Cosa Nostra*. Wieviel Zeit verbrachte man mit den Diskussionen der Vorgänge in der »Familie«, um sich kundig zu machen, um zu richten, zu überlegen, um festzustellen, wer recht hatte und wer nicht!

Die Rekrutierung der jungen Burschen ist grundlegend für die Macht der »Familie«. Alle Oberhäupter wünschen sich große »Familien« mit zahlreichen jungen aktiven *Soldati*. Auch ältere »Soldaten« sind wichtig, weil sie Beziehungen zu den älteren Persönlichkeiten des Ortes haben, viele einflußreiche Leute inner- wie außerhalb der Mafia kennen und Erfahrungen in den Angelegenheiten der *Cosa Nostra* haben. Auf der Ebene der »Soldaten« spielen die jungen Leute die wichtigste Rolle. Sie sind es, die die Schlagkraft bilden, auf deren Grundlage die Macht einer bestimmten »Familie« eingeschätzt wird. Gerade darum ist große Aufmerksamkeit sehr wichtig: Man darf nicht zuviel des Guten tun, nicht zu viele auf einmal in die »Familie« aufnehmen, darf nicht den Fehler begehen, nur der Macht und Größe zuliebe unzuverlässige und wenig vertrauenswürdige Leute hereinzuholen.

Der Wert der jungen *Uomini d'onore* besteht in ihrer größeren Stärke, ihrer gegenüber den Älteren schnelleren Reaktionsgeschwindigkeit. Doch sie sind auch unruhig, neigen zur Mißachtung von Disziplin und Hierarchie. Man muß sie mit harter Hand leiten. Der Gehorsam gegenüber Befehlen ist das A und O einer »Familie«. Gerade aus diesem Grund ist der *Capodecina* so überaus wichtig. Von ihm hängen die »Soldaten« und die riskantesten Aktionen ab. Der *Capodecina* muß ein guter Menschenkenner sein. Er muß wissen, wie man die ihm zur Verfügung stehenden »Soldaten« einsetzt: Ist der und der nicht zu einem Mord imstande, schickt man ihn eben zum Autoklauen oder zum Waffenstehlen ... Oder man läßt ihn jemandem in die Beine schießen, gestohlene Waren oder Schmuggelgut verkaufen. Man sucht die Fähigkeiten und die Eigenschaften eines jeden einzuschätzen.

Der *Capodecina* hat also eine äußerst heikle Position. Er muß befehlen können, muß aber auch seinen Soldaten nahestehen, denn sie gehorchen nur ihm, sprechen direkt nur mit ihm. Begeht man zum

Beispiel einen Mord, ist man nicht verpflichtet, allen Mitgliedern der »Familie« zu sagen, der oder jener sei der Schütze gewesen. Man geht innerhalb der »Familie« nicht gleich mit jedem Mord hausieren. Man erfährt, daß ein bestimmter Mord von jemandem der »Familie« verübt wurde, doch nur der *Capodecina* kennt die Identät des Killers und informiert darüber den Repräsentanten. Wenn ein »Soldat« zu einem Mord ausgeschickt wird, ist der *Capodecina* immer mit von der Partie. Er streicht ständig in der betreffenden Gegend herum, ist mächtig besorgt, erregt – geradeso, als würde er selbst diesen Mord begehen. Er schwebt in Angst, bis er den »Soldaten« zurückkehren sieht, denn er ist sich ja bewußt, daß er ihn größter Lebensgefahr ausgesetzt hat. Wird der »Soldat« während einer Aktion verhaftet oder verletzt, fühlt sich der *Capodecina* voll verantwortlich und überlegt fieberhaft, ob er vielleicht hinsichtlich der Auswahl des Mannes, der Zeit oder der Umstände einen Fehler begangen hat.

Die Bindung zwischen dem »Soldaten« und dem *Capodecina* steht vor allem anderen. Sie steht sogar noch vor derart wichtigen Pflichten wie der zur Aufrichtigkeit zwischen Mitgliedern der *Cosa Nostra*. Fragt mich ein *Uomo d'onore* nach etwas, über das ich nicht sprechen kann, weil mir mein *Capodecina* verboten hat, mit irgend jemandem darüber zu reden, muß ich antworten, daß ich nichts davon weiß. Befiehlt mir der *Capodecina:* »Begeh diesen Mord und sprich darüber mit niemandem, auf gar keinen Fall«, so muß ich gehorchen. Ich darf über diesen Mord nicht einmal mit dem Repräsentanten der »Familie« sprechen. Ich gehorche dem Befehl. Ich gehe, um zu töten, und kehre zurück. Ob der *Capodecina* mir den Befehl nach Beratung mit dem Repräsentanten erteilt hat oder ohne dessen Konsultation, ist alleine seine Angelegenheit. Ruft mich der *Capo* der »Familie« in die Kommission und fragt mich vor dem *Capodecina*, ob ich diesen Mord begangen habe, antworte ich: »Er hat ihn mir befohlen. Fordern Sie die Rechtfertigung von ihm.«

Die große Macht des *Capodecina* über den »Soldaten« rührt von der Tatsache her, daß seine Befehle den Willen der »Familie« darstellen. Und die »Familie« steht über allem anderen. Am Abend meiner

Aufnahme in die *Cosa Nostra* wurde mir in aller Klarheit gesagt, daß man, wenn die »Familie« das braucht, auch mit geschlossenen Augen marschieren und alles liegen- und stehenlassen muß, wenn der Befehl kommt. Wenn sie eine Entscheidung gefällt haben, bin ich nicht mehr mein eigener Herr. Auch wenn sie mir befehlen, einen Menschen zu töten, den ich kenne, einen Verwandten, eine mir teure Person – ich werde keine andere Wahl haben, ich muß die Tat ausführen. Wenn sie beschlossen haben, meinen Bruder umzubringen, werden sie mit ziemlicher Sicherheit jemand anderen damit beauftragen – aber ich muß die Entscheidung akzeptieren. Entweder man gibt klein bei, oder es gibt Krieg. Es gibt keinen Mittelweg. Das wurde mir am Abend meiner Aufnahme in die *Cosa Nostra* immer wieder gesagt.

Es kommt vor, daß die »Familie« – über den *Capodecina* – einem »Soldaten« mitteilt, daß er einen seiner Freunde umbringen muß. Sieht sich der »Soldat« nicht imstande, die Mordtat zu begehen, beauftragt die »Familie« einen anderen oder gibt ihm einen Kameraden mit, der schießen, würgen, stechen etc. soll. Der zuerst Beauftragte muß aber mitarbeiten, indem er dem Killer hilft, an das Opfer heranzukommen, ohne daß es Verdacht schöpft – gerade weil er mit ihm befreundet ist und so das Vertrauen ausnutzt, das in der Freundschaft liegt.

Verwandtschaft und Freundschaft zählen nichts gegenüber der Treue zur *Cosa Nostra*. Steht das Wohl der »Familie« auf dem Spiel, verschwinden all diese Gefühle, treten in den Hintergrund. Sie werden dann sogar verwendet, um besser zuschlagen zu können, um das Ziel leichter zu erreichen. Niemand fühlt sich deshalb besonders mies, keiner spricht unter solchen Umständen von »Verrat«.

Ich erinnere mich z. B. noch ganz genau an die Ermordung eines alten *Capomandamento* von Palermo. Ich glaube, er hieß Matranga, und das Ganze geschah im Anschluß an die Ermordung Michele Cavataios. Eines Tages kamen Stefano Bontade und weitere Leute aus Palermo zur Beratung mit meinem Bruder, mir, Salvatore Ferrera und Calogero Conti. Ziel des Besuches war es, diesen Matranga aus der Deckung zu locken. Der Mann wohnte in Mailand und lebte aus Angst vor Ermordung sehr zurückgezogen. Matranga hatte einen Schwager, der auf dem Gemüsemarkt einen Stand hatte, und mit diesem Schwager war er eng befreundet oder vertraute ihm jedenfalls sehr. Doch der Schwager war auch ein guter Freund von Salvatore Ferrera, der ihn daher aufsuchen und überreden sollte, Matranga in Sicherheit zu wiegen. Ferrera und Conti flogen also nach Mailand und nahmen Kontakt mit dem Schwager Matrangas auf. Der wiegte den alten Mafioso in Sicherheit und erzählte ihm, daß ihn in Palermo alle gerne hätten, daß man einen Schlußstrich unter die früheren Streitigkeiten gezogen habe und in eine Zukunft voller Frieden und Eintracht zwischen den »Familien« blicke. Das Opfer glaubte diesen freundschaftlichen Worten, die ihm über einen so vertrauten Menschen, wie sein Schwager es war, zugetragen wurden, gab nach und nach seine Vorsichtsmaßnahmen auf und ging auch wieder mal aus dem Haus. Danach war es leicht, ihn umzubringen.

Episoden wie diese kommen nicht selten, aber auch nicht allzu häufig vor. Nicht immer werden die Interessen einer »Familie« und die Regeln der *Cosa Nostra* bis zu den äußersten Konsequenzen geltend gemacht. Sicher, befindet man sich im Kriegszustand, ist man strenger und empfindlicher. In normaleren Zeiten kann man den Dingen aber auch ihren Lauf lassen. Meine »Familie« zum Beispiel hat Nick Gentile am Leben gelassen, den amerikanischen *Capodecina* aus der Zeit des Lucky Luciano (Lucky Luciano war einer der berühmtesten Mafiabosse der USA in den dreißiger und vierziger Jahren, wurde dann zu langjähriger Haft verurteilt und nach dem Zweiten Weltkrieg für seine Unterstützung der Invasion der Alliierten nach Italien abgeschoben, W. R.). Nick Gentile war wegen seiner Kollaboration mit der Polizei aus den USA abgehauen und hatte sich in ein Dorf in der Provinz Agrigent zurückgezogen. Er hat sogar ein Buch über sein Leben geschrieben und der Zeitschrift »L'Espresso« ein Interview gegeben. Alle schimpften auf ihn und kritisierten ihn. Er hatte versucht, an Pippo und meinen Onkel heranzukommen, aber auch diese wollten nichts von ihm wissen. Ab und zu kam aus Palermo die Forderung, ihn umzubringen und damit den amerikanischen Vettern einen Gefallen zu erweisen. Mein Bruder hatte sogar den Befehl zum Mord gegeben – aber niemand führte ihn aus. Man hat diesen armen Alten in Ruhe gelassen. Gegen Ende seines Lebens ging es ihm so schlecht, daß er nur durch die Nächstenliebe einiger Nachbarn überlebte, die ihm ab und zu einen Teller Nudeln brachten.

In anderen Fällen greifen »Familien«-Mitglieder, die mit einem Mord beauftragt, aber unwillig sind, diesen auszuführen, zu einer List. Sie täuschen unvorhergesehene Situationen vor oder warnen das Opfer. Mitunter kommt es auch vor, daß man den Tötungsbefehl als unvereinbar mit den Regeln der *Cosa Nostra* ansieht oder daß ihm ein anderer angesehener Mann derselben »Familie«, desselben Bezirks oder derselben Provinz widerspricht oder ihn in Frage stellt. Dann beginnen lange Diskussionen, die aber niemals dem Wohle der »Familie« selbst dienen. Der unterlegene Teil der »Familie« unterwirft sich der endgültigen Entscheidung stets mit äußerstem Widerwillen, oder er tut nur so, als akzeptiere er sie weitgehend – und wartet nur auf eine günstige Gelegenheit, sich schadlos zu halten.

Die »Soldaten« werden bei einer ganzen Reihe gefährlicher Unternehmungen eingesetzt. Bestimmte Morde jedoch werden vom Repräsentanten der »Familie« höchstpersönlich durchgeführt. Muß man einen besonders starken und gerissenen Menschen umbringen oder einen Mann von gewisser Bedeutung, mit dem die Gruppe in Streit geraten ist, tritt durchaus schon mal der Chef der Gruppe selbst in Aktion. Ich erinnere mich an den Fall des Stefano Giaconia, eines wichtigen *Uomo d'onore* der »Familie« von Palermo-Zentrum, jener »Familie« der Brüder La Barbera, die von der Kommission von Palermo aufgelöst worden war. Von Giaconia habe ich schon gesprochen: Er war der Mann, der während des ersten Mafiakrieges zusammen mit Angelo La Barbera zur erwähnten Versammlung der Provinzkommission mit Sprengstoff vollgepackt erschienen war.

Stefano Giaconia wäre mit Sicherheit sofort nach der Wiedereinrichtung der »Familie« von Palermo-Zentrum deren *Capo* geworden, hätte er nicht in den Augen Stefano Bontades den großen Fehler begangen, ein Gevatter Totò Riinas zu werden.

Die ganze Geschichte spielte sich Mitte der siebziger Jahre ab. Eines Tages fuhr ich mit Pippo und einigen anderen Männern zu einem Treffen im Motel an der Autostrada Catania–Palermo. Dorthin kamen auch Michele Greco und ein weiterer *Uomo d'onore* aus Palermo. Sie hatten mit uns über Schutzgelder zu sprechen, die die Firma Costanzo bezahlen mußte, weil sie einen Abschnitt der Umgehungsstraße von Palermo, die das Territorium von Ciaculli (das von den Grecos beherrschte Gebiet, W. R.) überquerte, baute. Bontade kam eine Stunde später mit seinem Porsche Carrera an. Er war sehr verärgert und entschuldigte sich bei den Anwesenden: »Entschuldigt meine Verspätung, aber ich mußte einen Platten reparieren und außerdem Stefano Giaconia ›abdrosseln‹.«

Michele Greco billigte das: »Denk dir nichts dabei, Stefano. Wir haben auf dich gewartet. Du hast auf jeden Fall recht gehabt, dir Giaconia vom Hals zu schaffen.«

»Dieser Hornochse hat mir bis zuletzt Probleme bereitet. Nachdem ich ihn umgebracht hatte, haben wir seine Kleider angezündet, und während sie verbrannten, gab es eine Explosion. Er hatte nämlich eine Pistole, Kaliber 22, bei sich.«

»Oh, was für ein *Uomo d'onore,* der schießt auch noch als Toter«, war der sarkastische Kommentar der Anwesenden.

Ich habe, glaube ich, schon gesagt, daß sich in einigen mafiosen »Familien« heutzutage die Gewohnheit direkter Kontakte zwischen dem Repräsentanten und einzelnen *Uomini d'onore* seines Vertrauens verbreitet, ohne daß diese durch den *Capodecina* vermittelt werden. Es handelt sich dabei um Männer, die der Repräsentant für geheime Aktionen verwendet, von denen niemand aus seiner »Familie« etwas weiß. Diese neue Gewohnheit rührt von der Tatsache her, daß es eine Reihe besonderer Menschen gibt, die ein bißchen verrückt sind oder auch schwach, jedenfalls keinen rechten Bezugspunkt auf der Welt haben: denen es nichts ausmacht, ihr eigenes Leben aufs Spiel zu setzen oder es anderen zu nehmen. Oft laufen sie regelrecht in der Gegend herum und verlangen geradezu danach, daß man sie umbringt. Der Trick seitens des aufmerksamen Mafiabosses besteht nun darin, diese Leute an seine Person zu binden und sie für besonders gefährliche Aufgaben zu verwenden, besonders für Morde. Geraten sie in die richtigen Hände, können diese Leute zu einer hervorragenden Waffe werden. Am Ende beten sie ihren Chef regelrecht an, sehen nur noch ihn und seine Befehle, so als sei er ihr verlorener Vater.

Das genau lehrt jedenfalls die Geschichte des Damiano Caruso und des Giuseppe Di Cristina. Caruso war verrückt, ein verwirrter Mensch, der überall, wo er auch hinkam, immer nur Unheil anrichtete. Doch er hatte einen grenzenlosen Wagemut und war grausam wie ein wildes Tier. Er wußte überhaupt nicht, was er tat. Die Welt des Damiano Caruso begann und endete mit einer einzigen Person: Giuseppe Di Cristina. Der schützte ihn, hätschelte ihn, nannte ihn »mein Augapfel«. Um zu verhindern, daß man ihn umbrachte (nachdem er bereits eine Menge Unheil angerichtet hatte) und um ihn endgültig an sich zu binden, hatte Di Cristina ihn irgendwann zum *Uomo d'onore* der »Familie« von Riesi gemacht. Ein willkürlicher, völlig illegaler Akt, weil er im geheimen geschah und ohne die Erlaubnis der »Familie« von Villabate, wo Caruso geboren war.

Doch die Regeln der Mafia ähneln ein wenig den Gesetzen des Staates: Sie sind für fast alle gleich. Es gab viele Proteste, doch dann beruhigten sich die Gemüter, und Di Cristina brachte seinen persönlichen Sklaven sogar mit nach Palermo, wo er selbst Arbeit angenommen hatte. Er gab ihm viele Aufträge, und Caruso führte sie aus – allerdings auf seine Weise. Di Cristina befahl ihm, den faschistischen Abgeordneten Nicosia umzubringen. Der Befehl an Caruso erging im Rahmen der Strategie des »Umsturzes«, die Badalamenti zu Beginn der siebziger Jahre beschlossen hatte. Caruso suchte sein Bestes zu geben. Als Bestie, die er war, erschien er am Tatort mit einem Beil, nicht einmal mit einem Messer. Er wollte Nicosia tatsächlich mit einem Beil umbringen. Doch da er ein Tollpatsch war und nichts richtig auszuführen verstand, traf er mit dem Beil daneben und erwischte sein eigenes Bein. Da er nun ein verletztes Bein hatte, konnte er seinen Auftrag auch nicht mehr ganz ausführen. Er konnte Nicosia gerade noch ein paar Hiebe versetzen, doch der Mann überlebte.

Caruso wurde auch mit dem Mord an Ciuni beauftragt, dem Leiter eines Hotels, der mit Caruso in Streit geraten war. Caruso suchte ihn eines Abends in seinem Hotel auf und stach auf ihn ein. Doch er schaffte es nicht, den Mann zu töten. Er verletzte ihn schwer, und Ciuni wurde ins städtische Krankenhaus eingeliefert. Di Cristina hatte gerade »Der Pate« gelesen, und da kam er auf die Idee, es so wie in dem Buch zu machen. Er schickte Caruso erneut los, diesmal zusammen mit anderen Männern, und zwar ins Krankenhaus. Sie verkleideten sich als Ärzte, mit weißen Kitteln und allem, und ermordeten Giuni im Bett. Die Sache erregte großes Aufsehen, weil man noch nie von einem Mord gehört hatte, der in einem Krankenhaus passiert war.

Das Verhalten Carusos bei der Aktion in der Viale Lazio (beim Mord an Cavataio, W. R.) und seine großen Dummheiten dabei habe ich schon beschrieben. Danach hat sich dieser unmögliche Mensch auch noch in Amerika danebenbenommen. Man hatte ihn nach dem Massaker zum Ausheilen und Ausruhen in die USA geschickt. Pippo Bono hatte ihm bei der Ausreise geholfen und ihn zu Carlo Gambino, zur Nummer eins, dem Boß der Bosse in Amerika, gebracht. Kaum stand Caruso vor Gambino, begann er zu prahlen. Er beschrieb ihm die gesamte Aktion in der Viale Lazio, in allen Einzelheiten, rühmte sich des Unternehmens, wobei er sich und, natürlich, Giuseppe Di Cristina in das beste Licht rückte. Das fand er ganz toll. Er hielt sich für einen Star, weil damals alle, auch in den Vereinigten Staaten, von der Viale Lazio sprachen.

Doch er bemerkte nicht, daß sich Carlo Gambino immer mehr ärgerte, je länger er weitersalbaderte. Pippo Bono saß auf Kohlen und schämte sich in Grund und Boden, weil er sich über den ungeheueren Fehler klar war, den Caruso beging. Erstens hatte er über eine Sache zu reden begonnen, über die ihn niemand befragt hatte. Zweitens waren Gambino und die anderen über alles völlig auf dem laufenden; sie hatten der Aufnahme und Ausheilung Carusos durch Ärzte ihres Vertrauens zugestimmt – aber sie hatten keinerlei Lust, die Ereignisse mit dem Nächstbesten zu bereden. Und drittens: Wer hatte ihn ermächtigt, sich derart herauszustellen vor einer

Persönlichkeit wie Carlo Gambino von New York, einem Mann, der halb Amerika in Händen hielt?

Doch Caruso war eben so. Er bedachte seine Worte nicht, hatte keinerlei Kontrolle über sich. Nach der Viale Lazio stieg ihm alles zu Kopf, er hielt sich für unverwundbar, allen, mit Ausnahme seines Herrn, überlegen. Er hatte vor niemandem mehr Respekt und begann allerlei Unsinn zu machen. Er brach in ein Streichholzdepot des Enzo Vasile ein, einem *Uomo d'onore* aus Palermo. Außerdem weigerte er sich, die Beute aus einem Raub im Schmuckgeschäft eines anderen *Uomo d'onore* zurückzugeben. Und schließlich gab er Bernardo Provenzano arrogante Antworten, als dieser ihn wegen seines Verhaltens zur Rede stellte.

Bei einem dieser Vorfälle war ich selbst dabei. Caruso hatte auch gegenüber Luciano Liggio mächtig aufgeschnitten. Wir befanden uns im Hause meines Bruders. Wir hatten gerade Kaffee getrunken, als die Rede darauf kam, wie man den Ausbruch der Rimis aus dem Gefängnis von Ragusa organisieren konnte. Wir waren gerade dabei, die Lage der Umfassungsmauern zu besprechen, und benutzten die Espressotassen und die Kaffeelöffel, um die Aktion zu verdeutlichen. Caruso drängte sich sofort in den Mittelpunkt des Gesprächs und erklärte, das müsse man auf diese oder auf jene Weise machen. Liggio widersprach und machte Einwände gegen die Wahl einer solchen Strategie. Da erwiderte Caruso sofort: »Macht das ruhig, aber ich verstehe mehr von diesen Dingen als ihr.« Liggio sah ihn an, als würde er ihn umbringen, und sprach kein Wort mehr, und dieser Blick ließ alle Anwesenden verstummen.

Es war dann auch Liggio, der Jahre danach, 1973, für Carusos Tod sorgte. Er wurde zusammen mit seiner Geliebten und deren Tochter ermordet. Liggio haßte Caruso, weil er wußte, daß dieser einen Burschen umgebracht hatte, der ihm sehr ans Herz gewachsen war, Nino Guarano aus Vallelunga mit dem Spitznamen »Cori granni«. Der junge Mann, mit dem zusammen er, wie bereits erwähnt, im Fiat 500 auf der Jagd nach dem Polizeidirektor Mangano herumgefahren war. Caruso hatte Guarano ermordet, weil er ihn erstens im Verdacht hatte, daß der sich von seinem geliebten Di

Cristina absetzen wollte, um zu den Madonias überzulaufen, die damals mit Liggio verbündet waren, und zweitens, um ein Hindernis für die Ernennung Di Cristinas zum Provinzrepräsentanten von Caltanissetta aus dem Weg zu räumen. Liggio begegnete Caruso in Mailand, wo er sich nach der Flucht aus der Verbannung versteckt hielt, und ließ ihn dann von Nello Pernice bei der ersten günstigen Gelegenheit umbringen. Liggio, der wußte, daß Caruso eine Frau hatte, der er vertraute, und daß diese eine Tochter hatte, mit der Caruso auch schlief, ließ nach dem Mord beide rufen, mit der Begründung, Damiano sei verletzt und brauche Kleider und Verbandszeug. Die Frauen kamen sofort. Liggio brachte die Frau um, vögelte die Tochter, die kaum 15, 16 Jahre alt war, und tötete auch sie. Ein Vetter Carusos, der aus Palermo kam und nach ihm suchte, wurde kurz danach ebenfalls ermordet. Alle sind umgekommen.

16

Die beiden Frauen Carusos starben wegen der Perversität Luciano Liggios, aber auch, weil sie im Besitz von Wissen waren, und wenn Frauen etwas wissen, besteht auch die Gefahr, daß sie darüber reden. Die Männer der *Cosa Nostra* passen mächtig auf, was sie ihren Frauen erzählen. Man muß davon ausgehen, daß Frauen in einer bestimmten Weise denken: alle Frauen, auch diejenigen, die Mafiosi geheiratet haben oder aus Mafiafamilien kommen. Wird eine Frau in ihren innersten Gefühlen getroffen, denkt sie nicht mehr vernünftig. Dann gibt es keine Verschwiegenheit mehr und keine *Cosa Nostra,* gibt es keine Argumente und Regeln, die sie zurückhalten könnten. Völlig verrückt werden die Frauen, wenn man ihre Söhne anrührt, denn es gibt auf der Welt keine größere Zuneigung als die zu ihren Söhnen. Die Bindung zwischen Mutter und Sohn ist stärker als alles andere, stärker als die zum Mann, zum Vater, zum Bruder.

Der Schmerz über den Verlust des Sohnes ist für eine Mutter unerträglich. Bringen sie ihr den Mann um, findet sie sich unter Umständen damit ab, wovon man aber nicht ausgehen kann. Ermorden sie aber ihren Sohn, verliert die Frau den Verstand und kennt keinerlei Regeln mehr. Der Schmerz läßt sie die unvorstellbarsten Dinge tun und sagen. Habt ihr im Maxiprozeß von Palermo (1986/87, gegen 465 Angeklagte, W. R.) die Frau gesehen, die da als Zeugin ausgesagt hat? Sie hatten ihren Sohn umgebracht. Der Schmerz zeigte sich in jedem ihrer Worte. Das war kein Kino, kein Theater. Das war die Wahrheit. Es war das Blut, das aus ihr sprach.

Wenn die Frauen etwas wissen, reden sie auch darüber. Früher oder später reden sie. Der sizilianische *Uomo d'onore* weiß das und versucht daher, Frauen, Schwestern und Mütter fern von den Angelegenheiten der *Cosa Nostra* zu halten. Er tut das, um sie zu schützen, um sie zu bewahren, zu ihrer Rettung. Denn wenn die Frau etwas weiß, läuft alles darauf hinaus, daß er sie selbst umbringt oder von jemand anderem umbringen lassen muß. Frauen die Angelegenheiten der Mafia anzuvertrauen, heißt den Treueschwur zur *Cosa Nostra* verraten; und es bedeutet auch, diesen oder jenen anderen *Uomo d'onore* zu verraten. Wenn ich zu einer Frau sage: »Der Mann da hat jenen Mord begangen«, wird der Betreffende zu mir kommen und mir vorwerfen: »Du hast mich einer Frau ausgeliefert. Die kann mich jetzt jederzeit beschuldigen, und ich kriege lebenslänglich. Was unterstehst du dich, ihr Dinge über mich zu erzählen? Mit welchem Recht verfügst du über mich und meine Angelegenheiten? Auch wenn sie deine Frau oder deine Schwester ist: Wie kannst du Vertrauen zu ihr haben, wo man doch weiß, daß Frauen reden?«

In der Praxis war es jedoch nicht leicht, die Frauen über die eigenen Angelegenheiten im dunkeln zu halten. Jede »Familie« der *Cosa Nostra* setzt überaus harte Regeln und Strafen für alle fest, die die eigene Frau in die Angelegenheiten der Mafia einweihen. Ich weiß aber nicht, inwieweit es möglich ist, diese Regeln wirklich einzuhalten. Alleine schon, weil es nicht ganz einfach ist, Verletzungen dieser Normen zu beweisen, bevor es zu spät ist.

Zu Zeiten meines Onkels, nach dem Krieg, gab es einen *Uomo d'onore*, der wunderbar schießen konnte. Als er beim Militär war, wählten ihn die Deutschen nach einem Wettschießen unter den italienischen Soldaten für eine Sondertruppe aus. Er wurde Unteroffizier im deutschen Heer. Die Uniform hat er auch noch später aufbewahrt. Dieser Mann beging in Sizilien viele Morde, einige davon für meinen Onkel. Die Kunde von seiner Tüchtigkeit verbreitete sich, und so verlangten alle nach ihm. Als er dann jedoch die eigene »Familie« nicht mehr von Aktionen unterrichtete, die er im Auftrag anderer »Familien« unternahm, beschloß man, ihn zu bestrafen. Als er erkannte, daß er zu weit gegangen war, bekam er es mit der Angst zu tun. Er erzählte alles seiner Frau, sagte ihr, wer nach ihm verlangte, und informierte sie bei jeder Verabredung darüber, wohin er ging. Die Frau aber war eine Verwandte von Lillo Conti. Diesem erzählte sie, was ihr Mann ihr gesagt hatte, und so erfuhr die »Familie« auch noch von diesem zweiten schweren Regelverstoß des Mannes.

Nun mußte die Entscheidung getroffen werden, ob man nur ihn oder ihn mit seiner Frau zusammen umbringen müsse. Der Auftrag für den Mord wäre normalerweise an Lillo Conti gegangen, der in dieser »Familie« bereits recht einflußreich war. Doch dieser beabsichtigte nicht, einen seiner Verwandten umzubringen oder umbringen zu lassen. So beschloß man, dem *Uomo d'onore* lediglich anzulasten, daß er seiner Frau von seinen eigenen Taten erzählt hatte. Man bestrafte ihn mit einem befristeten Ausschluß aus der »Familie«. Damit war die Sache erledigt.

Ich sagte schon, daß es schwierig ist, sein Leben als Mafioso vor der eigenen Frau zu verbergen. Viele Frauen von *Uomini d'onore* – tatsächlich nahezu alle, die ich kennengelernt habe – stammen aus Mafiafamilien, haben die Luft der *Cosa Nostra* von Geburt an geatmet und kennen daher genauestens die Denkart und das Tun eines Mafioso. Abgesehen davon darf man auch nicht vergessen, daß die Lebensgefährtin im Laufe der Zeit alles intuitiv erkennt; und was sie nicht allein herausfinden kann, läßt sie sich von ihren Freundinnen, ihren Schwestern oder Schwägerinnen erzählen, die oft ebenfalls mit *Uomini d'onore* verheiratet sind.

Nitto Santapaola ist nicht mit einer Frau aus der Mafia verheiratet. Seine Frau kommt aus einer sehr bescheidenen Familie. Bis zu ihrer Heirat hat sie als Korsettmacherin gearbeitet. Dann aber hat sie sich sehr gut in die Mafia eingefügt. Eine richtige Mafiosa, geradeso wie er ein Mafioso ist! Noch mehr Mafiosa als sie ist Nittos Schwester: Nitto nahm sie sogar zum Stehlen mit. Sie besichtigten per Auto gemeinsam die vorgesehenen Tatorte und taten dabei so, als wären sie ein Liebespaar. Nitto brachte Frauen großes Vertrauen entgegen. Danach aber tat er so, als sei nur ich es, der zu viel mit meiner Frau redete. Ein Sonderfall allerdings sind die palermitanischen Frauen. Sie tun so, als wüßten sie nichts, und dabei wissen sie mehr als ihre Männer.

Den Frauen geht es gut in der Mafia. Die Frau eines Mafioso zu sein, bringt viele Privilegien mit sich, große und kleine. Es ist in gewissem Sinn auch für sie eine ernsthafte Angelegenheit. Es kann vorkommen, daß sie unter vordergründig ganz harmlosen Umständen über das Leben eines Mannes entscheiden muß. Etwa im Fall jenes dämlichen Chefs einer Fahrschule im Bezirk Monserrato in Catania, der der Frau Nitto Santapaolas Unterricht erteilte. Nachdem die Frau die Fahrprüfung bestanden hatte, brachte der Fahrschulleiter sie nach Hause zurück und hatte dann die geniale Idee zu fragen: »Und jetzt – habe ich nicht einen Kuß verdient?«

Die Frau sorgte sich nun sehr, weil dieser unvorsichtige Mann offensichtlich nicht wußte, mit wem er es zu tun hatte, und sich nicht klar darüber war, was ihm bevorstand, wenn Nitto von dem Vorfall erfahren hätte. Sie wollte das Leben dieses armen Angebers schonen und beschloß, es ihrem Mann nicht zu sagen. Doch sie berichtete meinem Vetter Salvatore Marchese davon, und der wiederum beschloß, daß man dem Mann in jedem Falle eine Lektion erteilen müsse. Und so begab er sich selbst, zusammen mit Salvatore Guarneri, genannt »Tabacco«, zur Fahrschule und besuchte den Eigentümer. Doch sie verfehlten das Ziel und schossen dem Bruder des Mannes in die Beine. Der fragt sich wohl noch heute, warum man ihm diese Verletzung beigebracht hat.

Die Frauen sind von der Mafia angezogen. Sie leben sehr gut darin – solange sie nicht unter den grausamen Dingen leiden, die in der *Cosa Nostra* geschehen. Die Mafiosi gefallen ihnen. Ich vergesse nie, wie wir einmal nach Enna fuhren, um einen wichtigen Flüchtigen zu treffen, der sich seit 30 Jahren verbarg. Das war vor langer Zeit. Wir waren eine Schar sehr junger Mafiosi und alle recht dreist. Wir schliefen auf dem Feld, doch zum Abendessen fuhren wir auf den Bauernhof eines Mafioso. Wir aßen im Freien, saßen um einen großen Tisch unter den Bäumen, und eine Frau brachte uns das Essen. Es war die Frau des Hofbesitzers. Als sie uns sah, rief sie aus: »Ohhh! Wie viele schöne Mafiosi habe ich heute hier! Welche Freude, all diese schönen Burschen in der Mafia zu sehen! Kommt her, ich will euch alle küssen!« Ihr Mann wurde rot, doch die Verlegenheit war nicht allzu groß, denn die Frau war bereits in vorgerücktem Alter, an die 60. Sie drückte sich einfach ehrlich und spontan aus.

Meine Frau, die Arme, hat erst nach und nach erfahren, daß sie sich auf einen Mafioso eingelassen hatte. Ich weiß noch, wie sie während unserer Verlobungszeit Angestellte an der Universität von Catania war und ich manchmal zur Piazza Università ging, um dort einen Kaffee zu trinken. Da sie ungefähr meine Zeiten kannte, guckte sie aus ihrem Bürofenster, dann blickten wir uns eine Zeitlang an und lächelten uns zu. Eines Tages kamen einige Freunde von mir in die Bar. Sie wohnten in einem Hotel im Zentrum, und ich traf sie immer, wenn sie nach Catania kamen. Das waren Mafiosi der »Familie« Alfano, die von öffentlichen Aufträgen für die Reinigung von Eisenbahnwaggons lebten. Als sie in die Bar kamen, stand ich noch immer mit der Nase nach oben da und tauschte verliebte Blicke mit meiner Verlobten aus. Ich küßte meine Freunde zur Begrüßung und verabschiedete mich danach sofort von meinem Mädchen, das noch immer am Fenster stand und alles beobachtete. Einige Zeit danach fragte sie mich, immer noch überrascht: »Hör mal, du küßt dich mit Männern?«

»Aber sicher, das ist doch ganz selbstverständlich, Liebste. Weißt du das nicht? Weißt du nicht, daß man sich heute auch unter Männern küßt?« antwortete ich verlegen: erstens weil das gar nicht stimmte und zweitens weil sie mich auch andere Männer hatte treffen sehen, ohne daß ich Küsse ausgetauscht hatte. Was sollte ich machen? Konnte ich ihr so ganz unvermittelt sagen, daß ich ein Mafioso bin?

Später hat sie es von alleine kapiert, und das habe ich noch nicht einmal bemerkt. Einige Zeit nachdem wir uns offiziell verlobt hatten, unternahmen wir mit ein paar Familien einen Ausflug ins Grüne. Pippo und ich hatten dafür gesorgt, daß auch Luciano Liggio mitkam. Wir aßen sehr gut, und während ich mich im Gras ausstreckte, kam sie zu mir und fragte mich unvermittelt: »Hör mal, Nino, wer ist der Mann da, den alle so ehrerbietig behandeln und den sie ›Professor‹ nennen?«

»Das ist ein Freund, ›der Professor‹, ein wohlsituierter Mann. Er ist ein alter Freund von mir und Pippo.«

»Was erzählst du mir denn da? Ich habe sein Gesicht in der Zeitung gesehen. Das ist Luciano Liggio«, triumphierte meine künftige Frau.

»Wie bitte? Du bist wohl verrückt geworden?«

»Warum erzählst du mir diese Geschichten? Ich weiß, daß er es ist, ich habe darüber auch mit deiner Schwester gesprochen, und deine Schwägerin weiß es auch. Deine Schwester sagt es ihrem Mann nicht, aber ich sage es dir. Damit du weißt, daß ich nicht so naiv bin, wie du meinst. Weder mir noch deiner Schwägerin hat das jemand gesagt. Wir haben das selbst begriffen.«

Ich berichtete meinem Bruder, daß unsere Gefährtinnen über Liggio Bescheid wußten. Dann gab ich meiner Verlobten gegenüber zu, was sowieso nicht mehr zu leugnen war. Ich empfahl ihr jedoch, mit niemandem darüber zu reden. Als sie bei der Hochzeit ihr Jawort gab, wußte sie, in welchen Kreis sie eintrat.

Es gab niemals eine Regel der *Cosa Nostra,* die die Ermordung von Frauen verbot. Eine Frau, die redet, die *Uomini d'onore* beschuldigt, kann umgebracht werden. Es hat zahlreiche Fälle dieser Art gegeben, und sie kommen auch heute noch vor. Es stimmt aber, daß die *Cosa Nostra* keine unschuldigen Frauen umbringt, z. B. Frauen, deren einzige Schuld darin besteht, daß sie die Frau oder die Tochter des Feindes sind. Es hat Fälle gegeben, wo *Uomini d'onore* sogar das Leben von Frauen geschont haben, die vor Gericht gegen sie ausgesagt und damit nicht unerheblichen Schaden angerichtet haben. Etwa die Geschichte der Witwe Battaglias, Serafina Battaglia, die den Rimis aus Alcamo eine lebenslängliche Strafe einbrachte. Die Rimis hatten nie die Absicht, die Witwe Battaglias umzubringen. Sie haben ihren Sohn ermordet, sicher, aber sie haben nicht sie umgebracht. Sie hätten genauso Mutter und Sohn töten und sich damit die ganzen Scherereien ersparen können. Doch sie haben es nicht getan.

Frau Battaglia war eine böse Frau, die zur Blutrache anstiftete.

Nach dem Mord an ihrem Mann tat sie nichts anderes, als ihrem Sohn jeden Morgen zu sagen: »Steh auf, sie haben deinen Vater umgebracht! Steh auf und bring sie um!« Jeden Morgen. Ihr Sohn wollte aber nicht aufstehen. Er war verheiratet und ein ruhiger Mensch. Der Tote nicht einmal sein Vater. Außerdem hatte er ihm ein großes Vermögen hinterlassen, er war ein reicher Mann gewesen. Doch die Frau stachelte ihren Sohn immer wieder an, immer wieder, und gab keine Ruhe, bis er einen Killer zum Mord an den Rimis anheuerte. Diese erfuhren davon und brachten beide um, den Auftraggeber und den Killer; aber nicht die Frau. Von dem Augenblick an, als ihr Sohn umgebracht worden war, verwandelte sich Frau Battaglia: Aus der bösen Frau wurde eine aussagewillige Frau, ein weiblicher Bulle. Sie erzählte alles der Justiz.

Inzwischen sind wir Männer es, die schwätzen. Vorher taten das die Frauen.

Auch die Mutter Salvatore Lanzafames aus Catania ging zur Polizei und zeigte die *Cosa Nostra* an, nachdem sie ihren Sohn ermordet hatten. Lanzafame war ein Patenkind von mir: Ich war es, der ihn zum *Uomo d'onore* gemacht hat. Ich hatte ihn in mein Herz geschlossen und habe ihn während seiner gesamten Karriere als »Soldat« begleitet. Er war ein Bursche, der viel Zuwendung brauchte, weil er ein uneheliches Kind war, hervorgegangen aus der Beziehung der Mutter zu einem verheirateten Mann. Der Junge hatte einen schweren Schock erlitten und war seitdem verschlossen und introvertiert. Er sprach wenig, öffnete sich nur gegenüber seiner Mutter und ab und zu auch mir gegenüber. Mutter und Sohn hatten eine enge Bindung. Er erzählte ihr alles. Ich vermute, er sprach mit ihr auch über die Morde, die er für die »Familie« beging.

Er war als Einzelkind herangewachsen, dieser Lanzafame, und hat von Kindesbeinen an geklaut. Er gründete eine Bande von fünf oder sechs Jungen, die ihm alle ähnelten, weil sie so traurig und unglücklich dreinsahen wie er. Sie lebten von Diebstahl und Raub, und bei dieser Arbeit entwickelten sie eine eindrucksvolle Professionalität. Sie gehörten nicht zu der Sorte Leute, die nach dem Zufallsprinzip stehlen und dann mal eingesperrt werden, mal davonkommen. Diese Burschen bereiteten ihre Aktionen präzise vor und setzten ihre Ziele immer recht hoch an. Sie drehten große Dinger. Sie landeten nur alle ein oder zwei Jahre einen Coup, nachdem sie ihn monatelang ausgetüftelt hatten. Dabei verdienten sie auf einen Schlag eine Menge Geld, hörten dann mit dem Klauen auf und lebten ruhig und friedlich vor sich hin. Salvatore Lanzafame konnte auf diese Weise sogar ein geradezu normales Leben führen. Er war regulär zur Schule gegangen und hatte die Mittlere Reife erworben. Sein Spitzname war »lo studente« (der Student, W. R.).

Zur Bande Salvatores gehörte auch ein Erwachsener, Onkel Angelo, ein vornehmer Mensch, so an die 40, 45 Jahre alt. Den schickten sie an die Orte, wo sie zu »arbeiten« gedachten. Sie schickten ihn zum Beispiel in eine Stadt im Norden, in der es eine Pfandleihbank gab. Onkel Angelo fuhr zusammen mit seiner Frau dorthin und mietete eine Wohnung in der Nähe des Pfandhauses. Er blieb zwei oder drei Monate dort und studierte die Arbeitszeiten, die Bewegungen und Gewohnheiten des Personals sowie das Sicherheitssystem des Instituts. Die Wohnung war unauffällig, auch wenn ab und zu Leute von auswärts kamen und darin übernachteten.

Onkel Angelo ging selbst in dieses Leihhaus und verpfändete dort Gold oder war bei Versteigerungen nicht mehr ausgelöster Gegenstände dabei. Er studierte und beobachtete alles. Wenn der richtige Moment gekommen war, griffen die Burschen ein und nahmen den Leuten, die in diesem Augenblick im Leihhaus waren, alles weg. Oder sie ließen sich selbst am Samstag und Sonntag dort einschließen und nahmen die wertvollsten Gegenstände mit. Nach getaner Arbeit versteckten sie sich einige Tage in der Wohnung von Onkel Angelo, fuhren dann mit dem Gold nach Neapel und übergaben es an ihren dortigen Hehler. Daraufhin nahmen sie das Geld und kehrten glücklich und zufrieden nach Catania zurück. Dort ließen sie es sich in den besten Lokalen gut gehen. Sie gehörten aber nicht zu denen, die innerhalb weniger Wochen den Verdienst monatelanger Arbeit ausgaben. Es waren vernünftige, vorsichtige Leute, die einen Gutteil der Beute sparten. Wie viele Schatzbriefe jeweils im Wert von zehn Millionen Lire hat die Mutter von Lanzafame bekommen!

Ab und zu ergab sich auch die Chance zu einer guten Arbeit in Catania selbst. Bei einer dieser Gelegenheiten griff Lanzafame jedoch daneben. Er beraubte eine illegale Spielhölle, die von Giuseppe Ferrera betrieben wurde. Lanzafame wußte das nicht, und als Ferrera während des Überfalls eine Bewegung machte, bekam er von Lanzafame sofort ein paar Ohrfeigen. Das bedeutete das Todesurteil für Lanzafame. Als sich der arme Teufel seines Fehlers bewußt wurde, verschwand er für einige Zeit von der Bildfläche, suchte danach auf jede nur mögliche Weise Wiedergutmachung zu leisten und sich mit uns von der »Familie« zu versöhnen. Er hatte, zu Recht, furchtbare Angst, umgebracht zu werden.

Er hängte sich an mich und Pippo, machte uns viele Geschenke und stellte sich vollkommen zu unserer Verfügung. Als dann der Krieg zwischen uns und den gewöhnlichen Kriminellen ausbrach, die er sehr gut kannte, rückte Lanzafame mit seiner Gruppe noch näher an unsere »Familie« heran und verrichtete diverse Aufträge für uns. So beschlossen wir, die Todesstrafe auszusetzen und ihn in die *Cosa Nostra* aufzunehmen. Seine Mutter strahlte, weil sie ihren Sohn nun in sicheren Händen sah und weil sie dachte, daß die Gefahr der Todesstrafe nun vorbei sei. Frau Lanzafame liebte meinen Bruder abgöttisch, pries ihn unentwegt und dankte ihm ständig: »Onkel Pippo, Onkel Pippo, dank Euch ist mein Sohn nun endlich gerettet!«

Lanzafame wurde bei dem Attentat, das meinen Bruder das Leben kostete, am Kopf verletzt. Die beiden standen nämlich zusammen, als auf Pippo geschossen wurde. Der Junge überlebte, und als es zum Krieg zwischen den Ferlitos und den Santapaolas kam, schlug er sich auf die Seite der ersteren.

Die Stunde des Salvatore Lanzafame schlug an dem Tag, als seine Gruppe den Ort erfuhr, an dem sich Nitto verbarg, und sie die Ermordung Santapaolas plante. Alfio Ferlito, Salvatore Lanzafame und andere bewaffneten sich bis an die Zähne mit Handgranaten, Maschinenpistolen, Gewehren und Pistolen und überfielen den Landsitz, wo sich Nitto angeblich befand. Doch der war nicht dort. Lediglich sein Bruder Nino und sein Neffe waren da, und die erwiderten sofort das Feuer. Lanzafame stieg aus dem Auto und verbarg sich hinter einem Felsen. Der Neffe Nittos legte das Gewehr auf ihn an und traf ihn mitten in die Brust.

Die Mutter Lanzafames konnte nicht begreifen, daß ihr Sohn umgekommen war, während er selbst jemanden hatte töten wollen. Sie war davon überzeugt, daß er wegen dieser alten Geschichte mit dem Raub in der Spielhölle der Ferreras umgebracht worden sei. Und so sagte mir eines Tages mein Anwalt bei seiner Rückkehr vom Gericht: »Es gibt Gerüchte, daß die Mutter von Lanzafame mit der Polizei zusammenarbeiten will.«

Nitto beauftragte Turi Palermo, die Frau umzubringen, aber Turi weigerte sich, und so ließ man es bleiben. Auch andere Männer der »Familie« waren gegen ihre Ermordung. Der Frau geschah nichts. Niemand hat sie angerührt. Es gab auch einen Prozeß, der aber ohne Ergebnis blieb.

Heute neigt man nicht mehr dazu, das Leben von Frauen zu schonen. In Catania wie auch anderswo bringt man eine Frau ohne viel Federlesens um, wenn man erfährt, daß sie redet.

17

Für die Betreuung meiner juristischen Angelegenheiten hatte ich einen eigenen Anwalt meines Vertrauens, und die anderen Mitglieder der »Familie« hielten sich die ihren. Es kam auch vor, daß derselbe Anwalt mehrere *Uomini d'onore* zu verteidigen hatte, doch jeder von uns hatte seine Vorliebe für den einen oder den anderen. Die Verpflichtung (seitens der »Familie«, W. R.), einen guten und also teuren Anwalt zu beauftragen, bestand nur, wenn ein »Soldat« verhaftet wurde, weil er einen Befehl seines Repräsentanten ausgeführt hatte. Der Vertrauensanwalt des *Soldato* zog sich in diesem Fall zurück, und die Verteidigung übernahm dann ein berühmter Rechtsanwalt, den die »Familie« bezahlte. Für eine reiche »Familie« stellte die Rechnung eines Staranwalts kein Problem dar. Mitte der siebziger Jahre waren wir aber nicht reich. Damals lasteten die Anwaltkosten schwer auf uns, und so mußten wir die »Missionen« unserer »Soldaten« begrenzen.

Es gab auch *Uomini d'onore,* die den Anwaltsberuf ausübten, aber nicht wie in »Der Pate«, wo sie dem Repräsentanten der »Familie« Ratschläge für alles mögliche erteilen. Die Mafia braucht zur Erledigung ihrer »Geschäfte« keine juristischen Ratschläge. Falls der Repräsentant vor einer Entscheidung jemanden konsultieren muß, so hat er dafür seinen Berater der »Familie«, der aber kein Anwalt ist. Hat der *Capo* der »Familie« Probleme mit der Justiz bei einem Prozeß zum Beispiel, dann holt er sich beim Rechtsanwalt Rat. Die Anwälte verstehen die Gesetze; doch was wissen sie darüber, wie man einen Krieg führt, wie man Schmuggel organisiert, wie man die »Familie« auf Trab bringt, die Geschäfte regelt oder Morde begeht?

Für solche Dinge hat man die Berater der »Familie«. Und das persönliche Talent der *Uomini d'onore*, die die »Familie« leiten.

Die Anwälte haben jedoch noch eine andere, überaus wichtige Funktion: Sie können jederzeit ins Gefängnis und mit ihren inhaftierten Klienten sprechen, und dies, solange sie wollen. Die Gespräche mit den Verwandten dauern nur eine halbe Stunde und müssen vom Richter genehmigt werden. Der Anwalt hingegen kann zu seinem Klienten, wann er will. Er kann jegliche Botschaft überbringen und entgegennehmen. Ein junger Anwalt Stefano Bontades war *Uomo d'onore* und ging jeden Tag ins Gefängnis, um mit ihm zu sprechen. Sie redeten dort eine, zwei, drei Stunden miteinander, in aller Ruhe und ganz und gar legal.

Der Anwalt ist bei den Verhören anwesend, und wenn es sich dabei um einen Vertrauensanwalt der Gruppe handelt, paßt er auf, was der Angeklagte dem Richter erzählt. Die »Familie« hat großes Interesse daran, einen *Uomo d'onore* als Anwalt zu haben. Wenn der Mann ein *Uomo d'onore* ist und eine Vertrauensperson dazu, kann er Botschaften aus dem Gefängnis übermitteln. Über einen solchen Anwalt kann zum Beispiel Michele Greco dem Totò Riina sagen, ob man Krieg führen soll oder nicht, ob man einen bestimmten Mord verüben soll oder nicht. Natürlich kann man kaum vermeiden, daß man während der Unterredungen im Gefängnis belauscht wird. Bei solchen Treffen spricht man nie offen, nicht einmal mit den Verwandten. Ich erinnere mich noch daran, wie meine Frau und ich in Marseille während unserer Gespräche sogar das Geräusch des Tonbandgerätes hören konnten. Wir sprachen deshalb nur wenig und benutzten vor allem Gesten. Erst als ich mich entschlossen habe, aus der Mafia auszusteigen, habe ich meine Stimme auf Tonband aufnehmen lassen. Auch die Anwälte wissen, daß sie während der Unterredungen belauscht werden, und so greift man auf Decknamen zurück, zu chiffrierten Bezeichnungen, die nur die Empfänger der Botschaft kennen.

Ich selbst habe den Anwalt meines Vertrauens erst nach einer schlechten Erfahrung mit einem anderen Verteidiger gefunden, dem ich obendrein auch noch das Leben gerettet habe. Es handelt sich um den Rechtsanwalt Tommaso Bonfiglio aus Catania, den Nello Pernice, der enge Freund Liggios, umbringen wollte, weil er glaubte, daß der Mann sich ihm gegenüber unkorrekt verhalten habe. Pernice verlangte von mir die Erlaubnis zu diesem Mord, weil ich formal eine entsprechende Position innerhalb der »Familie« innehatte, und weil er wußte, daß der Mann mein Anwalt war.

Ich mochte Bonfiglio nicht, und zwar schon allein deshalb, weil er sich auch mir gegenüber mies verhalten hatte. Er hatte mich vor Gericht bei der Verhandlung über die von der Polizei in Catania beantragten »vorbeugenden Maßnahmen« 1974 mit allzu wenig Engagement verteidigt (in Italien können Personen auch wegen »Gefährdung der Gesellschaft« ohne konkreten Schuldnachweis mit repressiven Maßnahmen belegt werden, etwa mit dem Verbot, bestimmte Orte und Personen aufzusuchen, oder mit der Auflage, regelmäßig Meldung bei der Polizei zu machen, oder mit der Verbannung an einen weitentfernten Ort. Der hier von Calderone benutzte juristische Fachbegriff dafür ist »misura preventiva«, vorbeugende Maßnahme, W. R.).

Die Anklage unterstellte mir illegale Bereicherung. Das stimmte nicht; ich konnte beweisen, daß mein bescheidenes Eigentum von legalen Tätigkeiten herrührte (von der Tankstelle und aus dem Verkauf von Brennstoffen). Bonfiglio hielt es für überflüssig, daß ich während des Prozesses dafür Beweise vorlegte. Am Tag der Verhandlung über die »vorbeugende Maßnahme« traf ich zufällig einen anderen Anwalt und zeigte ihm meine Unterlagen. Er sagte, daß ich recht habe und daß er zum Staatsanwalt, Dr. Sebastiano Campisi, gehen und mit ihm über die Sache reden würde.

Der Staatsanwalt erkannte die Richtigkeit meiner Darlegungen, und als mein Fall aufgerufen wurde, zog er die Anklage zurück. Das Gericht stand unter dem Vorsitz von Dr. D'Urso, jenem Juristen übrigens, der später (1980, W. R.) von den Roten Brigaden entführt wurde. Dem Antrag des Staatsanwaltes wurde stattgegeben, und ich wurde freigesprochen. Trotzdem erteilte ich keinen Befehl zum Mord am Anwalt Bonfiglio. Sein Fehler schien mir nicht so groß, daß er die Todesstrafe rechtfertigte.

Einige Zeit später rief mich der Anwalt an, der damals zu meinen Gunsten bei Dr. Campisi interveniert hatte. Campisi hatte ein Problem: Seine Frau hatte einen kleinen Grundbesitz, über den die Autobahn Catania-Enna geführt werden sollte. Die Bauarbeiten wurden von der Firma Costanzo durchgeführt. Campisi wußte offenbar von der engen Beziehung zwischen den Calderones und den Costanzos. Konnte man nicht eventuell die Trasse etwas verschieben und einen Eingriff in den Besitz der Frau vermeiden? Es gab eine Ortsbesichtigung in der Nähe von Catenanuova, an der Campisi selbst, der mit ihm befreundete Anwalt und mein Bruder, als Interessenvertreter der Firma, teilnahmen. Die Trasse wurde verschoben, und die Firma Costanzo säuberte sogar das Grundstück der Frau Campisi.

Während dieser Ortsbesichtigung verriet Campisi, daß der Rechtsanwalt Bonfiglio ihm während meines Verfahrens vorgeschlagen hatte, vier Jahre Verbannung für mich zu beantragen, in der Erwartung, daß man mir dann zwei Jahre aufbrummen würde und er so die Strafminderung als Folge seiner guten Verteidigung hätte ausgeben können.

Der Staatsanwalt und wir wurden danach Freunde, und als mein Bruder ins Krankenhaus eingeliefert wurde, kam er ihn sofort besuchen: »Aber Herr Doktor ... Sie hier?« rief Pippo überrascht und geschmeichelt aus. Er spielte damit auf das Aufsehen an, das der Besuch eines Staatsanwalts bei einem bekannten Mafioso erregen konnte. »Ach, denk dir nichts«, warf Campisi ein, »es wissen doch schon alle, daß wir Freunde sind.«

Im Jahr danach, so um 1980, sah ich Campisi bei mehreren Gelegenheiten. Ein Zwischenhändler für landwirtschaftliche Produkte, Pietro Castelli, bat mich, nach Adrano – einer Stadt in der Provinz Catania – zu fahren, wo Campisi einen Besitz hatte, um den Staatsanwalt dort zu treffen. Campisi war inzwischen nach Cuneo (im oberitalienischen Piemont, W. R.) versetzt worden, kam aber jeden Sommer nach Adrano und kümmerte sich um die Pistazienernte. Castelli berichtete mir bei dieser Gelegenheit, daß Campisi gerade Tommaso Buscetta, der in Cuneo einsaß, einen großen Gefallen erwiesen hatte. Er hatte ihm Ausgang verschafft (»Semilibertà«: Ausgang während des Tages mit Rückkehr in die Zelle am Abend, W. R.), und zwar durch eine mit ihm befreundete Richterin oder einen Beamten im Justizministerium. Danach war Buscetta verschwunden. Um sich gegenüber Campisi ins rechte Licht zu rücken, hatte Buscetta ihm gesagt, er sei ein Freund der Calderones.

Als ich Campisi traf, bestätigte er mir seine Intervention zugunsten Buscettas. Er schien mir aber nicht sonderlich beeindruckt von dessen Verschwinden. Da dachte ich, daß ich mir auf diese Weise einmal die Corleoneser verpflichten könnte, und fragte Campisi, ob er auch etwas für einen armen Lebenslänglichen unternehmen könne. Ich meinte Liggio damit, ohne ihn beim Namen zu nennen. Campisi antwortete, daß die Sache ein bißchen kompliziert sei, daß man aber auch für ihn irgendeine Erlaubnis oder Genehmigungen schon beschaffen könnte. Ich berichtete Nitto Santapaola davon, damit er die Corleoneser informiert, bekam aber keine Antwort von ihnen.

Auch später besuchte ich Campisi noch und brachte ihm stets ein paar Geschenke mit: Fisch oder geschmuggelte Zigaretten (Marlboro für ihn und Muratti Ambassador für seine Frau). Er sagte, daß er viele Kinder habe und daß sie alle gut untergebracht seien, denn er hatte ihnen oben in Cuneo Arbeit verschaffen können.

Bei einer anderen Reise nach Catania fragte mich Campisi, ob die Mafia helfen würde, in Sizilien versteckte Terroristen aufzuspüren. Ich erwiderte spontan, daß wir gegen Polizeiaktionen seien und daß wir niemals dazu beigetragen haben, daß jemand festgenommen wird. Danach informierte ich Nitto Santapaola in seiner Eigenschaft als Repräsentant der »Familie« von Catania von dieser merkwürdigen Bitte. Nitto stimmte mir zu.

Ich habe im Laufe meiner Mafiakarriere zahlreiche Richter und Staatsanwälte, Polizisten und Carabinieri kennengelernt. Eine genaue Vorstellung von ihrer Welt, der Welt unserer Feinde, habe ich aber nie gewonnen. Dennoch scheint mir diese Welt in einem Punkt der der *Cosa Nostra* zu ähneln: Es gibt anständige Leute dabei und unanständige, Menschen, die an ihre Welt glauben, und solche, die daraus nur Vorteile ziehen. Manchmal ist es schwierig, die beiden Gruppen auf Anhieb auseinanderzuhalten.

Jedenfalls mußte sich die »Familie« von Catania bis 1983, dem Jahr meiner Flucht nach Frankreich, nie sonderliche Sorgen wegen der Polizei und der Justiz machen. Wir waren gut geschützt und informiert. Wir bewahrten die großen Unternehmen vor Überfällen der gewöhnlichen Kriminellen und der nichtcatanesischen »Familien« der Mafia. Und sie behüteten uns vor Schwierigkeiten mit den Ordnungskräften und der Justiz.

Die Firma Costanzo hatte viele Richter und Staatsanwälte an der Hand. Sie pflegte diese Beziehungen zu ihrem Vorteil, denn sie hatte ständig Probleme mit der Justiz. Eine große Firma muß sich fast täglich mit irgendwelchen Scherereien herumschlagen: einer Konventionalstrafe, einem Betriebsunfall, einem Streit mit einer anderen Firma und so weiter. Da die Firma Costanzo diese Kontakte schon mal hatte, nutzte sie diese auch dafür, uns bei Prozessen, bei »vorbeugenden Maßnahmen« der Justiz oder anderen Dingen zu helfen. In der Staatsanwaltschaft Catanias hatten die Costanzos Di Natale sitzen. Im Gericht selbst hatten sie einen wichtigen Richter an der Hand, der den einzelnen Kammern die Prozesse zuteilte. Er wohnte in Adrano. Sie nannten ihn Napoleon, damit sie ihn nicht immer beim richtigen Namen nennen mußten. Wie viele Arbeiten haben sie für diesen Richter auf seinem Gut in Adrano gratis ausgeführt!

Die Costanzos haben auch den großen Palazzo an der Piazza Santa Maria del Gesù gebaut, in dem viele Richter und Staatsanwälte wohnten. Meint ihr etwa, daß sie Miete bezahlt hätten? Sie bekamen zwar jeden Monat vom Hausverwalter eine Quittung für die Miete mit dem Aufdruck »Bezahlt«, doch das Geld dafür hatte Gino Costanzo überwiesen. Auf diese Weise war für die Richter und Staatsanwälte alles geregelt – sie konnten jederzeit beweisen, daß sie bezahlt hatten.

Doch wir hatten auch unsere eigenen Informationsquellen. Im Gericht saß einer unserer Leute, Agatino Ferlito. Er kannte zahlreiche Richter und Staatsanwälte und hatte sogar Bekannte am Obersten Gerichtshof. Die Staatsanwaltschaft war völlig unterwandert. Die Haftbefehle in Catania waren geradezu ein Witz. Ich kannte nämlich einen Carabinieri, der für die Verhaftungen zuständig war. Wir waren Freunde oder taten jedenfalls so, das ist schwer zu sagen. Ich habe ihn einmal zu einem Abendessen zu mir nach Hause eingeladen. Er kam in Begleitung von zwei weiteren Carabinieri. Einer davon hatte wegen seiner Leibesfülle den Spitznamen »Maciste« (eine korpulente Gestalt aus dem Film »Cabiria« von 1914, W. R.). Der andere hatte ein Gesicht, an das ich mich noch gut erinnerte: Er war einer von denen, die mich zwei Jahre zuvor verhaftet hatten.

Die »Abteilung für Festnahmen« hatte die Aufgabe, festzustellen, wo sich Personen, die verhaftet werden sollten, aufhielten, damit die Carabinieri sie bei der Operation »blitz« auch tatsächlich fanden (mit dem deutschen Wort »Blitz« bezeichnen die italienischen Medien Polizeiaktionen, W. R.). Eines Tages erwartete mich besagter Carabinieri vor dem Haus. Ich bat ihn in die Wohnung, aber er winkte ab. Wir setzten uns ins Auto meiner Frau, das vor dem Eingang stand, und er zeigte mir das Verzeichnis der Verhaftungen, die im Zuge einer bevorstehenden Operation gegen den Rauschgifthandel ausgeführt werden sollten. Es handelte sich um etwa 20 Personen, die alle nicht aus unserer »Familie« waren, außer meinem Vetter Salvatore Marchese. Ich schenkte dem Carabinieri 500 000 Lire, die er nach schwachem Protest annahm – er habe es doch wirklich nicht des Geldes wegen getan ... Dann berichtete er mir, daß er das Verzeichnis bereits Nitto Santapaola gezeigt habe, und dieser habe ebenfalls gesagt, daß der einzige, der ihn interessiere, Marchese sei, und die anderen nur Dreck. Ich bestätigte dem Carabinieri, daß auf der Liste nur der Name meines Vetters von Bedeutung sei; doch er sagte, daß man da nichts mehr machen könne. Man konnte den Namen nicht mehr streichen, denn das Verzeichnis war bereits in den Händen des Gerichts.

Ich wußte, was man in solchen Situationen tut. Ich begab mich schnell zu Pasquale Costanzo, dem Onkel meines angeschuldigten Vetters. Costanzo versicherte mir, daß er bei einem leitenden Ermittler intervenieren würde, dem Oberstaatsanwalt Di Natale. Damit hatte sich die Sache. Di Natale übernahm das Verfahren, das bis dahin in den Händen eines einfachen Staatsanwalts gelegen hatte. Der Name meines Vetters wurde von der Liste der festzunehmenden Personen gestrichen. Da sein Verfahren mit dem eines anderen Mannes auf der Liste zusammenhing, wurde auch dessen Name gelöscht.

Danach wurden wir beide, mein Vetter und ich, ins Büro des Carmelo Costanzo gerufen. Wir mußten uns eine längere Strafpredigt anhören, und am Ende teilte uns der »Ritter der Arbeit« (auch er Träger des erwähnten, vom Staatspräsidenten verliehenen Ehrentitels »Cavaliere del lavoro«, W. R.) mit, daß ihn die ganze Sache 30 Millionen Lire (damals an die 90 000 DM, W. R.) gekostet hatte. Diese habe er dem Oberstaatsanwalt Di Natale geben müssen, welcher sehr gerne Karten spielte. Möglicherweise stimmte das sogar, es kann aber auch sein, daß Costanzo Märchen erzählte. So machte er das immer: Mußte er jemandem einen Gefallen erweisen, tat er so, als habe er Berge versetzt, auch wenn er keinen Finger gerührt hatte.

Auf jeden Fall war die Sache damit für uns erledigt. Wir dachten gar nicht mehr an sie, als ich eines Abends Domenico Compagnino bei der Firma Costanzo vorfahren sah. Compagnino war ein allseits bekannter Sachverständiger für Ballistik beim Gericht von Catania. Er duzte alle, sogar den Hauptmann Guarratta und den Oberst Licata, der die Carabinieriabteilung von Catania befehligte. Ich wartete gerade im Vorzimmer der Geschäftsleitung darauf, von einem der Neffen der Costanzos empfangen zu werden, weil ich mit ihm etwas zu besprechen hatte. Als mich Compagnino sah, kam er sofort zu mir und zeigte sich sehr besorgt. Die Carabinieri von Catania bereiteten gerade eine große Antidrogenoperation vor, und er habe gesehen, daß auf der Liste der festzunehmenden Personen auch mein Vetter Salvatore Marchese stand, sowie Giuseppe Ferrera, ein Mitglied der »Familie« der Cavaduzzis (und daher auch ein enger Verwandter des Nitto Santapaola) und damals in der Stellung des Provinzrepräsentanten. »Wie konnte das passieren?« dachte ich verblüfft, »Carmelo Costanzo hat uns lange Vorträge gehalten und behauptet, er habe diese Namen streichen lassen, und nun stimmt das überhaupt nicht? Oder er hat sich von Di Natale verschaukeln lassen.« Ich verlangte vom Sekretär der Costanzos sofort beim »Cavaliere« vorgelassen zu werden, der im Moment gerade mit jemand anderem beschäftigt war. Ich trat ein und fand Nitto Santapaola bei ihm vor. Ich schilderte beiden die Sachlage. Nitto tat so, als wisse er von nichts, und beklagte sich darüber, daß sein Vetter Ferrera wegen Drogenhandels festgenommen werden sollte: »Welche Schande! Eine infame Anschuldigung! Die Mafia handelt nicht mit Rauschgift! Es wäre besser, sie hätten ihn wegen Mordes angeklagt. Wir handeln nicht mit Drogen.«

Das war eine große Unverfrorenheit. Mit dieser Szene wollte er den »Cavaliere« beeindrucken (oder auf den Arm nehmen). Nitto und Costanzo gingen dann bald weg. Später erfuhr ich, daß Costanzo seinen Sekretär zum Oberstaatsanwalt Di Natale geschickt hatte und Rechenschaft wegen des Haftbefehles gegen Salvatore Marchese forderte. Er erinnerte ihn noch einmal daran, daß Marchese nicht irgendwer war, sondern ein Neffe der Costanzos. Als der Sekretär ins Amtszimmer des Staatsanwalts trat, kam gerade der Carabinierihauptmann Guarrata heraus. Sie grüßten einander, denn beide waren, trotz der vergeblichen Versuche des Sekretärs, ihn zu korrumpieren und der Bestechungsliste der »Cavalieri di lavoro« einzuverleiben, miteinander befreundet. Guarrata ahnte den Grund für den Besuch bei Di Natale und geriet in Panik: Er war es nämlich selbst gewesen, der die Ermittlungen geleitet und Marchese und Ferrera angezeigt hatte, und zwar um den Costanzos einen Schlag zu versetzen.

Das Treffen mit Di Natale klärte dann das Mißverständnis. Es lag kein böser Wille des Oberstaatsanwaltes vor, und es gab auch keinen Haftbefehl gegen Marchese und Ferrera. Es gab lediglich zwei Versionen der Liste mit den Haftbefehlen: diejenige vor und die nach der Intervention der Costanzos. Der Ballistikexperte hatte lediglich die alte Version gesehen, wo noch immer die Namen von Ferrera und Marchese standen. Der Name Giuseppe Ferreras war nicht auf Veranlassung der Costanzos gelöscht worden. Das war nicht nötig gewesen, und Di Natale hatte gar nichts damit zu tun. Wir hatten nämlich auch noch eine andere Verbindung, eine »okkulte« Verbindung, wenn man so will, zu den catanesischen Richtern und Staatsanwälten. Glaubt bitte an das, was ich euch sage, und lacht nicht darüber. Oder lacht ruhig, aber glaubt bitte, was ich euch nun erzähle.

Der Staatsanwalt, der die Haftbefehle bearbeitete, hieß Foti. Er lebte von seiner Frau getrennt und hatte eine Freundin. Die Schwester dieser Frau ging mit einem Vetter des Giuseppe Ferrera und betätigte sich als Hellseherin. Staatsanwalt Foti nun nahm sich, wie verschiedene seiner Kollegen, seine Arbeit mit nach Hause. Seine Freundin guckte sich die Akten an und nannte dann ihrer Schwester die Namen der Leute, die verhaftet werden sollten. Und so erschienen in der magischen Kristallkugel der Hellseherin ziemlich genaue Vorhersagen über die Manöver der Polizei und der Justizbehörden von Catania und über das unmittelbar bevorstehende Schicksal der Mafiosi. Das hatte sich herumgesprochen, und so wuchs die Kundschaft dieser Frau beträchtlich an. Schließlich findet man nicht alle Tage eine Hellseherin, die einer Frau sagen kann: »Dein Mann wird bald verhaftet.« Sogar meine Frau war einmal zu ihr gegangen, um meine »strafrechtliche Zukunft« herauszubekommen.

Kaum hatte die Wahrsagerin Giuseppe Ferrera unter den von ihrer Schwester genannten Namen bemerkt, verständigte sie sofort ihren Mann, daß sein Vetter auf der Liste der festzunehmenden Personen stand, und bat die Schwester, dafür zu sorgen, daß der Staatsanwalt ihn aus dem Verzeichnis strich. So wurde dann auch Giuseppe Ferrera nicht wegen Drogenhandels angeklagt.

Als die Staatsanwaltschaft dann wesentlich weniger Haftbefehle ausstellte, als die Carabinieri gemeldet hatten, geriet Hauptmann Guarrata in Wut und wollte sofort einen Skandal auslösen. Er wollte dem Generalstaatsanwalt, dem direkten Vorgesetzten des Oberstaatsanwaltes, eine Stellungnahme schicken und mitteilen, daß die Costanzos sich als Herren der Justizbehörden Catanias aufspielten. Doch dann zwang ihn sein Kommandant, Oberst Licata, es sein zu lassen. Zwischen den beiden gab es im Präsidium der Carabinieri einen heftigen Streit.

Die Sache mit den revidierten und korrigierten Haftbefehlen geschah 1981. Sie ist nur ein Beispiel von vielen. Im Gericht von Catania sind die Dinge bereits vor diesem Zeitpunkt so gelaufen und auch nachher. Man denke nur daran, daß ich, als sie schließlich 1982 einen Haftbefehl gegen mich erließen, schon drei Monate lang darauf wartete. Drei Monate lang wußte ich davon und wartete darauf!

Man erfuhr alles, was die Staatsanwälte und Richter taten. Oft waren dafür weder die Costanzos noch die anderen großen Tiere nötig. Es gehörte wirklich nicht viel dazu. Es reichte, wenn man einen Angestellten, einen Protokollbeamten, eine Sekretärin oder einen Amtsdiener kannte, und schon erfuhr man, wie eine Ermittlung lief, wie es um eine bestimmte Person stand, wie sich ein Untersuchungsverfahren entwickelte. Um nur ein Beispiel zu nennen: Es gab eine junge Frau, die als Sekretärin oder Protokollantin beim Untersuchungsrichter Grassi arbeitete; diese Frau kaufte bei einem mächtigen Vorstadtgangster Catanias, Saro Zuccaro, Hühner und frische Eier. Dieser Zuccaro ging so weit, das Mädchen zu fragen: »Hat der Staatsanwalt Grassi diese Haftbefehle denn noch immer nicht ausgestellt?« Er sagte es einfach so, während er Hühnerschenkel oder Truthahnbrust einwickelte. Man erfuhr alles. Als die Behörden dann, nach dem Tod des Generals Dalla Chiesa, tatsächlich Haftbefehle ausstellten, gelang ihnen kaum eine Festnahme, weil die Verdächtigen schon vor geraumer Zeit davon verständigt worden waren.

Die Freundschaft und die Beziehungen zu den Costanzos hatten wir von meinem Onkel Luigi Saitta »geerbt«: Er hatte sie von Anfang an, seit den fünfziger Jahren, geschützt. Es war mein Onkel, der Carmelo Costanzo dem Mafiaboß von Trapani, Totò Mionore, vorstellte. So nahm bereits 1956/57, als die Firma Costanzo einige öffentliche Aufträge in der Gegend von Trapani ausführen sollte, eine unverbrüchliche Freundschaft zwischen den beiden ihren Anfang.

Die Costanzos waren ursprünglich einfache Maurer, Vorarbeiter gewesen. Zu Unternehmern wurden sie dank der Hilfe eines gewissen Giovanni Conti, der zwar kein *Uomo d'onore* war, aber hervorragende Kontakte zu Politikern und besonders zum Abgeordneten Milazzo hatte. Ihr Einstand als Bauunternehmer geschah dann parallel zum Aufstieg Milazzos in die Regierung Siziliens. Die Costanzos haben alle nachfolgenden politischen Veränderungen überlebt und wurden dabei immer mächtiger. Zum Dank dafür haben sich die Costanzos nach dem Tod Giovanni Contis mit der einen oder anderen Ausrede viele von seinen Gütern einverleibt.

Auch die anderen catanesischen »Cavalieri del lavoro« haben bei verschiedenen Gelegenheiten unsere Hilfe in Anspruch genommen. Gaetano Graci ließ sich zuerst von Francesco Madonia schützen. Dieser griff jedoch nur bei besonders schweren Zwischenfällen auf den über ganz Sizilien verteilten Baustellen und anderen Geschäften Gracis ein. Nach dem Tod Francesco Madonias kümmerte sich dessen Sohn Giuseppe nicht allzu sehr um die Interessen der Gracis, und die holten sich daher Santapaola und Rosario Romeo. Letzterer war ein catanesischer *Uomo d'onore* und meiner Ansicht nach schlimmer als Judas. Ich vermute nämlich, daß er meinen Bruder verraten hat.

Der Bauunternehmer Finocchiaro bediente sich eines wichtigen Mannes der Bande der Cursottis, die zu den gewöhnlichen Verbrechern Catanias und nicht zur *Cosa Nostra* zählten. Die Gruppe Rendos wiederum hielt sich immer etwas abseits vom Verbrechermilieu. Ihre Verbindungen zur Mafia liefen eher über Angestellte der Firma Rendo als direkt über ihren Eigentümer.

Anfang der sechziger Jahre wandte sich Rendo einmal an meinen Onkel. Das geschah auf Veranlassung Nino Succis, des sozialistischen Bürgermeisters der Stadt, von dem ich bereits anläßlich der Lizenz für meine Tankstelle gesprochen habe. In den Büros der Firma war eine Bombe hochgegangen, und Succi hatte Rendo geraten, mit der Firma Costanzo Kontakt aufzunehmen, die unter dem Schutz meines Onkels stand. Man traf eine Verabredung auf dem Gelände der Firma Costanzo. Rendo hatte mächtig Angst, als er aus seinem Wagen stieg. Costanzo platzte fast vor Freude: Rendo war vorher niemals zu ihm gekommen, während er selbst oftmals zu

Rendo hatte gehen müssen. Die Anwesenheit meines Onkels gab Rendo Zuversicht: »Seien Sie ruhig, regen Sie sich nicht auf«, sagte mein Onkel in fast ergebenem Ton, »es könnte gut sein, daß Ihnen nichts mehr passiert.«

»Was kann ich Ihnen für einen Gegendienst erweisen? Sagen Sie mir, was ich für Sie tun kann«, antwortete Rendo.

»Rauchen Sie zufällig?«

»Sicher.«

»Gut. Dann rauchen Sie diese Zigaretten auf mein Wohl«, schloß mein Onkel und gab ihm eine Packung »Nazionali«. Eine große Geste, die eines echten Mafioso. Danach sagte Onkel Luigi natürlich zu Costanzo, daß er Renzo auffordern solle, Geld herauszurücken. Ich kenne die Höhe der Summe nicht, doch Costanzo hatte später die Unverfrorenheit, meinem Onkel gegenüber zu behaupten, daß er selbst das Geld aus Rendo herausgeschlagen habe. Die Bombe bei Rendo hatte unsere »Familie« plaziert, damit er Geld herausrückte, aber auch, um ihn kleinzukriegen und in die Hand zu bekommen. Rendo zahlte, ließ sich aber nicht unterkriegen. Auf der anderen Seite hatte mein Onkel mit der Zigarettengeste von Anfang an vorgebaut: Er ließ sich lieber nicht darauf ein, von einer Person dieser Art Geld anzunehmen.

In der Folgezeit haben wir Rendo viel Schaden zugefügt, sowohl um ihn kleinzukriegen, als auch um den Costanzos einen Gefallen zu erweisen. Doch wir haben ihn nicht untergekriegt, auch weil er sich auf die Polizei stützen konnte. Rendo hatte gute Beziehungen zur Polizei, bessere als alle anderen. Er verstand ganz genau, woher die Feindseligkeiten kamen, aber er gab nicht nach. Costanzo auf der anderen Seite blies sich jedesmal schwer auf, wenn er Nachricht von Beschädigungen an den Baustellen seines Rivalen erhielt; er hätte alles dafür getan, um größer zu werden als Rendo. Für ihn war Rendo immer einen Schritt voraus, stand höher, war intelligenter und mächtiger als er. So versuchte er, ihn auf die einzige ihm mögliche Weise zu überflügeln: indem er ihm Angst einjagte. Er lief zu Pippo und sagte: »Ah! Schau nur, wie schlecht er sich benimmt! Jetzt hat er wieder das und das gemacht...« Also rein mit der nächsten Bombe in Rendos Baufirma in Gela. »Schau nur, wie unkorrekt er wieder ist! Jetzt hat er das da gemacht...« Also auch noch eine Bombe in Rendos Baufirma in Catania. Überallhin Bomben.

Auf den Treffen mit den anderen Großunternehmern gab Carmelo Costanzo allen klar zu verstehen, daß mit ihm nicht zu spaßen sei, denn er habe die Mafia hinter sich. Die anderen duckten sich ab und zu und steckten seine Sprüche ein, und dann bekam Costanzo den Löwenanteil. Doch häufig wehrten sie sich, denn auch sie hatten ja ihre Beschützer, und dann gab es großen Streit. Costanzo, Rendo und Graci hatten eine Reihe von Gesellschaften gegründet, um ihre Kräfte zu vereinen und Aufträge in Höhe vieler Milliarden Lire zu akquirieren, vor allem für den Bau von Staubecken und Flughäfen. Danach gerieten sie aber in einen Interessenkonflikt, stritten sich lautstark und beschlossen, sich wieder zu trennen. Sie trennten auch die auszuführenden Arbeiten und losten untereinander, was jeder bekommen sollte. Graci bekam den Staudamm von Enna und einen finanziellen Ausgleich. Rendo bekam ein anderes Staubecken, das – soweit ich weiß – in der Provinz Agrigent gebaut werden sollte, Costanzo wurden die Flughäfen der kleineren Inseln um Sizilien herum zugesprochen. Am Ende warfen sie sich Beschimpfungen an den Kopf. Wir empörten uns schon beim Zuhören. Nach einiger Zeit wurde der Streit derart heftig, daß die drei nicht mehr imstande waren, sich gemeinsam an einen Tisch zu setzen. Und so mußten wir Vermittler einschalten. Zwei davon waren bekannte Anwälte, der dritte ein wichtiger Politiker, an dessen Namen ich mich aber nicht mehr erinnere.

Die »Ritter der Arbeit« waren nie Opfer der Mafia gewesen, zumindest nicht, solange ich dabei war. Sicher, es gab einen Unterschied zwischen einem Rendo auf der einen und einem Costanzo auf der anderen Seite. Doch im wesentlichen nutzten beide den Ruf, mit uns in Verbindung zu stehen. Heute behaupten sie, daß sie uns nicht kennen.

Als Gino Costanzo mir gegenübergestellt wurde, fehlte nicht viel und er hätte geleugnet, daß er der Trauzeuge von mir und meinem Bruder gewesen ist! Er erinnerte sich nicht mehr daran! Sein Bruder

Carmelo gab immerhin zu, daß wir ihn zum Fest der Madonna del Carmelo begleitet hatten.

Carmelo war sehr gläubig und brachte der Madonna jedes Jahr am Festmorgen eine Kerze dar; seinem einst abgelegten Gelübde folgend, erhöhte er das Gewicht dieser Kerze jedes Jahr. Eines Abends, als wir alle beisammen waren, sagte Gino Costanzo zu seinem Bruder: »Zeit zu gehen, Carmelino. Wir sollten uns hinlegen, weil wir morgen sehr früh aufstehen müssen. Wir müssen die Kerze zur Madonna del Carmelo bringen.« Das wiederholte er mehrere Male in unserer Gegenwart. Wir sollten kapieren, daß sie begleitet werden wollten. Carmelo Costanzo wohnte etwas außerhalb, in Cibali, nahe dem Stadion. Dort zog er dann, barfuß und in Büßerkleidung, los und marschierte mit der Kerze in der Hand bis zur Via Etnea im Zentrum. Sein Bruder Gino fuhr im Auto mit seinen Schuhen und normalen Kleidern hinterher. Mein Bruder sagte: »Morgen kommen wir auch.« »Nein, nein, das ist nicht nötig. Laßt euch nicht stören«, zierte sich Costanzo. Am Tag darauf standen wir vor seiner Tür und begleiteten ihn den ganzen Weg.

Das war eine eher folkloristische Episode. Doch die Mafia hinter sich zu haben, hieß noch viel mehr. Es bedeutete, in Frieden zu arbeiten und viel Geld zu verdienen, ohne die Gefahr beschädigter Lastwagen, ohne Streiks und ohne Forderungen nach Schutzgeldern, zu denen sich jeder dahergelaufene Mafioso berechtigt fühlt, wenn jemand auf seinem Territorium arbeitet.

Das war die Aufgabe, die mein Onkel Luigi und mein Bruder für die Costanzos erfüllten. Als das Bauunternehmen Pippos pleite ging, wurde er das »Mädchen für alles« der Firma Costanzo. Er überwachte die Arbeiten an allen Baustellen, fuhr bis nach Rom und kümmerte sich um alles. Er stellte der Firma seine Verbindungen zur sizilianischen Regionalregierung zur Verfügung und erhielt dafür als Gegenleistung ein Gehalt von eineinhalb Millionen Lire (damals ca. 6000 DM, W. R.) im Monat. Das war sicherlich kein angemessenes Gehalt für einen Mafioso, doch er machte sich nichts daraus, weil er nie ans Geld dachte. Pippo war ein sentimentaler Mensch. Er war nicht einmal offiziell bei der Firma angestellt.

Sie sagten zum Beispiel zu ihm: »Wir müssen in Caltanissetta eine Baufirma gründen. In welchem Teil der Stadt machen wir das am besten?« Pippo fuhr daraufhin in die Stadt, suchte das Grundstück aus und verständigte sich mit dem *Capofamiglia* der Gegend über den Schutz des Betriebs und der Geräte. Die örtlichen Mafiosi ließen sich dafür bezahlen. Als Nitto nach dem Tod meines Bruders den Schutz der Costanzos übernahm, gab ich ihm eine Liste mit den Summen, die den Mafiachefs der Gebiete bezahlt wurden, in denen es Baustellen gab.

Doch es ging nicht nur um den Schutz. Pippo war überall gern gesehen, weil er Arbeit verschaffte. Wenn er in ein Dorf oder in eine Stadt kam, bezeigten ihm alle Ehrerbietung und suchten ihn auf. Er war eben nicht nur der Provinzrepräsentant der *Cosa Nostra*, sondern auch der Vertreter der Firma Costanzo, der Brot fürs Volk der *Uomini d'onore* brachte. Das alles hat ihm bei seiner Karriere als Mafioso geholfen, hat ihn bei allen bekannt und beliebt gemacht. In den siebziger Jahren war Sizilien voll von Mafiosi, die Lastwagen und Ausrüstungen für Bauarbeiten gekauft hatten und die Arbeit brauchten, um die Wechsel für die Lkws und die anderen Maschinen bezahlen zu können. Zog die Firma Costanzo einen Auftrag für 20–30 Milliarden Lire an Land, bedeutete dies drei bis vier Jahre sichere Arbeit für die Bauarbeiter. Die Unteraufträge wurden auf kleinen Versteigerungen vor Ort vergeben. Daran nahmen die Besitzer von kleinen Zulieferfirmen teil, die keine *Uomini d'onore* waren, die aber bei der Firma Aufträge etwa für die Bereitstellung von Sand und Splitt oder für Zimmereiarbeiten erbaten. Die Politik der Firma war es dabei, zunächst jedem die Möglichkeit zu geben, ein Angebot zu machen, bevorzugte dann aber die Mafiosi, indem sie ihnen die von der Konkurrenz geforderten Preise nannte. Die Mafiosi nannten dann einen leicht unter dem niedrigsten Angebot liegenden Preis und gewannen so den Unterauftrag. Die Firma konnte die Bevorzugung der Mafiosi auf diese Weise sachlich rechtfertigen. Und sie sparte noch dazu eine beträchtliche Menge Geld!

Wieviel Geld hat Pippo den Costanzos sparen geholfen! »Wir brauchen eine Lieferung dieses Materials.« Pippo informierte sich über die Preise und die Vertrauenswürdigkeit der Zulieferer und stellte dann eine Liste von Namen zusammen, unter denen man auswählen konnte. Diesel und Schmieröle kaufte die Firma Costanzo bei uns, bei der Firma, die ich zusammen mit Pippo gegründet hatte; jedoch ohne Freundschaftspreis. Wir verkauften an sie eine große Menge von Heizöl für ihre Mietshäuser genau zu dem Preis, den auch alle anderen zahlten.

Und wieviel Scherereien hat Pippo ihnen erspart! 1973 hatte Costanzo große Probleme wegen einer Erpressung durch einen Angestellten der Firma. Die Firma hatte eine Brücke der Autobahn Catania–Messina gebaut, deren Pfeiler nachgaben und in der Erde zu versinken drohten. Der Angestellte war entlassen worden und wollte die Firma nun bei der ANAS und der IRI (der staatlichen Straßenwacht bzw. dem für Straßenbau zuständigen Staatskonzern, W. R.) wegen der Verursachung dieses Schadens anzeigen. Er hatte alles aufgeschrieben. Er wußte, daß die Firma mit solchen Tricks arbeitete, hatte eine Aufstellung der defekten Pfeiler erstellt und drohte, ein Dossier an die auftragerteilende Stelle zu schicken, wenn ihm die Firma nicht 500 Millionen zahlte. Ja, er hatte die Anzeige bereits gemacht, hatte das Dossier bereits übergeben. Die Behörden mußten nun die Pfeiler untersuchen und seiner Anzeige nachgehen. Doch am Tag des Lokaltermins erschien der Angestellte nicht. Man hatte alles so eingerichtet, daß die Sache in Ordnung schien. Die Untersuchungen fanden nämlich an einem anderen Platz und an anderen Pfeilern statt. Der Angestellte aber war deshalb nicht erschienen, weil Pippo ihn zu sich bestellt und ihm gesagt hatte, daß er ihn zusammenschlagen werde, wenn er nicht aufhörte, Schwierigkeiten zu machen.

Pippo hat auch dafür gesorgt, daß sie »Ritter der Arbeit« wurden, und zwar durch seinen Freund Lupis, einen Funktionär der Sozialdemokratischen Partei von Ragusa. Carmelo Costanzo wurde 1968 »Cavaliere«. Damals war Lupis Staatssekretär und eng liiert mit einem anderen Staatssekretär namens Evangelisti. Für die Angelegenheit wurde ein Preis von 80 Millionen Lire (damals ca. 480 000 DM, W. R.) vereinbart. Daraus wurden dann 120 Millionen, weil sich eine Schwierigkeit ergeben hatte. Pippo kümmerte sich um alles: Er fuhr mit dem Geld nach Rom und traf dort zuerst den Privatsekretär Lupis', Felice Ciancio, einen heruntergekommenen Baron. Als Pippo mit der mit Banknoten gefüllten Tasche eintrat, meldete Ciancio ihn Lupis mit den Worten an: »Herr Abgeordneter, Pippo ist da, mit der Post.« »Gut. Leg sie hin und laß ihn eintreten.« So wurde denn Costanzo zum »Ritter der Industrie« ernannt. Auch Rendo wurde im selben Jahr zum »Cavaliere« ernannt, aber nur zum »Ritter der Landwirtschaft«. Costanzo war darüber sehr glücklich, denn die Landwirtschaft war gar nicht das Arbeitsfeld Rendos, und außerdem war dieser Titel weniger angesehen als seiner.

Nun darf man aber nicht meinen, daß Nitto Santapaola anders behandelt wurde als mein Bruder, als er zum Vertrauensmann der Costanzos wurde. In Geldfragen waren die »Cavalieri« recht geizig und erkannten fast nie den Wert der über die Mafia empfangenen Vorteile an. Nitto gestand mir eines Tages: »Dieser Carmelo Costanzo ist nie zufrieden. Totò Riina hat ihm einen großen Auftrag für den Bau eines Palazzos zugeschanzt. Und wie hat er sich erkenntlich gezeigt? 100 Millionen Lire (damals ca. 200 000 DM, W. R.) hat er uns geschenkt. 100 Millionen für ein Geschäft im Wert von mehreren Milliarden! Was denkt der sich eigentlich? Hält er uns für Trottel? Denk nur: Nachdem ich ein Jahr für sie an Pippos Stelle gearbeitet habe, hat er mir gerade 15 Millionen gegeben! Ein Almosen! Ich hab sie nicht einmal angerührt. Ich habe dafür zu Weihnachten Sekt und Kuchen für alle Häftlinge gekauft, wie es mir Alfio Ferlito vorgeschlagen hat.«

Und das, obwohl Nitto gegen Ende der siebziger Jahre sogar einen Mord für die Costanzos erledigt hat! Ich weiß nicht, ob sie das im voraus wußten, doch sicher waren sie nicht unglücklich, als sie die Nachricht bekamen. Die Costanzos hatten in Messina eine Baustelle eingerichtet und waren erpreßt worden. Eine Gruppe örtlicher Verbrecher, die vorher für die Costanzos gearbeitet hatten, hatte von den Baustellenleitern und von einem dort angestellten Neffen Nitto Santapaolas Geld gefordert. Mehrere Angestellte der Costanzos waren enge Verwandte von *Uomini d'onore*.

Gino Costanzo traf sich mit mir und sprach über dieses Problem.

Ich fragte ihn, ob er darüber auch schon mit Nitto gesprochen habe, er sagte, das habe er. Einer der Erpresser wurde einige Zeit später in Messina umgebracht. Nino Santapaola und Salvatore Tuccio wurde dafür der Prozeß gemacht. Sie wurden aber in diesem Mordfall freigesprochen. Nitto sagte mir später, daß die beiden wirklich die Täter waren, Tuccio und sein Bruder, und daß sie nur um Haaresbreite der Verhaftung auf frischer Tat entgangen waren. Bei derselben Gelegenheit sagte mir Nitto auch, daß er Nino Bua umbringen lassen werde. Das war ein catanesischer Mafioso, der Baustellenleiter der Costanzos gewesen war. Der Mann hatte seiner Ansicht nach der Firma Geld gestohlen. Doch der Mord unterblieb dann. Im Gegenteil, später wurden Nitto und Bua die besten Freunde.

Beim Namen Bua erinnere ich mich auch an einen anderen Vorfall. Er betrifft den »Cavaliere« Graci und macht die Art der Beziehungen zwischen der Mafia und den größten Unternehmern Catanias deutlich: die vielen Vorteile, die diesen daraus erwuchsen, und wie gefährlich es war, die ungeschriebenen Regeln der Mafiaprotektion zu mißachten. Salvatore Santamaria, Eigentümer einer Schlosserei, die für die Firma Costanzo arbeitete, bat mich einmal 1980 oder 1981, ihn bei einem Besuch seines Freundes, eben dieses Nino Bua, zu begleiten. Er wohnte in einer Villa an der Straße nach Syrakus, und die beiden hatten sich seit geraumer Zeit nicht mehr gesehen. Auch ich kannte Bua, und als ich ihn dann traf, schien er mir sehr besorgt und erregt. Er konnte sich nicht zurückhalten und erzählte mir einen Vorfall, über den er mit mir nicht hätte zu reden brauchen, was ich ihm dann auch zu verstehen gab.

Bua war durcheinander, weil er zusammen mit zwei anderen Männern eine Firma für Tiefbau gründen wollte und daher zu Graci mit der Bitte um Unteraufträge gegangen war. Damit das Ersuchen Gewicht bekam, sagten sie, hinter ihnen stehe Filippo Di Stefano, der Chef einer der beiden mafiosen »Familien« von Favara, einer Stadt in Agrigent. Diese »Familie« gehörte jedoch nicht der *Cosa Nostra* an, da sie von dieser nicht anerkannt wurde. Einige Zeit nach diesem Gespräch wurde einer der Mitgesellschafter Buas ermordet, ein Häftling mit Ausgangserlaubnis namens Camilleri. Bua war schwer verängstigt und fürchtete für sich das gleiche Ende. Er verstand einfach nicht, warum man Camilleri umgebracht hatte, wo dieser doch nichts getan hatte. Das einzige, was er gemacht hatte, war, zu Graci zu gehen und um Arbeit zu bitten.

Ich berichtete daraufhin meinem Vetter Marchese von der Angst Buas, und dieser bestätigte, was man aus der Erzählung Buas bereits hatte ahnen können. »Diese ehrlosen Brüder« hätten sich erlaubt, ohne Erlaubnis bei Graci um Arbeit nachzufragen, wo doch die »Familie« von Favara nicht zur *Cosa Nostra* gehörte. Doch selbst wenn sie dazugehört hätte, wäre die Anfrage auf jeden Fall über die zuständige catanesische »Familie« zu stellen gewesen. Camilleri sei also von »diesem verrückten Gevatter Franco Romeo« umgebracht worden, und zwar während der Fahrt auf einer stark befahrenen Straße am Rand Catanias. Er hatte es am frühen Morgen erledigt, mit dem Risiko, dabei von jemandem gesehen zu werden.

Um Arbeit und Gefälligkeiten zu bitten, war für die catanesischen »Ritter der Arbeit« stets ein Problem. Sie zogen mit Sicherheit große Vorteile aus den Beziehungen zur *Cosa Nostra,* auch weil viele Mafiosi für die Unternehmen der Costanzo-Gruppe als Subunternehmer, als Chauffeure, Transporteure, Akkordarbeiter, Angestellte, Wachpersonal, Zulieferer und so weiter arbeiteten. Es waren allesamt vertrauenswürdige, fähige Personen, die keine Schwierigkeiten machten und ihre Aufgaben gut erfüllten.

Doch es gab stets eine Obergrenze für die Anzahl der Gefallen und Unteraufträge. Das ist auch der Grund, warum Gino Costanzo nie voll in die *Cosa Nostra* eingetreten ist. Pippo sagte mir, daß Gino zwar das Zeug zu einem *Uomo d'onore* hatte und daß er einige Zeit unschlüssig war, ob er eintreten sollte oder nicht, doch am Ende blieb er dann draußen. Wäre er *Uomo d'onore* geworden, so wäre er auch den anderen *Uomini d'onore* als solcher vorgestellt worden. Diese hätten sich dann ermächtigt gefühlt, sich direkt an ihn zu wenden – für Empfehlungen, Aufträge und diverse andere Vorteile. Falls er sich geweigert hätte, hätte er sich der Gefahr ausgesetzt, verurteilt und von der »Familie« unter Druck gesetzt zu werden. Dann wäre es mit der Ruhe aus gewesen. Es war bequemer für ihn, alle unangenehmen Dinge von meinem Bruder, Nitto und den anderen erledigen zu lassen.

Ich habe allerdings den Eindruck, daß Pippo und die anderen, hätten sie sich über eine Aufnahme Gino Costanzos in die »Familie« äußern müssen, auch aus anderen Gründen verlegen gewesen wären. Gino hatte zu viele Kontakte mit dem Polizeipräsidium, mit den Carabinieri, den Justizbehörden und der Finanzwache. Der *Cosa Nostra* nützen solche Kontakte zwar sehr, doch für einen *Uomo d'onore* schicken sie sich nicht.

Nicht nur die Costanzos und andere catanesische Unternehmer suchten den Schutz der *Cosa Nostra.* Nahezu alle sizilianischen Firmen von einiger Bedeutung nahmen Zuflucht zu Mafiosi, um in Ruhe arbeiten zu können – und um Unternehmen aus dem Norden von ihrem Markt fernzuhalten. Viele dieser Firmen aus Oberitalien sind wieder von Sizilien abgezogen, weil die Arbeit für sie dort zu gefährlich wurde. Da gab es unendliche Schwierigkeiten durch Erpressungen, dazu kam die Feindseligkeit der örtlichen Unternehmen und auch der Behörden, die ebenfalls ihre Schutzgelder wollten. Beteiligte sich ein großes Unternehmen aus dem Norden an einer Ausschreibung in Sizilien, stockte es die eigenen Kosten von vornherein um ein zehnprozentiges »Mafiarisiko« auf. Seriöse Firmen jedenfalls taten dies: Doch genau das hinderte sie dann bei Ausschreibungen am Unterbieten der Preise, wie sie das sonst in ihren eigenen Gebieten taten. Die Arbeit in Sizilien bedeutete für sie auch erhöhte Transportkosten, und aus all diesen Gründen verloren sie viele Aufträge.

Viele Firmen sind auch aus anderen Gründen weggegangen. Ich erinnere mich an eine Firma aus Florenz, die einen schweren Streit mit den Costanzos hatte. Sie haben sogar Carmelo Costanzo bei Gericht angezeigt, doch am Ende mußte die Firma aus Sizilien abhauen.

So blühten die lokalen Unternehmen, die keiner Gefahr seitens der Mafia ausgesetzt waren, weil sie die Mafia bereits in sich hatten. Dann taten sich, wie schon erwähnt, die Gracis, die Rendos und die Costanzos in den siebziger Jahren zusammen, um die großen Ausschreibungen gewinnen und die Firmen aus dem Norden besser bekämpfen zu können. Für die »Ritter der Arbeit« empfahl es sich, Aufträge in Sizilien an Land zu ziehen, schon weil es für sie recht schwierig war, im Norden zu arbeiten. Die Unternehmen dort behinderten sie in jeder nur möglichen Weise, um ihnen die Behandlung heimzuzahlen, die ihnen zuteil geworden war, als sie sich auf Sizilien hatten blicken lassen.

Für unsere »Familie« waren die Vorteile aus der Freundschaft mit den »Cavalieri del lavoro« eher gering. Kleinigkeiten, Brosamen. Die Costanzos kannten unsere schwachen Seiten, unsere kleinen Leidenschaften, unsere Eitelkeiten, und entsprechend fielen dann ihre Gegenleistungen aus. Sie waren sehr gewandt, wenn es um Vergünstigungen ging, die sie wenig oder gar nichts kosteten, in unseren Augen aber recht beträchtlich erscheinen mochten. Sie wußten zum Beispiel von unserer Jagdleidenschaft. Viele *Uomini d'onore* waren Jäger. Stefano Bontade war ein großer Jäger, Michele Greco ebenfalls, er hatte dazu auch noch eine Leidenschaft für Waffen. Er war sehr gut im Tontaubenschießen und besaß sogar selbst einen Schießplatz, den die angesehensten Leute Palermos besuchten. Mein lieber Freund Angelo Padrenicola organisierte alljährlich Jagden am Ufer des Pergusa-Sees. An ihnen nahmen auch Stefano Bontade und Gaetano Badalamenti teil. Das schönste Jagdrevier Siziliens aber heißt »Ntrunata« und liegt in der Provinz Enna nahe dem Hof des Ciccio Mancuso, eines *Uomo d'onore* aus Nicosia. Anfang der siebziger Jahre habe ich einmal einen Flüchtigen dorthin gebracht.

Die Costanzos wußten auch, daß uns das Zusammensein mit wichtigen Persönlichkeiten, mit mächtigen Leuten und auch mit den großen Tieren der Mafia gefiel. Daher organisierten sie Treffen, Essen und Jagden und luden dazu auch die bedeutendsten Männer der *Cosa Nostra* ein. Oder sie bewirteten in ihrer Ferienanlage »La perla jonica« *Uomini d'onore* und Vertreter der Ordnungskräfte. Die ließen sie dann meistens nicht bezahlen und behandelten sie mit größter Aufmerksamkeit. Sie sorgten dafür, daß die Leute sich begegneten und machten sie miteinander bekannt. Bei der Hochzeit des Sohnes von Gino Constanzo – das war nach dem Tod meines Bruders – war die Crème de la Crème der sizilianischen Mafia zugegen und auch zwei Carabinierioffiziere. Dabei hätte der Hauptmann Guarrata allerdings beinahe das ganze Fest ruiniert. Er erkannte nämlich Totò Minore und Nitto Santapaola und wollte sofort zugreifen. Gino sagte mir später, daß glücklicherweise auch Guarratas Vorgesetzter Oberst Licata dabei war, der sofort dazwischenging und ihn beschwichtigte.

In Erinnerung ist mir auch eine Jagd zu Saisonbeginn geblieben, es war Ende Sommer 1979, in einem wunderbaren Revier der Costanzos am Hang des Ätna zwischen Bronte und Maletto. Michele Greco, Totò Minore und Totò Riina waren extra aus Palermo und Trapani gekommen, letzterer in Begleitung des von ihm unzertrennlichen Giacomo Gambino. Dann waren da noch Nitto sowie andere bedeutende catanesische Mafiosi, darunter Natale Ferrera, der mehrere Kisten mit Fischen zum Braten gebracht hatte. Die einzigen Nichtmafiosi waren Gino Costanzo und sein Sekretär De Luca. Die Jagd dauerte den ganzen Tag. Michele Greco kehrte am Abend nach Palermo zurück, wir anderen begaben uns alle zum Abendessen in die Räume der Firma Costanzo im Inneren des Gutshofes Scia. Da kam plötzlich etwas Unvorhergesehenes dazwischen und sprengte die ganze Veranstaltung: Nitto, Totò Riina und einige andere sonderten sich unvermittelt ab und gingen ins Sekretariat. Sie kamen nach einer halben Stunde wieder heraus und verkündeten, daß man kein Abendessen veranstalten könne und sich die Jagdgesellschaft jetzt auflösen müsse.

Nitto rühmte sich, ganz nach Belieben über ein herrliches Jagdrevier der Gracis im Bezirk Poggiorosso bei Enna zu verfügen. Er fuhr oft dorthin und lud ein, wen er wollte. Mitunter begegneten dann seine Gäste denen des Eigentümers. Nitto erzählte mir, daß er dabei einmal sogar einen Carabinierigeneral getroffen habe. Nitto war ein enger Freund des Schwiegersohnes von Gaetano Graci. Er sprach oft von ihm; eines Abends, so um 1979, fand ich beim Betreten des Restaurants »La costa azzurra« in Catania beide beim Abendessen mit dem Abgeordneten Lo Turco von der Sozialdemokratischen Partei und anderen. Sie luden mich auch dazu, und ich nahm an.

Die Ankunft des Generals Dalla Chiesa löste erhebliche Nervosität unter den »Rittern der Arbeit« aus (Dalla Chiesa wurde im April 1982 nach einer beispiellosen Mordserie zum »Antimafiapräfekten« ernannt. Er trat sein Amt in Palermo Anfang Mai an und wurde am 3. September 1982 zusammen mit seiner Frau in Palermo ermordet, W. R.). Im Mai 1982 hatte ich im Büro der Costanzos eine Rechnung zu kassieren und traf dort einen recht besorgten Gino Costanzo: Die Ankunft Dalla Chiesas, sagte er, sei ein Unglück. Der General sei ein überaus gefährlicher Mann. Die neue Lage würde ihre Geschäfte schwer beeinträchtigen. Es werde mit Sicherheit Maßnahmen geben, die sie zur Schließung von Baustellen und zur Einschränkung ihrer Geschäfte zwingen würden. »Und unsere Palermitaner, was tun die?« fragte er mich erregt. »Schlafen die? Kapieren die nicht, wie schlimm die Lage ist?« Wie außer sich er war, konnte man schon alleine daraus erkennen, daß er so etwas ausgerechnet mir sagte, der ich doch damals innerhalb der *Cosa Nostra* kaum mehr etwas bedeutete. Wenn er sich schon mir gegenüber so ausdrückte, was wird er dann wohl zu den *Capi* der »Familie« von Catania gesagt haben!

Nach dem Tod Dalla Chiesas wurde gegen Nitto Santapaola Haftbefehl erlassen. Man beschuldigte ihn, am Attentat auf den General und seine Frau beteiligt gewesen zu sein. Man hatte entdeckt, daß die Waffen, aus denen die Schüsse auf Dalla Chiesa abgefeuert worden waren, dieselben waren, mit denen einen Monat vorher Alfio Ferlito, der erbitterte Feind Nittos, ermordet worden war. Gino Costanzo erklärte aber meinem Vetter, daß es für Nitto keine Probleme gab: Er befand sich zur Tatzeit in der Ferienanlage »La perla jonica« in der Gesellschaft des Carabinieriobersten Savino. Beide waren Gäste des Hotels. Der Oberst wohnte dort gratis, Santapaola allerdings mußte die Rechnung von 90 Millionen (damals ca. 150 000 DM, W. R.) bezahlen. Laut Gino Costanzo war es nämlich besser, etwas Beweiskräftiges zur Rechtfertigung der Anwesenheit Nittos an diesem Ort in der Hand zu haben. Santapaola erschien jedoch nicht vor dem Staatsanwalt, um sein Alibi für den Abend des 3. September vorzulegen. Er sagte, das sei nicht notwendig, er werde es lediglich im Falle seiner Verhaftung tun. Eine Persönlichkeit wie Oberst Savino auftreten zu lassen, hielt er für nicht angebracht. Er dachte, der Prozeß gegen ihn werde auf jeden Fall zu seinen Gunsten ausgehen (Santapaola wurde jedoch im Maxi-Prozeß in Abwesenheit zu lebenslänglich verurteilt. Dazu mußte er noch eine Geldstrafe von 200 Millionen Lire zahlen, W. R.).

Die Verbindung der *Cosa Nostra* mit den »Cavalieri del lavoro« war allerdings nicht immer eitel Sonnenschein. Es gab zeitweise Reibereien und mitunter auch ernste Gefahr für den einen oder anderen von ihnen. Der enge Verkehr mit ihnen hatte zur Folge, daß wir sie gut kannten. Und so kam unvermeidlich in dem einen oder anderen von uns schon mal der Gedanke auf, so reich werden zu wollen wie sie, uns an ihre Stelle zu setzen oder ihnen zumindest einen Haufen Geld abzuknapsen. »Warum nur sie und ich nicht? Warum sollen sie all diese Reichtümer haben, wo ich doch im Grunde viel mächtiger bin als sie? Schließlich kann ich ihnen Dinge zufügen, die sie mir kaum antun könnten. Und außerdem: Wie haben sie denn ihr Geld gescheffelt und scheffeln es immer noch? Durch uns – und wir begnügen uns mit Brosamen, mit den Resten ihrer Tafel. Wir haben also das Recht, sie zur Herausgabe unseres Anteils zu zwingen.« Das sagte sich jedenfalls manch einer von uns mehr als einmal.

Jeder Mafioso weiß genau, wo seine Macht letztlich herkommt: Die Leute haben Angst, verletzt zu werden, und keiner möchte auch nur im entferntesten Gefahr laufen, ermordet zu werden. Der Mafioso dagegen hat keine Angst, er nimmt das Risiko auf sich und setzt infolgedessen auch das Leben anderer aufs Spiel.

Ich habe das alles erzählt, um verständlich zu machen, wie sich Giuseppe Di Cristina eines Tages die Entführung des Gaetano Graci in den Kopf setzte. Di Cristina hatte telefonisch mit seinem nach Venezuela ausgerissenen liebsten Freund Totò Greco »Cicchiteddu« gesprochen. Dem ging es dort schlecht, weil er keinen Pfennig mehr hatte, und das, obwohl er noch wenige Monate zuvor einer der mächtigsten Männer Palermos gewesen war. Di Cristina sagte, daß ihn dieses Gespräch zutiefst geschmerzt habe, daß die Welt wirklich ungerecht sei und daß man etwas tun müsse, um Totò aus diesem

Elend herauszuholen. Daher schlug er meinem Bruder die Entführung Gracis vor. Pippo sagte mir allerdings, daß er nicht an die altruistische Begründung Peppe Di Cristinas glaubte: Seiner Ansicht nach hatte dieser sich nicht zur Nächstenliebe bekehrt, sondern wollte sich lediglich bereichern und gleichzeitig Francesco Madonia ärgern, der der Beschützer Gracis und Di Cristinas Gegner war.

Pippo erinnerte Di Cristina an das absolute Verbot von Entführungen in Sizilien, das gerade eben von der Regionalkommission, der Di Cristina selbst angehörte, verhängt worden war. Di Cristina sagte darauf, daß er diese Vorschrift nicht verletzen würde: Er wollte Graci außerhalb Siziliens entführen, zum Beispiel in Rom, wo der Unternehmer öfter hinfuhr und normalerweise im Hotel Jolly wohnte. Mein Bruder sprach sich auf alle Fälle gegen dieses Vorhaben aus, doch Di Cristina ließ den Plan nicht sofort fallen. Er redete noch längere Zeit immer wieder davon, und zwar nicht immer mit den geeigneten Leuten. Ich erinnere mich da an ein Gespräch in den Büros der kommunalen Steuerbehörde von Palermo, bei dem ich zugegen war: Di Cristina sprach ausgerechnet mit Ignazio Salvo darüber. Salvo zuckte nicht mit der Wimper. Nicht umsonst hatte er den Ruf eines leidenschaftslosen, unerschütterlichen Mannes. Nun gehörte Ignazio Salvo ja einem doppelten Machtsystem an (dem der Mafia und dem der legalen Macht, W. R.), und so war er ziemlich bestürzt und beunruhigt, als er von einem derart subversiven Plan hörte. Er unterrichtete sofort Stefano Bontade.

Bontade protestierte heftig bei meinem Bruder gegen das unüberlegte Verhalten Di Cristinas, das auch noch von schlechtem Geschmack zeugte. Di Cristina hatte sich noch nicht einmal überlegt, daß er in Gegenwart eines Mannes über Entführungen sprach, dessen Familie kurz zuvor selbst eine Entführung erlebt hatte (die oben berichtete Entführung Corleos, des Schwiegervaters von Ignazio Salvos Vetter Nini, W. R.).

18

Die Vettern Salvo waren die reichsten Männer Italiens, und beide waren *Uomini d'onore*. Sie waren in der Lage, Ministern Befehle zu erteilen. Heute wird Ignazio Salvo es wohl bereuen, *Uomo d'onore* geworden zu sein, Nino Salvo ist nach der Verurteilung im Maxi-Prozeß gestorben (er wurde wirklich angeklagt, starb aber bereits vor dem ersten Prozeßtag, und sein Vetter Ignazio wurde während der Fertigstellung dieser Übersetzung, im September 1992, ermordet, W. R.). Mir wurden die Salvos von Gaetano Badalamenti vorgestellt. Er war mächtig stolz auf ihre Freundschaft und hütete sie eifersüchtig. Badalamenti sagte einmal zu Pippo: Würde man bekanntmachen, daß die Salvos *Uomini d'onore* sind, gäbe es eine wahre Prozession, um Gefallen von ihnen zu erbitten. Um die Wahrheit zu sagen, es gab diese Prozession sowieso, und zwar weil ihre Steuereintreibungsstellen und ihre Firmen sich immer mehr mit *Uomini d'onore* und Verwandten und Freunden von Mafiosi füllten. Ich selbst habe sie einmal gebeten, dem Sohn des Repräsentanten von Ramacca Arbeit zu geben. Und der wurde dann für fünf oder sechs Monate in einer Steuereinnahmestelle oder einer Bank in Caltagirone angestellt.

Die Salvos besaßen riesige Ländereien und landwirtschaftliche Unternehmen. Ich habe einige davon besichtigt. Nahe Gela hatten sie große Weingüter. Sie gehörten zu den ersten, die ein Gesetz der Europäischen Gemeinschaft zur Subventionierung des Weinbaus ausnutzten. Die Information über die Existenz dieses Gesetzes stammte meiner Ansicht nach von Salvo Lima (früherer Bürgermeister Palermos und danach Europa-Abgeordneter. Lima wurde im Frühjahr 1992 ermordet, W. R.). Es kann aber auch sein, daß sie darüber bereits Bescheid wußten, oder sie hatten Leute, die diese Dinge für sie auskundschafteten. Tatsache ist jedenfalls, daß alle anderen erst später darauf kamen, weil sie erst nach ihnen von dem Gesetz erfahren haben. Für jeden alten Weinstock, den man ausriß, bekam man 50 000 Lire (damals umgerechnet ca. 200 DM, W. R.), und wenn man dann neue pflanzte, bekam man weitere 50 000 Lire. Was haben die Salvos also gemacht? Sie kauften ein ganzes Feudum (ehemaliges Adelslatifundium, W. R.), das vorher Mönchen gehörte, und zwar mit geliehenem Geld. Dann stellten sie Anträge, um von dieser EG-Bestimmung zu profitieren, und bekamen so das als Kredit aufgenommene Geld zurück. Das Geld investierten sie dann wirklich. Sie leiteten damit sogar einen Fluß durch diesen Riesenweinberg und ließen sechs oder sieben künstliche Seen anlegen. Dann installierten sie riesige Motoren und Pumpen, die das gesamte Gut mit dem Wasser aus den Seen besprengte. Die Seen waren ziemlich groß: Nino fuhr mich im Jeep darum herum und rühmte sich dieser Anlage als eines Prunkstücks. Es hatte ihn noch dazu nichts gekostet. In Sizilien sagte man »Geld macht Geld, und Läuse machen Läuse«.

Wir waren gut miteinander bekannt, Pippo, ich und die Vettern Salvo. Wir duzten einander und waren besonders mit Nino sehr vertraut. Der war ein offener Mensch und machte gerne Witze. Ignazio dagegen war ein verschlossener, zurückhaltender Rationalist. Außerhalb der *Cosa Nostra* waren sie überaus mächtig, ja geradezu unnahbar. Innerhalb unserer Gesellschaft waren wir aber alle gleich. Pippo und ich standen in gewissem Sinne sogar über ihnen, weil Ignazio der Vizerepräsentant eines kleinen Städtchens wie Salemi war, ich dagegen der Vizerepräsentant einer großen Stadt und Pippo sogar Provinzrepräsentant und der Sekretär der »Region«. Bei unseren Treffen nannten sie Pippo zur Begrüßung scherzhaft »Herr Präsident«. Ich war auch bei Nino Salvo zu Hause, in Palermo. Die Wohnung lag in einer Querstraße zur Via Libertà. Im gleichen Palazzo wohnte auch der Verteidigungsminister, der Abgeordnete Ruffini, ebenfalls ein enger Freund der Salvos. Vor dem Hauseingang stand stets die Eskorte Ruffinis herum, und Nino Salvo tadelte den Minister scherzhaft, weil er beim Heimkommen ständig über seine Wächter stolperte.

Als wir ihn besuchen gingen, ließ uns Nino über den Hintereingang in der Nähe der Garage eintreten, damit uns die Polizisten nicht sahen. Dort lagen einige kleine Appartements, in denen die Salvos die geheime Buchführung ihrer Gruppe versteckten. Einmal habe ich in dieser Wohnung auch mit anderen *Uomini d'onore* zu Abend gegessen. Es war eine luxuriöse Wohnung, geschmackvoll eingerichtet, sehr geschmackvoll. Das Essen wurde von zwei farbigen Dienern serviert, die kein Italienisch sprachen. Wir alle bewunderten Salvos Stil. Ein anderes Mal schliefen mein Bruder und ich in der Villa der Salvos in der Nähe ihres Hotels, des »Zagarella«. Es war dieselbe Villa, in der sich Tommaso Buscetta einige Zeit versteckt hielt. Sie war auch sehr luxuriös und recht originell: Die Betten waren in den Boden eingelassen; aber vielleicht täusche ich mich auch, und es handelte sich um die Badewannen.

Die Vettern Salvo waren auch wegen ihrer politischen Verbindungen sehr bedeutend. Wir wandten uns 1976/77 an sie, weil uns der stellvertretende Chef der Kriminalpolizei allerhand Schwierigkeiten bereitete. Dieser Dr. Cipolla war der einzige Beamte im Polizeipräsidium von Catania, der ernsthafte Ermittlungen gegen uns anstellte. Er hegte keine persönliche Feindschaft uns gegenüber, sondern tat lediglich seine Pflicht. Er war davon überzeugt, daß wir Mafiosi waren. Als Pippo während seines Gefängnisaufenthaltes operiert wurde, ließ Cipolla ihn auch im Krankenhaus überwachen. Ein anderes Mal schickte er Beamte in meine Wohnung, die mich suchen sollten, und weigerte sich dann, meinem Anwalt zu erklären, ob diese Ermittlung im Zusammenhang mit einem Haftbefehl stand oder ob es sich nur um eine einfache Vorladung ins Polizeipräsidium handelte. Ich mußte mich mehrere Monate verstecken, bis die Lage geklärt war. Für mich und Pippo war es schwierig geworden, ein ruhiges Leben zu führen, solange Cipolla in der Gegend war. Wir versuchten, ihn mit Hilfe unserer catanesischen Freunde versetzen zu lassen. Es gelang uns aber nicht. Schließlich entschlossen wir uns, nach Palermo zu fahren und die Salvos zu fragen, ob sie für seine Versetzung sorgen konnten.

Das waren noch ganz andere Zeiten. Bei der heutigen Mentalität würde man sich nicht mehr so verhalten. Einen Ermittler wie Cipolla bringt man einfach um, basta. Da verliert man keine Zeit mehr und kein Geld mit Empfehlungen und Versetzungen.

Wir trafen die Salvos in den Büros der Steuereintreibungsstelle und erklärten ihnen das Problem. Ihr Kommentar war lapidar: »Dafür braucht man Salvino.« Das war Salvo Lima, der Abgeordnete. Dazu wurde ein Termin im römischen Sitz der Firma Maniglia vereinbart, einem großen Betrieb der Bauunternehmer Maniglia aus Palermo, die dann pleite gingen. Salvo Lima hatte damals schon graue Haare. Ihm haftete der Ruf eines mafianahen Politikers an. Er kam, hörte uns aufmerksam zu (auch Nino Salvo war dabei) und sagte dann, er würde sich über das Ministerium darum kümmern. Es war das einzige Mal, daß ich ihn persönlich sah. Später teilten dann die Salvos Pippo mit, daß der damalige Innenminister Lima geantwortet habe, er solle sich noch etwas gedulden: Cipolla werde freiwillig abziehen – er habe bereits um seine Versetzung gebeten, um seiner Frau zu folgen, die Lehrerin war.

Es gab auch andere Methoden, auf die Polizei und die Justizbehörden Einfluß zu nehmen. Eine gut funktionierende Verbindung zu den Richtern und Staatsanwälten waren die Freimaurerlogen. Wir suchten Kontakte zu den Logen, weil wir wußten, daß zahlreiche Staatsanwälte und Richter dort Mitglieder waren. Auf diese Weise konnten wir Informationen über angeklagte *Uomini d'onore* erhalten und die Prozesse beeinflussen. In der Zeit des »Prozesses der 114« beschäftigte sich Giacomo Vitale mit dieser Aufgabe. Er war ein Freimaurer und ein Schwager Stefano Bontades, aber kein *Uomo d'onore*. Vitale begab sich häufig in Begleitung eines alten Mannes, den er »den Onkel« nannte, in den Justizpalast von Palermo. Dieser war ein vornehmer Herr, der einen blauen Hut und einen blauen Mantel trug. Er schüchterte einen beinahe ein. Vitale behandelte ihn mit ausgesprochener Ehrerbietung. Der Mann war ein hoher Vertreter der Logen und genoß bei den Richtern und Staatsanwälten höchstes Ansehen. Wenn sie zusammen in den Justizpalast gingen, hatte »der Onkel« überall Zutritt. Er sprach mit allen Staatsanwälten und Richtern, auch mit den allerhöchsten Stellen, und informierte sich, wie die Dinge für die angeklagten Mafiosi standen. Ich weiß das sicher, weil ich einige Male mitkam, um Informationen über die Lage Pippos zu bekommen. Ich war auch dabei, als »der Onkel« einmal aus einem Amtszimmer herauskam und zu Vitale sagte, daß die Sache für Stefano Bontade gut aussehe.

Ich habe auch den Chef der Freimaurer von Catania kennengelernt, einen pensionierten Major der Pioniertruppen. Er war Ingenieur in der Firma meines Bruders Pippo gewesen. Begann ein wichtiger Prozeß, so suchte ich ihn auf und fragte, ob er die Richter kenne und ob er zu ihnen gehen und ihr Augenmerk auf Personen lenken könne, die für uns von Interesse waren. Ich begleitete ihn einmal nach Palermo zu einem Gespräch mit dem Vorsitzenden des Berufungsgerichts, das gegen Filippo Marchese verhandeln sollte. Er war ein *Uomo d'onore*, der später berühmt werden sollte, und zwar als der Mann, der die Leichen der Leute, die er umgebracht hatte, in Säure auflöste. Damals war er aber noch ein Niemand. Er war mir vom Vizerepräsentanten seiner »Familie«, einem mir besonders teueren Freund, empfohlen worden. Auch der Vorsitzende des Gerichts war ein Freimaurer. Marchese wurde verurteilt, aber erhielt eine große Vergünstigung – die Aussetzung der Strafe, glaube ich.

Eines Tages sagte ich zu diesem Ingenieur: »Herr Ingenieur, könnten Sie mich nicht in die Loge aufnehmen?«

Darauf antwortete er: »Was sagst du denn da, Antonio!«

»Lassen Sie mich beitreten, Herr Ingenieur. Ich bitte Sie. Ich möchte wirklich Freimaurer werden.«

Er wollte nicht so recht, meine Frage schien ihm ungelegen. Schließlich entschloß er sich zu einer Gegenfrage: »Hör mal: Wärst du imstande, einen Menschen umzubringen?«

»Lassen Sie mich beitreten, dann reden wir darüber.«

Er wollte mir nicht geradeheraus sagen, daß mein Antrag unannehmbar war, weil ich Mafioso war. Doch ich hatte Spaß daran, ihn in die Enge zu treiben, und schließlich sagte er: »Hör mal. Leute wie dich wollen wir nicht. Du bist zu ausgekocht für einen Freimaurer.« Logisch, daß sie Mafiosi nicht akzeptierten. Sie waren ja nicht naiv. Sie wußten genau, daß ein Mafioso niemals die *Cosa Nostra* verraten hätte und daß er in ihre Sekte nur eingedrungen wäre, um Vorteile für sich und die Mafia zu erlangen.

Dennoch sind die Mafia und das Freimaurertum zwei Erscheinungen, die durchaus zusammenpassen; sie vereint eine gewisse Logik. 1977 unterrichtete Stefano Bontade Pippo davon, daß die Freimaurerlogen eine Verbindung mit der Mafia herzustellen beabsichtigten. Ein Doktor aus Palermo hatte die *Cosa Nostra* gebeten, ihre wichtigsten Mitglieder in eine Geheimloge einzuschreiben, deren Existenz auch den regulären Mitgliedern der Freimaurerei unbekannt bleiben sollte. Aus jeder Provinz sollten ein oder zwei aus dem Kreis der wichtigsten Persönlichkeiten ausgewählt und in diese Loge aufgenommen werden. Die Regionalkommission diskutierte über diesen Vorschlag und beschloß, ihn anzunehmen. Stefano Bontade und Michele Greco sollten Palermo vertreten, mein Bruder Catania, Totò Minore Trapani und so weiter. Welche Bindung dabei jedoch den Vorrang haben sollte, war von vornherein klar: Die Treue zum Schwur der *Cosa Nostra* stand außer Frage. Käme es zum Äußersten, hätte man das Freimaurertum zugunsten der Mafia verraten und nicht umgekehrt.

Als es später zur Auflösung der »Familie« von Catania kam, fragte mein Bruder Stefano Bontade, was nun aus der Sache mit den Freimaurern werden solle. Er bekam eine ausweichende Antwort. Pippo zeigte sich mir gegenüber jedenfalls überzeugt, daß die *Cosa Nostra* ihr Ziel erreicht habe und Bontade und Greco Freimaurer geworden seien.

Wie nützlich die Unterstützung der Freimaurer für die Mafia ist, zeigte sich im Falle Sindona (Michele Sindona, der »Bankier« der Mafia, war während der sechziger und siebziger Jahre zum Eigner des größten privaten Finanzimperiums Italiens geworden. Er wurde nach dem Zusammenbruch seiner Bankenkette in den USA verhaftet und zu 27 Jahren Gefängnis verurteilt. 1988 wurde er nach Italien ausgeliefert und starb kurz danach im Hochsicherheitstrakt von Volterra an vergiftetem Espresso, angeblich Selbstmord, W. R.). Auf wen stützte sich Sindona, als er nach Sizilien kam? Er stützte sich auf uns und auf die Freimaurer, allerdings auf die regulären. Ich habe von Francesco Cinardo erfahren, daß Sindona sogar nach Caltanissetta kam und sich dort mit einem überaus wichtigen Notar traf, der ebenfalls Freimaurer war. (Die Passage spielt an auf die von Sindona Mitte der siebziger Jahre in den USA vorgetäuschte Entführung, mit der er Zeit für die Rettung seines Imperiums gewinnen wollte. Er ging dabei jedoch so unvorsichtig vor, daß ihm die Polizei in Sizilien selbst auf die Spur kam und in diesem Zusammenhang mehrere große Schläge gegen die palermitanischen »Familien« führen konnte, W. R.)

Über der *Cosa Nostra* gibt es nichts. Es gibt keine »dritte Ebene«, die uns Befehle erteilt. (»Dritte Ebene«, »terzo livello«: ein in verschiedenen Untersuchungen verwendeter, dann populär gewordener Begriff für ein vermutetes – jedoch nie bewiesenes – Leitorgan, in dem die Regionalkommission der *Cosa Nostra* oder deren Vertreter mit Politikern zusammensitzen und Entscheidungen fällen, W. R.) Da bin ich sicher. Die *Cosa Nostra* ist autonom. Wenn schon, dann erteilen die Mafiosi Politikern Befehle, auch auf indirekte Weise – indem sie so tun, als würden sie einen Gefallen von ihnen erbitten. Ihr Stil ist der von Michele Greco, der von der Anklagebank aus den Richtern des »Maxi-Prozesses« und ihren Familien seinen »Segen« erteilte: Es war eine furchtlose Drohung gegen die Geschworenen und ihre Kinder, wobei die Worte doch wie eine Segnung klagen. (Greco sagte: »Ich bin unschuldig. Möge der Herr Sie, Herr Vorsitzender, die Richter und alle Ihre Angehörigen segnen« – was auch so verstanden werden kann, daß im Falle einer Verurteilung dieser Segen sich in einen Fluch verwandelt, W. R.)

Dabei sind es die Mafiosi, die bezahlen. Oder wie stellt ihr euch vor, daß Pippo die Aufträge für seinen Betrieb schon 1962 an Land ziehen konnte? Er kaufte sich die Arbeit, kaufte sie, indem er fünf bis zehn Prozent an die entscheidungsbefugten Regionaldezernenten (in etwa vergleichbar den deutschen Länderministern, W. R.) bezahlte und fünf Prozent an Carlo Laterza, den Anwalt, der die Sache vermittelte. Gegen Ende der fünfziger Jahre führte die Firma Costanzo die Wahlkampagne für den Abgeordneten Milazzo durch. Und zwar durch ihren Angestellten Giovanno Conti, dessen einzige Aufgabe es war, Kontakt zu den Politikern zu halten und Aufträge von ihnen zu kaufen. Graci hingegen stützte sich auf einen Sozialisten. Ich weiß nicht, ob die beiden Teilhaber waren.

Daß ein Politiker zum *Uomo d'onore* wird, ist unwahrscheinlich. Innerhalb der *Cosa Nostra* gibt es ein großes Mißtrauen gegen Politiker, weil sie treulos sind, ihre Versprechen nicht halten und sich immer als verschlagen erweisen. Es sind Leute, die nicht zu ihrem Wort stehen, keine Prinzipien haben. Dieses Mißtrauen ist in der letzten Zeit noch gewachsen. In den fünfziger und sechziger Jahren wurden Politiker leichter zur Mafia zugelassen. Heute ist das sehr schwierig. Aber auch sie selbst wollen das nicht mehr, unter anderem deswegen, weil sie Angst vor Mafiaaussteigern haben. Anders liegen die Dinge, wenn ein *Uomo d'onore* irgendwann selbst Politiker wird. Es ist nicht verboten, im Gegenteil, die *Cosa Nostra* sieht das gerne.

Sicher, die Politiker versuchen die *Cosa Nostra* zu beeinflussen, sie für ihre Parteiinteressen zu nutzen und mit ihrer Hilfe konkurrierende Politiker zu schlagen. Mag sein, daß Ciancimino die Corleoneser wirklich beeinflußt hat (Vito Ciancimino war von Ende der fünfziger Jahre bis Mitte der achtziger Jahre einer der einflußreichsten Christdemokraten Palermos. Mittlerweile wurde er zu einer Haftstrafe verurteilt, W. R.). Doch das geschah eher dadurch, daß er sie über die Haltung seiner Parteifreunde oder anderer Parteien gegenüber der Mafia informierte, als daß er jemandem wirklich Befehle erteilt hätte. Ciancimino mag gesagt haben: »Dieser Abgeordnete wird euch Unannehmlichkeiten machen, weil er ein Gesetz gegen kriminelle Vereinigungen erlassen will, oder weil er dies und jenes tun möchte ...« Vielleicht hat er ihnen auch die Dinge in einer Weise dargestellt, daß danach ein Mensch umgebracht wurde, der ihn geärgert hatte. Und zwar indem er ihm Sachen in die Schuhe schob, die nicht der Wahrheit entsprachen.

Nach Parteiversammlungen, auf denen das Thema Mafia und die politische Linie bezüglich der Mafia besprochen wurden, gab es sofort ein regelrechtes Rennen zu den Bossen der *Cosa Nostra*. Die mafianahen Politiker taten nichts anderes, als die Chefs der *Cosa Nostra* gegen die anderen Politiker, ihre Kollegen, aufzuhetzen. »Weißt du, was jener Minister gesagt hat? O je, grauenhaftes Zeug! Glücklicherweise war ich dort und habe ihn beruhigt, danach hat man von etwas anderem gesprochen.« »Weißt du, was er über deine Familie gesagt hat? Meine Güte, haßt der euch. Der will euch um jeden Preis verhaften lassen.« »Seid vorsichtig, sie haben jetzt dies oder das vor.« Der Mafioso regte sich naturgemäß auch sofort auf: »Nun schau dir mal diesen Scheißkerl an!« »So ein Hurensohn, dem werd' ich's zeigen!«

Oder sie stellten sich als Opfer dar. Wie z. B. dieser saubere Kerl von Graziano Verzotto, der meinem Bruder erzählte, er sei in seiner Zeit als sizilianischer Regionalsekretär von der Leitung der Christdemokraten nach Rom gerufen worden: »Die haben mir gesagt, daß sie mich aus der Partei werfen und nicht mehr bei Wahlen aufstellen, wenn ich weiter mit Mafiosi rummache«, erzählte Verzotto meinem Bruder Pippo. »Sie haben mir zur Auflage gemacht, nicht mehr mit Di Cristina, Peppe Russo und den anderen zu verkehren. Wißt ihr, was ich ihnen geantwortet habe? ›Wenn ihr mich aus der Partei ausschließt, sage ich, daß Rumor (der damalige Ministerpräsident, W. R.) ein Päderast ist und der Papst ebenfalls und so weiter.‹«

Kein Politiker war jemals Mitglied der Regionalkommission. Die Beziehung zwischen Mafia und Politik war zwar stets sehr eng und ist es immer noch. Doch immer wird ein gewisser Abstand zwischen Mitgliedern und Nichtmitgliedern der *Cosa Nostra* eingehalten, ebenso zwischen denjenigen, die nein sagen können, und denen, die bestimmte Aktionen ausführen müssen. Als ich noch in Sizilien war, gab es sehr viele Politiker, die mit der Mafia verstrickt waren. Abgeordnete, Dezernenten und Regionalabgeordnete, sie alle erhielten Unterstützung von der Mafia und erbaten von den *Uomini d'onore* umfangreiche Vergünstigungen. Normalerweise taten ihnen die Mafiosi diese Gefallen, doch sie konnten auch nein sagen, ohne daß ihnen etwas passierte. Verlangten aber umgekehrt die Mafiosi etwas von den Politikern, gab es keine Wahl: Diese mußten tun, was man von ihnen wollte. Sie konnten nicht nein sagen oder sich herausreden.

Die Mafiosi fühlten sich den Politikern, auch den befreundeten, immer überlegen. Don Paolino Bontade, der Vater Stefanos, hat einmal einen Abgeordneten öffentlich geohrfeigt. Agatino Ferlito machte dasselbe mit dem Abgeordneten Drago während einer Sitzung der Christdemokraten in Catania. Drago hatte ein Verhalten an den Tag gelegt, das Mafiosi stets verstimmt – er hatte nämlich die Unterstützung Agatino Ferlitos und seiner Gruppe für die Christdemokraten bei Wahlen geschmälert, als er erfuhr, daß Agatino ein Wahlmann der Partei in Catania war, einer, der Tausende von Stimmen lenkte. Die einzige Schuld Agatinos bestand darin, daß er seine Stimmen seinem Neffen Orazio zuschanzte, der für den Stadtrat kandidierte, und nicht Dragos Leuten.

Ich kenne einen Fall aus den sechziger Jahren, in dem ein *Capomafia* aus Palermo das Regionalparlament Siziliens (entspricht etwa einem deutschen Landtag, W. R.) gezwungen hat, ein bestimmtes Gesetz nicht zu verabschieden. Damals waren einige *Uomini d'onore* Abgeordnete im Regionalparlament. Diese Mafiosi-Abgeordneten wandten sich an einem bestimmten Punkt an ihre »Familien«, weil sie nicht wünschten, daß ein bestimmtes Gesetz durchkam, und zu diesem Zweck den Sturz der Regierung provozieren wollten. Nun gab es natürlich andere Abgeordnete, die nicht zur Mafia gehörten und die für dieses Gesetz waren und dafür stimmen wollten. Daher schickte Salvatore Greco Männer vor die Häuser dieser Abgeordneten, die die Parlamentarier am Verlassen ihrer Häuser hinderten, so daß sie nicht zur Abstimmung fahren konnten. Das Gesetz wurde nicht angenommen.

Von den siebziger Jahren an hat die Regionalkommission der *Cosa Nostra* mit der Empfehlung bestimmter Parteien bei den Wahlen zum nationalen Parlament in Rom begonnen. Es handelte sich tatsächlich um eine Empfehlung, nicht um einen Befehl. Wir wußten ja bereits, für und gegen wen wir stimmen mußten. Die *Cosa Nostra* war stets gegen die Kommunistische Partei und gegen die Linke. Sie war gegen die gesamte Linke, auch gegen die Sozialisten Craxis, nicht aber gegen die Sozialdemokraten. Die kann man wählen, und wir haben sie auch oft genug gewählt. Auch die Faschisten mochten wir nicht, obwohl es Abgeordnete der neofaschistischen Partei gab, die als Anwälte Leute der *Cosa Nostra* verteidigten. Während meiner Zeit in Catania gab es die Anweisung, Parteien der Mitte zu wählen, die sogenannten »demokratischen« Parteien. Das muß man nicht eigens erklären, weil es einfach logisch ist: Die *Cosa Nostra* wächst, solange Chaos herrscht. Je größer das Chaos, um so besser kommt die *Cosa Nostra* voran. Kommt eine totalitäre Partei an die Macht, ist es aus mit der *Cosa Nostra*. Welches aber waren die totalitären Parteien? Die Kommunisten, die Sozialisten und die Faschisten. Die Christdemokraten waren eine demokratische Partei, wirklich demokratisch. Sie teilte die Macht, man konnte sich mit ihr einigen, man konnte... wesentlich besser betrügen. Diese Orientierung ist der *Cosa Nostra* immanent. Wir wußten immer, daß man sich nicht nach links wenden und daß man mit den Kommunisten nicht paktieren konnte.

Die Politiker liefen uns stets nach, weil wir über viele, sehr viele Stimmen verfügten. Zur genaueren Vorstellung, wieviel die Mafia bei einer Wahl zählt, reicht es, sich die »Familie« von Santa Maria del Gesù vorzustellen. Sie zählte 200 Mitglieder: Eine erschrekkende Schlagkraft, wenn man sich vergegenwärtigt, daß jeder *Uomini d'onore* in seiner Verwandtschaft und seinem Freundeskreis über 40–50 Personen verfügt. In der Provinz Palermo gibt es zwischen 1500 und 2000 *Uomini d'onore*. Multipliziert mit 50 sind das 75 000 bis 100 000 Stimmen, die man befreundeten Parteien und Kandidaten zuführen kann. (Die gesamte Provinz Palermo hat ca. 750 000 Wahlberechtigte, die Mafiastimmen machen so nach der Angabe Calderones 10 bis 15 Prozent aus, W. R.)

So um 1976 erzählte mir Stefano Bontade, er war der *Capomafia* von Santa Maria del Gesù, von Giuseppe Insalaco, dem christdemokratischen Bürgermeister von Palermo, der im Januar 1988 ermordet wurde. Stefano sagte mir, daß Insalaco sein Vertrauen habe und er ihm die Wahlkampagne vorbereiten würde, eine überzeugende, entscheidende Unterstützung für Insalaco. Ich erinnere mich an eine scherzhafte Bemerkung Stefanos: »Soweit bin ich heruntergekommen – jetzt mache ich schon eine Wahlkampagne für den Sohn eines Carabinieri aus dem Polizeipräsidium!«

Die *Cosa Nostra* hat erst relativ spät erkannt, nach 1970/75, wie wichtig es ist, *Uomini d'onore* in der Politik zu haben, d. h. ihre eigenen Vertreter hineinzuschicken, mit den eigenen Stimmen. Es sind Leute, zu denen man nicht hingehen und sie um etwas bitten muß, weil sie schon selbst wissen, was zu tun ist. Es sind Leute, die unmittelbar die Interessen der Mafia vertreten, und zwar der »Familie«, aus der sie kommen, und die man für Kommunal- und Regionalwahlen und sogar fürs Parlament aufstellen kann. Ich wußte vor allen anderen, daß das wichtig ist. Ende der sechziger, Anfang der siebziger Jahre hatte ich vor, in der Republikanischen Partei (PRI) für die Regionalversammlung zu kandidieren. Ich war meiner Wahl sicher, weil die PRI eine kleine Partei war, die wir gut kontrollieren konnten. Ich sprach darüber mit meinem Bruder, doch dann ließen wir es sein. Tatsächlich hatte ich selbst ja nur wenig Zeit für Politik: In meinem Kopf gab es nur die *Cosa Nostra*. Ich dachte an nichts anderes.

Diese Episode hat nichts zu tun mit der Geschichte der Beziehungen zwischen dem Abgeordneten Gunnella (er gilt bis heute als einer der mafianächsten Politiker und wurde 1991 aus der Republikanischen Partei ausgeschlossen, W. R.) und Giuseppe Di Cristina. Ich meine damit die durch Aristide Gunnella vermittelte Anstellung Di Cristinas bei der sizilianischen Bergbaugesellschaft: Gunnella war Berater dieser Staatsfirma und Mitglied der Republikanischen Partei. Ich wollte für die PRI kandidieren, weil in ihr wenige persönliche Stimmen zum Erfolg reichten. Die Mafiosi hegten ihr gegenüber keine spezielle Sympathie. Solange sie zum politischen Zentrum gehörten, waren alle politischen Parteien gleich gut für uns.

Die Familie Di Cristina ist ein geradezu klassisches Beispiel für die Politik der *Cosa Nostra*. Die Di Cristinas waren seit drei Generationen die *Capimafia* von Riesi. Der Vater Giuseppe Di Cristinas hieß Francesco. Er war ein guter, großzügiger *Uomo d'onore*, den alle mochten und der ganz nach den traditionellen Regeln der *Cosa Nostra* lebte. Er starb eines natürlichen Todes, seine Beerdigung war großartig, ganz Riesi hat ihn beweint. Giuseppe trug denselben Vornamen wie sein ebenfalls mafioser Großvater. Zunächst unterstützten er und sein Bruder Antonio die Christdemokraten. Sie gehörten der Partei selbst an. Riesi war eine kommunistisch regierte Stadt, geradezu oberkommunistisch, bis die Di Cristinas beschlossen, politisch aktiv zu werden. Sie hebelten die Kommunisten aus, und Antonio wurde in sehr jungen Jahren Bürgermeister von Riesi. Dann heiratete er die Tochter des ehemaligen kommunistischen Bürgermeisters. Als es später den Skandal wegen der Verflechtungen der Christdemokratischen Partei Siziliens mit der Mafia gab, wurde Giuseppe Di Cristina schlecht behandelt, aus der Partei geworfen und in Verbannung geschickt. Da brach er mit dem christdemokratischen Abgeordneten Calogero Volpe und ging zu Gunnella über. Aus Trotz, aber auch weil ihm Gunnella die Salvos und den Unternehmer Maniglia vorgestellt hatte. Es ist sinnlos, wenn Gunnella all das abstreitet und behauptet, Di Cristina sei nur ein einfacher Angestellter in der sizilianischen Bergbaugesellschaft gewesen. Sie waren befreundet, und Di Cristina hat ihm und seiner Partei in Riesi bei den Parlamentswahlen 1968 300 bis 400 Stimmen verschafft.

Ich weiß nicht, ob Gunnella ein *Uomo d'onore* ist. Mir selbst wurde er nicht als solcher vorgestellt. Von den im Parlament sitzenden nationalen Politikern habe ich als *Uomo d'onore* Concetto Gallo, Calogero Volpe und einen weiteren Mann aus der Provinz Agrigent kennengelernt. Außerdem gab es noch den Abgeordneten Giuseppe Guttadauro aus Palermo, einen monarchistischen oder liberalen Deputierten, der jedoch in der *Cosa Nostra* nie besonders aktiv war. Er und seine Brüder waren Obsthändler, und sie waren Mitglieder der Mafia zu einer Zeit, als manche Leute das taten, um sich überlegen zu fühlen und um ihren Besitz besser schützen zu können.

Meine »Familie« hat bei Parlamentswahlen mehrere Kandidaten

unterstützt. Lange Zeit war es der Abgeordnete Lupis, der Sozialdemokrat, von dem ich schon mehrere Male gesprochen habe. Nach seinem Tod suchte mich ein anderer sozialdemokratischer Abgeordneter zu Hause auf, der wollte die Wähler erben. Die übernahm dann jedoch Lupis' Privatsekretär, Bonomo, von dem ich schon anläßlich des »Paßamtes« der »Familie« erzählt habe. Er war außerdem mit Nitto und den Cursotis befreundet.

Die Costanzos unterstützten fast alle Parteien und gaben ihnen Geld. Sie hatten aber auch einen festen Abgeordneten, den christdemokratischen Abgeordneten Russo, für den auch wir einige Male gestimmt haben.

19

So um 1973/74 tauchte am Horizont eine unvermutete Gefahr für die »Familie« auf. Eine ganze Menge Leute, vorwiegend Kaufleute aus dem Zentrum, erschienen nach und nach bei Pippo, Nitto und mir und baten um Schutz. Sie machten sich Sorgen, weil sie anonyme Anrufe erhalten hatten und aufgefordert worden waren, den *Pizzo* (im Süden üblicher Name für Schutzgeld, W. R.) zu zahlen. Das waren keine Amateure: Die Drohungen wurden sofort in die Tat umgesetzt, wenn jemand sich zu zahlen weigerte. Einige Kaufleute waren bereits durch Anschläge auf ihre Geschäfte geschädigt worden, anderen hatte man in die Beine geschossen. Alle baten uns, etwas zu unternehmen und gegen diese Lumpen vorzugehen.

Viele Kaufleute gingen zu Nitto Santapaola, weil er der Bekannteste von uns war. Nitto wandte gegen die Erpresser eine Zeitlang folgende Taktik an: Er befand sich zur selben Zeit in den Geschäften, zu der die Erpresser normalerweise anriefen, und antwortete ihnen selbst. Er sagte, wer er sei, und forderte die Erpresser auf, sich zu erkennen zu geben und vorbeizukommen, er werde sie dann zufriedenstellen ... Viele verschwanden von der Bildfläche, kaum hatten sie seinen Namen gehört. Andere jedoch (die sich der Lage nicht bewußt oder besonders eingebildet waren) kamen und sagten: »Lieber Nitto, du mußt schon entschuldigen. Wir wußten nicht, daß das deine Sache ist, daß diese Person unter deinem Schutz steht. Wir wollten uns nicht einmischen ... Na, jedenfalls, da du mit drin bist, werden wir's nicht wieder tun.« Nun beharrte jedoch Nitto: »Aber nein, um Himmels willen. Redet doch nicht so daher. Ihr habt doch Geld verlangt? Also müßt ihr es euch nehmen, ihr habt es euch verdient. Ihr seid tapfer und mutig. Kompliment.« Er steckte diesen Gaunern Geld in die Tasche und schickte sie weg. Danach ließ er sie durch seinen Bruder Nino umbringen, oder er tötete sie selbst.

Seit Beginn der Auseinandersetzungen mit den gewöhnlichen Kriminellen kam es zu Meinungsverschiedenheiten zwischen Pippo und mir auf der einen und den Santapaolas auf der anderen Seite. Wir hielten die Stärke der »Familie« von Catania nicht für vergleichbar mit jener der palermitanischen »Familien«. Wir waren nicht imstande, Verbrecherbanden durch Terror und Mord zu unterwerfen. Wir mußten uns irgendwie mit ihnen einigen. Pippo und ich hatten erkannt, daß unsere Feinde zu zahlreich waren: Hunderte und Aberhunderte junger Kerle, die in ihren Stadtvierteln in kleinen Gangs von ursprünglich zehn bis 15 Personen aufgewachsen waren, sich dann nach und nach vergrößert hatten und zu schlagkräftigen, gut ausgerüsteten Banden geworden waren. Zusammen waren sie mit Sicherheit stärker als wir Mafiosi.

Sicher, wir hatten mehr Erfahrung und waren besser organisiert. Doch am Ende waren wir gerade 35 *Uomini d'onore* gegen ein Heer von 1000 bis 1500 zügellosen Burschen, die allein schon durch ihre Anzahl imstande waren, uns zu überwältigen. Die Santapaolas dachten dagegen, diese Gangster würden, nachdem sie ein paar von ihnen aus dem Weg geräumt und ihrer Schutzgelderpressung immer wieder Widerstand entgegengesetzt hatten, von Catania abhauen oder sich von uns befehligen lassen. Außerdem hielten Nitto und seine Brüder ihre Zahl auch für gar nicht so groß. Sie glaubten, nur ein paar Banden von Wirrköpfen vor sich zu haben, die es mit der Angst zu tun bekommen und sich davonmachen würden, sobald wir ihnen unsere Waffenstärke zeigten.

Die Santapaolas waren im Viertel San Cristoforo aufgewachsen und daher überzeugt, nahezu all unsere Feinde zu kennen. Die Dinge lagen jedoch ganz anders. Die Verbrecherbanden kamen aus allen möglichen Vierteln, nicht nur aus San Cristoforo. Lediglich die Laudanis und die Carcagnusis kamen von dort. Die Cursotis, die Pilleras, die Malpassotis und die Ceusis hatten anderswo ihre Stützpunkte, auch im Hinterland von Catania. Einige waren überdies gerade dabei, auch Filialen im Norden aufzubauen. Die Cursotis zum Beispiel hatten bereits Gruppen in Mailand und Turin gegründet. Weil sie immer wieder neue Leute aufnahmen, veränderten sich die Banden ständig. Dem ursprünglichen Kern schlossen sich neue Gruppen an, von denen sich viele aus völlig unbekannten Gesichtern zusammensetzten. Das bedeutete einen weiteren Vorteil uns gegenüber: Sie kannten uns, sie wußten genau, wer wir waren, denn wir waren bekannt wie bunte Hunde. Wir dagegen wußten nicht, mit wem wir es zu tun hatten.

Wenn es einen Anschlag auf uns Mafiosi gab, berichteten die Zeitungen darüber. Die gesamte Unterwelt wußte davon und gab Kommentare dazu ab. Wir aber hatten keine Ahnung, wer es gewesen sein könnte. Wir hatten noch nicht einmal Anhaltspunkte für unsere Vermutungen, denn wir besaßen keine vollständige Liste unserer Feinde. Wir mußten gegen einen Feind kämpfen, den wir nicht kannten. Ich selbst wurde in Turin 1984–86 von einem gewissen Parisi, einem gewöhnlichen catanesischen Verbrecher verpfiffen: Er behauptete, mich zu kennen, und sagte, ich sei ein Mafioso. Ich hatte ihn jedoch nie zuvor gesehen und nicht die geringste Ahnung, wer er sein könnte. Obwohl dieser Mann ein professioneller Räuber war und bereits 17 Morde begangen hatte. Obwohl ich seit meiner Geburt in Catania gelebt hatte und mit 27 Jahren *Uomo d'onore* geworden war, hatte ich nie von ihm reden gehört und war ihm nie begegnet.

Solche Banden funktionierten folgendermaßen: In jedem Viertel gab es eine oder zwei Banden von Jungen, die Autos klauten oder auch bloß die Reifen und die Autoradios. Dann wurden diese Gruppen größer und begannen mit Schutzgelderpressungen, Raub und Mord. Die einzelnen Burschen spezialisierten sich allmählich. Einige von ihnen waren ja besonders aufgeweckt, entschlossen, sich ihren Weg zu bahnen. Mancher von ihnen ist später sogar *Uomo d'onore* geworden. Bei Raubüberfällen waren sie besonders gut, dieses Handwerk verstanden sie ausgezeichnet. Wenn einer ein guter Räuber ist, kann er alles andere auch. Es ist nämlich schwieriger, einen Raub durchzuführen als einen Mord. Zwischen dem Betreten und dem Verlassen des Tatorts liegen immer drei, vier Minuten. Während der ganzen Zeit muß man genau wissen, wie man sich anstellt, wie man sich verhält und alles perfekt unter Kontrolle hält. Ein Mord dagegen dauert 40 bis 50 Sekunden, maximal eine Minute: die Zeit fürs Anlegen, Schießen und Abhauen.

Viele der gewöhnlichen Verbrecher Catanias waren Räuber, die ihre Aktionen sogar in Banken mit Wachpersonal auszuführen verstanden. Einer der Burschen aus der Bande blieb vor dem Wachmann stehen und fragte: »Kannst du mir Feuer geben?« Der andere legte ihm schnell den Arm um den Hals und zog ihm die Pistole heraus.

Es gab noch eine andere Möglichkeit für die »Familie«, auf die Bedrohung durch die gewöhnlichen Kriminellen zu reagieren: Einige von uns schlugen vor, uns ebenfalls zu vergrößern und uns zu einem kleinen Heer von 300–400 Personen zusammenzurotten; und zwar indem wir die gefährlichsten dieser Banden in die *Cosa Nostra* aufnahmen. Denn wodurch waren diese Banden so groß geworden? Dadurch, daß sie jeden aufnahmen, der sich ihnen anbot, ohne Wartezeiten, ohne Initiation, ohne Prüfung, ohne Nachforschungen über die Familie, aus der sie kamen. Was kümmerte es den Chef der Carcagnusis oder der Curtosis schon, ob ein junger Anwärter der Sohn oder ein enger Verwandter eines Polizisten war, seine Mutter Prostituierte oder ob sein Vater oder sein Bruder von der Mafia umgebracht worden war? Der Junge mußte bloß aufgeweckt und aggressiv sein und natürlich gut schießen können. So sollten auch wir es nun machen.

Doch nur wenige waren damit einverstanden, die meisten von uns waren dagegen. Die Annahme dieses Vorschlags hätte das Ende der *Cosa Nostra* bedeutet, den Verrat an ihrem Geist, eine Verwandlung in ein Sammelsurium von Straßenräubern, ohne Gesetz und Ehre, die sich nur wenn Not am Mann ist miteinander verbünden und danach wieder ihr eigenes Süppchen kochen. Ganz abgesehen von der immensen Gefahr, damit Spitzel und billige Verräter aufzunehmen. Oder auch Menschen, die nicht verstanden, daß wir aus prinzipiellen Gründen rückhaltlos gegen den Staat, die Justiz und die Polizei waren. Wir erstatteten nicht einmal Anzeige, wenn uns etwas gestohlen wurde. Ein *Uomo d'onore* durfte seinen Fuß nicht in ein Polizeirevier setzen, es sei denn, wenn er verhaftet wurde natürlich. Innerhalb der *Cosa Nostra* gab es eine lange Diskussion über die Erstattung von Anzeigen wegen Autodiebstahls. Am Ende beschloß man, sich einen Ruck zu geben, und erlaubte den *Uomini d'onore*, im Falle eines Autodiebstahls Anzeige zu erstatten. Doch nicht mit dem Ziel, die Versicherungssumme zu kassieren. Die Ausnahme von der Regel sollte nur verhindern, daß die Polizei die falschen Leute anschuldigte, wenn das Auto bei einem Raub oder einem Mord benutzt wurde. Und um zu verhindern, daß sich die üble Angewohnheit der Corleoneser verbreitete, kriminelle Aktionen so zu planen, daß der Verdacht auf andere fiel.

Derartige Probleme freilich kannten die catanesischen Verbrecher, die Durchschnittsräuber oder Schutzgelderpresser überhaupt nicht. Ich kann mir auch keinen Burschen aus San Cristoforo vorstellen, der über solche Dinge nachdenkt oder sich mit derart komplizierten Problemen auseinandersetzt. Die Nachforschungen, die die *Cosa Nostra* über junge Leute anstellte, die *Uomini d'onore* werden wollten, waren überaus sorgfältig. Man prüfte sie auf Herz und Nieren und forschte am Ende sogar noch in der Biographie ihrer Eltern. Stellt euch nur vor: Einmal hat man Michele und Salvatore Greco vorgeworfen, daß ihr Vater in den zwanziger oder dreißiger Jahren während eines Prozesses zu den Richtern gesagt hatte, er fordere Gerechtigkeit für den Mord an einem seiner Brüder! Genau deshalb war Michele Greco 1975 recht umstritten gewesen: Ein *Uomo d'onore* verlangt von niemandem Gerechtigkeit, und schon gar nicht vom Staat. Er muß imstande sein, sich seine Gerechtigkeit selbst zu verschaffen.

Wir konnten also nicht großzügiger sein als bisher und Unbekannte, Nachkommen von irgend jemand, in der »Familie« zulassen. Die *Cosa Nostra* von Catania war stets eine sehr geschlossene und geheime Gesellschaft gewesen, weil sie eine überaus strenge Politik der Auswahl betrieben hatte; strenger als die »Familien« von Palermo, die in den siebziger Jahren stark angewachsen waren. Und so wußte die Polizei auch in der zweiten Hälfte der siebziger Jahre immer noch nicht, daß es in Catania die Mafia überhaupt gab.

Währenddessen wuchsen jedoch die kriminellen Banden immer mehr an. Die Cursotis waren so zahlreich geworden, daß sie ihre Leute in ganz Italien herumschickten und an allen möglichen Orten arbeiten ließen. Da gab es Leute, die am Morgen ins Flugzeug stiegen, nach Mailand oder Bologna flogen, einen Raub durchführten und am Abend wieder zurückkehrten. Die gewöhnlichen Verbrecher hatten außerdem viel weniger Probleme als wir, Geld zu machen. Die Leute aus den Banden nahmen, was sie erwischen konnten. Sie beuteten jedes nur mögliche Terrain aus: Sie organisierten nicht nur Schutzgelderpressungen, sondern auch Prostitution und Wuchergeschäfte. Sie klauten, was ihnen in die Finger kam.

So beschloß man denn, von unserer Politik der Begrenzung abzuweichen, die Mitgliederzahl in der catanesischen *Cosa Nostra* zu erhöhen und damit unsere Schlagkraft zu stärken. Es wurden fünf oder sechs neue Mitglieder zugelassen, die wir unter den besten Kriminellen ausgewählt hatten. Darunter war auch jener Salvatore Lanzafame, von dem ich schon berichtet habe. Die neuen Mitglieder waren einige Zeit hin- und hergerissen zwischen dem Wunsch, *Uomini d'onore* zu werden, und der Angst, daß es sich um eine von Nitto Santapaola ausgedachte tödliche Falle handeln könnte; doch dann willigten sie ein. Mein Bruder hatte sie davon überzeugt, daß es hierbei keine Tricks gäbe. Gegenüber Nitto Santapaola hegte diese Fünfergruppe jedoch weiterhin starkes Mißtrauen; unter anderem auch deshalb, weil der Stärkste und Unternehmungslustigste von ihnen, Alfio Ferlito, sich gleich nach seiner Aufnahme in die »Familie« Nitto entgegenstellte. Bald wurde uns allen klar, daß der eine den anderen früher oder später umbringen würde. Kaum kannte Ferlito Gruppierungen innerhalb der *Cosa Nostra*, stellte er sich zudem auf die Seite der Gruppe Inzerillo/Bontade, während Nitto damals bereits eng mit den Grecos/Corleonesern verbündet war. Ihre Beziehungen zu den verschiedenen Fraktionen der Palermitaner gaben für Ferlito und Santapaola ein weiteres Motiv ab, sich gegenseitig umzubringen.

Außerdem hatte die Fünfergruppe auch keinen sonderlich guten Einstand. Sie blieb immer ein wenig abseits und hielt Distanz zum Rest der »Familie«. Ihre Gegenwart trug also nicht dazu bei, die Solidarität zu stärken, sondern vermehrte eher die Zwietracht. Die fünf Burschen wurden sich nach einiger Zeit klar, daß alles in gewissem Sinne ein Bluff war. Als sie noch außerhalb der »Familie« standen, hatten sie uns Mafiosi aus Catania für so etwas wie Gottvater gehalten. Doch als sie dann selbst in der »Familie« waren, erkannten sie, daß wir eben auch nur Menschen waren. Wir hatten auch nicht mehr Grips als die anderen. Sie waren enttäuscht.

Doch als Killer waren sie außerordentlich gut. Sie hatten viel Erfahrung im Rauben und Morden. Sie hatten keine Angst, waren präzise und gut vorbereitet. Wir beauftragten zwei dieser Burschen damit, einen Mann, der in einem Auto voller Frauen saß, umzulegen. Die Burschen stoppten den Wagen und erschossen ihn in aller Ruhe, ohne jemand anderen zu verletzen. Sie mordeten, diese fünf Burschen, aber ansonsten waren sie liebe, gutmütige Menschen. Sie brachten nicht aus Bosheit um. Sie töteten, weil sie wußten, daß diese Leute sowieso sterben würden, daß sie bereits zum Tode verurteilt waren.

Sie waren alle unter einem bösen Stern geboren, und am Ende sind sie auch alle ermordet worden. Mit Ausnahme von Turi Pillera, der jetzt eine Gruppe von 400 Leuten kommandiert und stets Glück gehabt hat. Als er 17 war, legten ihm die Carcagnusis einen Hinterhalt, doch es gelang ihnen nicht, ihn umzubringen. Sie durchlöcherten ihn mit Schüssen aus Maschinenpistolen, aber Pillera starb nicht, im Gegensatz zu seinem Vater, der sich in seiner Nähe aufhielt. Ein andermal, nach seinem Beitritt zur *Cosa Nostra*, fuhr er in seinem von Schüssen durchlöcherten gelben Fiat 126 zum Landhaus meines Bruders. Er hielt ein Taschentuch an den Nacken gepreßt und kam auf mich zu: »Sie haben auf mich geschossen«, sagte er, »und mich am Nacken erwischt. Die Kugel ist noch drin.« Ich sah mir seinen Nakken an, und da die Kugel nicht allzu tief saß, holte ich sie mit der Spitze eines Messers heraus. Danach holte ich Medizin und gab ihm Antibiotikaspritzen. So überlebte er auch ein zweites Mal.

Sehen wir uns die Struktur einiger dieser Banden etwas genauer an. Ich kann natürlich nur über diejenigen sprechen, die ich selbst kenne. Beginnen wir mit den Laudanis; die kenne ich gut, weil ihr Familienoberhaupt, Sebastiano Laudani mit dem Spitznamen »Mussu i ficurinia« (Feigenkaktusschnauze), in meinem Heimatviertel wohnte und dort Ziegenhirt war. Das war eine weniger angesehene Arbeit, aber noch nicht die allerniedrigste. Die niedrigste Arbeit war die des Schafhirten. In Catania machte man einen Unterschied zwischen einem Ziegen- und einem Schafhirten. Der Ziegenhirt stand über dem Schafhirten, weil letzterer seine Tiere auf dem Land draußen hatte und bloß die Milch zu Käse weiterverarbeitete. Der Ziegenhirt dagegen hielt seine Herde in der Stadt. Er zog jeden Morgen mit den Tieren durch die Straßen und verkaufte frische Milch. Stefano Laudani war einer dieser städtischen Ziegenhirten. Ich erinnere mich, daß er seit meiner Kindheit mit seinen kleinen Söhnen, die wie seine Ziegen hinter ihm hertrotteten, durch die Straßen zog. Fünf Söhne, die heranwuchsen und auch alle Gauner wurden. Die Familie Laudani schätzte meinen Bruder Pippo sehr. Mitte der siebziger Jahre dachten wir sogar daran, einen aus der Familie zum *Uomo d'onore* zu machen. Doch als Nitto beschloß, die Macht an sich zu reißen, zogen sie an den Nordrand der Stadt und brachen mit uns. Sie machten zwei Metzgereien auf und gründeten eine kleine Erpresserbande im Viertel. Später taten sie sich mit anderen Clans der Gegend zusammen und schufen eine eigene Gruppe, die sowohl Erpressungen als auch Fleischhandel betrieb. Sie kontrollieren heute den städtischen Handel mit Schlachtfleisch und eine Bande, die auch außerhalb Catanias und in den Gemeinden der Provinz »arbeitet«.

Die Cursotis leiten ihren Namen von ihrer Herkunft aus der Via Antico Corso, einer Straße am Stadtrand Catanias, her. Ihr Chef hieß Manfredi. Er war ein Freund Nitto Santapaolas und ein noch engerer Freund Aurelio Bonomos, des bereits erwähnten Sekretärs des Abgeordneten Lupis. Die Cursotis waren eine außergewöhnliche Gruppe, weil sie sich je nach den Umständen vergrößerten oder verkleinerten. Die Mitglieder dieser Bande waren unabhängig voneinander und arbeiteten auf eigene Rechnung. Zu einem regelrechten Clan unter einem von allen anerkannten Chef wurden sie nur unter besonderen Umständen. In diesem Falle – etwa um einen großen Raub auszuführen – verbanden sie sich mit den Caragnusis, mit den Laudanis und anderen. War der Raub ausgeführt, kehrte jeder wieder zu seinen eigenen Angelegenheiten zurück. Wir kannten die Cursotis gut und haben stets darauf geachtet, daß keiner von ihnen *Uomo d'onore* wurde. Sie waren allzu unkorrekt, wechselhaft und auch ein bißchen verrückt. Mitunter brachten sie einander einfach um. Ich habe in den Zeitungen gelesen, daß im vergangenen Jahr (1990, W. R.) 15 von ihnen durch interne Konflikte umgekommen sind.

Die Caragnusis stammten aus San Cristoforo und waren ursprünglich genauso arm wie die Laudanis. Der Vater war ein Säufer, ein nutzloser Mensch. Er lebte von Diebstählen auf dem Land. Dabei versuchte er, sich den Anschein eines Mafioso zu geben, und behauptete auch, meinen Onkel zu kennen. Dabei war er nur eine gewöhnliche Feldratte, stahl Käse, Öl, Getreide und ab und zu ein Huhn, damit seine Kinder etwas zu essen hatten. Niemand achtete ihn. Nicht einmal in seiner Familie zählte er etwas. Einer seiner Söhne rief den Vater, als er ihn einmal von fern herankommen sah, und schoß ihm dann mit einem Luftgewehr eine Ladung in den Hintern. Bedeutung hatte in der Familie die Mutter. In verschiedenen Verbrecherfamilien am Stadtrand haben die Frauen bzw. die Mütter immer ziemlich viel zu sagen gehabt. Auch weil sie oft der einzige verbliebene Elternteil waren.

Die Mutter der Caragnusis klaute ebenfalls. Es war sie, die alles organisierte und die ihre Kinder auf die schiefe Bahn brachte. Sie schickte ihre Söhne, drei Jungen von 15 bis 16 Jahren, und deren Freunde zum Stehlen. Sie brachten ihr dann das Diebesgut, und sie kümmerte sich um den Verkauf oder um die Zubereitung, wenn es sich um Hühner oder andere eßbare Dinge handelte. Als die Söhne größer wurden, begannen sie mit kleinen Erpressungen und dem Raub wertvollerer Gegenstände. Einer von ihnen machte eine kleine Reparaturwerkstatt für Vespas auf, die jedoch vor allem zur Hehlerei geklauter Motorräder und Ersatzteile diente. Danach gingen sie zu Autos der Klasse Fiat 500 über: Sie spezialisierten sich auf den Diebstahl und den Verkauf von Einzelteilen dieser Automarke. In den sechziger Jahren gab es in Catania einen recht großen Markt für gestohlene Ersatzteile.

Anfang der siebziger Jahre hatten die Caragnusis bereits eine erhebliche Bedeutung und unterschieden sich deutlich von den anderen Gruppen. Sie waren die ersten, die Menschen in die Beine schossen, die ersten »gambizzatori« Catanias (siehe Glossar am Ende dieses Buches, W. R.). Sie maskierten sich, zogen los und schossen auf Kaufleute, die den »Pizzo«, das Schutzgeld, verweigerten. Sie wuchsen zahlenmäßig immer mehr an. 1970/71 luden sie mich und Nitto aufs Land zu einer »Fresserei« ein. Bei dieser Gelegenheit konnten sie uns vorführen, daß sie mehr als 40 Leute zur Verfügung hatten.

Das Bankett, zu dem wir da geladen waren, hatten sie veranstaltet, um uns Mafiosi zu zeigen, wie weit sie es gebracht hatten. Die Caragnusis hatten noch immer Angst vor uns. Sie betrachteten uns als nachahmenswertes Modell, aber auch als Gegner, auf die man vielleicht in der Zukunft einmal losschlagen mußte. Mit dieser Einladung hatten sie sich bereits weit vorgewagt, und so hatte der älteste Bruder des Clans, Franco, ziemliche Angst, eine Absage zu kassieren oder geschnitten zu werden, als er zu uns kam und uns zu der »Fresserei« einlud.

»Kommt zu unserem Landsitz, im Bezirk Cardinale, gleich nach der Autobahnauffahrt. Das wird ein Heidenspaß. Ein Haufen netter junger Leute hat alles vorbereitet. Ihr dürft das nicht abschlagen. Uns liegt eine Menge daran. Wir sind beleidigt, wenn ihr nicht kommt...«

Nitto wandte sich zu mir, blinzelte und sagte halblaut: »Willst du hinfahren, als Ehrengast? Möchtest du gerne zum Fest der Diebe?«

Wir fuhren dann hin, zum Teil aus Neugierde, zum Teil auch aus Mitleid. Die »Fresserei« fand auf einem abgelegenen Gutshof statt und war etwas angeberisch. Die 18- bis 20jährigen Burschen kamen auf ihren Motorrädern, den Vespas, zum Vorplatz des Bauernhofs angebraust. Ein Radio auf höchster Lautstärke, große volle Weinbehälter, ein Grillfeuer, auf dem Hühner geröstet wurden; alle lachten und rissen Witze, viele saßen auf der Erde und aßen mit den Händen, ohne Besteck. Ab und zu schoß der eine oder andere mit dem Gewehr oder der Pistole auf einen Baum jenseits der Einfahrt.

Nitto und ich sahen einander an und grinsten uns zum Zeichen des Einverständnisses zu. Es war wirklich ein Fest der Diebe. Alles, was es da gab, alles, was sie benutzten, gehörte den Caragnusis gar nicht. Die Vespas waren geklaut, die Hühner waren geklaut, und der Wein auch. Das Radio war eben gestohlen worden, und die Pistolen und Gewehre ebenfalls. Auch das Landgut, auf dem wir uns befanden, gehörte nicht den Caragnusis. Wir waren sozusagen illegal dort: Der Wächter des Landguts war mit ihnen befreundet und hatte ihnen erlaubt, die Feier in Abwesenheit des Eigentümers zu veranstalten. Das Ganze machte den Eindruck einer Szene aus einem alten Film, in dem Zigeuner große Mähler abhalten und vor dem Feuer herumtanzen. Nur daß in den Filmen die Frauen tanzten, hier aber nicht: Wir waren allesamt Männer. Nach dem Essen haben sie alle angefangen zu schießen. Sie stellten einen leeren Kanister als Ziel auf und schossen um die Wette. Dabei waren sie miserable Schützen; sie wußten nicht einmal, wie man eine Waffe richtig hält. Wir weigerten uns zu schießen und gingen bald.

Franco, den Chef der Bande, sah ich einige Monate später wieder. Er war auf der Flucht vor der Polizei und hatte dringend um ein Treffen mit Nitto und mir gebeten. Wir fanden ihn weinend vor. Er sagte, daß sein Vater gerade gestorben sei und daß er und seine Familie kein Geld für die Beerdigung hätten. Ich dachte sofort, daß er wohl nicht um den verlorenen Vater weinte, wo dieser ihnen allen doch kaum etwas bedeutet hatte, sondern wegen der Schande, keine angemessene Leichenfeier abhalten zu können. Und ich vermutete auch, daß er uns übers Ohr hauen und uns einfach – obwohl er das Geld für das Begräbnis eigentlich hatte – ein paar Lire abzwacken wollte. Wie dem auch sei, wir gaben ihm 100 000 Lire (damals ca. 500 DM, W. R.) zur Unterstützung im Untergrund.

Nittos Logik lautete: »Wie viele haben wir bis jetzt umgebracht?« Gut. »Jetzt müssen wir auch noch ihre Söhne ermorden, sonst werden die uns umbringen.« So mußten wir einen Vorwand für ihre Ermordung finden, auch wenn die Söhne uns gar nichts getan hatten. Als ob es sich um Hühner handelte und nicht um menschliche Wesen mit einem Namen, einer Familie und einer Wohnung, in die sie am Abend zurückkehrten und sich schlafen legten. Auf diese Weise haben Dutzende von Menschen ihr Leben verloren.

Wer zu einer Mafia-»Familie« gehört, muß zu einem Mord imstande sein. Die *Soldati* führen den Mordbefehl gerne aus, weil das ihr Renommee erhöht und ihre Karriere fördert. Die besonders grausame Ausführung eines Mordes erfreut sich innerhalb der *Cosa Nostra* keiner besonderen Wertschätzung, dennoch wird ein Mann besonders geachtet, wenn ihn Blut nicht beeindruckt und er ruhig und kalt bleibt, während er jemanden tötet.

Auf jeden Fall finden manche Geschmack am Töten, andere nicht. Es gibt kranke Menschen, die Freude am Morden haben. Etwa Francesco La Rocca, der sich stets in eine Bestie verwandelte, wenn er jemanden tötete. Nach einem Mord war er außer Rand und Band: Er trat den Toten mit Füßen und schrie wie ein wildes Tier. Auf diese Weise reagierte er sich ab. Dieser La Rocca war aber auch sonst ein halbes Tier. Er hatte viele Jahre im Forst als Waldhüter zugebracht. Am liebsten erdrosselte er die Menschen – das macht kein Geräusch, und es ist noch bestialischer, wenn das Opfer sich wehrt und beißt und sein Gesicht einen grauenhaften Ausdruck annimmt.

Ich habe gehört, daß alle, die einen Mord begehen, sich zuerst mit Wut aufladen, die sie dann abreagieren müssen. In diesen Augenblicken denken sie nicht mehr, nichts zählt mehr für sie. Meiner Meinung nach setzt da etwas in ihnen aus. Etwas, das dann der Brutalität freien Lauf läßt und jene Bestialität freisetzt, die in uns allen wohnt und die wir normalerweise im Zaum halten. Etwas, das auch sie selbst nicht weiter erklären können, das aber einfach passiert. Nach einiger Zeit beginnen sie dann Gefallen am Mord zu finden, es wird wie ein Laster, eine krankhafte Entwicklung.

Nino Santapaola, der Bruder Nittos, ist der grausamste Mensch, den ich je kennengelernt habe. Hitler hat weniger Morde begangen als er. Nino brauchte das Morden. Mußte jemand umgebracht werden, war er der erste, der sich anbot, und dann mußte er sofort losziehen. Manche sagten, Nino sei geisteskrank. Meiner Meinung nach war er es aber nicht. Nino Santapaola wurde nur beim Töten verrückt. Es gab etwas in ihm, das stärker war als er und das ihn vorantrieb. Wenn ich in Romanen lese, daß der Mörder zwanghaft zum Tatort zurückkehrt, glaube ich das. Dann denke ich an Nino Santapaola, der unbedingt morden mußte, unabhängig davon, wer das Opfer war – auch wenn er dann tausenderlei Ausreden fand, um seine furchtbaren Taten zu rechtfertigen, die sein Bruder Salvatore und sogar Nitto mißbilligten. Nitto schickte ihn manchmal los, jemanden umzubringen, doch Ninos Exzesse mochte er nicht; mitunter schimpfte er ihn deswegen aus. Daher rührte auch eine Narbe an der Unterlippe Nino Santapaolas: Nitto hatte ihm nämlich während einer Auseinandersetzung einen Aschenbecher an den Kopf geworfen.

Jeden Samstagabend zog dieser Irre auf die Jagd. Er hatte regelrecht Freude daran, Leute zu massakrieren, und nahm sich den ersten besten vor, den er erwischen konnte. Oft begleitete ihn dabei Alfio Amato, der an derselben Krankheit litt. Manchmal kamen auch einige seiner jungen Neffen mit, Burschen von 18 oder 20 Jahren. Nino brachte ihnen das Töten bei. Die Eltern taten so, als hätten sie etwas dagegen, daß diese armen Kerle so schlimme Sachen lernten, doch im Grunde waren sie stolz darauf. Und die jungen Kerle ebenfalls.

Jeden Samstag dieselbe Geschichte. Nino setzte sich unter der Woche in den Kopf, einen bestimmten Menschen umzubringen, und darum informierte er sich über die Orte, an denen dieser abends verkehrte. Am Samstag lud er jemanden ein, ihn zu begleiten. Sie stahlen ein Auto und parkten es in der Nähe des Ortes, an dem sich das Opfer einfinden sollte. Sie versteckten sich und warteten, bis ihre Zielscheibe aufkreuzte und in Schußweite war. Dann schossen sie auf ihn und flüchteten mit dem Auto, das sie dann irgendwo abstellten. Man muß sich die Chronologie der Morde in Catania um 1976/1977 nur ansehen; dann bemerkt man, wie viele davon am Samstag passiert sind. Bei mir zu Hause schlugen wir am Sonntagmorgen die Zeitung auf und gaben dann immer den Kommentar ab: »Ah, der Verrückte war gestern wieder an der Arbeit.« Einige der Ermordeten kannten wir. Meine Frau kannte sie auch, und wenn sie dann von ihrem Tod las, wurde ihr angst und bange. Sie meinte, daß die Lage allmählich unerträglich werde und daß ich mich zu der Entscheidung durchringen müsse, die ich dann auch traf.

Die Auseinandersetzung unserer »Familie« mit den gewöhnlichen Kriminellen war für Nino Santapaola ein gefundenes Fressen. Damals genügte in Catania wenig, oft überhaupt nichts, und man war dran. Wie etwa im Falle jenes Metzgerlehrlings, der sich eines Abends 1975 in Gesellschaft von zwei Gangstern befand. Nino Santapaola und Alfio Amato kamen an einer Bar vorbei und sahen die drei darin sitzen. Sie rannten nach Hause, holten die Waffen – und da bei ihrer Rückkehr die beiden Gangster nicht mehr da waren, schossen sie auf diesen armen Lehrling und brachten ihn um.

Es heißt immer, die Mafia habe einen eigenen Gesetzeskodex. Doch was ist das für ein Kodex, der für alles die Todesstrafe vorsieht? Selbst für die kleinsten Verschrobenheiten, wie etwa im Fall des Schwagers von Nicola Maugeri. Er war nur ein Spanner. Nino und seine Truppe zerstückelten ihn mit ihren Messern am Liebespärchentreff in der Gegend von Boschetto di Catania. Peppe Orazio wiederum war ein Mechaniker, der sich mit Nino Santapaola gezankt hatte: Da kamen die üblichen Killer mit einem Fiat 600 angefahren und brachten ihn in seiner Werkstatt um. Das Leben des kleinen Schmugglers Turi Fabiano löschten Nino Santapaola und seine Kumpane ebenfalls vor einer Bar nahe der Residenz des Regierungspräsidenten von Catania aus. Der Wachpolizist vor der Villa des Regierungspräsidenten versteckte sich hinter einem Auto, damit er nicht auch getroffen wurde. In dieser Zeit wurde ein Mensch mit dem Spitznamen »Cola dei cani« umgebracht, dessen Schuld darin bestand, daß er den Caragnusis nahestand. »Cola dei cani« wurde von Nino Santapaola und Alfio Boccaccini zum Essen in den Gasthof

»La caprissiosa«, der Salvatore Santapaola gehörte, eingeladen. Sie ließen ihn essen, brachten ihn dann in die Nähe von Lentini und erdrosselten ihn mit einem Eisendraht. Dann warfen sie ihn in einen Brunnen. In der Via Laucatia wurde ein Obstverkäufer umgebracht, der sich seinem Schicksal noch zu entziehen versuchte, indem er Gemüsekisten auf seine Mörder warf. Er warf Kisten, und die anderen, Nino Santapaola voran, schossen auf ihn.

Ein kleiner Ganove hatte die Dummheit begangen, schlecht über Salvatore Tuccio zu sprechen, einen »Jagdgenossen« Ninos: Er werde Tuccio den Kopf abhauen, hatte er gesagt, und ihn vor die Villa Bellini legen. Statt dessen brachte nun Nino den Mann um, schnitt ihm den Kopf ab und legte ihn vor das Garibaldi-Denkmal in der Via Etnea.

Auch Nitto beging seine Morde. Ziemlich viele. Aber im Unterschied zu seinem Bruder Nino mordete Nitto nicht aus Krankheit oder Vergnügen, sondern er brachte jeden um, der gegen ihn war, der ihn störte, aus welchen Gründen auch immer. Das war seine fixe Idee.

Ich erinnere mich an einen Doppelmord, den Nitto am 5. Februar 1975 beging. An diesem Tag fuhr er an einer Bar an der Umgehungsstraße vorbei und erkannte dort zwei Schutzgelderpresser, die versucht hatten, eine von ihm geschützte Firma zu erpressen. Er hielt an und sagte zu den beiden Männern, die mit in seinem Auto waren, sie sollten ihn außerhalb der Stadt erwarten und ihm dann folgen. Er werde sich von den Schutzgelderpressern in ihrem Wagen mitnehmen lassen und sie während der Fahrt ermorden. So geschah es dann auch: Er schoß den beiden vom Hintersitz aus in den Kopf. Anläßlich des Festes der Schutzheiligen von Catania, der Heiligen Agathe, gab ich am selben Abend in meiner Wohnung einen Empfang. Wir hatten die Familien unserer Brüder und auch die Familie Nittos eingeladen. Nitto kam keuchend an und ging sofort mit meinem Bruder in eines der Zimmer. Pippo kam dann wieder heraus und bat mich, Nitto zur Piazza Verga zu bringen. Ich wußte nichts von dem, was geschehen war, und weigerte mich, da ich doch meine Gäste nicht verlassen konnte. Nitto ging verärgert zu Fuß weg, trotz des strömenden Regens. Später hat Pippo mir dann von dem Mord erzählt, erklärte mir aber nicht, warum Nitto sofort zu dieser Piazza mußte.

Über die meisten Morde, die die Santapaola-Brüder begingen, wußten weder Pippo noch ich Bescheid. Was ich hier erzähle, beruht auf Angaben, die ich erst nach den Taten erhalten habe. Die Santapaolas hielten die »Familie« über ihre Beschlüsse im dunkeln; Entscheidungen der Leitungsorgane gab es keine. Die Morde an den kleinen catanesischen Verbrechern wurden von denjenigen beschlossen, die sich stärker als sie fühlten. Unsere Schuld bestand darin, daß wir diese Morde ohne energischen Protest hingenommen haben, und ohne durchzusetzen, daß sie sich gefälligst anders benehmen sollten. Pippo und ich konnten jedoch nicht anders, da wir keine Truppe hinter uns hatten, die bereit gewesen wäre, jeden Befehl von uns auszuführen. Wir beachteten die Regeln der »Familie«, während die Santapaolas sich im Laufe der Zeit eine Gefolgschaft schufen, die nur auf sie hörte. Besonders Nitto hatte viele junge Burschen hinter sich. Eine enge Verbindung hielt er besonders zu Giuseppe Pulvirenti, einem Mitglied unserer »Familie«, der gut und gerne 40 überaus effektive Leute hinter sich hatte; keine *Uomini d'onore*, doch sie standen Nitto für alles zur Verfügung.

Pippo und ich hielten uns noch immer für stark; ich selbst war ja Vizerepräsentant der »Familie« und er der Provinzrepräsentant. Tatsächlich jedoch waren wir Generäle ohne Heer, in der Gewalt der anderen Clans der »Familie«. Pippo Calderone war der bedeutendste Mann der »Familie« von Catania, doch von einem bestimmten Zeitpunkt an hing seine Macht mehr von der Unterstützung aus Palermo ab als von seiner örtlichen Hausmacht. Als ihn dann die Palermitaner im Stich ließen, war seine Ermordung ein Kinderspiel.

Pippo hatte, als er zum Chef der Regionalkommission gewählt wurde, eine Gruppe von um die 50 *Uomini d'onore* verlangt, die er selbst zu jeweils zweien oder dreien aus jeder »Familie« auswählen wollte und die dann seiner direkten Befehlsgewalt unterstehen sollten. Die Antwort war einstimmig: »Nein, so was geht nicht! Soll das ein Witz sein? Du möchtest ein regelrechtes Heer unter deinem Kommando aufbauen! Das ist für uns zu gefährlich!« Wenn man aber schaut, wie die Dinge sich entwickelt haben, so stellt man fest, daß die Corleoneser und Michele Greco genau das nach der Ermordung Pippos und der Zerrüttung der *Cosa Nostra* getan haben.

20

Ich müßte jetzt eigentlich von der weiteren Entwicklung der »Familie« von Catania und der *Cosa Nostra* insgesamt erzählen, aber ich kann einfach nicht länger schweigen über schwerste Vergehen, für die ich persönlich verantwortlich bin und über die ich in den ersten Monaten meines Geständnisses geschwiegen habe. Ich habe sie nicht aus Angst vor Strafe verschwiegen, sondern weil ich mich ihrer schämte und mich noch immer zutiefst dafür schäme. Doch ich habe jetzt in meinem Innersten das dringende Bedürfnis, alles zu sagen, was ich weiß. Ich muß weniger anderen als mir selbst zeigen, daß ich meine Fehler erkannt habe.

Ich bin ein gläubiger Mensch, und ich fühle mich unwürdig, zu den Sakramenten zu gehen, wenn ich nicht vorher meine Schuld vor der irdischen – und dann vor der göttlichen – Justiz beglichen habe. Ich bin für sieben Morde verantwortlich. Wie auch immer meine Verantwortlichkeit strafrechtlich bewertet werden wird, ich fühle mich für all diese Verbrechen verantwortlich, auch wenn ich viel getan habe, um die schrecklichsten davon zu verhindern. Ich bitte niemanden um Vergebung, denn ich verdiene keine Absolution. Ich hoffe aber, daß nach dem, was ich nun berichten werde, alle verstehen, um welche Art von Menschen es sich bei den sogenannten *Uomini d'onore* handelt und zu welchen Missetaten sie imstande sind.

Der erste Mord, bei dem ich mitgemacht habe, war der an »Saro u bau«, Saro Grasso, einem *Uomo d'onore* der »Familie« von Catania: Er hatte zusammen mit weiteren vier Männern eine kleine Verschwörung anzuzetteln versucht – er wollte das Gleichgewicht innerhalb der »Familie« umstürzen und mit Hilfe des Mordes an meinem

Bruder, mir und Nitto die Macht ergreifen. Dazu hatten sie eine kleine Gruppe zusammengestellt, die uns mit Handgranaten angreifen sollte. Einer der Verschwörer, Nino Condorelli, Chauffeur einer der Costanzo-Brüder, erschrak jedoch irgendwann vor der Kühnheit dieses Planes und beriet sich mit seinem Vater, einem alten *Uomo d'onore*. Dieser sagte zu ihm: »Dieser Plan kann nicht funktionieren. Lauf sofort zu den Calderones, sonst bist du ein toter Mann.«

So kam Condorelli an meine Tankstelle; doch ich war auf die Jagd gegangen, und so traf er mich nicht an. Er wartete auf mich an der Tankstelle, obwohl er selbst damals untergetaucht war und im Versteck lebte, und als ich zurückkehrte, fand ich ihn in Tränen aufgelöst vor. Ich fragte ihn, warum er weine. Er sei voller Schmerz, sagte er, weil er Freunde verrate und auch Angst vor unserer Strafe habe. Ich sagte ihm, daß er sich darüber keine Sorgen machen solle, doch er müsse mir über das Vorhaben seiner Gefährten genauestens Bericht erstatten. Die Verschwörer ließen ihren Plan bald fallen und versuchten, sich in unseren Augen zu rehabilitieren; doch sie hatten stets Angst vor möglichen Vergeltungsmaßnahmen unsererseits. »Saro u bau« verschwand nach Mailand mit der Ausrede, er »müsse etwas Geld verdienen«; dann kehrte er zurück und sagte, er habe keine Arbeit gefunden. Die anderen blieben achtsam und hofften, daß man ihre Untreue im Laufe der Zeit vergessen würde. Nitto dachte tatsächlich ständig über eine harte, exemplarische Strafe für sie nach.

Die Gelegenheit ergab sich, als Giuseppe Madonia uns nach seiner Rückkehr aus Mailand erzählte, daß Grasso mit knapper Mühe der Lynchjustiz entkommen war, weil er in einem Kino in Mailand ein Kind belästigt hatte. Dieser Bericht ließ uns etwas ratlos. Madonia hatte den Ruf, immer zu übertreiben; er war imstande, irgendein Gerede in einen mit eigenen Augen angesehenen Vorfall zu verwandeln, in Catania hieß er deshalb auch »Piddu chiachiera«, Piddu der Schwätzer. Doch die Sache wurde uns noch von einem anderen Mann bestätigt, und so ergriff Nitto die Gelegenheit: man müsse die Strafe ausführen, die die Regeln der *Cosa Nostra* für eine derartige

Verletzung vorschreiben. Ich war dagegen und sagte Nitto, er solle die Sache sein lassen. Daraufhin beschuldigte er mich, einen so niederträchtigen Kerl wie »Saro u bau« zu verteidigen, und so zog ich den kürzeren.

Für den Mord an Saro wandte man die übliche Falle an: Man mußte nur Personen seines Vertrauens mit einbeziehen, so daß kein Verdacht in ihm aufkam und der Mord auf diese Weise erleichtert wurde. Nitto wandte sich an zwei ehemalige Mitverschwörer und teilte ihnen unsere Absicht zur Ermordung Saros mit. Salvatore Guarnerna und Salvatore Marchese, mein Vetter, verrieten ihren Freund bereitwillig und schlossen sich uns an. Sie waren es dann, die das Opfer von zu Hause abholten und bei dieser abscheulichen Angelegenheit von Anfang an dabei waren. Den Vorwand, den wir für Saro gefunden hatten, war die Rekrutierung von Freiwilligen für eine Auftragsarbeit, die Verwüstung eines Bauernhofes. Im Gegenzug für zwei Millionen Lire sollte man Kühe umbringen, den Anbau zerstören und Gebäude anzünden. In Wirklichkeit wollten wir auf die Felder eines mit uns befreundeten *Uomo d'onore* fahren, Ciccio Cinardo, dem Repräsentanten von Mazzarino, und dort Grasso umbringen.

Die Gegenwart seiner Freunde wiegte Grasso in Sicherheit; er fuhr mit ihnen zusammen im Auto zum »Arbeitsplatz«; Nitto, Cinardo und ich kamen später an. Wir hielten am Beginn einer kurzen aufsteigenden Trasse, die zu einer Hütte führte; dort stießen dann noch weitere Komplizen zu uns, darunter ein Schafhirte aus San Cono sowie Francesco La Rocca, der Killer, von dem ich schon gesprochen habe. Grasso stieg mit seinen Freunden sowie La Rocca, Nitto und anderen den Pfad hoch, ich blieb mit Cinardo unten. Nach einigen Minuten war der verzweifelte Schrei Saro Grassos kurz vor seiner Erdrosselung zu hören, dann die blindwütigen Schläge La Roccas auf die Leiche – ein Zeichen, daß dieses grauenhafte Tagewerk vollbracht war.

Die zweite Bluttat, bei der ich aktiv mitgeholfen habe, war der Mord an zwei Mitgliedern der Gruppe Cursoti. Der eine hatte den Spitznamen »Marietto«, der andere »lo scienziato«, der Wissenschaftler. Wir waren überzeugt, daß die beiden mit der Ermordung Salvatore Lanzafames beauftragt waren, der zu dieser Zeit schon einer der unseren geworden war. Wir wollten sie durch einen Gegenschlag außer Gefecht setzen: Genau dann, wenn sie Lanzafame umbringen wollten, hatten wir alles vorbereitet, um sie ihrerseits zu ermorden.

Eines Tages meldeten sich die beiden im Hause Lanzafames; sie trafen aber nur die Mutter, und diese sagte ihnen, daß sie ihn mit Sicherheit am folgenden Tag antreffen würden. So bereiteten wir den ganzen Plan vor, und tags darauf wurden »Marietto« und »lo scienziato« von Lanzafame und Turi Palermo empfangen. Die Tatsache, daß die beiden Gastgeber unbewaffnet und voller Herzlichkeit waren, wiegte die beiden Cursotis in Sicherheit, und sie tappten in die Falle. Sie nahmen die Einladung zu einem Kaffee im Motel an der Zufahrt zur Autobahn nach Palermo an. Zu ihrer weiteren Beruhigung schlugen Salvatore Lanzafame und Turi Palermo auch noch vor, dafür das Auto »Mariettos« zu benutzen; »Marietto« setzte sich ans Steuer. Die beiden Cursotis mochten wohl an alles denken – nur nicht daran, daß es ihre letzte Fahrt sein würde. Es gibt nichts Normaleres für eine Gruppe von Mafiosi oder Gangstern, als zusammen mit dem Auto ein wenig durch die Stadt zu fahren, dabei über allerlei Leute und Dinge zu reden und ab und zu an einer Bar, einem Geschäft oder einem Restaurant anzuhalten. Wir sind immer gerne mit dem Auto herumgefahren.

Turi Palermo setzte sich neben »Marietto«, Lanzafame und »lo scienziato« nahmen hinten Platz. Man sprach dann über Waffen, über Pistolen und andere Geschosse. Lanzafame zu »Marietto«: »Ich weiß, daß du eine schöne Pistole hast. Magst du sie mir nicht schenken?«

»Später einmal mach' ich sie dir zum Geschenk. Ich schenke sie dir später«, antwortete »Marietto« großzügig und etwas orakelhaft, denn er war bereits auf die Idee gekommen, Lanzafame und Turi Palermo umzubringen, sobald sie irgendwo auf der Autostrada aus dem Auto stiegen. Waren sie denn nicht etwa genau zu diesem Zweck in die Wohnung Lanzafames gegangen?

Turi Palermo zog zerstreut seine Pistole heraus und zeigte sie »Marietto«: »Schau, eine Pistole wie diese mußt du ihm schenken.«

»Nein, eine wie diese, wie diese!« schrie da Lanzafame plötzlich und schoß von hinten in den Kopf des Fahrers, drehte sich dann sofort zu »lo scienziato« und drohte: »Rühr dich nicht, sonst bring ich dich um! Ich habe nichts gegen dich. Wenn du dich nicht bewegst, geschieht dir nichts.« Inzwischen hatte Turi Palermo das Steuer übernommen und das Auto am Straßenrand zum Halten gebracht. Er stieg aus, schob den Toten auf den Beifahrersitz, wendete den Wagen und fuhr zu uns, da wir in einem anderen Auto kaum fünfhundert Meter entfernt auf sie warteten. Als der Wagen stehenblieb, stieg »lo scienziato« aus, lief auf mich zu, umarmte mich und rief: »Nino, Nino, ich möchte bei euch bleiben! Nehmt mich mit euch, ich mache alles, was ihr wollt!« Er war außer sich vor Angst, wie ein gehetztes, verwundetes Tier.

»Ja, ja, beruhig dich. Du bleibst bei uns. Sei ruhig. Denk an nichts weiter«, sagte ich zu ihm und ließ ihn in unser Auto einsteigen, indem schon Lanzafame und drei weitere Personen saßen. Dann machten wir uns auf in Richtung Gela zu den Feldern von Mazzarino. Turi Palermo folgte uns mit dem Fiat 126 und dem Toten darin. Eine schöne Truppe: Wir fuhren am hellichten Tag über eine Bundesstraße, mit einer Leiche rücklings auf einem der Sitze. Damit Lastwagenfahrer das beim Überholen nicht bemerkten, tat Turi Palermo so, als transportiere er eine Person, der es übel geworden war, und bedeckte das Gesicht mit der Hand.

Während der Fahrt überredeten die Leute in meinem Auto »lo scienziato«, ihnen seine Pistole auszuhändigen. Dann hielten wir und warteten im bereits erwähnten Bauernhof von Francesco Cinardo, daß es Abend wurde. Schließlich erreichten wir dann ein Gebiet, das zu Riesi gehörte. Di Cristina hatten wir nicht von unserer Anwesenheit verständigt; dies war aufgrund seiner freundschaftlichen Beziehungen zu meinem Bruder nicht nötig. Dann bogen wir in eine ungeteerte Straße ein, im Schrittempo und mit ausgeschalteten Scheinwerfern. Der Weg verlief an einer Talebene; ich erinnere mich an Scheinwerfer weiter unten, Lichter von einer Baustelle der

Firma Rendo. Ringsum große Stille, man konnte Geräusche aus einigen nahen Schafställen hören. Der traurige Geleitzug hielt im Innenhof eines Bauernhauses. Die Leiche »Mariettos« wurde unweit davon in einen Brunnen geworfen, während »lo scienziato« von Lanzafame und anderen erdrosselt wurde. Der Mann wehrte sich bis zuletzt; bereits fast besinnungslos schrie er noch immer: »Ich bin es, der euch erdrosselt. Ich bin es, der euch ertränkt.« Daraufhin fiel Lanzafame mit Faustschlägen über ihn her, beleidigte und traktierte ihn, bis er sah, daß der Mann tot war. Die Leiche des »lo scienziato« wurde dann wie die seines Freundes in den Brunnen geworfen, seine Kleider und Ausweise wurden verbrannt.

Was ich bei solchen Taten empfunden habe? Nichts. Meine Seele war nicht vorhanden, ebensowenig mein Gewissen. Es war, als ob es die Tatsache, daß wir Menschen getötet hatten, gar nicht gegeben hätte. Es hat mich lediglich etwas gestört, als ich sah, wie meine Mörder-Freunde den Opfern auch noch Schläge und Fußtritte verpaßten, während sie sie umbrachten. Die Gewissensbisse kamen erst später, nach und nach, und bereiteten mir allmählich Unbehagen.

Bei der Sache mit den vier Jugendlichen war das jedoch ganz anders. Sie hat mich von Anfang an völlig durcheinandergebracht. Es war die widerlichste Angelegenheit in meinem ganzen Leben. Und es ist die schändlichste Tat der Mafia seit ihrem Geburtsjahr 1600. Zwei Tage und Nächte habe ich diskutiert, nein gesagt, immer aufs neue wiederholt: »Nein, nein, schicken wir sie nach Hause. Schikken wir sie heim.« Doch da war nichts zu machen. Die Mafiosi, diese sogenannten »Verteidiger der Schwachen«, wollten sie unbedingt umbringen. Und ich habe gehorcht.

Die ganze Sache begann an einem Morgen im Jahre 1976, so gegen 5 Uhr 30. Ciccio Cinardo, mein Gevatter (veraltete Anrede für Freund, Komplize, die in Sizilien gebräuchlich ist, W. R.), rief mich an und sagte mir, ich solle kommen und hinterlegtes Geld abholen, eine Summe, die ich ihm gegeben hatte. »Ist der verrückt?« dachte ich sogleich, »der ruft mich um diese Zeit an und will mit mir über hinterlegtes Geld reden.«

»Was wollt Ihr, Gevatter Ciccio? Von welchem Geld redet Ihr denn?« fragte ich überrascht.

»Nein, Gevatter, nein und noch mal nein«, bestand Cinardo. »Ich will Euer Geld nicht, es gefällt mir nicht. Kommt und holt es Euch ab.« Und er hängte auf.

Ich zog mich an; Ciccio Cinardo, dachte ich, verliert öfter mal seinen Verstand. Dennoch war ich etwas beunruhigt, und so entschloß ich mich, sofort mit Pippo zu sprechen, der auf demselben Stockwerk wie ich wohnte. Er schlief noch, stand jedoch gleich auf, und wir tranken zusammen Kaffee.

»Ciccio ist nicht verrückt«, sagte Pippo, »wenn er sich so ausdrückt, muß er einen Grund dafür haben. Vielleicht wollte er etwas anderes damit sagen. Oder vielleicht ist ihm etwas Schlimmes zugestoßen. Wir machen das jetzt so: Du gehst ins Büro hinunter. Ich ziehe mich an und komme in Kürze nach.« Ich wartete aber lieber in der Wohnung auf Pippo, und so traten wir gemeinsam ins Freie. Vor der Tür trafen wir auf Nitto Santapaola – er hatte uns erwartet. Er war gekommen, um uns zu erklären, was passiert war, und weil wahrscheinlich auch er einen Anruf von Cinardo erhalten hatte. Am Abend zuvor hatten sein Bruder Nino und andere Männer aus der »Familie« vier Straßenräuber festgenommen und in einem Stall in San Cristoforo eingesperrt. Noch in derselben Nacht hatten sie die Burschen dann auf den Hof Cinardos in Mazzarino gebracht, weil sie sie sofort umbringen wollten. Die Verbrecher waren noch dort, unter der Aufsicht von Pietro Paternò, dem Schafhirten aus San Cono, der uns beim Erdrosseln unserer Opfer und bei der Beseitigung ihrer Leichen geholfen hatte. Das Problem lag nun darin, daß sich Ciccio Cinardo kategorisch weigerte, die Burschen auf seinem Besitz und auf seinem Territorium gefangenzuhalten, und das war der eigentliche Grund seines Anrufs gewesen.

Pippo tadelte Santapaola: »Cinardo mußte sich ja so verhalten. Logisch. Du machst das immer so: Bumm, bumm, bumm, und danach erst fragst du um Erlaubnis. Du kümmerst dich nicht um die Vorschriften, und Gevatter Cinardo hat genug von deiner Unverfrorenheit. Was soll ich dir sagen? Geh zu Cinardo, fahrt nach Mazzarino und besprecht die Sache. Ich kann hier nicht weg, weil ich unter (polizeilichem, W. R.) Hausarrest stehe.«

Nitto bat mich, ihn zu begleiten. Als ich Ciccio herauskommen sah, wußte ich sofort, daß etwas sehr Ernstes geschehen sein mußte. Cinardo war außer sich, wutentbrannt: »Bringt sie sofort weg von hier. Ich will niemanden hier sehen. Ich will von dieser verdammten Geschichte nichts wissen.«

Dann bemerkte er mein Erstaunen über seine vehemente Reaktion und wandte sich an mich: »Warum dieses Gesicht, Gevatter Nino? Tut Ihr so, als wüßtet Ihr nicht, daß es sich um vier Halbwüchsige handelt?« Nitto mischte sich ein und versuchte das abzustreiten. Doch da ich mich von da an hartnäckig weigerte, bei der Ermordung der Entführten mitzumachen, und mich danach sogar weigerte, sie zu sehen, sagte er, man solle warten, weil er nach Catania fahren und erneut mit meinem Bruder sprechen wollte. Gegen Abend kehrte er zurück und erklärte, daß man die Sache gründlich diskutiert habe und daß man die Jungen umbringen müsse. Ihre Schuld bestand darin, Nittos Mutter beraubt und mißhandelt zu haben: Sie war dabei gestürzt und hatte sich einen Arm gebrochen.

Ich kannte derlei Situationen und wußte, wie leicht man sich bei der Ermittlung der Verantwortlichen irren kann, wie viele Zweideutigkeiten es da geben kann. San Cristoforo war voll von Burschen, die klauten, raubten, Fenster einschlugen, sich vor das Postamt setzten, um arme Rentner am Ausgang abzuwarten und ihnen die paar Lire wegzunehmen, die diese gerade abgehoben hatten. Es hatte auch Fälle gegeben, wo alte Leute bei Raubüberfällen zu Boden gestoßen wurden und Brüche und Verletzungen davongetragen hatten. Diese kleinen Verbrecher waren jedoch wie Bienen: Sie traten geradezu in Schwärmen auf. Waren es also wirklich diese Jüngelchen gewesen? War ihnen klar, daß sie die Mutter der Santapaolas beraubten? Wußten sie, was sie taten? Und selbst wenn sie es gewußt hatten: War das ein Grund, sie umzubringen? Bringt man dafür ein Kind von 13 Jahren um?

Ciccio Cinardo beharrte auf seiner Position: »Wenn ihr mich aus der *Cosa Nostra* herauswerfen möchtet, tut es. Versucht es, tut was ihr wollt. Doch ich gehe nicht ab von dem, was ich beschlossen habe.« Nitto blickte mich an und fragte: »Du willst es auch nicht, nicht wahr? Du magst nicht bei der Bestrafung dieser kleinen Schurken mithelfen?«

»Nein. Ich habe es dir schon gesagt. Meiner Ansicht nach mußt du sie laufenlassen.«

»Gut, aber ich scher' mich einen Teufel drum«, antwortete Nitto. »Ich stelle mich gegen alle, aber ich tu's trotzdem. Und zwar auf folgende Weise: In der Nähe des Ortes, wo sie jetzt eingeschlossen sind, ist eine Tränke. Ich bringe sie heute nacht dorthin und metzele sie alle nieder. Dann werf' ich ein paar Halsketten und Goldschmuck drauf, und so kann man meinen, daß es sich um Diebe handelt, die irgend jemand erwischt und bestraft hat.«

»Du bist also wirklich drauf fixiert, daß du sie umbringen mußt. Wenn du sie zur Tränke bringst, gehst du aber ein großes Risiko ein. Sie sind zwar noch klein, aber zu viert, einer könnte dir entkommen. Und es könnte dich jemand sehen, während du sie hinbringst oder während du sie niederstichst.« Ich sagte das in versöhnlichem Ton, um Zeit zu gewinnen und mir etwas zur Rettung der Jungen auszudenken.

»Das Risiko ist mir gleichgültig. Sie müssen sterben. Ich werde sie um jeden Preis umbringen.«

»Warten wir doch wenigstens, bis wir die Meinung Di Cristinas hören können. Wir sind doch auf seinem Territorium und müssen seine Erlaubnis einholen.«

Während wir miteinander diskutierten, verließ Salvatore Santapaola, Inhaber einer Rosticceria an der Piazza San Cristoforo, die Gruppe, stieg in sein Auto und fuhr weg. In seinem Kofferraum hatte er Töpfe mit gebackenen Nudeln, gebratenem Fleisch und andere Nahrungsmittel; diese brachte er nun in den Stall des Bauernhofs, in dem die Jungen eingeschlossen waren. Als sich die Tür des Stalles öffnete und die Burschen Salvatore Santapaola mit den Töpfen in der Hand sahen, hellten sich ihre Mienen auf: Sie waren von Leuten festgesetzt worden, die sie nicht kannten, an einen ihnen unbekannten, jedenfalls aber einsamen, entfernten Ort gebracht worden und hatten zwei Tage nichts zu essen bekommen. Immer wieder hatten sie zu weinen begonnen, waren voller Angst und Schrecken. »Onkel Turi! Onkel Turi vom Gasthof ›Capricciosa‹!« riefen die Armen und faßten wieder Mut, als hätten sie ihren eigenen Vater gesehen. Endlich ein bekanntes Gesicht, und der Mann brachte ihnen sogar zu essen! Das hieß doch, daß sie nicht verloren waren, daß sie sich retten konnten!

Doch Turi Santapaola kehrte zu uns zurück und erklärte abrupt: »Jetzt kann man nichts mehr machen. Die haben mich erkannt. Nun müssen wir sie auf jeden Fall umbringen.«

Was für bösartige Menschen! Turi Santapaola war nicht zu den Burschen gefahren, weil er ihren Hunger bedauerte, sondern mit der Absicht, eine unumkehrbare Situation zu schaffen, die uns zwang, sie umzubringen. Ich geriet in Wut und sagte zu Santapaola: »Welche Notwendigkeit bestand denn eigentlich für dich, da hineinzugehen?«

»Ich mußte ihnen zu essen bringen. Die waren seit zwei Tagen ohne.«

»Wenn du sie doch sowieso töten wolltest, welchen Sinn hatte es da, ihnen zu essen zu bringen?«

Keine Antwort. Ich versuchte es erneut und schlug vor: »Hört mal. Stecken wir jedem dieser Burschen 100000 Lire in die Tasche. Sagen wir ihnen, daß wir sie entführt haben, weil wir Hilfe bei einer Ausschiffung von Zigaretten brauchten, aber dann sei das Schiff nicht angekommen. Dann lassen wir sie heimgehen. Da sie nun wissen, wer wir sind, werden sie uns keinerlei Scherereien bereiten. Das sind doch nur Kinder von zwölf oder 13 Jahren.«

»Nein. Wir müssen sie umbringen.« Nitto und seine Leute blieben unerbittlich.

Ich denke, daß die Respektlosigkeit gegenüber der Mutter der Santapaolas keineswegs der wahre Grund für ihren Haß gegen die entführten Jungen war. Da hatte sich schon vorher viel Groll angehäuft, das Bedürfnis, sich Luft zu machen und sich durchzusetzen – es hatte wohl mit dem miesen Ruf der Santapaolas im Viertel San Cristoforo zu tun. Nicht alle Mitglieder der Familie waren so gefürchtet und geachtet wie Nitto. Einige von ihnen waren minderwertige Leute, die ihrer geringen Bedeutung wegen gehänselt wurden. Besonders Turi Santapaola wurde von den jungen Burschen im Viertel verspottet: ein vulgärer, schmutziger, plumper Mensch. Ein Mann um die 50, ein Mafioso – doch er furzte vor allen Leuten und tat derlei Dinge mehr. Und dann erwartete er, daß ihn alle achteten und verehrten. Doch die Jungen von San Cristoforo nahmen ihn für das, was er war, verhöhnten ihn unentwegt, »erwiderten« seine Fürze und warfen Papierflieger und Stinkbomben in seine Rosticceria.

Nitto bemerkte die Schwächen seines Bruders und der anderen Verwandten, doch das hatte lediglich eine Verstärkung seiner Animosität gegenüber jedweder Beleidigung seines Familiennamens zur Folge. Lediglich ein einziger Onkel mütterlicherseits war ein *Uomo d'onore* ohne Fehl und Tadel. Dieser jedoch war früh gestorben, die Santapaola-Brüder waren dann im Windschatten seines Rufes herangewachsen – ihr Vater war ein Nichts, man nannte ihn »secchino«, der kleine Dürre. Sie waren sehr arm; Nitto wurde sogar einige Zeit ins Seminar geschickt, damit er überhaupt zur Schule gehen konnte.

Deshalb war die Entführung der Jungen wohl eine seit langem geplante Sache, der Raub an der Mutter war lediglich ein von den Brüdern – und besonders von Turi – benutzter Vorwand, um in Nitto den Impuls für die Rache an San Cristoforo auszulösen.

Mein Widerstand gegen die Ermordung der Geiseln führte immerhin dazu, daß man nun um die entsprechende Erlaubnis bei Giuseppe Di Cristina nachsuchte: Unter seine »Gerichtsgewalt« fiel ja das Gebiet, auf dem wir uns aufhielten. Pippo hatte geraten, von den Santapaolas zu verlangen, die Exekution der Jungen von der Zustimmung Di Cristinas abhängig zu machen. Ich fuhr zusammen mit Cinardo nach Riesi und traf dort Di Cristina in Gesellschaft von Luigi Annalaro an, dem *Capomandamento* von Riesi; der war seinerseits von Cinardo informiert worden und hatte sich sogar schon zwecks Prüfung der Lage zu dem Stall begeben. Auch Annaloro erklärte sich entschieden gegen die Ermordung der Jungen und sagte zu Di Cristina, daß einer von ihnen sogar bloß zwölf Jahre alt war, also genauso alt wie Di Cristinas eigener Sohn.

Doch Di Cristina gab, nachdem er sich die Argumente von beiden Seiten angehört hatte, sein endgültiges Einverständnis zur Ermordung. Da war nun nichts mehr zu machen. Nach der Stellungnahme Di Cristinas, der ja Provinzrepräsentant war, wäre jeglicher weiterer Versuch, von dem Vorhaben abzuraten, nutzlos gewesen. Ich wollte diese Morde nicht. Ich wollte das nicht, glaubt mir. Ich sage das nicht, um mich zu rechtfertigen, ich habe sowieso mehr Schuld zu tragen als die anderen. Aber ich wollte das wirklich nicht.

Der Abend brach herein, einige der Leute riefen in Catania an, um weitere *Uomini d'onore* zur Hilfe für das Massaker kommen zu lassen. Ich werde diese Karawane von vier Autos nie vergessen, die da in tiefer Nacht am Stall ankam und die Jungen abholte. Zwei davon wurden in das von mir gesteuerte Auto gesetzt; der eine davon war so klein, daß er fast im Rücksitz verschwand. Ihr Leben endete nahe jenem Brunnen, in den bereits die Leichen »Mariettos«, des »lo scienzieto« und des »Saro u bau« geworfen worden waren. Sie wurden erwürgt; mein Vetter Marchese erzählte mir, er habe bei der Ausführung des Mordbefehls derartige Pein gespürt, daß er nicht den Mut hatte, die Schlinge um den Hals eines der Jungen völlig zuzuziehen – so wurde der Junge lebendig in den Brunnen geworfen. (Salvatore Marchese selbst wurde übrigens zusammen mit seinem Bruder im September 1992 in seiner Werkstatt in Catania erschossen, W. R.)

Während der Exekution war ich im Auto geblieben, mit geschlossenen Fenstern, um nichts zu hören. Einer meiner Mörder-Kollegen kam aufgeregt zur Autotür und rief mich: »Kommst nicht, Gevatter? Kommst nicht zuschauen?«

Nun könnte mich jemand fragen, ob es überhaupt Richter gibt, die über uns richten können? Oder ob nicht vielmehr jeder, der auf mich schießt und mich umbringt, sobald ich dieses Zimmer verlasse, eine überaus gerechte Tat vollbringt? Wie konnte ich nur weiter innerhalb dieser verfluchten Clique bleiben?

Und doch bin ich noch mehrere Jahre dringeblieben. Mit dieser Wunde, diesem Felsblock auf meinem Herzen, der noch immer darin ist und immer auf mir lasten wird. Das ist der Grund, warum ich mich immer schäme, wenn ich eine Kirche betrete. Weil ich es nicht mehr schaffe, die Augen zu erheben. Was ich da erzähle, ist kein Kinofilm.

Die Ermordung der vier Jungen wurde in der folgenden Sitzung der Regionalkommission kurz besprochen. Stefano Bontade hielt uns Cataniern allesamt und besonders Nitto die Unverhältnismäßigkeit der Anklage gegen die Opfer und der über sie verhängten Strafe entgegen, und er vergaß auch nicht den Hinweis, daß man hier halbwüchsige Jungen umgebracht hatte, fast noch Kinder. Nitto versuchte sich zu verteidigen und sagte, daß es fast erwachsene Burschen gewesen seien. Sonst fand kein weiteres Kommissionsmitglied Worte des Tadels. Es war im Grunde eben eine Angelegenheit »normaler Geschäftsführung«, die kein größeres Aufsehen erregte, und man sprach dann über andere Dinge. Presse und Polizei kümmerten sich ebenfalls nicht allzusehr um das Verschwinden der vier Jungen. Man dachte an die übliche Geschichte von ein paar liederlichen Burschen, die von zu Hause abhauen und keine Nachricht mehr von sich geben. Die Familien, aus denen sie stammten, lebten außerdem in miserablen Verhältnissen; und so vergaß man die Sache bald wieder.

21

Santapaolas Taktik der Ausrottung der gewöhnlichen Kriminellen provozierte am Ende eine Revolte der Unterweltbanden Catanias gegen uns: Sie schlossen sich zum Kampf gegen uns zusammen. Die Gruppen in den Stadtvierteln waren inzwischen zu kleinen Heeren angewachsen, von denen manche eine Stärke von 300–400 Mann erreichten. So begann ein regelrechter Krieg. Ende 1976 war ihre Überlegenheit uns gegenüber so eindeutig, daß es uns angebracht schien, für einige Zeit abzuhauen und eine Entspannung der Situation abzuwarten. Wir zogen alle aus Catania ab: Pippo, ich, die Santapaolas und die anderen.

Ich selbst hatte dabei noch einen Grund mehr wegzugehen. Die Polizei begann sich nämlich für mich zu interessieren und überprüfte mich ständig, unter verschiedenen Vorwänden. Eigentlich war es vor allem der Inspektor Cipolla, der mich aufspüren wollte. Er war zu der Überzeugung gekommen, daß ich ein Mafioso sei und daß es in Catania die Mafia gebe, während die anderen Leiter der Polizei und der Carabinieri sowie die Staatsanwälte und Richter das Gegenteil annahmen. Cipolla wollte mir den Waffenschein abnehmen; auf jeden Fall wurde er nicht erneuert, obwohl ich wegen der großen Bargeldsummen, die ich für die Tankstelle transportierte, einen guten Grund hatte, Waffen zu tragen.

So ging ich also nach Palermo, wo mir mein Freund Salvatore Rinella eine Villa am Meer zur Verfügung gestellt hatte. Dorthin kamen dann auch meine Frau und meine Kinder nach. Weihnachten 1976 und Neujahr 1977 verbrachten wir im Hause von Stefano Bontade. Das war schön, sehr schön. Viele Familien waren da zusammengekommen, alles engbefreundete *Uomini d'onore*, mehr als 50 Personen mit vielen Kindern, die überall Karten spielten und herumhüpften. Pippo war eigens mit seiner Frau und seinen Kindern gekommen. Die Schwester und der Bruder Stefanos mit ihren Familien waren da, ebenso Mimmo Teresi und »Pinzetta« mit seiner Frau (»Pinzetta« war wohl Tutuccio Federico, der danach verschwunden ist, W. R.). Und dann waren da auch noch weitere Freunde und Verwandte Stefanos, die in Santa Maria del Gesù wohnten. Eine ausgelassene Gesellschaft voller Lebensfreude.

Das Haus Stefanos war eine Villa mit einem riesengroßen Wohnzimmer im Souterrain, einer Küche mit einem Backofen darin und einem langen Mahagonitisch, an dem man aß, spielte und die ganze Nacht scherzte. Eines der Lieblingsspiele hieß »il piatto«, der Teller. Man gründete zuerst mit Einlagen von 10 000 Lire pro Kopf einen Fonds von 200 000–300 000 Lire, dann setzte jeder einen Betrag auf eine Zahl: Deckte der Mitspieler eine Karte unter der Sechs auf, verlor er, bei einer höheren erhielt er den Gewinn vom Teller. Bekam ein Spieler das As, so mußte er den doppelten Betrag einzahlen, mit dem König gewann er den doppelten Einsatz zurück. Da spielten sogar die Frauen und Kinder mit. Große Spannung herrschte, wenn einer eine große Summe setzte, und es wurde immer viel kommentiert und gelacht, bevor die Karte aufgedeckt wurde. Mitunter kamen zehn bis 20 Millionen Lire auf dem Teller zusammen, wenn es viele schlechte Karten hintereinander gegeben hatte; aber nur wenige spielten mit hohem Einsatz. Stefano Bontade z. B. setzte große Summen. Er hatte keine Angst vorm Risiko; selbst wenn er zehn Millionen bei einem einzigen Einsatz verlor, gewann er sie früher oder später durch sein riskantes Spiel auch wieder zurück. Es gab keine allzu großen Gewinne, weil sich die Beträge am Ende meistens ausglichen. Ich setzte pro Runde nur so zwischen 20 000 und 30 000 Lire, denn das Gewinnen oder Verlieren interessierte mich nicht. Mir gefiel die Atmosphäre des Spiels, der Zauber, der im Kreis der Mitspieler entstand.

Um Mitternacht setzen sich alle an den Tisch und kosteten die Speisen, die einige Gäste mitgebracht hatten: Gekocht hatten die

Männer, wie das bei Banketten der *Uomini d'onore* Tradition war. Einige von ihnen waren ausgezeichnete Köche. Der beste von allen war Giambattista Pullarà, der wirklich vorzügliche Gerichte zubereitete: Lamm, Zicklein, Hammel, Süßspeisen und so weiter. Man tafelte sorglos, lachte bis zum nächsten Morgen. Niemand dachte an Gefahren und Tod.

Im Frühjahr 1977 fuhren wir nach Neapel zu einem anderen Fest. Ciro Mazzarella hatte Pippo gebeten, Firmpate seines Sohnes zu werden. In Palermo wütete weiterhin der Krieg. Da war es besser, weit weg zu sein und alles zu vergessen. Dafür waren die Neapolitaner gerade die richtigen Leute. Wir Sizilianer kamen in zwei schnellen Wagen, Luxuskarossen, an, mit unseren Familien im Schlepptau. Den Mercedes hatte mein Bruder von Ciro Mazzarella geschenkt bekommen. Mazzarella hatte die Vertreter der großen Zigarettenkonzerne gründlich hereingelegt: Er hatte sie gerade um vier Milliarden Lire (damals ca. 14 Millionen DM) betrogen. Ihr habt recht gehört, er hat die Großkonzerne, deren Namen auf den Packungen stehen, hereingelegt. Die Firmenvertreter waren außer sich vor Wut und hatten bereits einen Gangstertrupp losgeschickt, um Mazzarella umzubringen. Doch er war schlauer als sie, war ihnen zuvorgekommen und hatte die Killer durch seine Leute ermorden lassen. Der Betrug hatte jedoch bei den anderen *Uomini d'onore* ziemlichen Ärger ausgelöst, weil die Zigarettenfirmen nun nicht mehr an die Italiener liefern wollten und alle dadurch einen Nachteil hatten. Deshalb verlangten sie Schadenersatz von Mazzarella. Mein Bruder als Chef der Kommission sollte die Angelegenheit bereinigen. Daher kam denn auch der Anfall von Großzügigkeit bei Ciro Mazzarella, ihm den Mercedes zu schenken!

Das Fest war eine Riesensache. Mehr als 400 Gäste waren geladen. Aus Sizilien war sogar Giuseppe Di Cristina gekommen, dazu mein Gevatter Francesco Cinardo. Die »Familie« Neapels war fast vollständig anwesend, lediglich die Nuvolettas und Michele Zaza fehlten, dafür war Salvatore Zaza da, der Bruder Micheles. Die Zeremonie in der Kirche fand am Nachmittag statt, danach fuhren wir in ein großes Restaurant in Posillipo. Wir blieben fast bis zum nächsten Mittag, fraßen bis zum Gehtnichtmehr und hörten der Musik zu. Getanzt wurde nicht. Man aß und hörte den einander abwechselnden Darbietungen zu. Die besten neapolitanischen Sänger waren da: Anna Luce, Peppino di Capri, Mario Merola und andere. Jeder von ihnen kam herein, grüßte die Gäste und bekam einen Riesenapplaus, dann trat er zwei Stunden auf und zog wieder ab. Dazwischen gab es jedesmal eine Pause, man aß Eis oder Süßspeisen, wartete eine Weile und begann wieder von vorne.

Auch wir Sizilianer liebten solche Vergnügungen. Wir übertrieben zwar nicht so wie die Neapolitaner, aber auch wir organisierten große Feste. Ich erinnere mich an die Tauffeierlichkeiten für den Sohn Stefano Bontades und für die Tochter seines Bruders Giovanni. Auch damals kamen Mario Merola und Peppino di Capri. Die Feier fand in der Nähe von Palermo in einem Restaurant am Meer statt. Die neapolitanischen Sänger kamen extra zu den Festen der *Cosa Nostra*-Chefs angereist. Bei der Taufe des kleinen Bontade war auch Franco Franchi dabei, der eng mit Mario Merola befreundet war. Franchi und Merola führten zusammen den Sketch »Zappatore« auf: Franchi spielte die Mutter und band sich dazu einen Schal um den Kopf, Merola kniete zu seinen Füßen nieder und brachte uns vor Lachen fast zum Platzen.

Nach Ende des Festes schafften wir es jedoch nicht, nach Sizilien abzureisen. Mazzarella bestand nämlich hartnäckig darauf, daß wir noch ein paar Tage blieben. Am Ende überredete er uns dazu. Er brachte Pippo und mich ins Viertel Barra di Napoli und machte uns dort mit einem bedeutenden Camorristen bekannt, der nicht zur »Familie« gehörte und Bauunternehmer war. Der lud uns zum Abendessen in eine Osteria ein, die in Wirklichkeit keine Osteria, sondern ein Luxusrestaurant war. Auch er bat uns dann, in Neapel zu bleiben.

»Das habe ich meine Gevattern auch schon gebeten«, sagte Mazzarella, »aber die wollen nichts davon wissen.«

»Wie soll denn das gehen, daß wir dableiben?« versuchten wir uns zu wehren, »das ist doch viel zu kompliziert: Wir haben unsere Familie, unsere Kinder dabei ... Wir müßten erst eine Wohnung finden ...«

»Die Wohnung ist kein Problem. Ich habe eine Villa auf Ischia, die steht euch zur Verfügung. Ihr könnt dort bleiben, solange ihr wollt. In dieser Hinsicht habt ihr keine Ausrede.«

Pippo und ich sahen einander an und beschlossen zu bleiben. Am Tag darauf zogen wir mit unseren Familien in diese Villa und wohnten darin fast drei Monate lang. Es war ein großes, dreistöckiges Haus, dessen untere Etage uns komplett zur Verfügung stand. Darüber wohnte den Sommer über die Familie des Bauunternehmers. Pippo fuhr immer mal wieder nach Catania, wo der Krieg mit den kriminellen Banden in vollem Gang war. Ich hingegen ging in Lacco Ameno auf Ischia spazieren, löste Kreuzworträtsel und betrachtete Schaufenster. Niemand ließ mich etwas bezahlen, aus Achtung vor unserem Gastgeber »O Schiavone«, Umberto Schiavone. Was für ein Leben! Was für ein Spaß! Allerdings brachten der »Gazzettino di Sicilia« und das Radio jeden Nachmittag schlechte Nachrichten ...

Während unseres Ischia-Aufenthaltes kam es zu zwei Vorfällen, die mich einigermaßen verstörten. Einer davon war eine Art Vorbote der Ereignisse, die kurze Zeit später die *Cosa Nostra* und mein eigenes Leben erschüttern sollten.

Das erste Ereignis mag zunächst recht bedeutungslos erscheinen; tatsächlich war es das auch, genauer gesagt: es wäre unter normalen Umständen harmlos gewesen. Eines Tages – ich saß gerade mit Pippo auf der Veranda der Villa – sagte uns Ciro Mazzarella, daß Michele Zaza und Mario Merola soeben im Hotel Regina große Summen beim Kartenspiel einsetzten. Mein Bruder setzte das Gespräch mit Mazzarella fort, ich aber war neugierig geworden, ging hin und schaute mir die Partie an. Am Ende begleitete mich Zaza, um Pippo zu begrüßen, der empfing ihn jedoch mit einer massiven Strafpredigt. Er tadelte seine Spielleidenschaft, den Einsatz derart hoher Summen und warnte ihn davor, dem Beispiel »des Süchtigen« zu folgen – damit meinte er seinen Gevatter Alfredo Bono, den großen Mailänder Drogenhändler.

Zaza antwortete nicht. Er steckte den Schlag ein, murmelte irgendeine Entschuldigung und ging. Ich war unangenehm berührt und wies Pippo sofort darauf hin, daß es trotz seines Amtes als Chef der Kommission nicht klug sei, so schlecht über Bono zu sprechen, denn Zaza würde diesem ganz sicher alles berichten. Mein Bruder hielt dagegen, daß sich diese Art des Glücksspiels für einen *Uomo d'onore* nicht zieme. Doch der Vorfall ließ in mir ein gewisses Unbehagen zurück, so als ob sich da etwas Bedrohliches gegen uns zusammenbrauen könnte.

Die zweite Sache war wesentlich bedeutungsvoller. Gerlando Alberti hatte seinen Verbannungsort verlassen und war nach Neapel gekommen. Zur Feier seiner Ankunft organisierte man ein Gastmahl im Restaurant »il Cafona«. Da ich damals ja in Lacco Ameno war, fuhr ich nach Neapel hinüber und nahm an dem Abendessen teil. Verschiedene sizilianische *Uomini d'onore* waren ebenfalls anwesend. Ich setzte mich neben Ciro Mazzarella. Nach dem Anstoßen schnitt Pippo Ferrera, einer der »Cavaduzzi«, die Torte an und verteilte sie. Als er zu mir kam, überging er mich ostentativ und gab das Stück meinem Nachbarn. Ciro Mazzarella sprang sofort auf und tadelte Ferrera scharf wegen seiner Ungezogenheit mir gegenüber. Ferrera entschuldigte sich unwillig mit der Ausrede, er habe gemeint, daß ich bereits ein Stück Torte bekommen habe.

Der Vorfall hatte in meinen Augen großes Gewicht, denn ich war doch zu dieser Zeit Vizerepräsentant der »Familie« von Catania. Ferrera hatte sich eine Geste der Mißachtung erlaubt, und dies noch dazu in Anwesenheit »familien«-fremder Personen. Ich mußte immer wieder daran denken und drückte Pippo gegenüber nach meiner Rückkehr nach Catania meine Besorgnis aus. Mein Bruder war ebenfalls der Meinung, daß uns eine Gefahr drohte.

In der Zwischenzeit hatte ich eine Gelegenheit ergriffen und in Neapel ein gepanzertes Auto gekauft.

22

Am 18. August 1977 wurde mein Sohn zwei Jahre alt. Zu diesem Zeitpunkt lebten wir noch immer in Lacco Ameno. Als wir kurz danach wieder nach Sizilien zurückkehrten, wurde auf dem Territorium von Corleone der Carabinierioberst Giuseppe Russo ermordet. Für meinen Bruder war das eine kalte Dusche: Ein wichtiges Mitglied der Ordnungskräfte war umgebracht worden, ohne daß er, der amtierende Sekretär der Regionalkommission, davon in Kenntnis gesetzt worden war. Nun kann man nicht davon ausgehen, daß ein Carabinierioberst von einem Schafhirten umgebracht wird. Der Mord trug die unverwechselbare Handschrift der *Cosa Nostra* und war unter der »Gerichtsgewalt« der Corleoneser geschehen. Trotzdem hatte es in den Tagen und Wochen zuvor kein Anzeichen dafür gegeben, keine Gerüchte, nicht einmal Gerede oder Anspielungen, aufgrund derer man eine derart schwerwiegende Aktion hätte vorhersehen können. Pippo erkannte sofort, daß das ein tödlicher Schlag für seine Autorität war – und damit auch für seine mittlerweile drei Jahre währende Aufbauarbeit an der *Cosa Nostra*. Wozu war denn die überregionale Kommission gut, wozu das Statut, wenn sich danach nichts geändert hatte und die wichtigen Entscheidungen sowieso von den einzelnen »Familien« oder den internen Klüngeln getroffen wurden, ohne daß man jemanden davon verständigte?

Wie vorauszusehen war, hagelte es sofort zahlreiche Proteste von der ganzen Insel. Es gab eine Mobilmachung. Alle sagten, daß die Palermitaner wieder einmal die Regeln verletzt hätten. Nach dem Massaker in der Viale Lazio hatten sie so getan, als würden sie eine »demokratische« Führung der *Cosa Nostra* akzeptieren, doch nur, um Zeit für die eigene Reorganisation und Verstärkung zu gewinnen – um dann die frühere Unart wieder aufzunehmen, alles alleine zu machen, die eigenen Interessen ohne Rücksicht auf die anderen zu verfolgen. Was kümmerte es die Corleoneser oder die Grecos, wenn die Polizei am Tag nach dem Mord an einem Repräsentanten des Staates *Uomini d'onore* aus ganz Sizilien in Verbannung schickte? Vollkommen ahnungslose Leute, die am Morgen ihre Wohnung verlassen hatten und die in einen Kontrollposten hineintappten oder von zu Hause abgeholt wurden, ohne sich rechtzeitig in Sicherheit bringen und dafür sorgen zu können, sich Alibis für den Mordtag zu verschaffen?

Viele Mafiabosse kamen zu Pippo. Sie waren außer sich vor Wut wegen dieser Regelverletzung und hatten Angst vor den Folgen dieser unerwarteten Aktion. »Wir müssen informiert werden, bevor gewisse Dinge geschehen«, war der Einwand vieler, »darauf haben wir ein Recht. Wir haben doch diese Kommission geschaffen, also müssen wir alle miteinander darüber reden. Wir können dann gerne alles beschließen, aber wir müssen wissen, wenn eine Verhaftung auf uns zukommt, ein Prozeß, eine Verbannung. Wenn jemand sich jedoch erlaubt, alles nach seinem Kopf zu machen, und niemanden verständigt, dann muß er dafür bezahlen. Wir müssen das Prinzip einführen, wonach jeder bezahlen muß, der in diesem Punkt einen Fehler macht.«

Auch Giuseppe Di Cristina kam, zusammen mit Francesco Cinardo. Seine erste Frage an Pippo war: »Gevatter, wie ist das passiert? Wer hat das entschieden?« Mein Bruder antwortete, daß er selbst davon nichts gewußt habe, daß man jedoch unverzüglich Erklärung von den Leuten aus Palermo fordern und eine Versammlung der Regionalkommission einberufen müsse. Di Cristina wollte die Entscheidung zur Einberufung der Versammlung mittragen. Cinardo und ich wurden daher zu Michele Greco geschickt, um ihm Datum und Ort des Treffens mitzuteilen und jede nur mögliche Information über die Ermordung des Carabinieriobersten Russo einzuholen.

Wir fuhren also zum Gutshof Favarella; Michele Greco bot uns im

Wohnzimmer Kaffee an, genau dort, wo jener Tisch stand, dessen oberere Platte mit 20-Centesimi-Geldstücken belegt war. Diesen mußte ich dann später dem Ermittlungsrichter beschreiben, als ich die Behauptung Michele Grecos, er habe mich nie gesehen, widerlegen mußte.

»Pippo und Giuseppe Di Cristina schicken uns. Sie möchten sich Klarheit über die Sache mit dem Carabinieriobersten Russo verschaffen.«

»Ach was, das war wohl irgendein Bubenstück, eine Tat von Leuten, die wir nicht kennen, dreckige, böse Leute.«

Es war klar, daß er sich drücken wollte. Wir teilten ihm mit, daß die Versammlung in Falconara, auf dem Hof des Antonio Ferro, stattfinden würde; dann fuhren wir wieder ab. Di Cristina und mein Bruder sprachen daraufhin eine gemeinsame Linie ab. Die offizielle Forderung nach einer Erklärung des Vorfalls sollte von Di Cristina selbst vorgebracht werden, Pippo wollte erst später eingreifen.

Am Tag der Versammlung erschien Di Cristina jedoch erst mit Verspätung, und so mußte Pippo an seiner Stelle das Wort ergreifen. Michele Greco antwortete: »Ich habe Totuccio Riina um Informationen gebeten, da der Mord im Bezirk Corleone geschehen ist; seine Antwort war: Wenn ein Bulle umgebracht wird, darf man keine Fragen stellen.« Eine nutzlose, ausweichende, fast provozierende Antwort. Doch niemand brachte Einwände dagegen vor. Lediglich Di Cristina – er kam mit drei Stunden Verspätung an, weil die Stadt, so sagte er jedenfalls, von Kontrollposten der Carabinieri eingeschlossen war – bestand weiter auf einer Erklärung. Er verlangte, daß Michele Greco ihm nach der Versammlung den Grund für die Ermordung des Carabinieriobersten vertraulich enthüllen solle. Greco antwortete, daß der Carabinierioberst in einer Zelle des Hochsicherheitstrakts Franco Scrima, einen *Uomo d'onore* aus Palermo, gefoltert habe. Er habe ihn in die Hoden getreten und außerdem noch Ermittlungen angestellt über die Entführer Luigi Corleos, des Schwiegervaters von Nino Salvo. Daraufhin beschimpfte Di Cristina Michele Greco, daß er sich wie eine Marionette Totò Riinas herummanövrieren lasse. Greco zeigte keine Reaktion; er schwieg und ging dann.

Wenige Tage später kamen zwei Männer in Riesi ums Leben, und zwar bei einem Attentat, das eigentlich Giuseppe Di Cristina galt. Der Fall spielte sich folgendermaßen ab: Di Cristina fuhr jeden Tag in Begleitung einiger Arbeitskollegen, die ihn mit dem Auto vor dem Hause erwarteten, zur Sochimisi – jenem Betrieb der sizilianischen Bergbaugesellschaft, bei dem Gunnella (der Republikanische Abgeordnete, W. R.) für seine Anstellung gesorgt hatte. Doch am Tag des Attentats fuhr Di Cristina nicht zur Sochimisi, weil er eine Verabredung mit mir, Pippo und meinem Gevatter Cinardo hatte. Wir waren in der Wohnung Di Cristinas, als die beiden Angestellten vorbeikamen. Di Cristina sagte ihnen, daß er heute nicht zur Arbeit gehe oder später alleine nachkommen werde. Ich erinnere mich noch immer an den einen der beiden, der am Steuer saß. Er trug eine Baskenmütze und ähnelte Di Cristina sehr. Eine halbe Stunde danach kam jemand und sagte: »Sie haben die beiden, die dich mitnehmen sollten, umgebracht. Sie haben eine Art Unfall provoziert und sie dann ermordet.«

Di Cristina reagierte sofort, organisierte eine Versammlung mit den Palermitanern und ließ ausrichten, daß die Teilnahme Michele Grecos unerläßlich sei. Das Treffen fand in Riesi statt, auf dem großen Gutshof der Salvo-Vettern, da Di Cristina sein eigenes Territorium aus Sicherheitsgründen nicht verlassen wollte. Verschiedene wichtige *Uomini d'onore* kamen zu dem Treffen, darunter Stefano Bontade. Greco jedoch ließ sich nicht sehen. Das Attentat war noch immer »heiß«; es wäre für ihn nicht klug gewesen, sich bis nach Caltanissetta zu wagen. Bontade sagte: »Michele Greco konnte nicht kommen und hat mich beauftragt, an seiner Stelle teilzunehmen.«

Die Sitzung wurde mit einer Rede Di Cristinas eröffnet: »Ich habe diese Versammlung einberufen und nach Michele Greco geschickt, weil ich ihm sagen wollte, daß ich hier stehe und als Toter spreche. Es ist ein Toter, der hier redet. Ich bin tot. Und nun möchte ich wissen, warum man auf mich geschossen hat. Warum wollen sie mich umbringen? Kann mir jemand erklären, aus welchem Grund ich zum Tode verurteilt worden bin?«

»Michele Greco ist zu mir gekommen«, antwortete Stefano Bontade, »und wollte wissen, aus welchem Grund du diese Versammlung einberufen hast. Und er hat mir gesagt, daß er nichts über das Attentat weiß und daß es vielleicht die Cursotis organisiert haben. Möglicherweise haben sie etwas gegen dich.«

Wenn man Michele Greco die Verantwortung für das Attentat nachweisen wollte, was tatsächlich gar nicht mehr nötig war, dann mußte man diese dämliche Rechtfertigung entkräften. Die Cursotis waren aus Catania und hatten überhaupt nichts mit Caltanissetta und mit Riesi zu tun. Sie lagen im Krieg mit uns, aber nicht mit Di Cristina, der sie außerdem überhaupt nicht kannte. Die Cursotis waren nicht einmal *Uomini d'onore* und konnten deshalb auch mit unserem Konflikt nichts zu tun haben, nicht einmal indirekt. Die Erklärung Michele Grecos hatte also eine andere Bedeutung. Alle Anwesenden verstanden, daß es sich um eine Provokation handelte, um eine kaum verhüllte Herausforderung.

In der Zwischenzeit verschlechterten sich die internen Beziehungen der »Familie« von Catania auf besorgniserregende Weise. Nitto wurde von Tag zu Tag stärker und band sich immer enger an die Corleoneser und an die Grecos. Der Krieg gegen die gewöhnlichen Verbrecher ging weiter, auch wenn die Dinge nach unserer Rückkehr aus Neapel für uns besser liefen, weil die gegnerische Front nicht mehr so geschlossen war wie früher. Einige Gruppen, wie die Malpassotis und die Cursotis, waren aus der Antimafiaallianz ausgeschert und zeigten weniger Feindseligkeit uns gegenüber. Die Aufnahme der oben erwähnten fünf Leute aus dem Verbrechermilieu in unsere »Familie« schuf noch ein weiteres Problem, weil Alfio Ferlito die Autorität Nitto Santapaolas nicht anerkannte, sehr empfindlich war und häufig unhaltbare Vorwände fand, um auch mit anderen von uns zu streiten.

Es war dann auch tatsächlich Ferlito, der einen Scheingrund für die Auflösung der »Familie« lieferte. Nino Santapaola, Ferlito, Romeo und Alfio Boccaccini befanden sich in Sant'Agata Li Battiati auf einer der üblichen Todesmissionen. Sie waren mit Karabinern, Pistolen und Maschinengewehren bewaffnet. Während sie auf den Mann warteten, den sie erschießen sollten, schlief Ferlito ein. Als das Opfer dann ankam, wachte er abrupt auf und schoß instinktiv eine Salve aus seiner Maschinenpistole ab; diese traf zwar das Ziel, aber auch Boccaccini. Kurz bevor das Opfer starb, konnte es allerdings das Feuer erwidern und erwischte seinen Mörder Alfio Ferlito. Die beiden anderen Killer brachten die zwei Verletzten nach Catania und baten Pippo um Hilfe und Anweisungen. Mein Bruder aber konnte wegen des Hausarrests nachts nicht aus der Wohnung (er wäre sonst sofort verhaftet worden, W. R.) und antwortete über die Sprechanlage, daß er nichts machen könne. Da die beiden schwer verletzt waren, riet er, sie ins Krankenhaus zu bringen. Tatsächlich war das auch das einzige, was man tun konnte. Wir verfügen nämlich nur über wenige vertrauenswürdige Ärzte, und die beiden Verletzten konnten sowieso nur im Krankenhaus behandelt werden, sie lagen ja im Sterben.

Boccaccino starb eine Woche später: Ein Splitter hatte ihm das Knochenmark verletzt; Ferlito konnte mit der Hilfe Nitto Santapaolas aus dem Krankenhaus fliehen und überlebte. Ich erinnere mich an den Vorfall sehr genau, weil ich an diesem Tag selbst in Palermo war, bei der Hochzeit der Tochter Salvatore Grecos (genannt »il senatore«, der Senator) mit Giovanni Scaduto, einem *Uomo d'onore*. Ich vertrat dort meinen Bruder Pippo, der wegen des Hausarrests nicht kommen konnte. Eine wunderbare Zeremonie, alle Spitzenkräfte der *Cosa Nostra* waren dabei (außer natürlich den Verhafteten und den Flüchtigen). Sie saßen Seite an Seite mit den »gutsituierten« Familien Palermos, der eleganten Gesellschaft, die uns Mafiosi stets bewundert und beschützt hat.

Dieser ganze Vorfall erweckte den Groll Ferlitos und der Fünfergruppe gegen meinen Bruder: Sie beschuldigten ihn, sich nicht um das Schicksal zweier während einer bewaffneten Aktion verletzter »Soldaten« gekümmert zu haben. Nitto stachelte diese Mißstimmung noch weiter an und erklärte, daß das Maß nun endgültig voll sei: Die »Familie« von Catania sei unregierbar geworden, eine generelle Klärung vor der Regionalkommission sei notwendig. Ein solcher Antrag war eigentlich nicht zulässig, Pippo war bestürzt: Was hatte die »Region« mit dem internen Zank in Catania zu tun? War

Alfio Ferlito klar, daß Nitto ihn nur aus opportunistischen Gründen unterstützte, und zwar um uns zu stören und mit uns zu brechen?

Giuseppe Di Cristina überredete Pippo, sich dem Antrag nicht zu widersetzen – auch weil Di Cristina selbst eine Forderung anmelden wollte, die ebenfalls recht ungewöhnlich war. Er wollte nämlich, daß bei der Versammlung die gesamte »Familie« von Catania anwesend war, ohne Ausnahme. Er hatte genaue Nachforschungen über das Attentat gegen ihn angestellt, dabei verschiedene Zeugen, darunter auch einige Bauern, ausgefragt, und diese hatten ihm erzählt, daß einer der Mörder beim Zusammenstoß mit dem Auto der Opfer an der Schulter verletzt worden sei. Die Verletzung war so schwer gewesen, daß nur der andere Killer geschossen hatte. Di Cristina hatte den Verdacht, daß jemand aus der »Familie« von Catania Michele Greco bei der Ausführung seines mörderischen Plans unterstützt hatte. Deshalb wollte er herausfinden, ob ein *Uomo d'onore* bei dem Treffen mit Verletzungen oder Brüchen am Arm oder an der Schulter erscheinen würde. Pippo war einverstanden und bestimmte Bagheria (eine Kleinstadt nahe Palermo, W. R.) als Ort für das Treffen. Es sollte in der Villa des Fürsten Vanni Calvello, eines *Uomo d'onore* der »Familie« von Alia, der auch ein Sozius des Sohnes von Michele Greco war, stattfinden. Alexandre Vanni Calvello ist der Mann, in dessen Palazzo in Palermo die Königin von England bei ihrer letzten Italienreise 1984 wohnte – übrigens kurz bevor der Fürst dann verhaftet wurde.

Ich selbst habe auch zweimal in der Villa in Bagheria übernachtet, in der das Doppeltreffen der »Familie« von Catania und der Regionalkommission stattfand. Der Fürst sorgte für die Sicherheit der Versammlung. Er empfing uns am Eingang der Villa und durchsuchte uns alle, wie es bei Mafiatreffen üblich ist. Di Cristina beobachtete die eintreffenden Teilnehmer erwartungsvoll. Als er Nicola Maugeri mit einem eingegipsten Arm sah, fragte er ihn schroff: »Wie ist denn das passiert?« »Ach das! Ich bin von der Leiter gefallen.« Pippo ging zu Di Cristina und gab ihm ein unmerkliches Zeichen, Ruhe zu bewahren: Es würde Zeit und Gelegenheit geben, der Sache nachzugehen. Ideal wäre es gewesen, die Zeugen des Überfalls herzuschaffen und sie dem Verdächtigen gegenüberzustellen. Doch die Zeugen waren ja nur gewöhnliche Leute, die zu einer Versammlung von *Uomini d'onore* nicht zugelassen werden durften.

Das Treffen begann mit einer Reihe von Anklagen gegen uns Calderone-Brüder. Alfio Ferlito beschuldigte meinen Bruder, ihn nach dem Mord in Sant'Agata Li Battiati nicht zu einem vertrauenswürdigen Arzt geschafft und ihm statt dessen durch die Einlieferung ins Krankenhaus ein schlimmes Gerichtsverfahren eingebrockt zu haben. Nitto warf mir vor, daß ich ihn ein Jahr zuvor nicht zur Piazza Verga begleitet hatte, als er am Abend des Sant'Agata-Festes zwei Schutzgelderpresser umgebracht hatte. Er behauptete, daß ich mich ständig von den Problemen der »Familie« absetze und jedesmal abhaue, wenn man zu den Waffen greifen müsse. Ich gab zurück, daß es besser sei, sich abzusetzten, wenn »Kriegshandlungen« der »Familie« im Erdrosseln Halbwüchsiger bestünden.

»Na gut – offenbar ist ein vernünftiges Gespräch hier nicht möglich; dann möchte ich aber nicht weiter in der ›Familie‹ bleiben«, setzte Nitto noch eins drauf, »ich will frei sein. Die ›Familie‹ funktioniert nicht mehr. Ich fühle mich an keine ihrer Entscheidungen mehr gebunden.«

Da griff Michele Greco ein: »Hört mir mal alle zu. Wollen wir diesen Zank nicht ein für allemal beenden? Laßt uns eine große Grube ausheben und darin all unsere Zwietracht begraben. Laßt uns vergessen und erst von hier weggehen, nachdem wir einander erneut Treue versprochen und die Hände gereicht haben.« Nitto und Alfio Ferlito schüttelten den Kopf; sie waren gegen diesen Vorschlag. Michele Greco faßte die Gelegenheit beim Schopfe und erklärte: »Also wißt ihr, was ich euch dann sage? Da es keine Möglichkeit zur Verständigung gibt, ist das einzige, was wir tun können, die ›Familie‹ aufzulösen. Setzen wir eine stellvertretende Leitung von drei Personen ein, bis ihr euch entschlossen habt, eure kleinlichen Angelegenheiten zu regeln. Habt ihr dann Frieden geschlossen, bauen wir die ›Familie‹ wieder auf.«

Ich erkannte, daß all das eine reine Komödie war, eine zwischen Greco und Nitto Santapaola abgesprochene Show, um genau an den

Punkt zu gelangen, an dem sie einen so offensichtlichen Mißbrauch der *Cosa Nostra*-Regeln rechtfertigen konnten. Eine »Familie« kann nämlich nur von den direkten Vorgesetzten aufgelöst werden, das heißt, vom *Capomandamento* oder vom Provinzrepräsentanten. Das war abgemacht und stand außer Frage. So gesehen hatte Michele Greco für die »Familie« von Catania überhaupt keine Bedeutung. Er war doch der Repräsentant einer anderen Provinz und hatte daher keinerlei Gewalt über uns. Der Chef der Provinz Catania war mein Bruder, und er war auch der Sekretär der Regionalkommission. Die Entscheidung zur Auflösung unserer »Familie« konnte also nur er allein treffen, da es keinen *Capomandamento* gab. Die Rolle Michele Grecos bei diesem Treffen war die eines Friedensstifters, eines Vermittlers, und nicht die eines Mannes, der Rechte und Gewalt über uns und unsere »Familie« besaß.

Nitto änderte nun seinen Ton und stimmte der widerrechtlichen Entscheidung Grecos zu, wobei er (scheinheiligerweise) auch noch erklärte, er selbst wolle keinen Posten annehmen. Pippo und Stefano Bontade stellten sich nun auch auf die Seite Nittos, was mich vor Wut zum Beben brachte. Die beiden großen Bosse hatten nicht erkannt, worauf das alles hinauslief: auf den erzwungenen Verlust sämtlicher von meinem Bruder besetzter Posten, angefangen bei seiner Stelle als Regionalrepräsentant.

So geschah es denn auch. Pippo verlor seine Ämter und Calogero Conti seine Position als Vizerepräsentant der Provinz.

Daraufhin beschwerte ich mich bei Stefano Bontade und fragte ihn, wieso er sich so eine Überrumpelung von Michele Greco gefallen ließe, und betonte noch einmal, daß allein Pippo als Provinzrepräsentant das Recht zur Auflösung der »Familie« besaß. Er antwortete, daß es gar keine Überrumpelung gewesen war, weil es ja das Verhalten Pippos war, das zur Debatte gestanden habe. Es wäre also nicht korrekt gewesen, wenn er, um den es bei dieser Sache ging, auch sein eigener Richter gewesen wäre.

Jedenfalls wurde nun ein stellvertretender Rat ernannt, der aus meinem Bruder, Nitto und dem alten Adelino Florio bestand. Nitto spielte die Komödie weiter und tat so, als wolle er seine Ernennung nicht annehmen. Außerdem wurde festgelegt, daß bis zur Neubesetzung der Ämter in der Provinz die Beziehungen zur Regionalkommission von Giovanni Mongiovì geregelt werden sollten. Mongiovì war der Chef der angrenzenden Provinz Enna.

Am 21. Januar 1978 wurde ich verhaftet. Ich fuhr gerade von meinem Haus in Monterosso Etneo nach Catania zurück. Ich hatte dort oben ein paar Tage lang einen Flüchtigen beherbergt, einen Burschen aus Palermo, der zusammen mit meinem Vetter Marchese nach Catania gekommen war. Ich wollte ihn gerade in die Stadt bringen und ihm dort eine Unterbringung und Arbeit bei Mitgliedern der »Familie« besorgen. Zwei Kilometer vor dem Dorf, wo wir einige Jahre zuvor Luciano Liggio versteckt hatten, trafen wir auf einen Alfa Romeo »Giulia« mit einer großen Antenne hintendrauf. Der Bursche neben mir sah sie und sagte: »Sind das nicht vielleicht Bullen?« »Das ist doch ein gelber ›Giulia‹. Wenn es Bullen sind, gehören sie allenfalls zur ›Guardia di finanza‹«. (Die »Guardia di finanza« ist eine polizeiähnliche Formation, die aber nur im Zusammenhang mit Steuer- und Zollvergehen aktiv werden darf, W. R.) Ich schaute in den Rückspiegel und bemerkte, daß der Wagen wendete und uns in einiger Entfernung folgte.

Kurz vor dem nächsten Dorf bremste ich scharf ab und bog in einen Feldweg ein, der unter Umgehung des Zentrums auf die andere Seite des Dorfes führte. Doch plötzlich fand ich mich vor eben dem gelben Alfa Romeo wieder; er stand quer vor uns. Ich bremste und sah, wie sich die Türen des Wagens öffneten, zwei Männer mit Maschinengewehren und Pistolen heraussprangen und sofort auf uns zu schießen begannen. Die Windschutzscheibe meines Wagens wurde weiß von den Kristallen, die der Kugelhagel losschlug. Auch in die Seitenwand und in die Türfenster schlugen Geschosse ein. Doch nichts ging zu Bruch, wir blieben unverletzt: Das Auto war hervorragend gepanzert.

»Hände hoch«, riefen die beiden Männer.

Ich glaubte noch immer nicht, daß das die Polizei war. Ich dachte, daß jemand die Sache inszeniert hatte, um uns zu ermorden. Dann sah ich, daß die beiden ihre Polizeimarke zeigten, und atmete auf. Ich stieg zusammen mit meinem Kameraden aus dem Wagen, und wir gehorchten dem Befehl, uns bäuchlings und mit gestreckten Armen auf den Boden zu legen. Dann traten sie uns in die Seite, durchsuchten uns und stellten uns die üblichen Fragen. Als ich meinen Namen nannte, sagten sie: »Ach, Calderone! Sehr gut. Du bist am Ende. Bist ein toter Mann!« Bei dem Jungen fanden sie dann eine Pistole und schrien los: »Der eine ist bewaffnet! Der eine ist bewaffnet!« Sie sperrten die Straße ab und setzten sich über Funk mit ihrer Dienststelle in Verbindung. Während dessen schlugen sie immer wieder auf uns ein. Sie sprachen mit dem Hauptmann Licata (dem Offizier, von dem ich bereits berichtet habe und der später, als er bereits Carabinierioberst war, von Turiner Ermittlungsrichtern verhaftet wurde), und daraus schloß ich, daß die beiden Carabinieri waren. Nach einiger Zeit kamen weitere Polizeiwagen. Sie brachten uns zum Präsidium der Carabinieri von Catania. Dort wurde ich natürlich gefragt, wer der Bursche sei, der mit mir im Auto gesessen habe.

»Ich kenne ihn nicht«, antwortete ich.

»Wie bitte, Sie kennen ihn nicht?«

»Er hat mich fünf Minuten bevor ich festgenommen wurde gebeten, ihn mitzunehmen, und ich habe ihn mitgenommen.«

Dann wollten sie eine Erklärung für die Decken und den Koffer, die sich im Auto befanden. »Ich bin Schmierölhändler und besuche die Baustellen in Sizilien. In der Nacht breite ich die Decken aus und lege mich hin, wo ich gerade bin.« Ich improvisierte eine Verteidigung, während ich auf meinen Anwalt wartete. Auf die Frage, warum ich ein gepanzertes Auto fahre, antwortete ich, daß ich Angst hatte und mich deshalb entschloß, diesen Wagen zu kaufen, als ich in der Zeitung las: »Reicher Kaufmann erwirbt aus Angst vor Entführungen ein gepanzertes Auto.«

Man brachte mich ins Gefängnis. Dort bekam ich Besuch vom Haftrichter. Er entschuldigte sich, daß mich die Beamten, die mich verhaftet hatten, nicht erkannt und sich schlecht benommen hatten. Die beiden hätten überdies – so seine Erklärung – nur deshalb sofort zu schießen begonnen, weil sie Hinweise auf ein Auto wie das meine bekommen hatten, das Waffen transportieren und in dem sich ein Flüchtling befinden sollte. Tatsächlich hatten Turi Palermo und ich in Neapel zwei gleiche gepanzerte Wagen gekauft; die Nummernschilder der beiden hatten direkt aufeinanderfolgende Zahlen. Und Turi Palermo war zu diesem Zeitpunkt tatsächlich auf der Flucht vor der Polizei.

Unsere Feinde aus dem Milieu der gewöhnlichen Verbrecher hatten wieder einmal zugeschlagen und dabei das bewährte System angewandt, uns bei der Polizei zu verpfeifen. Als sich allerdings das Gerücht verbreitete, daß zusammen mit Antonino Calderone ein gefährliches Mitglied der palermitanischen Mafia verhaftet worden war, bekamen sie es mit der Angst zu tun. Viele von ihnen glaubten nun, daß Leute aus Palermo gekommen waren und uns im Kampf gegen sie unter die Arme greifen wollten. Einige Bosse der Caragnusis, der Cursotis und anderer Gruppen baten um eine Unterredung mit Nitto und anderen »Familien«-Mitgliedern; es kam zu einem zeitweiligen Frieden. Doch nun muß man wissen, daß der Junge aus Palermo nur deshalb flüchtig war, weil er den Militärdienst nicht leisten wollte. Er war nicht einmal ein *Uomo d'onore*!

Ich saß dann 40 Tage wegen Beihilfe im Gefängnis; bei der Verhandlung wurde ich freigesprochen. Der Vorsitzende der Kammer war, das möchte ich noch betonen, Dr. Inserra, ein strenger, integrer Mann. Die »Familie« hat auf ihn keinerlei Druck ausgeübt – schon allein deshalb, weil man an den Mann gar nicht herankam.

Während ich im Gefängnis saß, kam Salvatore Greco »Cicchiteddu« nach Catania. Er war soeben aus Venezuela zurückgekehrt. Man hatte eine Versammlung einberufen, um über ein Problem zu debattieren, das in der Zwischenzeit entstanden war: der Konflikt zwischen Francesco Madonia und Giuseppe Di Cristina über die Vorherrschaft in der *Cosa Nostra* der Provinz Caltanissetta. Unter normalen Umständen hätte man eine derartige Frage auf lokaler Ebene abgehandelt, ohne zusätzlich Mitglieder einzuschalten, die von außerhalb der betreffenden Provinz kamen. Doch der Bruch zwischen den Greco/Corleonesern und dem Rest der *Cosa Nostra* war mittlerweile an einem Punkt angelangt, wo fast jedes Problem zum Anlaß für eine wettkampfähnliche Auseinandersetzung zwischen den beiden Gruppierungen wurde. Francesco Madonia hatte die Corleoneser hinter sich. Als Vertreter der Gegenfraktion nahmen an dem Treffen von Catania außer Giuseppe Di Cristina noch Gaetano Badalamenti, mein Bruder und Salvatore Inzerillo teil, dazu kamen noch zwei einflußreiche palermitanische *Capimafia*, die nicht ausdrücklich auf unserer Seite standen, jedoch unsere Position unterstützten: Tommaso Buscetta und Salvatore Greco. Letzterer hatte großen Einfluß auf Pippo und auf Giuseppe Di Cristina.

Das Treffen fand in den Räumen der Firma Costanzo statt und war streng geheim. Pippo sprach nicht mit mir darüber; er gab mir in dieser Zeit keine präzisen Informationen über seine Manöver, weil er befürchtete, von mir kritisiert zu werden. Ich sah seine Freundschaft mit Di Cristina nicht gerne. Er versuchte doch bloß, die Großzügigkeit meines Bruders auszunützen und damit die Probleme zu lösen, die er alleine hätte bewältigen sollen. Mein Vetter Salvatore Marchese war als Wachposten vor dem Versammlungsraum aufgestellt worden und hat mir später alles erzählt.

»Cicchiteddu« hörte sich die Klagen über die Palermitaner und über Francesco Madonia an. Letzterer galt als Komplize seines Vetters Michele Greco beim Attentat auf Di Cristina wenige Monate zuvor. Doch »Cicchiteddu« lehnte den Vorschlag zur Ermordung Madonias ab. Beim Abschied riet »Cicchiteddu« Di Cristina, seine Ämter in der *Cosa Nostra* niederzulegen und für einige Zeit mit ihm nach Venezuela zu kommen. Kurze Zeit nach seiner Rückkehr nach Südamerika starb Salvatore Greco eines natürlichen Todes. Madonia wurde, und das ist wiederum bezeichnend, erst ermordet, nachdem »Cicchiteddu« in ein besseres Leben eingegangen war.

Die Ermordung Madonias, seines größten Rivalen, war zur fixen Idee für Di Cristina geworden. Er redete ununterbrochen darüber mit meinem Burder und versuchte, ihn in die immer neuen Pläne zum Schlag gegen den Feind einzubinden. Einer dieser Pläne richtete sich gegen Francescos Sohn, Giuseppe Madonia. Di Cristina versuchte eine Geschichte zusammenzuschwindeln: Angeblich sollte Francesco Madonia einen von Stefano Bontade erteilten Befehl verweigert haben, der die Bestrafung Gaetano Grados – eines in Mailand ansässigen *Uomo d'onore* – betraf. Di Cristina überredete Pippo, mit ihm zu Bontade zu fahren und ihm von dieser schwerwiegenden Regelverletzung zu berichten. Stefano Bontade geriet in Zorn, weil er so etwas nie von Madonia verlangt hatte. Außerdem schätzte er die Einmischung Di Cristinas in seine Privatangelegenheiten überhaupt nicht. Di Cristina beharrte jedoch auf seinem Schwindel. Er ging nun zum Vater Giuseppe Madonias und sagte ihm, Stefano Bontade sei außer sich vor Wut wegen des Leichtsinns seines Sohnes. Hinterhältigerweise zog er auch noch meinen Bruder mit hinein und behauptete, Pippo sei es gewesen, der den Sohn Madonias bei Bontade angeschuldigt habe.

Für mich war klar, daß mein Bruder, angestiftet von Di Cristina, alles aufs Spiel setzte. Ich versuchte, ihn auf viele Weise von der Mitarbeit an den ihm ständig vorgelegten unsinnigen Plänen abzubringen. Irgendwann drohte ich dann sogar damit, von Catania wegzugehen, wenn er der Ermordung Francesco Madonias auf unserem Territorium zustimme. Doch da war nichts zu machen. Eines Tages in diesem unglückseligen Jahr 1978, als ich mich gerade im Haus der Schwägerin Pippos befand, sah ich Turi Pillera völlig verwirrt und mit blutverschmierten Kleidern ankommen. Pillera sonderte sich mit meinem Bruder ab und sprach mit ihm. Dieser vertraute mir unmittelbar danach an, daß Francesco Madonia umgebracht worden sei, und zwar von Pillera selbst und einem *Uomo d'onore* aus Riesi, der in Rom als Goldschmied lebte. Madonia war mit der klassischsten aller Mafiakriegslisten ermordet worden: Er war von Di Cristina zu einem Treffen auf dem Bauernhof Antonio Ferros in Falconara geladen und dort umgebracht worden.

Die Antwort der Corleoneser ließ nicht auf sich warten. Wenige Wochen später befand sich mein Bruder zusammen mit Franco Romeo, einem *Uomo d'onore* aus Catania, in Palermo und wohnte dort in einer Wohnung in der Via Leonardo da Vinci. Sie war der »Familie« von Catania vom palermitanischen Bauunternehmer Piazza zur

Verfügung gestellt worden, der eng mit Salvatore Inzerillo verbündet war. Die Gründe für die damalige Reise Pippos nach Palermo sind mir unbekannt. Nach der Ermordung Francesco Madonias waren unsere Beziehungen noch angespannter geworden. Pippo verließ das Haus allein, und abends aßen wir nicht mehr zusammen.

Im Jahr zuvor während meines Palermo-Aufenthalts hatte ich selbst in der Wohnung in der Via Leonardo da Vinci gewohnt. Mittlerweile verbarg sich dort Alfio Ferlito, der nach seiner Flucht aus dem Krankenhaus untergetaucht war. Giuseppe Di Cristina wohnte immer dort, wenn er in die Inselhauptstadt fuhr. Franco Romeo war nach Palermo gekommen, weil Giuseppe Di Cristina wußte, wie gut sich dieser mit thermischen Sonden auskannte, und daher für ihn einen Diebstahl in der Banco di Sicilia oder in der Cassa di Risparmio vorbereitet hatte. Dabei wirkte auch ein *Uomo d'onore* aus Sambuca mit, der Chefkassierer der Bank war. So verließ Di Cristina am Morgen des 30. Mai 1978 zusammen mit Franco Romeo die Wohnung, während Pippo und Alfio Ferlito zu Hause blieben. Plötzlich hörten Pippo und Ferlito Schüsse und sahen durch das Fenster des ersten Stockes zwei Personen, die auf Di Cristina schossen. Dieser war wegen eines Treffers, oder um den Kugeln zu entgehen, in die Knie gegangen und erwiderte das Feuer mit einem Revolver. Dabei verletzte er einen der Angreifer am Bein. Durch seine Reaktion erschreckt, wollten die beiden das Schlachtfeld verlassen, als sie bemerkten, daß Di Cristinas Waffe blockierte. Sie kehrten um und töteten ihn durch eine Reihe von Schüssen aus nächster Nähe. Franco Romeo, der unverletzt war, war inzwischen die Rückkehr in die Wohnung geglückt. Er war völlig verwirrt und kotzte die ganze Zeit. Ich hatte ihn eigentlich immer im Verdacht, doch Pippo sagte, der Mann sei zu verängstigt gewesen, als daß er etwas mit dem Mord hätte zu tun haben können.

Ich selbst befand mich an diesem Tag in Mazzarino als Gast meines Gevatters Cinardo. Ich war zusammen mit dem Schwager eines »Familien«-Mitglieds hingefahren; der Mann diente mir als Chauffeur, weil man mir inzwischen den Führerschein entzogen hatte (in Italien eine Strafe wegen kleiner Vergehen, W. R.). Dort erreichte uns der Anruf eines Mafioso aus Riesi und benachrichtigte uns vom Tod Di Cristinas. Wir drehten das Radio an, die Nachricht wurde bestätigt. Da ich wußte, daß Pippo mit Di Cristina in Palermo war, regte ich mich sehr auf und fürchtete, daß auch ihm etwas zugestoßen sei. Im Radio hatten sie nämlich von weiteren Personen, die bei dem Überfall verletzt worden waren, berichtet. Ich rief in Catania an, bat meinen Vetter Marchese, mich sofort abzuholen und nach Palermo zu bringen. Offenkundig informierte mein Vetter unmittelbar danach Nitto Santapaola, der mich anrief und sagte, daß sich für mich eine übereilte Fahrt nach Palermo nicht empfehle. Ich antwortete, daß es sich um meinen Bruder handle und daß ich dagegen keine Vernunftgründe gelten lassen würde.

Dann rief ich bei Gaetano Fiore an, der das »Baby Luna« leitete, ein Lokal, in dem der Generalstab der Mafia von Palermo verkehrte. Doch ich erreichte ihn nicht. Also telefonierte ich mit Giovanni Bontade, und der gab mir eine beruhigende Auskunft über das Schicksal Pippos: Er befinde sich zusammen mit den anderen auf dem Gut Magliocco, bei den Bontades. Ich kam am Abend dort an und fand sie in großer Aufregung vor. Viele von den Inzerillos waren da, verschiedene Männer des Bontade-Clans, dazu Alfio Ferlito, Rosario Di Maggio und viele andere. Ferlito und ich schliefen in dieser Nacht in einem Haus auf dem Land, das Nuno Sorci gehörte, Pippo übernachtete auf dem Gut Magliocco. Tags darauf kam Michele Greco an und tagte dann mit Stefano Bontade, Salvatore Inzerillo und Rosario Di Maggio. Ferlito und Pippo wurden nicht zu dieser Zusammenkunft geladen. Im Falle Ferlitos war das selbstverständlich, im Falle meines Bruders aber nicht, und Ferlito machte eine Bemerkung darüber. Am Nachmittag fand die Provinzversammlung von Palermo statt, und zwar, wie üblich, auf dem Gut Favarella. Stefano Bontade war über die Ermordung Di Cristinas ziemlich wütend, und noch mehr war es Salvatore Inzerillo, weil die Tat ohne sein Wissen auf seinem Territorium begangen worden war. Der Ärmste wollte um jeden Preis herausfinden, wer die Mörder waren. Gaetano Badalamenti ließ sich bei dieser Versammlung nicht blikken. Sein Fehlen wurde mißbilligt. Es hieß, daß er sich mit seinen engsten Vertrauten auf dem Land verstecke, weil auch er fürchtete, ermordet zu werden. Später habe ich erfahren, daß Di Cristina auch deshalb umgebracht worden war, weil man entdeckt hatte, daß er zum Spitzel der Carabinieri geworden war.

Nach der Ermordung Di Cristinas schien sich eine Zeitlang alles neu zu gestalten. Für die Provinz Caltanissetta (die Di Cristina geleitet hatte, W. R.) wurde eine Stellvertretung eingerichtet. Sie bestand aus Guiseppe Madonia, Francesco Cinardo und einem gewissen Peppe Nasca. Die »Familien« beschäftigten sich scheinbar ausschließlich und in Ruhe mit dem Drogenhandel. In Catania sah es für uns Calderones allerdings nicht gut aus. Nitto Santapaola wurde von Tag zu Tag stärker, reicher und arroganter. Er verübte weiter seine Morde an gegnerischen Gangstern und hatte das Ziel, nach Beendigung des Krieges und der Neuorganisation der »Familie« die Vorherrschaft einzunehmen.

Mein Bruder versuchte vor allem, die »familien«-internen Probleme zu lösen. Die Auflösung der »Familie« hatte er als persönliche Niederlage und Schande empfunden. Er berief Versammlungen über Versammlungen ein und predigte Frieden und Eintracht. »Vermeiden wir den ständigen Streit«, wiederholte er immer wieder. »Wenn es wirklich unmöglich ist, wieder zusammenzukommen, bilden wir eben zwei getrennte ›Familien‹. Catania ist groß, riesengroß, und wir sind doch nur wenige *Uomini d'onore*: Platz ist für alle da. Teilen wir die Stadt in zwei Teile. Der Teil nördlich der Via Etnea kann zum Beispiel an die Santapaolas gehen. Der südliche Teil an uns. Ist doch albern, sich derart zu bekriegen.«

Nitto jedoch wollte eine solche Lösung nicht billigen. Seiner Meinung nach durfte es nur eine einzige »Familie« geben. Nur so konnte er die Vorherrschaft erlangen, der alleinige Befehlshaber sein. Wäre es zu einer Teilung in zwei »Familien« gekommen, hätte jeder seine eigenen Geschäfte betrieben. Es hätte weder Sieger noch Besiegte gegeben. Mein Bruder wäre erneut zum Provinzrepräsentanten gewählt worden. Die frühere Lage, die alte Mafiaordnung, wäre wiedergekehrt. Und all die Anstrengungen Nittos zur Vernichtung

Pippos, Di Cristinas, Badalamentis und der anderen wären vergeblich gewesen.

Der große Fehler Pippos und Stefano Bontades bestand darin, allzusehr auf die eigenen Kräfte zu vertrauen. Pippo dachte, daß Nitto sich niemals über einen bestimmten Punkt hinauswagen würde. Stefano wiederholte ständig, daß es die Corleoneser gegen ihn, die Inzerillos und die anderen niemals schaffen würden. Er fühlte sich sicher und ließ immer wieder heraushängen, daß er 200 Gefolgsleute hatte. Doch während er sich an seiner Macht berauschte, säten die Gegner allmählich Zwietracht in seine »Familie« und die seiner Verbündeten. Die Zwietracht wuchs, die Mauern seines Hauses bröckelten Tag für Tag weiter. Die »Soldaten«, die *Capidecina* und die Vizerepräsentanten bemerkten, daß die Corleoneser stärker wurden. Sie stellten ihre Berechnungen an und marschierten alsbald selbst in diese Richtung. Pullarà zum Beispiel, ein Mann Stefano Bontades, lief schließlich zu den Corleonesern über. Und andere Stellvertreter, die vorher treu und loyal zu ihren *Capi* gehalten hatten, taten es genauso. Die Normen der *Cosa Nostra*, die Bindungen an die »Familien«-Oberhäupter bedeuteten nichts angesichts des allerhöchsten Mafiagesetzes: das Gesetz des Stärkeren.

Pippo hoffte bis zuletzt, Nitto zur Vernunft zu bringen; schon allein deshalb, weil ein endgültiger Bruch auch das Ende einer tiefen Bindung bedeutet hätte. Die beiden waren altersmäßig 15 Jahre auseinander: Mein Bruder hatte Nitto heranwachsen sehen. Er hatte ihn »gemacht« und konnte sich einfach nicht vorstellen, daß Nitto einen Mordplan gegen ihn aushecken könnte. Sicher, sie stritten miteinander, warfen einander alles mögliche an den Kopf – doch all das geschah vor dem Hintergrund einer langen, tiefen Freundschaft. Pippo sprach mit mir nicht einmal hypothetisch davon, Nitto zu ermorden. Hätte er das gewollt, er hätte es jederzeit durch seine Freunde in Palermo erledigen lassen können. Doch so etwas kam ihm nicht einmal in den Sinn.

Nitto war der Taufpate meiner Tochter. Mein Bruder war der Pate zweier Kinder Nittos. Drei Monate nach der Verhaftung Pippos, 1971, wurden einer seiner Söhne und eine meiner Töchter geboren.

1972 kam eine weitere Tochter Nittos zur Welt. Nitto verlangte sogar, daß man mit der Taufe dieser Kinder bis zur Entlassung Pippos warten solle – meine Tochter konnte zu diesem Zeitpunkt schon seit einiger Zeit laufen. Doch Nitto wollte Onkel Pippo als Paten seines Kindes. 1970/71 hatte die »Familie« von Catania zwei reife und bewährte *Capidecina*. Pippo enthob sie gegen den Einspruch aller ihres Amtes, um nur noch einen einzigen *Capodecina* zu ernennen: seinen Liebling Nitto Santapaola. Kein Sonntag verging, ohne daß unsere Familien zum gemeinsamen Essen zusammenkamen. Unsere Frauen waren befreundet, unsere Kinder spielten miteinander. Wir sahen uns häufig auch ohne vorherige Verabredung.

Die Ruhe nach dem Tod Di Cristinas hielt nur kurz an. Kaum zwei Monate später, im Juli 1978, befand sich mein Bruder auf dem Land, im Haus seiner Schwiegermutter. Eines Morgens bemerkte er zwei Leute aus dem Madonia-Clan, die in dieser Gegend mit dem Auto herumfuhren. Sie hauten sofort ab, als sie sahen, daß er sie beobachtete. Später fuhren Pippo und seine Frau zum Einkaufen in den Supermarkt, und zwar mit dem gepanzerten Mini Minor, den ihnen Turi Palermo überlassen hatte, weil er selbst im Gefängnis saß. Als sie das Auto in die Garage zurückbrachten und den Vordersitz hochklappten, um die Einkäufe herauszunehmen, fand Pippo ein merkwürdiges Paket auf dem Rücksitz, daneben lag eine Schachtel. Er rief mich. Wir vermuteten, daß es sich um Dynamit handelte. Diesmal waren wir beide der Meinung, daß dieses Geschenk nur von Nitto kommen konnte. Unsere Beziehungen hatten sich immer weiter verschlechtert. Wir besuchten uns nicht mehr. Sein Bündnis mit den Greco/Corleonesern war bereits bekannt.

Pippo rief ihn sofort an, um herauszufinden, wie er reagieren würde. Nitto antwortete so ruhig, als wisse er bereits alles oder als wolle er erkennen lassen, daß er über das Attentat Bescheid wisse. Pippo fluchte und war sehr verletzt. Der kleine Rest an Freundschaft, der noch übriggeblieben war, verflüchtigte sich im Nu. Das war nicht alles: So ein Verhalten entsprach in der mittlerweile verlogenen deformierten *Cosa Nostra* einem Eigenständnis der Mitverantwortung oder einer Drohung. Nitto fügte noch hinzu, es sei am besten, sich sofort zu treffen, weil ihm eine Lösung für das Problem mit dem Dynamit im Auto eingefallen sei: Man müsse den Sprengsatz entschärfen, denn wenn man das Auto in die Luft fliegen lasse, würde die Polizei die Überreste des Wagens untersuchen, und man käme dann leicht auf Turi Palermo (dem das Auto gehörte, W. R.).

Doch bevor mein Bruder die Hilfe Nittos in Anspruch nahm, informierte er lieber Carmelo De Luca, den Sekretär der Constanzos. Der wiederum rief einen mit ihm befreundeten Carabinierioberst an und bat ihn, die Bombe entschärfen zu lassen. Dieser antwortete aber, er könne nur offiziell eingreifen, auf eine Anzeige Pippos hin, und zwar weil man dazu einen Sprengmeister brauche. Es stand natürlich völlig außer Frage, daß Pippo, ein großes Tier der *Cosa Nostra*, nicht eine ihrer strengsten Regeln verletzen und auf der Carabinieristation Anzeige erstatten würde, wie ein gewöhnlicher Mann von der Straße. Also zog man Pietro Rampulla hinzu, der *Uomo d'onore* der »Familie« von Mistretta und rechtsradikaler Terrorist war und sich deshalb mit Sprengstoffen auskannte. Rampulla erkannte sofort, daß er es mit einem Sprengkörper mit Fernauslöser zu tun hatte, und entschärfte ihn so schnell, daß in mir und Pippo ein gewisser Verdacht aufkam. Die Leichtfertigkeit, mit der er das Paket auseinandernahm, deutete darauf hin, daß er es auch selbst gebastelt hatte. Pippo erinnerte sich auch daran, daß er einige Zeit zuvor Franco Romeo die Schlüssel zur Garage ausgehändigt hatte, so daß dieser Gelegenheit hatte, sie nachmachen zu lassen.

Einige Tage nach dem Attentat fuhren Pippo und ich nach Trabia in der Nähe von Palermo zu Gesprächen mit Stefano Bontade, Gaetano Badalamenti und Rosario Riccobono. Wir berichteten über diesen Vorfall. Ich konnte mich nicht zurückhalten und mußte gegenüber diesen großen palermitanischen Mafiosi, die die Strategie der Corleoneser nicht durchschauten, Dampf ablassen: Die Corleoneser räumten doch zunächst in den Randgebieten – in Catania, Caltanissetta und Agrigent – auf, um sich danach auf den direkten Angriff auf die Gegner in der Inselhauptstadt selbst zu konzentrieren. Jetzt waren gerade wir dran. Wie lange würde es ihrer Meinung nach dauern, bis die Reihe auch an ihnen war? Die Palermitaner hörten schweigend zu. Nach einer verlegenen Pause sagte Rosario Riccobono: »Wir können zur Zeit nicht offen zu euren Gunsten eingreifen. Wir müssen vorsichtig sein und uns in Deckung halten. Wir müssen bluffen, sonst schlagen die anderen sofort los.«

Bei dieser Gelegenheit war Pippo sehr verärgert über mich. Er tadelte mich grob, eine für Catania gefährliche Situation heraufbeschworen zu haben, in der wir die Schwächeren seien und bereits verloren hätten. Damit habe ich ihn vor seinen gleichaltrigen Kollegen blamiert. Er forderte mich auf, von nun an zu schweigen. Ich fühlte mich erniedrigt und verließ die Versammlung. Als ich ging, sah ich Gaetano Badalamenti, der auf dem Balkon der Wohnung etwas abseits von den anderen saß. Er hatte die ganze Zeit über nichts gesagt, doch als ich die Tür schloß, bemerkte ich seinen ironischen Blick in Richtung Pippo, wobei er ein damals vielgesungenes Liedchen summte: »Schieß Gon-za-les, schie-ße, denn sonst erschie-ßen die an-dren dich!«

Die Schlinge zog sich immer mehr zu. Ich erkannte, daß wir zum Tode verurteilt waren, und sagte zu meinem Bruder: »Wann hauen wir hier ab? Wie lange willst du noch in dieser Hölle leben, in der du niemandem vertrauen kannst? Warum sollen wir uns umbringen lassen?« Unsere Freinde verbargen nicht einmal mehr ihre Absichten. Francesco Mangion sagte mir einige Tage nach dem Attentat ganz klar: Es wäre besser, wenn Pippo sich aus der Schlacht zurückziehen und auf alle Ämter in der *Cosa Nostra* verzichten würde. Mangion schlug mir sogar einen Ausweg vor, um meinem Bruder zu einem ehrenhaften Rückzug zu verhelfen: Pippo verbarg sich damals vor der Polizei. Man hatte ihn zur Verbannung verurteilt, das Urteil war aber in der Berufung wegen eines Formfehlers aufgehoben worden. Pippo fürchtete nun, daß man ihm statt dessen eine Mitteilung über die Verhängung des Hausarrestes zustellen könnte (in Italien wird der Hausarrest erst durch die Zustellung rechtskräftig, W. R.). Laut Mangion sollte er sich aber dieser Maßnahme nicht entziehen, sondern sie sogar herausfordern, das wäre eine gute Rechtfertigung für den Rückzug aus seinen Ämtern gewesen. Mangion sagte mir, daß wir im Polizeipräsidium einen Beamten sitzen hätten, an den wir uns in dieser Sache wenden könnten. Es handelte sich um den stellvertretenden Polizeichef, den ich gut kannte (ich war sogar bei ihm zu Hause gewesen) und der sich für den Plan hergeben würde.

Doch Pippo wollte nichts hören. Er war von der drohenden Gefahr seines Todes wie gelähmt. Ende Juli fuhr ich mit meiner Familie in Urlaub nach Ginosa Marina in der Nähe von Tarent. Alle zwei Tage telefonierte ich mit meinem Bruder. Pippo zog aus Sicherheitsgründen in die Ferienanlage der Costanzos »La perla jonica« und nahm Turi Lanzafame als Leibwächter mit. Er verließ das Gelände nie. In dem kleinen Wohnzimmer, das ihm zur Verfügung stand, empfing er die *Uomini d'onore*, die ihn aufsuchten. Eines Tages rief er mich höchst zufrieden an und sagte: »Endlich ist nun nach all diesem Unglück etwas Gutes passiert. Weißt du, was wir gemacht haben? Wir haben die ›Familie‹ neu gegründet.« Er gab mir zu verstehen, daß man ihn zum Repräsentanten gewählt habe, Nitto zum Vizerepräsentanten. Condorelli war *Consigliere*, Lanzafame und Salvatore Tuccio waren *Capidecina* geworden. Salvatore Ferrera war der neue Provinzrepräsentant.

»Vielleicht haben wir es geschafft«, wiederholte Pippo zuversichtlich, »wir haben die ›Familie‹ wieder zusammengeflickt. Wir haben aufgehört mit den Kämpfen und dem Blutvergießen.« Er machte sich nicht klar, daß sie ihn auf den Arm nahmen und daß sie das ganze Theater der Wiederherstellung unserer »Familie« nur inszeniert hatten, um ihn in Sicherheit zu wiegen, mit dem Ziel, ihn leichter umbringen zu können. Pippo verließ die Ferienanlage nur noch bewaffnet, mit einer Eskorte und im gepanzerten Auto.

Meine Frau fuhr in den letzten Augusttagen zurück nach Catania und nahm ihren Dienst an der Universität wieder auf. Ich wollte einige Tage später nachkommen, weil ich mit zwei Vettern fahren konnte, die mit uns in Urlaub gewesen waren. Doch eines Morgens rief sie mich an: »Nino, ich muß dir etwas sagen, ich weiß nicht, wie ich es dir beibringen soll. Dein Bruder ist verletzt worden, es geht ihm schlecht. Er ist an einem Arm und einem Bein verwundet worden, allerdings nicht schwer.«

»Wie komme ich jetzt nach Catania?« war mein erster Gedanke. Ich war allein mit unseren beiden Kindern und hatte weder einen Wagen noch den Führerschein dabei. Meine Vettern waren kurzfristig zu einer Jagd nach Sizilien gefahren. Ich sagte meiner Frau, daß wir später noch einmal miteinander sprechen würden, und lief in ein Lebensmittelgeschäft, wo es ein Telefon gab, von dem aus ich ohne Angst vor Abhörgeräten sprechen konnte. Auf der Straße begegnete ich meinen Vettern, die gerade zurückkamen und mir erzählten, wie die Sache passiert war. Man hatte am Abend zuvor auf Pippo geschossen, als er gerade zu einer Verabredung nach Aci Castello fuhr. Lanzafame war bei ihm gewesen, auch er wurde, allerdings nur leicht, am Kopf verletzt. Pippo war in den Bauch getroffen worden. Wie es augenblicklich um meinen Bruder stand, wußten die beiden nicht. Pippo war in eine Privatklinik eingeliefert worden, deren Besitzer ein mit den Costanzos verschwägerter Professor war.

Ich rief die Costanzos an. Sie sagten mir, daß Pippo nach einer ersten Behandlung in dieser Klinik an einen anderen Ort überführt worden sei. Er sei aber auf seinen eigenen Beinen in die Klinik gekommen, und daher könne die Verletzung nicht allzu schwer sein. Er hatte Lanzafame gebeten, ihn mit dem Auto bis zur Klinik zu bringen und sich dann zu verstecken.

Ich beschloß, meinen Ferienort nicht zu verlassen, und verfolgte die Krankengeschichte Pippos vom Telefon aus. Die Ärzte sagten mir, daß es ihm besser gehe. Unser Anwalt berichtete, daß man Pippo zu verhören versucht habe, daß dieser sich aber geweigert und als Entschuldigung dafür seine Kehlkopfoperation vorgebracht habe. Möglicherweise werde er bald wegen Aussageverweigerung verhaftet. Ich entschloß mich daher, Ferlito oder andere Leute meines Vertrauens anzurufen, die mich zu meinem Bruder ins Krankenhaus bringen sollten. Doch Pippo starb drei Tage nach seiner Einlieferung.

Turi Lanzafame erzählte mir danach alles. »Onkel Nino, wir hatten uns alle in der ›Perla jonica‹ getroffen, weil wir ja die ›Familie‹ wieder zusammengeflickt hatten. Auch Nitto war dabei. Am Schluß wollte man noch die Sache mit den Leuten Madonias klären, die

Pippo vor dem Attentat ums Haus hatte schleichen sehen. Wir mußten zu Salvatore Ferrera, dem neuen Provinzchef, und uns mit den Madonias treffen, um die Sache endgültig zu bereinigen. Nitto wollte einen Termin ausmachen, wir sollten seinen Anruf abwarten. Nitto rief an und sagte uns, daß wir zwischen sechs und sieben Uhr abends in die Wohnung der Ferreras in Aci Castello kommen sollten. Wir verließen das Haus ruhig und im Gefühl der Sicherheit. Wir waren noch nicht einmal bewaffnet. Als wir auf der Höhe des Bahnübergangs von der Hauptstraße nach Aci Castello abbogen, haben sie uns die Falle gestellt.«

23

Ich blieb Sizilien noch zwei Wochen lang fern. Da ich aber kein Geld mehr hatte, rief ich Pasquale Costanzo an und legte ihm das Problem dar. Einige Tage später trafen wir uns im Büro seiner Firma in Rom, und Costanzo gab mir zwei Millionen Lire. Nachdem mir Francesco Cinardo meine Sicherheit garantiert hatte, kehrte ich in Begleitung von Salvatore Marchese nach Catania zurück. Obwohl der Mord an Pippo schon gut drei Wochen zurücklag, war zu Hause inner- und außerhalb der »Familie« alles noch in ziemlicher Aufregung. Die »Fünfergruppe« (inzwischen wegen der Morde auf drei reduziert) wollte die »Familie« verlassen: Die Männer erklärten, daß sie unter diesen Bedingungen, wo alle Regeln ständig verletzt würden, nicht weitermachen wollten. Es gab keine sicheren Beweise gegen die Santapaolas, und so konnte man sie nicht einmal offen bei den Organen der *Cosa Nostra* anklagen. Man mußte die Zähne zusammenbeißen und den Schlag einstecken. Oder die Flucht vorbereiten.

Ich suchte, zusammen mit meinem Vetter Marchese, zunächst Nitto auf. Ihm tat der Tod meines Bruders sehr leid, und er meinte, daß auch er sich nicht erklären könne, wer ihn ermordet habe und warum. Cinardo teilte mir mit, daß Stefano Bontade in der Gegend sei und mich sprechen wollte. Bontade hatte Angst, sich in der Stadt zu verabreden; wir trafen uns daher in einem Außenbezirk bei einer Hundezucht, die ein gewisser Pippo Aiello leitete. Bontade sagte mir, er sei sehr bestürzt über Pippos Tod, er habe nichts davon gewußt und suche nun nach Beweismaterial gegen die Täter. Er fragte mich, was ich vorhatte; ob ich mich sofort rächen wollte oder ob ich Vergeltungsmaßnahmen gegen die mutmaßlichen Täter des Überfalls veranlassen wollte. Ich sagte ihm, er solle mich in Frieden lassen. Ich wollte mich mit niemandem anlegen und hatte auch ja niemanden, der mir dabei geholfen hätte. Ich war müde und hatte nunmehr sieben Kinder großzuziehen (meine drei und die vier von Pippo). In Zukunft wollte ich mich mit nichts anderem mehr beschäftigen. Stefano umarmte mich und gab mir zehn Millionen Lire in italienischer Währung sowie in Dollars (umgerechnet damals ca. 25 000 DM, W. R.). Das Geld gehöre Pippo, sagte er, genauere Angaben machte er nicht. Ich wußte aber, worum es sich handelte. Das Geld kam aus der Beteiligung meines Bruders an Schmuggelgeschäften und am Drogenhandel.

Bei einer zweiten Geldübergabe, drei Monate später, fand ich dann auch heraus, was – neben den mir bekannten echten Gründen – die formelle Rechtfertigung für den Mord an meinem Burder im Rahmen der sogenannten »Regeln« der *Cosa Nostra* war. Anfang 1979 informierte mich Nitto, daß mir Salvatore Inzerillo einen bestimmten Betrag aushändigen müsse, der meinem Bruder zustand. Da Nitto gerade nach Palermo zu Michele Greco fuhr, lud er mich ein mitzukommen. Inzerillo übergab mir zwei bereits unterschriebene Schecks von jeweils zehn Millionen Lire sowie 30 Millionen Lire in bar. Auf dem Rückweg holten wir zunächst Francesco Cinardo ab und hielten dann in Canicattì am Hause Antonio Ferros, des Repräsentanten der Provinz Agrigent. Bei Ferro blieben wir etwa eine Stunde. Ich selbst wurde sofort von den anderen abgesondert. Diese gingen in ein eigenes Zimmer und tuschelten eifrig miteinander. Bei diesem Besuch bemerkte ich, daß Antonia Ferro mich nun, anders als vor dem Tod Pippos, wo er mich geduzt hatte, mit »Ihr« anredete, wodurch er mich zwang, ihn genauso anzureden. Während früher Nitto Ferro mit »Ihr« anredete und dieser ihn mit »Du« ansprach, duzten sie sich jetzt beide. Während der Rückfahrt nach Catania fragte mich Nitto, was ich über das gescheiterte erste Attentat auf Di Cristina, über seine Ermordung und über den Mord an Francesco Madonia wußte. Seiner Meinung nach seien die ersten beiden Taten von irgendwelchen Rüpeln, also örtlichen Gangstern außerhalb der *Cosa Nostra*, begangen worden. Im zweiten Falle ließ er durchblicken, daß seiner Überzeugung nach auch der eine oder andere von meinem Bruder ausgesandte *Uomo d'onore* daran beteiligt gewesen sei.

Seine Überzeugung war nicht falsch, auch wenn ich mich hütete, sie zu bestätigen. Nitto stellte mir diese Fragen, um mir beizubringen, daß es richtig gewesen war, Pippo zu töten. Und zwar weil mein Bruder eine schwere Verletzung der »Regeln« begangen hatte, indem er bei einem Mord auf dem Territorium eines anderen Mafiaführers ohne dessen Erlaubnis mitgewirkt hatte. Tatsächlich war Madonia in Falconara umgebracht worden, ohne daß Antonio Ferro, der Chef der Provinz Agrigent, davon unterrichtet worden war.

»Bravo, Nitto!« dachte ich. Wie ein braver Schüler wandte er die Lektion an, die ihm die Corleoneser beigebracht hatten: einen Gegner nach dem anderen umbringen, sobald sich eine günstige Gelegenheit ergibt, sie auszuschalten. Und das alles »formal« korrekt. So daß nicht einmal die engsten Freunde des Opfers zurückschlagen können, weil sie auf der falschen Seite stehen. Di Cristina war ermordet worden, weil er zum Carabinierispitzel geworden war (was bedeutete es dabei schon, daß zum Zeitpunkt des ersten Attentats auf ihn noch gar nichts gegen ihn vorlag und die Kontakte mit den Carabinieri die Folge und nicht die Ursache des gegen ihn verhängten Todesurteils waren!). Pippo wiederum hatte sich in dem Moment selbst zum Tode verurteilt, als er zusammen mit Di Cristina, ohne Wissen der anderen, Pläne schmiedete, Francesco Madonia auf dem Territorium eines anderen umzubringen (und was bedeutete es dabei, daß alle die Morde der Grecos und Corleoneser auf genau dieselbe Weise durchgeführt wurden, nämlich auf fremdem Gebiet!). Und nun wollte mich dieses heruntergekommene, ruchlose Subjekt davon überzeugen, daß mein Bruder um des Allgemeinwohls willen umgebracht worden sei, vielleicht auch noch schweren Herzens dazu!

Während unseres Treffens hatte mir Stefano Bontade angekündigt, daß die Regionalkommission der *Cosa Nostra* beschlossen hatte, eine Versammlung einzuberufen, um eine Gedenkfeier für meinen Bruder abzuhalten, und daß dazu die gesamte »Familie« von Catania eingeladen worden war. Das Treffen fand eine Woche später in San Nicola l'Arena statt, einer Kleinstadt im palermitanischen Hinterland. Dort hatte Tommaso Spadaro, der Schmuggler vom Hafen Palermos, eine Villa. Die Teilnehmer sollten zu einem Schloß fahren, wo der Fürst Vanni Calvello einen Night-Club betrieb, und zwar zusammen mit Franco Di Carlo, dem *Capo* der »Familie« von Altofonte, der in England lebte und später in den Mord an Roberto Calvi hineingezogen wurde. (Calvi war Chef des gleichzeitig mit dem Vatikan, der kriminellen Geheimloge »Propaganda 2« und mit der Mafia verflochtenen Mailänder Geldinstituts »Banco Ambrosiano«. Er wurde 1982 nach der Entdeckung der Loge und dem Zusammenbruch seiner Bank erhängt unter der »Brücke der Schwarzen Brüder« in London aufgefunden. Nach erster offizieller – englischer – Einschätzung war es Selbstmord. Nach mittlerweile vorliegenden Aussagen von Mafiaaussteigern wurde Calvi jedoch wegen der Veruntreuung von Geldern der *Cosa Nostra* ermordet, W. R.) Die Autos sollten auf dem Vorplatz des Schlosses geparkt werden, dann sollte man die Ankunft der anderen *Uomini d'onore* abwarten, die uns zum Ort des Treffens führen sollten. Di Carlo kam dann selbst und brachte uns in seinem Wagen dorthin; im Wagen war auch ein Mann der »Familie« vom Corso dei mille mit dem Spitznamen »Boia cani« (Hundehenker, W. R.), den ich im Verdacht habe, bei der Ermordung Pippos dabeigewesen zu sein.

Einige Monate danach fuhren mein Vetter Marchese und ich zusammen nach Palermo, um diesen Mann aufzusuchen. Da wir ihn nicht fanden, fragten wir seinen Vater (auch er ein *Uomo d'onore*), wo sich sein Sohn befinde. Der Vater wurde auf diese Frage hin kreidebleich und behauptete, es nicht zu wissen. »Boia cani« gehörte zu der großen Schar von *Uomini d'onore*, die sich Michele Greco aus den einzelnen »Familien« hatte aussuchen dürfen, die ihm direkt unterstanden. »Boia cani« kam oft nach Catania, und bei einer dieser Gelegenheiten verriet er sich während eines Essens, bei dem er sich mit Anekdoten aus dem Kreis der illustren Gesellschaft Catanias zu brüsten versuchte. So sprach er in meiner Gegenwart von Aci Castello und zeigte damit, daß er den Ort, wo Pippo ermordet worden war, gut kannte. Nitto Santapaola durchbohrte ihn mit Blicken und versuchte, ihn vom Weiterreden abzuhalten. Die Gespräche brachen ab, allgemeine Verlegenheit trat ein.

Zurück zur Versammlung der Kommission. Salvatore Riina eröffnete sie mit einer kurzen Rede, in der er behauptete, mit seinen Worten den Gefühlen aller Ausdruck zu verleihen. Er erinnerte an die Persönlichkeit meines Bruders, an sein Ansehen als großherziger, freigebiger *Uomo d'onore* und an seinen Einsatz für eine geordnete und einträchtige *Cosa Nostra*. Pippo sei ein großer Mann gewesen, weil er die *Cosa Nostra* geeint habe. Alles Übel sei in Wirklichkeit von Di Cristina gekommen: Pippo habe an ihn geglaubt und ihm vertraut. Das könne man ihm auch nicht vorwerfen. Nun müsse man einen Schlußstrich unter all die Zwietracht ziehen und sich wieder vertragen. Als ich sah, wie sich Riina bei seiner Rede ereiferte, wurde mir klar, daß ich dieser Welt bereits fremd geworden war. Ich beobachtete den Mann distanziert, ohne innere Rührung, wie hinter einer Glaswand aus gefrorenem Schmerz.

Es war schwierig herauszufinden, ob Riina nur einen Text aufsagte oder nicht. Ob diese großen, noblen Worte aus aufrechter Anteilnahme am Tod einer wertvollen Person herrührten – oder aber aus der niedrigen Befriedigung des Triumphators, der einen gefährlichen Feind ausgeschaltet hat und nun stolz ist über die hohe Stellung, die das Opfer eingenommen hatte, weil dadurch der Wert der eben vollbrachten Heldentat noch weiter stieg. Ich hielt mich jedoch nicht lange bei diesem Gedanken auf. Es ist ja immer dasselbe bei der *Cosa Nostra*: Kein Vorfall hat nur eine einzige Bedeutung.

Meine Überlegungen wurden unterbrochen vom haltlosen Weinkrampf eines Mannes, der neben mir saß. Ich wandte mich zu ihm: Es war Giovanni Mongiovì, ein *Uomo d'onore*, der meinem Bruder eng verbunden gewesen ist. Ich erinnere mich, wie er stets vor Weihnachten mit seinen Geschenken und seinen aufrichtigen Wünschen zu uns nach Hause kam. Ich tröstete Mongiovì. Dann wurde mir bewußt, daß sich inzwischen Ton und Inhalt der Debatten geändert hatten. Man ging zu anderen Fragen über. Nach dem Treffen wurde ich in Michele Grecos Wohnung zum Essen eingeladen. Die Versammlung war beendet, ohne daß mir jemand erklärt hätte, warum mein Bruder ermordet worden war. Eine klare Aufforderung, nur keine Geschichten zu machen und statt dessen die neue Realität anzuerkennen.

In den darauffolgenden Monaten, im Verlauf des Jahres 1979, dachte ich nur noch darüber nach, was ich tun sollte. Es war klar, daß Pippo von den Santapaolas und ihren Verbündeten aus Palermo umgebracht worden war. Doch Beweise gegen sie hatte ich keine. Weder wirkliche Beweise noch erdichtete, wie sie die Corleoneser zur Rechtfertigung ihrer Schandtaten benutzten. Ich hatte keine jungen Burschen hinter mir, die zu jeder Tat bereit gewesen wären. Und unsere Freunde im übrigen Sizilien waren ermordet worden oder hatten nicht den Mut, um zu reagieren. Nach dem Tod Pippos hatte sich auch meine Beziehung zu den Costanzos geändert. Eigentlich war sie beendet. Die Costanzos standen auf der Seite Nittos. Es wurde ihnen immer unangenehmer, mich zu empfangen. Umgekehrt hatte sich wie durch Zauberhand unser »Vorzimmer« für den Empfang von Leuten, die um Gefallen baten, geleert. Niemand kam mehr und bat einen in Ungnade gefallenen Mafioso wie mich um einen Gefallen. Ich war ein »Ex«, ein Überlebender, etwas Unnützes, zum Zusammenleben mit den Mördern der Person gezwungen, die mir am nächsten stand, mit meinen zukünftigen Henkern.

Sicher, ich hätte Nitto Santapaola erschießen können, sobald er mir das erste Mal wieder unter die Augen trat. Dann hätten sie mich sofort getötet, und niemand hätte mich gerächt. Und meine Frau und meine Kinder hätten mich verflucht, hätten sich meiner geschämt.

So plante ich also, die *Cosa Nostra* zu verlassen. Nitto kam und sagte mir, daß es eine Versammlung geben würde, um wieder einmal die Ämter der »Familie« zu verteilen. Ich sagte zu ihm: »Hör mal, kannst du mir einen Gefallen tun? Du sagst, daß ich dabeisein soll, wenn ihr die ›Familie‹ wieder aufbaut. Ich will aber nicht mehr in der ›Familie‹ sein. Laßt mich in Ruhe. Laßt mich frei. Ich will mich jetzt nur noch an meinen Kindern erfreuen. Ich will nichts mehr von der *Cosa Nostra* wissen.«

»Was redest du da, Nino?« antwortete Nitto. »Du weißt doch, daß das nicht geht! Ich kann dir versichern, wenn du etwas brauchst, mußt du nicht über den *Capodecina* gehen, du kannst dich direkt an mich wenden. Daß du aber aus der ›Familie‹ austrittst, ist ganz und gar unmöglich.«

Er erlaubte mir nicht zu gehen. Logisch, abgesehen davon, daß die *Cosa Nostra* kein Aussteigen erlaubt, war da auch das Problem, daß er mich aus nächster Nähe kontrollieren mußte, weil ich zu viel wußte. Er mußte mich in der »Familie« halten, auch wenn sich alle darüber im klaren waren, daß ich wußte, wer den Mord an Pippo veranlaßt hatte. Entweder sie brachten mich um, oder sie hielten mich in der »Familie«. Weitere Alternativen gab es nicht. Doch meine Position neben den Santapaolas und den anderen war inzwischen schwieriger denn je geworden. Da wir dieses erzwungene Zusammenleben auf uns nehmen mußten, war es für sie schwierig, Informationen über das Leben und die Tätigkeiten der »Familie« vor mir zu verheimlichen. Sie versuchten mich daher abseits zu halten – schließlich trauten sie mir nicht mehr – und banden mich sowenig wie möglich in ihre Unternehmungen und ihre Intrigen ein. Doch sie konnten nicht vermeiden, daß ich Kenntnis von vielen kompromittierenden Fakten erhielt.

Im Laufe des Jahres 1979 bekam ich zwei weitere Raten des Geldes, das meinem Bruder für seine Beteiligung am Schmuggel und am Drogenhandel der »Familie« zugestanden hatte. Die letzte Geldübergabe an mich tätigte Francesco Cinardo auf Rechnung Stefano Bontades, Ende 1979. Es war eine Summe von 30 000 Dollar. Cinardo sagte mir, daß der Betrag eigentlich hätte höher sein müssen, doch die Beschlagnahmung eines Geldkoffers mit 500 000 Dollar am Flughafen Punta Raisi hatte den Ertrag des Geschäftes gemindert. (Die Beschlagnahmung des Geldes und die Verhaftung des Kuriers auf dem palermitanischen Flughafen brachten den Ermittlern erstmals größere Klarheit über andere mafiainterne Vorgänge, etwa die Bewegungen des Mafiabankiers Sindona während seiner angeblichen Entführung. Der damals ermittelnde Polizeikommissar Boris Giuliano wurde wenig später ermordet. Das war der Beginn einer

Serie von Attentaten auf Polizisten, Staatsanwälte, Richter und antimafiose Politiker, W. R.) Jedenfalls sollte die Übergabe dieser Beträge an mich – nach Angaben meiner teuren Kameraden – einen Ausdruck der Achtung vor meinem Bruder und der Loyalität mir gegenüber darstellen. Doch als ich nachfragte, wieso ich nicht an Pippos Stelle an den neuen Geschäften beteiligt wurde, antworteten sie, daß die Zusammenarbeit mit den Neapolitanern beendet worden sei, daß es Schwierigkeiten mit dem Rauschgift gebe, und schoben allerlei andere Ausreden vor, um mich weiterhin von diesem Bereich auszuschließen. Die Familie Calderone wurde mit Abschlagszahlungen von ungefähr 110 Millionen Lire (damals ca. 300 000 DM, W. R.) in bar und in Schecks aus den ertragreichsten Geschäften der *Cosa Nostra* ausbezahlt.

Mit dem Geld bin ich verfahren, wie ich dachte, daß Pippo es unter solchen Umständen getan hätte: Einen Teil davon habe ich an die bedürftigsten *Uomini d'onore* der »Familie« von Catania weitergegeben. Anders allerdings wurde mit den Geldern verfahren, die Di Cristina aus denselben Geschäften zustanden: Seine Angehörigen haben nichts bekommen, weil sich Di Cristina als Spitzel der Carabinieri wie ein Schandkerl benommen hatte. Das ihm zustehende Geld wurde geteilt und an die beiden *Capimandamento* der Provinz Caltanissetta zur Verteilung unter den verschiedenen »Familien« übergeben. Bei dieser Gelegenheit beging mein Gevatter Cinardo (einer der *Capimandamenti*) einen schweren Fehler. Giuseppe Mandonia, der zweite *Capomandamento*, forderte Cinardo auf, das Geld an die ihm unterstehenden »Familien« auszuhändigen. Danach veranlaßte er Francesco La Rocca, einen Mann der Corleoneser, von Cinardo Rechenschaft über die verteilten Summen anzufordern. Beim Vergleich mit der anderen Hälfte, die Madonia erhalten hatte, stellte sich heraus, daß Cinardo, im Gegensatz zu Madonia, nicht die gesamte Summe verteilt, sondern einen Teil für sich behalten hatte. Die Corleoneser waren, wie üblich, unversöhnlich. Cinardo wurde vor der Kommission angeklagt, vom Amt des *Capomandamento* enthoben und sogar aus der »Familie« geworfen. Obwohl Stefano Bontade zu seiner Verteidigung eingegriffen hatte.

Die Zeit zwischen dem Mord an Pippo im September 1978 und meiner Flucht nach Frankreich im Februar 1983 war die schlimmste in meinem ganzen Leben. Fast viereinhalb Jahre, während derer ich versteckt und zurückgezogen dahinvegetierte. Ich war verbittert, verängstigt, nur noch der Schatten meiner selbst. Da ich von der Beteiligung an vielen der besonders einträglichen illegalen Aktivitäten ausgeschlossen war, widmete ich mich erneut legalen Geschäften. Zusammen mit einem Mann aus Messina und meinem Vetter Marchese gründete ich ein Bauunternehmen, wobei ich ein Drittel des Profits der Familie meines Bruder vorbehielt. Über meine Freunde in den Firmen und den lokalen Ämtern versuchte ich, ein paar Unteraufträge zu bekommen. Dann hatte ich einen wirklich guten Einfall: Ich wollte zusammen mit meinem Vetter Marchese und einem weiteren *Uomo d'onore* eine Firma zur Verteilung von Bier, Mineralwasser, Aperitif und Limonaden gründen. Es würde genügen, zu den Bars der Stadt zu gehen und ganz einfach zu sagen: »Was schenkt ihr aus? Bier? Crodini? Orangenlimonade? Gut. Nehmt unsere Marken. Zum gleichen Preis wie von den anderen, versteht sich. Das ist keine Erpressung.« Wir hatten das ausgekundschaftet. Damit konnte man einen Haufen Geld verdienen, ohne irgend jemandem Schwierigkeiten zu bereiten oder ihn zu schädigen. Doch es gelang mir nicht, die Firma aufzubauen. Einer der Teilhaber stieg aus, bekam Zweifel und fand Ausreden für seinen Rückzieher. Irgendwann hatte ich es dann auch satt und fand kein Gefallen mehr an diesem Plan. Inzwischen lese ich in den Zeitungen, daß diese Idee in Catania von Carlo Campanella für den Kaffee und von anderen für andere Waren verwirklicht worden ist. Darüber ärgere ich mich langsam.

Anfang 1980 wurde klar, daß nach der Ermordung meines Bruders der nächste Schritt für die Santapaolas darin bestand, Alfio Ferlito und seine Gruppe zu zerschlagen. Der Konflikt zwischen Nitto und Ferlito war durch den Kampf um die Vorherrschaft in der *Cosa Nostra* und durch die Konkurrenz auf dem Gebiet illegaler Geschäfte entstanden. Der Interessenkonflikt hatte viele Jahre zuvor, zur Zeit des Zigarettenschmuggels, begonnen. Damals war es Ferlito gelungen, einen beträchtlichen Teil des Marktes zu erobern. Er war damit zu einem unbequemen Konkurrenten der Mannschaft geworden, die Nitto und Mangion leiteten. Der Zugang Ferlitos zum Großhandel im Gebiet Catanias hatte das Angebot an Zigaretten erhöht und für einen Zusammenbruch der Preise gesorgt, was entsprechende Verluste für alle Verkäufer bedeutete, die in diesem Geschäft tätig waren. Das war auch ein Grund dafür, warum sich Nitto dem Eintritt Alfio Ferlitos in die »Familie« widersetzt hatte; und da hatte er sich auch nicht getäuscht. Kaum war Ferlito *Uomo d'onore* geworden, hatte er sich im Schmuggel- und Rauschgiftgeschäft mit einigen Mitgliedern des Santapaola-Clans zusammengetan, darunter Pippo Ferrera, der zwar ein Vetter Nittos war, diesen aber nicht leiden konnte. Es kam sofort zu einer Auseinandersetzung über die Teilung einer Riesenladung Haschisch.

Die Auseinandersetzung zwischen den beiden Gruppen dauerte fast drei Jahre und forderte gut 40 Tote. Es gab aber auch ein paar Befriedungsversuche. Die Sache endete mit der Ermordung Alfio Ferlitos am 16. Juni 1982 bei jenem grauenhaften Massaker auf der Umgehungsstraße von Palermo (Ferlito wurde zusammen mit einer dreiköpfigen Polizeieskorte umgebracht, während er unverständlicherweise mit einem Taxi von einem Gefängnis ins andere transportiert wurde, W. R.).

Ich hielt mich von Beginn an aus dem neuen Mafiakrieg heraus. Ich zog mich zurück, blieb immer zu Hause und ging nicht mehr aus, es sei denn zu den Versammlungen der »Familie«. An denen nahm ich wie ein Schatten teil und sagte immer ja. Zu diesen Treffen mußte ich: Die Santapaolas hätten, angesichts der früheren Beziehungen zwischen Ferlito und meinem Bruder, meine Abwesenheit als Zeichen meines Aussteigens oder des Verrats an ihnen gedeutet. In Lebensgefahr schwebte ich jedoch auch, wenn ich hinging – gerade auf dem Weg zu Verabredungen wird man ja ermordet.

Im Laufe des Jahres 1981 überlagerte sich der Krieg innerhalb unserer »Familie« mit dem Mafiakrieg in Palermo. Die Ermordung Stefano Bontades Ende April zwang alle zur Erkenntnis, daß die Spaltung erst enden würde, wenn eine der Seiten mit Waffengewalt niedergeworfen war. Kurz nach dem Mord an Bontade überfielen Ferlito und seine Truppe Nitto, um ihn in seinem Renault-Geschäft zu ermorden. Sie verfehlten ihr Ziel jedoch und bekamen danach mächtig Rache zu spüren. Drei Wochen nach dem Tod Bontades landeten die Corleoneser einen weiteren entscheidenden Schlag und töteten den zweiten großen Führer der Gegenpartei, Salvatore Inzerillo. Die Rechtfertigung in diesem Falle lautete, daß Inzerillo zusammen mit Bontade das von den »Familien« Palermos aufgebaute Drogenkartell um nicht weniger als 20 Milliarden Lire (damals mehr als 40 Millionen DM, W. R.) betrogen habe.

Die Auswirkungen dieser Ereignisse waren in Catania sofort zu spüren. Die Übermacht der Santapaolas wuchs weiter an, und damit auch meine Angst um mein eigenes Schicksal. Mein Leben hatte sich verändert. Ich übernachtete häufig an verschiedenen Orten und nahm ständig Valium. Ohne Valium konnte ich nicht mehr einschlafen. Zu Hause hängte ich das Telefon aus. Ich wollte nicht, daß sie mich anriefen und mich aufforderten, aus dem Haus zu gehen und irgendeinen Befehl auszuführen, etwa einen Flüchtigen zu verstecken oder an einem bewaffneten Überfall teilzunehmen. Von den Aktivitäten der »Familie« schloß ich mich schließlich selbst völlig aus; und darum wurde meine Lage noch gefährlicher. Bleibt man abseits, ist man natürlich auch von den Informationen abgeschnitten und wird so auch gegenüber der Polizei immer schwächer. Ist man z. B. nicht auf dem laufenden über einen bevorstehenden Mord, kann man sich auch keine Entlastungsbeweise, kein Alibi verschaffen. Als sie Pippo umbrachten, hatten alle ein Alibi. Nitto befand sich in Amerika, Mangion in Griechenland, Lillo Conti in Fiuggi zur Trinkkur. Es fehlte nicht viel, und sie hätten mich selbst oder einen seiner engsten Freunde verdächtigt, meinen Bruder umgebracht zu haben.

Inzwischen wurde auch meine strafrechtliche Situation immer schwieriger. Im Laufe des Jahres 1981 hatte der Untersuchungsrichter Falcone meine Frau vorgeladen und Erklärungen über einige von Inzerillo auf sie ausgeschriebene Schecks verlangt. Außerdem hatte er ihr aufgetragen, sie solle mich so bald wie möglich zu ihm schicken. Ich wußte, daß dieser Ermittlungsrichter jeden einsperrte, der keine plausible Erklärung für empfangene oder ausgestellte Schecks beibringen konnte. Also war auch die Polizei hinter mir her. (Falcone hatte damals gerade mit dem Aufbau der Antimafia-Sonderkommission in Palermo begonnen und dabei erstmals auch die Beziehungen zwischen der Mafia Palermos und der Catanias untersucht. Falcone, der 1991 seine Ermittlertätigkeit aufgab und ins Justizministerium überwechselte, wurde am 23. Mai 1992 zusammen mit seiner Frau und drei Eskortepolizisten mit einer Tausendkilobombe auf der Autobahn Flughafen Punta Raisi – Palermo ermordet, W. R.)

Unmittelbar nach dem Mord an Ferlito zeigten die Carabinieri von Catania eine umfangreiche Gruppe von *Uomini d'onore* wegen Bildung einer kriminellen Vereinigung an. Auch gegen mich wurde ein Haftbefehl erlassen. Ich wurde gesucht und tauchte unter. Nach dem Mord an Dalla Chiesa im September 1982 wurde das Rognoni-La-Torre-Gesetz erlassen (das sogenannte Antimafiagesetz, benannt nach dem kommunistischen Regionalchef der Insel, Pio La Torre, der es Anfang 1982 initiiert hatte und kurz danach umgebracht wurde, sowie nach dem damals amtierenden Justizminister Virginio Rognoni, W. R.). Das Gesetz gestattete die Beschlagnahmung von Gütern illegaler Herkunft, und so brach das Unternehmen, von dem ich Unteraufträge erhalten hatte, seine Beziehungen zu unserer Firma ab. Also hatte ich auch keine Arbeit mehr. Die Bank kündigte mir und der Firma, deren Teilhaber ich war, die Kredite und forderte mich darüber hinaus auch noch auf, sofort meine Schulden in Höhe von 80 Millionen Lire (damals ca. 160 000 DM, W. R.) zu begleichen. Ich war völlig ruiniert, und zwar unwiderruflich.

Im Frühjahr 1983 wurde der Haftbefehl gegen mich wieder aufgehoben. Dem Richter war klargeworden, daß ihm der Prozeß wegen der ständigen Berufungen, Spitzfindigkeiten und der Erpressungsversuche aus den Händen glitt, und so sprach er fast alle schon während des Ermittlungsverfahrens frei. Auch Flüchtige wie ich wurden freigesprochen. (In Italien konnte damals, anders als heute, der Ermittlungsrichter, ohne den Ausgang des Prozesses abzuwarten, das Verfahren mit einem formellen Freispruch einstellen, W. R.) Der Tag nach der Rücknahme des Haftbefehls war ein Sonntag. Ich setzte Frau und Kinder ins Auto und fuhr zu einem großen Wallfahrtsort. Jahrelang hatte ich keinen Fuß mehr in eine Kirche gesetzt, und so war ich sehr bewegt zwischen all den Leuten, die etwas hatten, an das sie glauben konnten. Dann fuhren wir wie früher zur Wohnung Nittos. Der Vorschlag kam von mir. Meine Frau zögerte; sie dachte, es sei nicht angebracht angesichts der Verschlechterung unserer Beziehungen zu den Santapaolas seit dem Tod Pippos. Doch ich wollte allen zeigen, daß sich nichts geändert hatte. Und gleichzeitig wollte ich auch mir selbst Mut machen und meinen Angehörigen Sicherheit verschaffen, unmittelbar bevor ein Lebensabschnitt zu Ende gehen und etwas Neues beginnen sollte.

Nittos Frau war sichtlich verwirrt über unseren Besuch. Sie begrüßte uns, doch ihre Vertrautheit war melancholischer als früher. Sie begründete es damit, daß ihr Mann auf der Flucht vor der Polizei war, auch wenn sie ihn ohne Schwierigkeiten sehen konnte. Sie entschuldigte sich, daß sie uns diesmal nicht zum Essen einladen konnte. Ich sagte ihr, sie solle sich deswegen keine Sorgen machen. Wir fuhren zu einem Restaurant in Zafferano Etnea und begaben uns dann in die Wohnung meines Vetters Salvatore Marchese. Ich war auch ihm gegenüber mißtrauisch. Unser Besuch hatte das Ziel, ihn von meinen Absichten abzulenken und Zeit zu gewinnen. Im paranoiden Umfeld der *Cosa Nostra* durfte ein zukünftiges Opfer wie ich keine Angst gegenüber den eigenen Folterknechten zeigen. Zeichen von Angst hätten sie nur dazu veranlaßt, meine Exekution früher als geplant zu vollziehen. Ich war sicher, daß meine Stunde bereits geschlagen hatte. Tags darauf bekam ich prompt von Francesco Mangion die Bestätigung dafür.

Ich ging ohne Voranmeldung zu ihm in die Wohnung und sprach mit ihm über den Mord an Franco Grillo. Er war ein Mann Nittos und von den Überlebenden der Gruppe Ferlitos festgehalten und entsprechend »verhört« worden, bevor er beseitigt wurde. Unter der Folter hatte Grillo – laut Mangion – höchstwahrscheinlich die Verantwortung Nittos und seiner Leute für den Mord an meinem Bruder gestanden. Nun war klar, daß, wenn Mangion, der Freund Nittos, über die Erklärungen Grillos auf dem laufenden war, auch Nitto und die anderen Männer seines Clans das bereits wußten. Ich war über die Enthüllung Mangions nicht überrascht, sondern im Gegenteil sogar erleichtert: Jetzt war der langerwartete Vorwand für meine Ermordung da. Da man nun erwarten konnte, daß ich mich rächte, war es legitim, den Zeitpunkt vorzuziehen und sich meiner zu entledigen. Und nicht nur ich war dran: Als mein persönlicher Freund, so überlegte ich, kannte mich Nitto – dessen Fau mit meiner Frau befreundet war – gut genug, um sich klar darüber zu sein, daß eine wirklich gute »Erledigung« meines Falles auch die Ermordung meiner Frau bedeutete. Es war nur folgerichtig anzunehmen, daß ich mich ihr anvertraute.

Ich erklärte, daß ich krank sei, und blieb eine Woche zu Hause. Während dessen bereitete ich die Flucht vor. Ich war ein gehetztes Tier, das zum Himmel schaute und schwere Wolken sah, die sich immer mehr aufblähten und bedrohlicher wurden, und das nun hoffte, gerade noch rechtzeitig vor dem Wirbelsturm einen Unterschlupf zu finden. Ich konnte nicht mehr vernünftig denken, lebte nicht mehr, hatte Angst vor allem, wußte nicht mehr, wohin: hatte sich doch mein ganzes Leben in Catania und in Sizilien abgespielt, in der wahnwitzigen Welt der *Cosa Nostra* und ihrer Intrigen. Außerhalb davon war Finsternis, kannte ich nichts.

Bis sich dann eines Nachts beim Gespräch mit meiner Frau herausstellte, daß sie eine Adresse in der Schweiz kannte, ein Aufnahmequartier, eine Art Hotel, das Priester führten. »Hör mal, vielleicht findest du dort Arbeit. Fahr halt mal hin. Los! Wir kommen später nach. Aber jetzt hau ab. Geh weg von hier!«

Es war nicht einfach wegzugehen, so ganz plötzlich. Wir hatten kein Geld. Wir waren nicht flüssig. Zwar besaßen wir ein Haus und andere Güter, doch konnten wir sie nicht innerhalb weniger Tage verkaufen. Meine Frau hatte ihr Angestelltengehalt, doch das reichte gerade, um die Kinder zu versorgen. Also verkaufte sie das Taufgold der Kinder, das Familiensilber und alle Wertgegenstände aus der Wohnung, um einen kleinen Betrag für meine Flucht aufzutreiben. Ich fuhr von Catania los, mit 1 700 000 Lire in der Tasche (damals ca. 3000 DM, W. R.). An der Schweizer Grenze hatte ich noch etwas mehr als anderthalb Millionen – die Höchstsumme, die man damals ins Ausland mitnehmen durfte. Das überzählige Geld steckte ich in einen Umschlag und sandte es nach Catania, zusammen mit einem Brief an meine Frau. In der Schweiz machte ich mich auf die Suche nach Arbeit, doch dafür mußte man einen Wohnsitz haben – für einen Wohnsitz aber mußte man Arbeit nachweisen. Eine etwas merkwürdige Angelegenheit.

Meine Frau schlug mir daher am Telefon vor, nach Frankreich weiterzufahren, nach Menton gleich hinter der Grenze. Da kannte sie die Schwester einer ihrer Kolleginnen, die dort als Ärztin arbeitete. »Geh zu ihr. Vielleicht kann sie dir helfen.« Ich begab mich nach Menton und wohnte dort fast einen Monat lang in einem Hotel. Meine Frau kam nach, sobald sie einen weiteren kleinen Geldbetrag zusammengekratzt hatte. Dann wurde ich krank und kam ins Krankenhaus von Menton. Wir beschlossen, danach noch einmal den Ort zu wechseln, und gingen nach Nizza. Dort waren wir schon einmal gewesen und hatten gute Erinnerungen daran. Unser Sohn hatte nämlich während der Geburt an Sauerstoffmangel gelitten und bestimmte Spezialkuren benötigt. Diese waren damals in Nizza hervorragend durchgeführt worden. Wir mieteten eine möblierte Wohnung, in der ich zusammen mit der größeren Tochter blieb, während meine Frau nach Catania zurückkehrte, um unsere Angelegenheiten unter Dach und Fach zu bringen. Sie verkaufte das Haus über ein Zeitungsinserat, wartete das Ende des Schuljahres ab und ließ sich pensionieren, da sie bereits 20 Dienstjahre hinter sich hatte. Sie kam dann im Juni wieder zu uns. Die Familie war damit erneut vereint; zudem hatten wir das Haus recht günstig verkauft. Den Erlös brachten wir ratenweise nach Frankreich, und so sahen wir der nächsten Zukunft in Ruhe entgegen.

In der Zwischenzeit hatte ich, als Inhaber der Baufirma, meine Ausrüstung und die Maschinen für Erdarbeiten zu verkaufen versucht. Ich erledigte das alles per Telefon über meinen Neffen Salvatore. Zwar waren noch die Bankschulden in Höhe von 80 Millionen

Lire zu tilgen, doch die Maschinen hatten einen Wert von mehr als 250 Millionen. Ich bot sie der Caterpillar-Vertretung in Catania an, die an einem Kauf für den Preis von 200 Millionen Lire Interesse zeigte. Doch dann funkten einige Typen aus dem Umfeld Nittos dazwischen, und ich mußte alles an einen Mann verkaufen, den sie empfahlen, und zwar für 115 Millionen Lire, einschließlich der Mehrwertsteuer. Das war wenig mehr als die Summe, die nötig war, um die Schulden bei der Bank zu begleichen.

Nun hatten wir das Problem, was wir in Frankreich tun sollten. Ich sprach kein Französisch, und Kontakt mit den in Nizza ansässigen Italienern vermieden wir natürlich völlig. Abgesehen von der Möglichkeit erkannt zu werden, war es auch unangenehm, Geschichten über unsere Herkunft, unsere Identität, die Gründe für unseren Auslandsaufenthalt und so weiter zu erfinden. Als ich noch alleine dort lebte, brachte ich meine schmutzige Wäsche in die »laveries«, Automaten-Waschsalons, die in Frankreich sehr verbreitet sind. Warum sollten wir nicht auch eine solche »laverie« aufmachen? Wir machten es einfach. Wir kauften die Maschinen, mieteten Räume, und Anfang Januar 1984 eröffneten wir. Wir begannen zu arbeiten und waren glücklich, einfach glücklich. Einmal pro Monat fuhr meine Frau nach Ventimiglia in Italien und holte ihre Rente ab, wechselte das Geld und kam nach Nizza zurück. Es gelang uns, mit zwei Millionen monatlich auszukommen, und wir legten dabei sogar noch etwas zurück.

Später zogen wir dann in eine behaglichere Mietwohnung und kauften uns schöne Möbel. Es ging uns wirklich gut. Wir hatten viele Waschaufträge und lebten ungestört, auch wenn wir nur eine wenig angesehene Arbeit verrichteten. Die Kinder hatten sich problemlos eingewöhnt, auch sie waren glücklich, hatten neue Freunde und Spielkameraden. In Nizza habe ich wieder angefangen zu leben und entwickelte mich zu einem anständigen Menschen. Ich entdeckte meine Kinder, erkannte, was es bedeutet, sie zu erziehen, ihnen beizustehen und sie aufwachsen zu sehen. Bei unserem Umzug nach Frankreich waren unsere Töchter zehn bzw. zwölf, der Junge acht Jahre alt. Sie wurden eine Klasse tiefer eingestuft als in

Catania. Aber sie kamen gut zurecht. Französisch lernten sie im Nu, und zwar so gut, daß sie uns bei einigen Dingen helfen konnten. In meinem ganzen Leben in Catania, als reicher Mann und mächtiger Mafioso, war ich niemals so heiter und glücklich gewesen wie in diesen drei Jahren in Nizza.

Ich hatte mich auch vorher schon um meine Kinder gekümmert, doch die Angst, jeden Augenblick ermordet zu werden, lies nur wenig Zeit, an sie zu denken. Die einzige Frage, die ich mir stellte, war: »Wem lasse ich sie zurück? Wie werden sie ohne mich leben?« Für andere Gedanken hat man den Kopf nicht frei. Und man hat auch nicht die seelische Verfassung, um zu erkennen, welch riesigen Schatz Kinder darstellen. Ich habe bereits erwähnt, daß viele *Uomini d'onore* Kinder vor allem deshalb zeugen, um den anderen Mafiosi Respekt einzuflößen und um die Kräfte des eigenen Clans zu stärken. Macht das aber wirklich Sinn? Handelt es sich nicht vielleicht um eine geistige Verwirrung? Diese Männer leben wie Hunde, und sie wissen es nicht einmal. Auch wenn sie schwerreich sind.

Eines Abends im Jahr 1985 saß ich auf den Stufen der Hinterstube unserer Wäscherei und unterhielt mich mit meiner Tochter. Es war die größere, die damals 14 Jahre alt war. Sie war neugierig und begann viele Fragen zu stellen. Sie wollte viel wissen, wollte die Gründe für unser unruhiges Leben erfahren. Auch meine Frau und die anderen Kinder waren dabei. »Also Papa, willst du mir erklären, warum wir weggegangen sind?« fragte sie unvermittelt. »Warum haben wir Sizilien verlassen? Mir gefällt Sizilien.«

»Hör zu, mein Schatz, ich will dir eines sagen. Du hast doch bereits kapiert, wer ich war und wer ich in Catania hätte sein können. Du bist groß, fast schon ein Fräulein. Wären wir dort geblieben und es wäre ein Mafioso wie ich gekommen und hätte dich heiraten wollen, hätte ich nicht nein sagen können. Du hättest einen wie mich geheiratet. Du hast doch auch gesehen, was wir in Sizilien für ein Leben führten. Ich war nie zu Hause, schlief oft außer Haus, kam heim und verschwand plötzlich mitten in der Nacht wieder. Findest du das gut? Schau, wenn du hier einen jungen Mann heiratest, der nicht eine Lira besitzt, aber ihr arbeitet beide und habt euch gern, ist das, verglichen mit unserer Lage dort unten, ein enormer Fortschritt. Du kannst frei sein und unabhängig. Du kannst in Ruhe etwas lernen und dir eine Arbeit suchen, die dir gefällt. Und wenn du heiraten willst, heiratest du. Du wirst das selbst entscheiden. Du bist nicht gezwungen, irgend jemanden zu heiraten. Du mußt nicht die Frau eines Mafioso werden und ein Leben in Elend führen. Dabei meine ich nicht finanzielles Elend. Ich meine das Elend, das Leid, das von der Angst herrührt. Du weißt genau, was ich meine.« Noch bevor ich zu Ende gesprochen hatte, schlang meine Tochter mir die Arme um den Hals und begann zu weinen.

Ehrlich gesagt, der eine oder andere Schatten aus meiner Vergangenheit verfolgte mich auch weiterhin, ohne mir allerdings ernsthaft Sorgen zu bereiten. Ende Sommer 1984 sah ich eines Morgens beim Verlassen der Wäscherei auf dem gegenüberliegenden Bürgersteig Piné Greco, den Vetter Michele Grecos, hinter dem ein anderer Mann ging, der Plastiktüten mit Einkäufen in der Hand hatte. Ich hielt ihn für einen »Soldaten« der »Familie« Stefano Bontades. Glücklicherweise verhielt sich keiner der beiden so, als hätte er mich bemerkt, und ich glaube, sie haben mich wirklich nicht wiedererkannt. Ich war ja auch ziemlich abgemagert und trug, anders als gewohnt, normale Jeans. Einige Wochen nach dieser üblen Begegnung tauchte am Eingang der Wäscherei plötzlich ein Typ auf, der mir das Blut in den Adern gefrieren ließ. Es war ein kleiner, magerer Mann, dessen Namen ich nicht kannte, den ich aber im Haus Michele Grecos gesehen hatte. Ich blieb kaltblütig und zwang mich, meine Bestürzung zu beherrschen. Er gab mir seine Kleider zum Waschen und schien mich nicht wiederzuerkennen. Ich gab ihm die Quittung, aber am Abholtag ließ ich mich nicht am Verkaufstisch blicken. Meine Frau wickelte alles mit ihm ab und blieb während der ganzen Zeit ruhig und gefaßt. Der Mafioso kam nicht mehr in unsere Wäscherei, doch meine Frau und ich sahen ihn fast jeden Tag vorbeigehen, wie ein böses Gespenst.

Piné Greco begegnete ich weitere Male, doch er hat mich nie erkannt. Nur ein einziges Mal hat mich ein Catanier wiedererkannt, ein kleiner, krimineller Fischhändler. Er kam auf mich zu und begrüßte mich. Ich tat so, als würde ich ihn nicht kennen und verstünde auch seine Sprache nicht. Ich antwortete auf seine ehrerbietige Begrüßung auf französisch. Eine Zeitlang ließ er sich nicht abwimmeln, aber schließlich kapierte er, daß ich keine Vertraulichkeiten wünschte, und sagte: »Na gut. Ich habe verstanden.« Dann verschwand er.

Im Laufe der Zeit konnten wir durch unsere Arbeit und unsere Ersparnisse ein Darlehen aufnehmen und eine Wohnung kaufen. Es war eine kleine Etagenwohnung, aber eben eine, die uns ganz gehörte. Das Darlehen sollte bis 1995 laufen. Im Dezember 1984 hatte die Staatsanwaltschaft Turin einen Haftbefehl wegen Mitgliedschaft in einer mafiosen Vereinigung gegen mich erlassen. Im Februar 1985 bestätigte der »Kronzeuge« Salvatore Contorno, daß ich ein Mafioso sei. Ermittlungsrichter Falcone klagte mich daraufhin an und erließ einen weiteren Haftbefehl. So befand ich mich also in Nizza mit zwei Haftbefehlen am Hals – aber immer noch glücklich. Ich lebte inzwischen wie ein ganz normaler Bürger. Mein Anwalt aus Catania sagte mir, ich solle ruhig bleiben, alles werde sich in nächster Zeit in Wohlgefallen auflösen und zu meinen Gunsten wenden.

Auch hinsichtlich der *Cosa Nostra* schienen die Dinge nicht schlecht zu laufen. Weder Freunde noch Feinde wußten, wo ich war, weil ich tatsächlich alle Brücken zu ihnen abgebrochen hatte. Ich hatte keinerlei Hinweise darauf, daß sie mich suchten. Das einzige ernste Problem, das durch meine Abwesenheit entstehen konnte, bestand für sie darin, daß ich mich möglicherweise zur Zusammenarbeit mit der Polizei entschließen würde. Doch inzwischen war bereits einige Zeit vergangen, und es war nichts geschehen. Ich hatte auch tatsächlich nicht die Absicht, zum *Pentito* zu werden (Bezeichnung für Aussteiger, die mit den Behörden zusammenarbeiten, wird im deutschen Sprachgebrauch meist als »Kronzeuge« übersetzt, W. R.). Deshalb war es sehr wahrscheinlich, daß sie mich allmählich vergaßen und mich nicht mehr als Bedrohung betrachteten.

Die neue Wohnung war fertig. Wir wollten am 20. Mai 1986 einziehen. Doch am 9. Mai wurde ich von der französischen Polizei verhaftet. Das war ein Freitag, und bis zum darauffolgenden Montag blieb ich im Gefängnis von Nizza. Am Tag meiner Verhaftung wurde ich vom Ermittlungsrichter vernommen. Er fragte mich, ob ich in Frankreich bleiben oder nach Italien zurückgehen wolle. Ich antwortete, daß ich um keinen Preis nach Sizilien zurückwolle, und darauf setzte er das Strafverfahren in Gang. Wenn ich das nicht gesagt hätte, hätten mich die Polizisten aus Catania, die ihre französischen Kollegen bei meiner Verhaftung begleiteten, nach Italien geschafft. Zumindest fürchtete ich das.

Sie hatten mich aufgespürt, weil sie ein Telefongespräch zwischen meiner Frau und ihrem Bruder in Sizilien abgehört hatten. Sie hatte ihm gegenüber von einem Krankenhausaufenthalt unserer Tochter in Nizza gesprochen. Die Polizei stellte in allen Krankenhäusern der Stadt Nachforschungen an und fand dabei die Daten des Kindes sowie unsere Adresse heraus. Es wäre allerdings auch schneller gegangen, wenn sie die Liste der Aufenthaltsgenehmigungen durchgesehen hätten. Ich hatte bereits 1984 die Aufenthaltserlaubnis erhalten. Seither war ich regulär als ortsansässiger Ausländer registriert, und zwar mit meiner echten Identität.

Einer der Polizisten, die mich verhafteten, sagte: »Wir kennen uns schon gut. Ich filme Sie seit einem Monat.« Er hatte mit seiner Videokamera in einem Haus gegenüber dem unseren Posten bezogen. Ich antwortete, daß mich das freue: So habe er sich davon überzeugen können, daß ich jeden Morgen um halb acht Uhr zur Arbeit ging und mit niemandem Kontakt hatte. Ich arbeitete und sonst nichts. Und ich war sowohl mit der italienischen wie mit der französischen Justiz im reinen. Von den Haftbefehlen wußte ich nichts. Ich übte eine ehrbare Tätigkeit aus, hatte ein Konto auf der Bank und besaß normale Ausweispapiere für die Aufenthaltsgenehmigung. Meine Familie lebte normal und ruhig, wie alle anderen auch.

Von Nizza wurde ich nach Aix-en-Provence bei Marseille gebracht und zusammen mit ein paar Kalabresen in eine Zelle gesteckt. Die gaben mir ein Buch über die Mafia zu lesen, das aus den Protokollen des »Maxi-Prozesses« von Palermo bestand; darin ging es auch um Pippo und mich. Es handelte sich dabei um die Aufzeichnung eines Telefongespräches in Toronto/Kanada, das 1974 vom

Apparat Paul Violis aus geführt worden war. In dem abgehörten Gespräch hieß es, daß Pippo Provinzrepräsentant der *Cosa Nostra* und ich der Repräsentant »des Ortes«, also Catanias, sei. Nun waren seit diesem Telefongespräch mehr als zehn Jahre vergangen, und so vermutete ich, daß jemand dieses Dokument in seiner Schublade behalten hatte, um es dann im geeigneten Augenblick herauszuziehen. Auf jeden Fall stimmte die Beschreibung meiner Rolle innerhalb der *Cosa Nostra* mit den Anschuldigungen Salvatore Contornos (des erwähnten Mafiaaussteigers, W. R.) überein. Die Ermittlungsrichter hatten eine Menge belastendes Beweismaterial gegen mich in der Hand. Ich war also wieder in Schwierigkeiten.

Trotzdem entschloß ich mich, nicht mit der Justiz zusammenzuarbeiten. Der Entschluß hielt bis Dezember 1986. Ich saß acht Monate in Haft und hofftc auf das Unmögliche, vertraute darauf, daß mein Verteidiger eines Tages sagen würde: »Es gibt nichts gegen dich. Alles hat sich in Wohlgefallen aufgelöst. Du bist frei.« Während dessen führte meine Frau weiterhin die Wäscherei, doch es war nicht mehr wie vorher. Der Zauber war verflogen. Wenn ich sie während unserer Gespräche im Gefängnis ansah, bemerkte ich Anzeichen von Mattheit in ihrem Ausdruck, eine Art Traurigkeit, wenn wir über unsere Zukunft und die unserer Kinder sprachen. Mehr als alles andere beunruhigte mich jedoch die Situation im Gefängnis. Ich traute den anderen Häftlingen nicht. Ich saß in einem Sondertrakt, in dem noch nicht abgeurteilte Häftlinge eine Einzelzelle hatten und besonders stark überwacht wurden. Alle Türen waren doppelt verriegelt. Sie ließen mich aus keinem wie auch immer gearteten Grund alleine irgendwo hingehen; stets war ein Wärter dabei. Während der Gespräche setzte sich der Wärter vor die Tür des Raumes und rührte sich nicht von der Stelle, bis er mich wieder in die Zelle zurückbrachte. In diesem Gefängnis saß auch ein aus Korsika stammender Mann, ein Killer, der 1981 den Richter Michel in Marseille ermordet hatte.

Irgendwann wurde mir dann klar, daß Botschaften aus Sizilien im Gefängnis eintrafen. Meine Mithäftlinge planten einen merkwürdigen Ausbruch und fragten mich, ob ich nicht mit ihnen flüchten wollte. Sie sagten, sie hätten Handgranaten und andere Waffen. Ich weigerte mich, weil ich dachte, daß sie zuerst mich umbringen und danach abhauen würden. Ein Plan, der ausgearbeitet worden war, um mich zu ermorden, ohne daß Verdacht aufkam. Tatsächlich sah ich dann, am Tag nach dem für die Flucht vorgesehenen Termin, alle ruhig im Hof herumspazieren. »Seid ihr noch immer da?« wandte ich mich sarkastisch an sie; danach meldete ich dem Direktor, daß Bomben im Gefängnis versteckt waren. Daraufhin wurden sämtliche Häftlinge dieses Trakts in den Hof gebracht, und alle mußten sich nackt ausziehen. Es war Winter und sehr kalt. Ihre Zellen wurden auf den Kopf gestellt, alle Gerätschaften auf den Korridor herausgeworfen.

Am Vormittag des 31. Dezember bekam ich einen Gefängniskoller und geriet außer Rand und Band. Ich brüllte und schrie, daß ich es nicht mehr aushalte, und verlangte, den Direktor zu sprechen. Man brachte mich in einen anderen Trakt, doch die Wärter machten keinerlei Anstalten, mir zuzuhören. Der Sozialpsychologe des Gefängnisses kam. Während des Gesprächs mit ihm packte ich das Telefon auf seinem Tisch, schmiß es an die Wand und haute alles kurz und klein, was ich erwischen konnte. »Ich brauche keinen Psychologen, ich will sofort den Direktor sprechen!« schrie ich wie ein Besessener, »ich muß ihm etwas Wichtiges sagen. Ich habe ihm viel zu erzählen, bevor ich umgebracht werde!« Sie überwältigten mich und schlossen mich in eine Zelle. Am Nachmittag kam der Direktor, und ich sagte ihm, daß ich unbedingt mit dem Untersuchungsrichter Falcone sprechen müsse. Ich hatte mich entschlossen, mit ihm zusammenzuarbeiten und ihm alles zu sagen, was ich über die Mafia in Sizilien wußte.

»Wir haben heute Silvester. Wo finde ich den Richter Falcone zu dieser Stunde?«

»Das ist mir egal. Suchen Sie ihn. Ich muß sofort mit ihm sprechen.«

Gegen 20 Uhr kamen zwei französische Polizisten, von denen einer Italienisch sprach. Ich sagte zu ihm: »Das ist kein Scherz. Hört mir gut zu. Ihr müßt zuallererst meine Frau und meine Kinder holen und verstecken. Sie müssen in euren Händen bleiben, unter eurem Schutz, hier wollen uns nämlich alle umbringen. Ihr müßt wissen, daß Nizza voll ist von flüchtigen Mafiosi. Da ist Greco und viele andere. Verfolgt und verhaftet sie alle. Das ist das erste, was ich euch sage. Als Beweis, daß ich ehrlich bin und nicht lüge.«

Ich erhoffte mir sofortige Konsequenzen, nämlich eine veränderte Behandlung. Doch von diesem Augenblick an glaubten sie mir überhaupt nichts mehr. Man brachte mich in ein anderes Gefängnis und ließ mich acht schreckliche Tage lang in einer Zelle. Ich habe die ganze Zeit über fast nichts gegessen und nicht geschlafen. Der Direktor dieses Gefängnisses hatte selbst einen Häftling ausgewählt und zu mir gesteckt, der mir keine Probleme machen sollte. Statt dessen aber bereitete mir dieser Verrückte Höllenqualen. Jede Nacht öffneten die Wärter die Zelle und wollten hereinkommen. Ich schlief aber nicht, saß die ganze Nacht über aufrecht und hatte das Fernsehgerät in den Händen, bereit, es ihnen an den Kopf zu werfen, sobald sie einzutreten versuchten. Ich hatte die fixe Idee, daß sie hereinwollten, um mich umzubringen. Ich war absolut davon überzeugt, daß Leute gekommen waren und die Wärter dafür bezahlt hatten, um mich umzubringen, damit ich nicht reden konnte. Da machten es die Wärter absichtlich: Sie bewegten langsam die beiden Bolzen, die in den Riegel einrasteten, auf und ab, als wollten sie öffnen. Ich saß da und starrte auf die beiden Eisenstangen, die sich langsam, ganz langsam bewegten ... Mein Zellengenosse benahm sich überaus merkwürdig, als hätte er sich mit den Wärtern abgesprochen. Sie wollten, daß ich verrückt wurde.

So sah ich mich schließlich gezwungen, zum Direktor zu gehen und zu erklären, daß ich keinen Widerstand mehr leisten würde, daß ich mich einer Auslieferung nicht widersetzen würde. »Ich gehe zurück nach Italien. Wenn ich schon sterben muß, kann ich auch dort sterben. Ich will hier niemanden mehr sehen!« In einer der folgenden Nächte zogen sie mich aus und prügelten mich mit Holzlatten, traten mich und traktierten mich am ganzen Körper mit den Fäusten. Die Wärter waren außer Rand und Band, wie wilde Tiere. Sogar gegen den Kopf traten sie mich. Es war die Strafe dafür, daß ich mich in der Zelle eingeschlossen hatte, um mich der Verlegung in eine andere Abteilung zu widersetzen. Die war noch schlimmer, dort wäre ich nämlich in der Gewalt von zahlreichen anderen Häftlingen gewesen, die mich ganz nach Belieben erstechen, erwürgen und in Stücke reißen konnten. Ich hatte mich verbarrikadiert, indem ich das Stockbett vor den Zelleneingang gerückt hatte. Die Wärter warfen alles auf mich und verletzten mich dabei schwer. Dann schlugen sie mir immer wieder ins Gesicht und auf den Kopf, ohne Unterbrechung. Wenige Stunden danach unterrichteten sie mich, daß meine Frau und meine Kinder zu Besuch gekommen seien. Ich war wie gelähmt und wußte nicht, was ich tun sollte. Ich wollte nicht, daß sie mich in diesem Zustand sahen, blaugeschlagen, verschwollen und blutverschmiert. Doch wenn ich nicht zur Sprechzeit gegangen wäre, hätten sie wohl wer weiß was gedacht.

Ich beschloß, mich zu waschen, etwas herzurichten und hinzugehen. Kaum hatte mein Sohn seinen Vater in diesem Zustand erblickt, begann er zu weinen. Ich fühlte mich gedemütigt und gleichzeitig voller Wut. Ich sagte zu meiner Frau: »Lauf sofort ins Polizeipräsidium!« Sie fuhr hin und machte einen Riesenkrach. Da kam ein Beamter des italienischen Konsulats. Noch am selben Tag kam ich in ein anderes Gefängnis. Sie schickten mich nach Marseille, mitten unter Verrückte, in ein Irrenhaus. Dort fühlte ich mich besser. Das waren alles hartgesottene Verrückte. Sie verstanden überhaupt nichts, und so bestand auch keine Gefahr. Zwei Monate später wurde ich zum Arzt, der die Anstalt leitete, gerufen; und der kündigte mir an: »Ich entlasse dich. Du bist geheilt.«

»Gut. Und wohin schicken Sie mich?«

»Dahin, wo du vorher warst, natürlich, nach Aix-en-Provence.«

So brachten sie mich in denselben Trakt, wo ich mit meiner Anzeige wegen der Bombe alles durcheinandergebracht hatte. Als mich die Häftlinge hereinkommen sahen, sagten sie zu mir: »Heute nacht bringen wir dich um.«

Die erste Nacht schlief ich nicht. Am Abend danach wurden die Leute in der Zelle nebenan in aller Stille weggebracht. Ich war voller Angst. Man hatte mir erzählt, daß einige Zeit zuvor der Insasse meiner jetzigen Zelle erhängt aufgefunden worden war. Und daß dies hier ein Gefängnis sei, in dem die Wärter die Häftlinge aufhängten. Ich dachte, das sei das Ende. Um sechs Uhr brachten sie mir zu essen. Um dreiviertel sieben Uhr, das wußte ich, war der Wachwechsel. Ich tat so, als würde ich etwas essen, und als der Wärter zum Wachwechsel ging, nahm ich eine Rasierklinge und schnitt mich in den Bauch. Zwei tiefe Schnitte. Man konnte die Därme sehen. Dann rief ich den Wärter und verlangte, ins Krankenhaus gebracht zu werden. Doch dieser wich mir nicht von der Seite. Er informierte einen Kollegen, und es verging mehr als eine Stunde, bis jemand kam. Der Direktor erschien zusammen mit anderen leitenden Beamten des Gefängnisses. Sie zogen mich aus, weil sie fürchteten, daß ich ein Kassiber versteckte, das ich im Krankenhaus jemandem übergeben wollte. Dann zog ich mich wieder an. Ins Krankenhaus kam ich erst gegen elf Uhr. Ich hatte fast kein Blut mehr, ausgemergelt und schwach wie ich war. Vernünftig zu denken vermochte ich kaum mehr. Ich war auf dem Weg ins Jenseits. Den Transport besorgte die Feuerwehr, genauer: eine Art Superfeuerwehr, eine Sondertruppe. Sie übergaben mich der Gendarmerie mit den Worten: »Paßt auf, der hier ist ein *Pentito*.« Niemand durfte wissen, daß ich ein Aussteiger war, doch sogar die Feuerwehrleute wußten darüber Bescheid.

Ich wurde in ein Gitterbett gelegt, Hände und Beine angebunden, und genäht wie eine Ziege, die auf den Grillspieß kommt. Kaum hatte mich der Chirurg wieder zusammengeflickt, wollten sie mich schon wieder ins Gefängnis bringen. Der Arzt widersetzte sich: »Er kann nicht ins Gefängnis zurück. Ich muß ihn zur Beobachtung hierbehalten.«

»Es handelt sich um einen besonderen Häftling, einen *Pentito*, einen Aussteiger«, antwortete mein Wärter, »der kann nicht hier im Krankenhaus bleiben. Wir haben Befehl, ihn ins Gefängnis zurückzubringen.«

»Ich verweigere die Erlaubnis.«

»Wir müssen ihn ins Gefängnis zurückbringen. Hier kann er nicht entsprechend bewacht werden«, beharrte der Gendarm.

»Habt ihr im Gefängnis ein Krankenhaus?« fragte der Chirurg, der allmählich die Geduld verlor.

»Nein, da gibt es kein Krankenhaus«, schrie ich dazwischen.

»Doch, da gibt es eine entsprechend ausgerüstete Abteilung«, beendete der Gendarm das Gespräch, »wenn Sie wollen, Herr Doktor, können Sie sich ja mit dem Gefängnisdirektor absprechen.«

Der Arzt rief den Direktor an, und dieser versicherte ihm, daß es im Gefängnis ein Krankenhaus gab. Ich kam um zwei Uhr nachts im Gefängnis an und wurde in einer Art Erste-Hilfe-Station untergebracht. Dort machten sie mir eine Infusion, dann mußte ich mir die ganze Nacht über die Schweinigeleien des Wachkommandanten anhören. Auch das war wohl eine Strafe für meinen Ausstieg aus der Mafia.

Das einzige, was ich durch die Schnitte in meinen Bauch erreicht hatte, war die Verlegung in ein anderes Gefängnis. Dort blieb ich einige Wochen, bis ich im April endlich dem Richter Michel Debacq vom Gericht in Marseille vorgeführt wurde. Er fragte mich: »Sie wollen mit Untersuchungsrichter Falcone sprechen, stimmt das?«

»Ja. Genau.«

»Wo ist Ihr Anwalt? Haben Sie einen Anwalt benannt?«

»Ich habe keinen Anwalt mehr. Ich will keinen Anwalt mehr.«

»Also Sie erklären ausdrücklich, daß Sie keinen Anwalt zur Verteidigung wollen?«

»Ja. So ist es.«

»Gut. Sie können gehen. Ich lasse Sie abholen.«

Die körperlichen Gewalttätigkeiten und die seelischen Spannungen des Gefängnislebens in Frankreich nach diesem 31. Dezember 1986 hätte ich niemals überlebt, wenn ich nicht eine Sicherheit, eine Gewißheit gehabt hätte, eine einzige, die aber für mich grundlegend war. Nach meinem Ausstieg war ein Plan zum Schutz meiner Familie in Gang gesetzt worden. Meine Frau hatte die Wohnung und die Wäscherei verkauft und war mit den Kindern in eine andere Stadt gezogen. Die französische Polizei wachte aufmerksam über sie, und auch eine Sondertruppe der italienischen Polizei unter der Leitung von Dr. Gianni De Gennaro arbeitete am Schutzprogramm mit.

Für dringende Fälle hatte Dr. De Gennaro meiner Familie sogar einen Polizeiinspektor zur Verfügung gestellt, Giovanni Natella. Er wohnte bei meinen Kindern, und die mochten ihn gern. Er wurde für sie fast ein zweiter Vater.

Noch bevor ich mit Untersuchungsrichter Falcone sprach, war Dr. Manganelli nach Frankreich gekommen, der Stellvertreter De Gennaros, allerdings nicht, um mit mir zu reden, denn das durfte er nicht (als Untersuchungsgefangener durfte er nur von einem Staatsanwalt oder einem Richter verhört werden, W. R.). Manganelli sprach mit meiner Frau, beruhigte sie über die Zukunft unserer kleinen Familie und sprach ihr Mut zu. Meine Frau war darüber sehr erstaunt, sie erzählte mir immer wieder von diesem Manganelli. Eines Tages berichtete sie: »Weißt du, Nino, der Dr. Manganelli hat gesagt, an dem Tag, an dem du vernommen wirst, bin ich auch dabei!«

Endlich kam dieser Tag. Untersuchungsrichter Falcone kam am 16. April 1987 mit zwei weiteren Ermittlungsrichtern aus Palermo, Natoli und Sciacchitano. Wir trafen uns alle in einem Zimmer, zusammen mit dem Richter Debacq, einem Dolmetscher und einem Protokollanten. Auch Dr. Manganelli war da.

»Und wo ist meine Frau?« fragte ich die Anwesenden.

»Die ist schon auf dem Weg, keine Sorge.«

»Ich mache mir keine Sorgen. Ich vertraue euch. Aber ich rede erst, wenn meine Frau angekommen ist.«

Ich bestand sehr auf ihrer Anwesenheit, denn ich hatte eine Rede vorbereitet, die ich vor all diesen anständigen Menschen, diesen Männern des Rechts halten wollte. Ich wußte nicht, wo meine Frau war. Vielleicht war sie nur draußen vor der Tür, und Richter Debacq wollte sie nur nicht hereinlassen, oder sie war wirklich erst auf dem Weg. Auf alle Fälle würde ich den Mund nicht aufmachen, bevor sie da war. Am Ende, es war schon Abend, ließen sie sie herein.

»Bevor ich mit euch zusammenarbeite, möchte ich etwas sagen«, erklärte ich ruhig. Dann wandte ich mich an Dr. Manganelli. »Sind Sie verheiratet, Herr Doktor?«

»Nein«, anwortete Manganelli.

»Dann hören Sie mir gut zu. Von heute abend an haben sie Frau und Kinder. Fühlen Sie sich imstande, die drei Kleinen und meine Frau zu beschützen?«

»Ich gebe Ihnen mein Wort. Ob ich es für Sie geben kann, weiß ich nicht, für Ihre Familie schon.«

»Einverstanden. Ich danke Ihnen aus tiefstem Herzen. Und nun können wir anfangen.«

Debacq und Falcone vernahmen mich gemeinsam. Von da an habe ich sie regelmäßig jeden Monat getroffen. Sie verhörten mich jeden Monat eine Woche lang. Nach dem ersten Treffen mit Debacq hatte sich auch meine Behandlung im Gefängnis verbessert. Ich saß nun in Lyon, in einem Gefängnis, wo mich niemand kannte und wo ich vor den Fallen aus Sizilien sicher war. Es handelte sich um jenes Gefängnis, in dem auch dieser Typ einsaß, der während des Krieges die Juden in Frankreich ausgerottet hat und den sie den Henker oder Killer von Lyon nannten (Klaus Barbie bzw. Altmann, W. R.). Während der Woche, in der ich Debacq und Falcone traf, wurde ich nach Marseille verlegt – in das Irrenhaus, in dem ich vorher gewesen war. Da lebte ich dann in einem Raum ohne Gitter vor den Fenstern, mitten unter diesen Verrückten, die sich auf den Boden legten oder auf eine Matratze und ihre Wäsche herumschmissen. Sie pinkelten sich an, verrichteten ihre Notdurft, wo sie wollten. Sie kapierten sowieso nichts. Jeden Morgen wurden sie dann mit der Wasserpumpe gewaschen, zusammen mit dem Steinboden. Man spritzte sie einfach mit einem Wasserstrahl ab. Ich aber war nicht verrückt, und so machte ich jeden Monat eine Woche lang einen Alptraum durch. Daß ich ausgestiegen war, daß ich Dinge enthüllte, die vorher niemand wußte, hatte mir keinerlei sichtbaren Vorteil gebracht. Ich sagte das zu Falcone, und der antwortete darauf: »Was wollen Sie, wir sind hier nur Gäste. Wir haben im Ausland nichts zu bestimmen.« Dann sprach ich mit Debacq, und der sagte: »Ich kann da nichts machen. Das Gefängnissystem liegt außerhalb meiner Befehlsgewalt.«

Jedenfalls brachten sie mich ab Juni nicht mehr in dieses Irrenhaus, und in Lyon wurde ich in eine andere Zelle verlegt. Ich selbst sagte dem Direktor, wo ich hinkommen wollte. Eines Tages aber, als ich gerade vom Verhör in meine Zelle zurückgekommen war, brach die Hölle los. Eine Meuterei der Häftlinge. Alles brannte. Sie brannten das gesamte Gefängnis nieder und zerstörten alles, was sie darin fanden. Nur die Mauern und die Eisenteile waren noch heil. Die Zellentüren hatten sie im Korridor auf einen Haufen zum Anzünden geworfen. Meine Zelle lag neben einem in Brand gesetzten Papierdepot; heißes Wasser tropfte von der Decke auf mich herab. Sämtliche Häftlinge, fast 2000, waren geflohen. Nur ich konnte nicht abhauen – der Schlüssel zu meiner Zelle war nicht am Generalschlüssel, den die Aufständischen sich gegrapscht und mit dem sie alle anderen Zellen aufgeschlossen hatten. Den Schlüssel zu meiner Zelle hatten nämlich nur einige Wärter, und die waren abgehauen, ohne mich mitzunehmen. Ich saß in der Falle wie eine Maus. Drei Stunden hockte ich auf dem Klosettrand mit einer Schüssel Wasser und einem Handtuch, das ich ab und zu eintauchte und mit dem ich mir über das Gesicht fuhr, um mich vor der Hitze des Brandes zu schützen. Der Rauch begann mich bereits zu ersticken, als der Gendarmerie zusammen mit der Feuerwehr endlich der Durchbruch ins Innere des Gefängnisses gelang. Der stellvertretende Direktor rückte mit einigen Wärtern zu meiner Befreiung an. Ich war wütend: »Gut, befreit habt ihr mich jetzt. Aber warum habt ihr mich nicht gleich mitgenommen? Warum habt ihr mich dem Tod ausgeliefert wie ein Tier im Käfig?«

Als Antwort haben sie mich zwei Tage in eine andere Zelle ohne Einrichtung, Bettgestell und Matratze gesperrt. Lediglich ein Handtuch hatte ich bei mir. Da weigerte ich mich zu essen. Der Direktor kam und fragte, was er für mich tun könne. »Schickt mich in die frühere Zelle zurück«, antwortete ich. Ich kam hin; es war ein Anblick, daß es einem den Magen umdrehte. Alle meine Kleidungsstücke waren durchnäßt und mit Asche verdreckt, überall Blut, an den Wänden, auf dem Boden, überall. Die Toilettentür war zersplittert. In meiner Zelle war inzwischen ein anderer Häftling gewesen, und der hatte versucht, sich umzubringen oder war schwer verletzt worden. Also wechselte ich den Raum noch einmal, doch der neue war wieder so kahl wie der vorherige. Ich fand mich damit ab, auf Zeitungen zu schlafen. Drei oder vier Tage danach haben sie mir eine Matratze gebracht, auf die ich mich am Abend hinhaute.

Nach einiger Zeit wiederholte sich das Ganze. Wieder ein Brand, eine Meuterei, erneut Lebensgefahr für mich. Zweimal haben sie versucht, mich zu verbrennen. Dann habe ich alles verstanden. Als ich immer noch dachte, niemand wisse, daß ich in Lyon eingesperrt war, erhielt ich eines schönen Tages den Brief eines Anwalts aus Cannes. Er schreibe im Auftrag meines Neffen, sagte er. Dieser fordere mich auf, ihn als Verteidiger zu benennen, und bitte dringend um eine Unterredung. Außerdem behauptete der Neffe, daß sich jemand an mich gewandt habe, damit ich Dinge sage, die ich nicht sagen wollte. Ich antwortete nicht. Da schickten sie mir ein Telegramm zur Mahnung. Sie waren eindeutig auf meiner Spur. Briefe und Telegramme waren nur die ersten Vorgeplänkel, die ersten direkten Einschüchterungen. Da es ihnen nicht gelang, mich im Gefängnis umbringen zu lassen, schritten sie lieber zu direkten Aktionen. Tatsächlich wurden in dieser Zeit an der Grenze nach Italien vier Catanier verhaftet, darunter meine Vettern Giuseppe und Salvatore Marchese. Sie waren wahrscheinlich auf dem Rückweg von einer ersten Ortsbesichtigung auf der französischen Seite. Über den Sozialpsychologen des Gefängnisses ließ ich meine Frau warnen und bat sie, nicht zur Häftlingssprechstunde zu kommen. Die Telegramme zeigte ich dem Richter und bat, von Lyon weggebracht zu werden und die ganze Zeit im Gefängnis von Marseille bleiben zu dürfen. Da meine ehemaligen Mördergenossen wußten, wo ich mich aufhielt, war es genausogut, wenn ich dort blieb.

In Marseille sagte mir Dr. Manganelli dann: »Hören Sie, wir haben eine Unterbringung für Ihre Frau und Ihre Kinder gefunden. Wir können sie ins Ausland schicken. Wir bereiten das so vor, daß alle Dinge geregelt sind, bevor sie losfahren. Ich kann es Ihnen nicht versprechen, aber ich möchte doch sagen, daß es eine Chance gibt, daß auch Sie nachkommen können.« Ich traute meinen Ohren nicht. Doch ich hatte keinen Grund zum Zweifel an dem, was ein so anständiger, korrekter Mann wie er sagte. »Schicken Sie sie so schnell wie möglich los«, antwortete ich bewegt, »Gott segne Sie.«

Nun lebe ich im Ausland. Mit meiner Familie, in Sicherheit. In einem ordentlichen, sauberen Land. Weit weg von der turbulenten Insel, von der Mafia, der *Cosa Nostra*. Weitab von eurer Welt, ihr Mafiosi, und von eurer verqueren Art des Denkens und Lebens. Und ich möchte euch allen laut zurufen: Wenn ihr zehn Millionen in der Tasche habt, oder 20, oder 30 oder 100 Millionen – die hat heute jeder Mafioso in der Tasche, diese Beträge –, dann besorgt euch einen Paß. Nehmt eure Familie und flieht von dort unten, verschwindet. Geht irgendwo anders hin, auf einen anderen Kontinent, in eine andere Welt, möglichst weit weg von Sizilien. Denn dort endet alles immer auf dieselbe Art und Weise. Es endet damit, daß man umkommt. Ihr kommt um, und eure Kinder ebenso. Eure Frauen werden weinen, die Frauen eurer Söhne werden weinen, und die Kinder eurer Kinder ebenso. Auch die Generationen nach euch werden bittere Tränen vergießen, denn all das ist eine unaufhörliche Kette: Auf Mord folgt Mord, wie Blutvergießen neues Blutvergießen hervorbringt. Und so weiter ohne Ende.

Nitto Santapaola hatte eine irrsinnige Angst vor diesem Umstand. Aber das einzige, was er tun konnte, drückte sich in dem folgenden Satz aus: »Wir müssen auch die Söhne der Leute umbringen, die wir ermordet haben.« Er hatte Angst davor, daß die Söhne der Ermordeten heranwuchsen und dann ihn und seine Söhne umbringen könnten. Genau an diesem Punkt bekommt ihr Mafiosi Angst: Ihr wißt, daß ein Menschenwesen nie alleine ist, daß es von Gefühlen umgeben ist, daß es viele Beziehungen hat. Und wenn dieser Mensch nicht mehr ist, weil ihm jemand das Leben genommen hat, dann verschwindet das alles keineswegs mit ihm. Die Menschen, die ihn mochten, sind noch da, und selbst die Beziehungen bleiben. Ein Mord ist wie ein Loch in einem Netz, und das Netz besteht aus menschlichen Gefühlen. Habt ihr nie gesehen, wie Menschen um ihre Toten weinen, um alle Verstorbenen, auch die bei Verkehrsunfällen oder Unglücksfällen umgekommenen? Seid ihr nie in die Familie eines Menschen gekommen, der eben verstorben ist? Habt ihr gesehen, wie sie weinen? Oder hat euch der Schwur der *Cosa Nostra* so geblendet, daß ihr die Tränen und das Leiden der Menschen, die ihr vernichtet, nicht mehr seht und empfindet?

Die Ermordeten haben Verwandte, Brüder, haben Freunde und vor allem Söhne, die unter dem Tod leiden; und noch viele Jahre später, wenn man sich vormachen kann, sie hätten alles vergessen, springen sie auf und schreien: »Du hast meinen Vater umgebracht! Jetzt bringe ich dich um!« Und so sterben viele mächtige Mafiosi. Sie haben zu viele Menschen umgebracht, haben zu viele Feinde. Heute stirbt keiner mehr eines natürlichen Todes in seinem Bett wie die früheren *Uomini d'onore*. Nitto Santapaola, Totò Riina, Bernardo Provenzano haben sich selbst verurteilt. Für sie gibt es keine Hoffnung mehr. Sie werden durch Mord umkommen.

Einige von ihnen glauben, daß sie sich durch ihre Macht vor diesem Fluch schützen können. Sie versuchen, ständig über den anderen zu stehen, weil sie meinen, daß sie umgebracht werden, sobald ihre Macht ein bißchen kleiner wird. Und so morden sie weiter. Sie morden, um das Kommando zu behalten, und von da an gibt es kein Entrinnen mehr. Ohne Macht können sie nicht sein, denn solange sie kommandieren, leben sie, und sobald sie nicht mehr kommandieren, sterben sie. Sie glauben, daß niemand so verrückt ist und sie anzugreifen wagt. Solange sie Macht haben, fühlen sie sich unverwundbar. Sie glauben sogar, daß niemand das Recht habe, sie und ihre Söhne anzugreifen.

Doch, Verzeihung, warum sollte das so sein? Wenn du meinen Vater ermordet hast, warum sollte ich nicht deinen Sohn umbringen? Wenn du, Nitto, den Vater von irgend jemandem getötet hast, wieso soll der sich nicht ermächtigt fühlen, deinen Sohn auszulöschen? Auch aus dem Hinterhalt, ohne daß du weißt, warum – nur um dir Schmerz zu bereiten und sich daran zu ergötzen. Hast du nicht auch Freude daran gehabt, anderen Leid zuzufügen? Gut. Also kannst du doch nichts anderes erwarten, als daß jemand deinen Sohn umbringt, um sich daran zu erfreuen, dich leiden zu sehen.

Das ist der Grund, warum das Leben in der *Cosa Nostra* nur kurz währt und so unglücklich verläuft. Es gibt keine Sicherheit, man lebt am Rande des Abgrunds. Heute steht Totò Riina ganz oben, am Gipfel eines Berges. Doch morgen kann er ganz unten auf dem Boden liegen, im Staub, erschossen, sein Kopf von Hunden zerfressen wie bei meinem Gevatter Francesco Cinardo. Und das, obwohl Riina mächtig ist wie Jesus Christus, denn er hat allerhöchste Gewalt. Er herrscht über das Leben der Menschen. Mit einer kleinen Geste kann er jedermann das Leben nehmen oder lassen. Er steht über allen. Doch gleichzeitig lebt er unter den armseligsten Bedingungen: Er kann nicht spazierengehen, kann sich nicht frei bewegen, kann nicht schlafen, sich nicht am Abend in einen Orangenhain setzen und sich an der Frische und dem Wohlgeruch der Orangenblüten freuen. Nichts kann er in Ruhe tun. Ständig ist er von der Angst geplagt, ermordet zu werden. Wenn er stirbt und Bilanz zieht, was kann einer wie er schon sagen, das er gehabt hat? Sein Leben wird an ihm vorbeiziehen – das Leben eines Menschen, der versteckt gelebt hat, immer auf der Flucht, einsam. Eine Existenz voller Anspannung und Angst, ein Leben wie ein Trauerspiel. Was kann einer wie Totò Riina schon sagen, das er von der Welt gesehen hat – ein Mann, der seit 25 Jahren auf der Flucht ist und der, obwohl er superreich ist und Villen und Paläste besitzt, nie die Felder, die Höhlen und die Gesellschaft der Tiere, mit denen er aufgewachsen ist, verlassen hat? Was weiß er schon von den schönen Dingen, die die Natur hervorgebracht hat, und von denen, die der Mensch geschaffen hat?

Männer der *Cosa Nostra*! Viele von euch sind auf der Flucht und wissen ja, wovon ich rede. Laßt mich trotzdem sagen, was es heißt, im Untergrund zu leben, ständig auf der Flucht, stets im Versteck, immer voller Anspannung. Viele untergetauchte Mafiosi zeugen ganz normal Kinder, treffen sich mit ihren Frauen, das stimmt. Doch könnt ihr mir erklären, welche Erziehung diese Kinder dann bekommen? Die Erziehung zum Mafioso, d. h. zum Morden, zum Haß auf seinen Nächsten, zum Mißtrauen gegen jedermann, zum Lügen, zum Heucheln, zum Verrat an den Menschen, die einem teuer sind! Heutzutage haben viele von euch die Chance, die eigenen Kinder anders heranwachsen zu lassen, ihren Ruin zu vermeiden.

Habt ihr eure Kinder wirklich gerne, dann schickt sie weg aus Sizilien, schickt sie in die Schweiz oder anderswohin, damit sie etwas lernen! Prägt ihnen nicht eure Ideen und eure Prinzipien ein, laßt nicht zu, daß sie euch nachahmen. Ihr habt dieses furchtbare Gewerbe ausgeübt, wart euer ganzes Leben lang Freibeuter: Laßt nicht auch eure Kinder zu Freibeutern werden! Schickt sie weit weg, verschafft ihnen alle erdenklichen Möglichkeiten und besucht sie dann ab und zu und sagt ihnen: »Kommt nicht nach Italien! Kommt nicht nach Sizilien, aus keinem Grund!«

Macht es nicht wie Nitto Santapaola, wie die Corleoneser und all die anderen. Nitto hat drei noch junge Söhne, und er hat alle drei auf den Weg zur Mafia gebracht. Oder, wenn ihr euer Leben weiter so führen wollt wie bisher, wenn ihr wirklich nicht imstande seid, aus dem Morast herauszukommen, in den ihr hineingetappt seid, dann vermeidet zumindest, daß sie untereinander heiraten, eure Kinder. Macht sie mit anderen Personen bekannt, mit normalen Leuten. Bringt sie in die Gesellschaft derer, die es verdienen, Menschen genannt zu werden.

Hört zu, was ich euch sage. Haltet einen Augenblick inne und denkt nach. Versucht euch zu retten. Sonst gibt es kein Erbarmen für euch. Gott wird euch all die Trauer und das Unglück, das ihr verursacht, nie vergeben. Ihr seid Männer der Unehre.

Nachwort des Übersetzers

»Ohne eine Reihe meiner Kollegen«, sagte mir Italiens ehemals oberster und mittlerweile ermordeter Antimafiaermittler Giovanni Falcone 1991 beim Flug zu einer Tagung im Bundeskriminalamt, »könnte ich bequem auskommen, und ohne die Hilfe mancher Politiker und Polizisten sowieso. Ohne die jahrelangen Vorarbeiten Pino Arlacchis aber wüßten wir heute nichts.« Die Forschungsergebnisse, die der Soziologe Arlacchi seit Mitte der siebziger Jahre veröffentlicht, sind in der Tat einige der wichtigsten Grundlagen für das Verständnis der Mafia – und folglich für den Kampf gegen sie. Nicht umsonst war es Pino Arlacchi, der 1991 den entscheidenden Impuls zum Aufbau einer italienischen Antimafia-Spezialbehörde *(Direzione Investigativa Antimafia, DIA)* gab.

Die Beschäftigung mit der Mafia ist natürlich nichts Neues; schon um die Jahrhundertwende erschienen Bücher zu diesem Thema. Meist handelte es sich jedoch entweder um mehr oder weniger oberflächliche journalistische Arbeiten oder um romantische Überhöhungen, eher um Wiedergaben von Volkssagen als von handfesten Fakten. Oder es ging um eine quasi persönliche Abrechnung hartgesottener Antimafiakämpfer, wie etwa Michele Pantaleones, der sich in seinem Heimatort dem – gegenüber seinem Haus wohnenden – charismatischen Mafiachef Calogero Vizzini mit aller Macht entgegenstemmte und zu diesem Zweck neben einem eigenen Dokumentationszentrum auch seine scharfe Feder einsetzte. Doch weil es damals, in den fünfziger Jahren, an wissenschaftlich einigermaßen abgesicherten Arbeiten fehlte, handelte sich Pantaleone vor Gericht ebenso wie in der Presse immer wieder Abfuhren ein – obgleich viele seiner Darstellungen später bestätigt wurden.

Erste Schritte zu einer wissenschaftlichen Erforschung des Phänomens Mafia leitete Mitte der sechziger Jahre die Arbeit des deutschen Soziologen Henner Hess ein. In seiner Dissertation »Mafia« (Tübingen 1970) rückte er den einzelnen Mafioso – und nicht die damals noch in keiner Weise greifbare, weil noch immer völlig geheime Organisation »Mafia« – ins Zentrum. Er beschrieb die Wechselwirkung zwischen dem Mafioso und seinem gesellschaftlichen Umfeld. Fazit: Nicht wer Mafioso sein will, sondern wen die Umwelt als solchen akzeptiert, ist einer. Die Umwelt »macht« den Mafioso als gesellschaftliche Erscheinung. Hess benutzte für seine Arbeit vor allem Gerichtsprotokolle aus Sizilien und Aufzeichnungen von Prozeßbeobachtern sowie literarische Dokumente.

Pino Arlacchi, zum Erscheinungszeitpunkt von Hess' »Mafia« noch Student, ging dann bald einen entscheidenden Schritt weiter: Er erforschte die Mafia als Organisationsform, als »Firma« und Unternehmen. Sein bahnbrechendes, erst zehn Jahre nach seinem Erscheinen ins Deutsche übersetzte Werk »La mafia imprenditrice« (Die Mafia als Unternehmen, deutsch: *Mafiose Ethik und der Geist des Kapitalismus*, Frankfurt a. M. 1989) legte den Grundstein für eine genauere Kenntnis der Strukturen innerhalb der Mafia. Fazit: Mit erstaunlich wenigen engen Mitarbeitern, aber einer geradezu unbeschränkten Flexibilität und einer rigorosen internen »Geschäftsmoral« – die jederzeit mit gleichsam militärischen Mitteln aufrechterhalten wird – schaffen und konsolidieren Mafiagruppen weltweit konzernartige Strukturen, mit Hilfe derer sie im illegalen wie legalen Bereich Jahresumsätze in Höhe vieler hundert Millionen Dollar erzielen.

Arlacchi stützte sich bei seinen Arbeiten sowohl auf gerichtliche Erkenntnisse wie auf polizeiliche Ermittlungen, aber auch auf betriebswirtschaftliche Auswertungen mafioser Geschäfte und finanzieller Manöver. Von Arlacchis enormer analytischer Fähigkeit, selbst aus kleinsten Details des riesigen Verdunkelungsbetriebs »Mafia« Schlußfolgerungen zu ziehen, zeugt die Tatsache, daß er einen Großteil seiner Ergebnisse bereits geraume Zeit vor den ersten großen Enthüllungen durch Mafiaaussteiger veröffentlichte.

Seit 1984 ermöglichten – zuerst zaghaft und eher vom Mißtrauen der Fachwelt begleitet, dann aber immer dichter und beweiskräftiger – die Aussagen ehemaliger Mafiamitglieder ein noch genaueres Bild der internen Strukturen der *Cosa Nostra* (wie sich, nach mittlerweile allseits gesicherter Erkenntnis, die Mafia selbst nennt). Auch hier war Arlacchi einer der ersten, der die daraus hervorgehenden Unterschiede zu den bisherigen Vorstellungen erkannte und die Öffentlichkeit darauf aufmerksam machte, welche immense Bedeutung oft nur kleine Verschiebungen in der Mafiadeutung haben.

So galt seit der Aussage des ersten als glaubwürdig eingestuften Aussteigers Tommaso Buscetta als sicher, daß sich oberhalb der obersten Spitze der Mafiahierarchie – von der »Familie« als Grundzelle über die »Mandamenti« (Bezirke) und Provinzvertretungen bis zur »Regionalkommission« – noch eine weitere kriminelle Stufe ausmachen läßt, die sogenannte »Dritte Ebene«, auf der die Mafiavertreter mit Politikern zusammensitzen und zu beiderseitigem Vorteil Entscheidungen absprechen. Jahrelang fahndete der gesamte Justizapparat wie auch die Presse vergeblich nach den Mitgliedern dieser höchsten Entscheidungsgruppe. Arlacchi kamen bereits früh Zweifel an der Existenz einer solchen Gruppe, und es war wiederum Giovanni Falcone, der sich diese Zweifel bald zunutze machte – sehr zum Mißvergnügen zahlreicher Journalisten und auch manch honoriger Politiker: Sie hatten sich spektakuläre Enthüllungen über die Mitglieder dieser Elitegruppe und die Aushebelung zahlreicher seit langem verdächtiger Parteiführer und deren Statthalter auf Sizilien erhofft.

Im Laufe des Jahres 1991 gelang es dann Arlacchi, mit Hilfe einiger Ermittlungsbeamter den inzwischen wichtigsten Aussteiger Antonino Calderone für zahlreiche aufschlußreiche Gespräche zu gewinnen. Seither gelten für die Mafiaforschung völlig neue Maßstäbe. Die These einer Elitegruppe auf der »Dritten Ebene« wurde nun aus dem Inneren der *Cosa Nostra* heraus widerlegt (Antonino Calderone war, anders als der lediglich auf unterster Ebene informierte »Soldat« Tommaso Buscetta, ein wichtiger Repräsentant der *Cosa Nostra*; sein mit ihm eng zusammenarbeitender Bruder »Pippo« Calderone sogar der Chef des obersten Leitungsorgans). Zudem scheinen nun plötzlich auch all die vor Gericht so eindeutig bewiesenen (und strafrechtlich auch jetzt wohl noch verwendbaren), rigoros vertikalen Strukturen der Mafia viel weniger absolut, viel weniger festgefügt zu sein.

Das von Calderone beschriebene Innenleben der Mafia gleicht eher einem totalen Chaos, einer jederzeit veränderbaren Hackordnung, wo jeder nur auf den Fehler des anderen wartet, um zuzuschlagen, und wo genau das Gegenteil der hehren Regeln gilt, die die Mafia immer so gerne öffentlichkeitswirksam über sich verbreiten läßt. In Wirklichkeit zählen Freundschaft, Treue, Verwandtschaft nichts, nirgendwo ist Fürsorge für das in Not geratene Mitglied der mafiosen Gruppe zu erkennen, im Gegenteil – jeder haut jeden übers Ohr, wo es nur geht. An die Regeln hält sich niemand, zumindest niemand, der sich für stärker als die anderen hält. Oft werden heimtückisch im verborgenen gerade die engsten Freunde diskreditiert, in Fallen gelockt, ganze Familien ausgerottet. Allein in der Zeit, in der ich dieses Buch übersetzt habe, von Juni bis September 1992, wurden nicht weniger als fünf der von Calderone beschriebenen *Uomini d'onore* getötet. Unter ihnen auch seine beiden Vettern, Giuseppe und Salvatore Marchese – obwohl diese nach dem Tod von Pippo Calderone zur siegreichen Fraktion um Nitto Santapaola und zu den palermitanischen Gruppen der Corleoneser übergelaufen waren.

Schonungslos zeigt Calderone, daß all die internen Normen und Prinzipien der *Cosa Nostra* den Mächtigeren unter den *Uomini d'onore* in aller Regel nur dazu dienen, hinterhältig ihre eigenen Freunde, oft sogar engste Verwandte auszuschalten oder gar zu töten. Es herrscht ein Nebeneinander von strengster hierarchischer, vertikaler Ordnung und völliger Anarchie – ein Kampf aller gegen alle; und zwar all jener, die sich unverbrüchliche Treue geschworen haben.

Zunächst entsteht der Eindruck, daß diese neue, geradezu kopernikanische Wende in der Mafiaforschung all die mühsam recherchierten Erkenntnisse über die Funktionsweise der *Cosa Nostra* zunichte macht. Tatsächlich aber ist es genau die Enthüllung der internen Anarchie, die zum ersten Mal eine endlose Vielzahl bisher nicht zuzuordnender Ereignisse und Vorgehensweisen der *Cosa Nostra* erklärbar macht. Das aber könnte nicht nur italienischen Ermittlern, sondern auch den hilflosen ausländischen Mafiaermittlern ein grundlegend neues Verständnis öffnen.

Bisher war es für die Mafiaexperten schwer verständlich, daß die Aktionen mafioser Gruppen eine hohe Geschlossenheit aufweisen, sie sich aber gleichzeitig gegenseitig niedermetzeln. So mühen sich zum Beispiel deutsche Polizisten, Staatsanwälte und auch Journalisten seit Jahren, ihren Mitarbeitern oder der Öffentlichkeit mit hunderterlei Schaubildern, Grafiken, Übersichten die innere Struktur mafioser Gruppen, ihre Außenbeziehungen sowie ihre Einflußkanäle auf Verwaltung und Politik klarzumachen. Doch in der Regel bringt schon der nächste Mord, die nächste Festnahme wieder alles durcheinander, weil die bisher aufs Blut Verfeindeten plötzlich einträchtigst zusammenarbeiten. Tatsächlich ist dies die Folge jener von Calderone so anschaulich geschilderten ständigen Fluktuation, des unentwegten Wechsels von Allianzen und Freundschaften einzelner Gruppenmitglieder und mitunter auch einzelner Verwandter untereinander. Sie bekämpfen einander tagsüber bis aufs Messer, schließen in der Nacht einen – bewaffneten – Frieden, tätigen drei große Geschäfte miteinander, und schon kristallisiert sich innerhalb der Gruppe eine neue, anders als vorher verlaufende Spaltung heraus, die erneut Tote und danach wieder neue Geschäfte nach sich zieht.

Für einen Ermittler ist das so ziemlich das Schlimmste, was ihm passieren kann: Wo er gewohnt ist, nach handfesten Motiven zu suchen, findet er lediglich widersprüchliche Indizien; möglich, daß die Gruppen gerade zusammenarbeiten, möglich aber auch, daß sie einander gerade bekriegen; möglich, daß der seit Monaten ausgespähte *Capo* soeben den großen Coup vorbereitet, bei dem man den halben Generalstab der »Familie« festnehmen kann – möglich aber auch, daß er am nächsten Morgen beim Frühstück umgebracht wird, ohne daß es vorher auch nur das geringste Anzeichen einer anstehenden Fehde gab.

Für einen Ermittler bedeutet das, daß er mit seiner ganzen Arbeit oft wieder von vorne beginnen muß. Und selbst wenn dann die Verhaftung eines von der Polizei seit Jahren gesuchten »hohen Tieres« der Mafia gelingt, wissen die Fahnder oft nicht, wieso sie den Mann so leicht erwischt haben. Ist er ihnen »zugespielt« worden, um sie auf falsche Fährten zu führen? Oder soll mit seiner Festnahme sein großer Coup verhindert werden, damit eine gegnerische Gruppe sich ins gemachte Nest setzen kann? Oft müssen die Ermittler auch erkennen, daß der Mann längst im Abseits steht und innerhalb der *Cosa Nostra* keine Bedeutung mehr hat. Seine angebotenen Aussagen haben dann allenfalls historischen Wert, da sie sich auf Vorfälle beziehen, die weit zurückliegen. Tatsache ist, daß nahezu alle Festnahmen wichtiger Mafiosi und ihrer Alliierten Hinweisen aus dem »Milieu« zu verdanken sind, die von gegnerischen Gruppen oder Personen und manchmal auch gar von »engen Verbündeten« des Verhafteten kommen. Doch seltsamerweise hat trotz der so vielgerühmten internen Vertraulichkeit und des damit einhergehenden kompromittierenden Wissens voneinander kaum jemand Angst vor allzu großen Nachteilen durch die Verhaftung des Kumpans. All dies sind Fälle, die Antonino Calderone immer wieder anführt und die erstmals erklären, warum im Rahmen der *Cosa Nostra* Prognosen und als sicher angenommene Ermittlungsergebnisse absolute Mangelware sind.

Es ist ein großer Fortschritt, erkannt zu haben, daß die *Cosa Nostra* neben der vorgeblich vertikalen Organisation auch ein ziemlich ungeordneter Haufen ist, der sich selbst viel mehr Prinzipientreue vorgaukelt, als er dann wirklich hält. Ob es für ein derartiges Phänomen wirklich einmal eine wirksame Bekämpfungsmethode geben wird, ist nicht abzusehen. Das Buch von Calderone und Arlacchi könnte ein Meilenstein sein, von dem ab die Ermittlungen sich auf neue Grundlagen, jenseits des bisherigen unwirksamen Schematismus, stützen werden.

Häufig wiederkehrende Begriffe

Berater: Consigliere, ein dem Oberhaupt einer mafiosen »Familie« bei seinen Entscheidungen zugeordneter oder von ihm berufener Fachmann (es können auch mehrere sein). Der Berater wird nicht unbedingt zu den Treffen der »Familien«-Mitglieder hinzugezogen. Er ist nur in seltenen Fällen Rechtsanwalt, meist eher ein Mann mit besonderer Lebenserfahrung. Calderone erklärt, daß der »Consigliore« (die amerikanische Sprechweise) in Mario Puzzos »Der Pate« ziemlich gut beschrieben wird.

Boß: aus dem Amerikanischen übernommene Bezeichnung für den Anführer einer Gruppe. Sie wurde im Laufe der Zeit auch im abschätzigen Sinne vor allem auf skrupellose Personen angewendet, die über eine Anzahl von Gefolgsleuten verfügen, mit deren Hilfe sie ihre Interessen durchsetzen, z. B. in Gewerkschaften oder Verbänden. »Mafiaboß« bedeutet in diesem Zusammenhang keine präzise Stellung innerhalb der Hierarchie, wohl aber, daß es sich bei dem Betreffenden nicht um einen einfachen »Soldaten« (s. d.) handelt.

Camorra: kriminelle Vereinigung, die von der Presse oft mit der Mafia in einen Topf geworfen wird. Tatsächlich ähneln sich die Mafia und die Camorra zwar in der Brutalität ihrer Methoden, doch die Unterschiede sind beträchtlich: Die Camorra ist weder eine Geheimgesellschaft noch sind ihre Gruppen, wie die der Mafia, auf eine lebenslange Bindung angelegt. Es handelt sich um ein reines Stadtgangstertum, bei dem die Fluktuation der Bandenmitglieder enorm ist und das nur wenig durch einen Familienzusammenhalt geprägt wird. Der Versuch des seit Jahrzehnten im Gefängnis sitzenden Raffaele Cutolo, alle Camorrabanden (unter dem Namen »Nuova Camorra organizzata«, NCO) zusammenzufassen, schlug bereits Anfang der achtziger Jahre fehl: Es entstand sofort eine Gegenbewegung namens »Nuova famiglia«, die sich aber auch längst wieder in kleine, einander bekriegende Gruppen aufgespalten hat. Einzelne Mafiagruppen und Camorrabanden haben jedoch – Calderone schildert es – zeitweise so eng zusammengearbeitet, daß in Neapel sogar eine eigene Dependence der *Cosa Nostra* eingerichtet war und Neapolitaner zu *Uomini d'onore* gemacht wurden – was dem Mafiaaussteiger Tommaso Buscetta noch bei seinen Aussagen im »Maxi-Prozeß« von Palermo 1987 wahre Ekelschauer über den Rücken laufen ließ: Es war für ihn das »schlimmste Zeichen mafioser Dekadenz«, daß man die als schmierige Gangster angesehenen Neapolitaner aufgenommen hatte.

Capo: Oberhaupt, Chef. In Mafia-»Familien« ist der *Capofamiglia* (im Plural *Capifamiglia*) identisch mit dem »Repräsentanten« der »Familie« (s. d.).

Capodecina (im Plural *Capidecina*): wörtlich »Zehnerführer«, Chef einer Gruppe von *Uomini d'onore*, die zwischen drei und mehr als drei Dutzend »Soldaten« (s. d.) umfassen kann. Calderone erwähnt, daß die gut 30 *Uomini d'onore* Catanias zeitweise nur unter der Führung eines einzigen *Capodecina* (Nitto Santapaola) standen. Der *Capodecina* hat über seine *Soldati* unbeschränkte Befehlsgewalt und gibt die ihm vom »Repräsentanten« (dem »Familien«-Oberhaupt) erteilten Anordnungen an seine Leute weiter. Mit der Neustrukturierung der *Cosa Nostra* Mitte der siebziger Jahre bekam der Leiter der »Regionalkommission« Michele Greco jedoch Vollmacht, sich eine Gruppe von mehreren Dutzend *Soldati* aus den verschiedenen »Familien« direkt und ohne Vermittlung durch die *Capidecina* zu unterstellen.

Clan: in der Presse häufig gebrauchte, jedoch unscharfe Bezeichnung für mafiose Gruppen. Ursprünglich bezeichnet der Begriff auf Verwandtschaftsverhältnissen basierende Gruppen, die aufgrund weitgehender Interessengleichheit Geschäfte betreiben (illegale, aber auch legale, meist aber anrüchige). Calderone und andere Mafiaaussteiger benutzen den Begriff für die – meist abschätzige – Bezeichnung von Seilschaften innerhalb einer Mafia-»Familie«.

Consigliere s. Berater

Corleoneser: die seit den achtziger Jahren mächtigste »Familie« der *Cosa Nostra*. Sie kommt aus der südlich von Palermo gelegenen Kleinstadt Corleone. Ende der sechziger, Anfang der siebziger Jahre zog die Gruppe in die Inselhauptstadt, verbündete sich dort mit den Gruppen der Grecos und der palermitanischen Marcheses (nicht identisch mit den von Calderone aufgeführten Marcheses aus Catania) und begann einen (erfolgreichen) Krieg gegen die bis dahin mächtigste Gruppe Bontade-Inzerillo-Gambino-Di Maggio. Der unumstrittene Chef der »Familie« ist Luciano Liggio, der seit Mitte der siebziger Jahre eine lebenslängliche Strafe absitzt. Aus dem Gefängnis heraus lenkt er jedoch mit Hilfe seiner beiden Stellvertreter Salvatore Riina (derzeit aller Wahrscheinlichkeit nach der Chef der »Regionalkommission«, s. d.) und Bernardo Provenzano die Geschäfte weiterhin.

Cosa Nostra: wörtlich »Unsere Sache«, Eigenbezeichnung mafioser Gruppen für ihre Organisation, in der der Name »Mafia« laut Tommaso Buscetta, dem ersten großen Aussteiger, »niemals ausgesprochen wird«. Calderone benutzt den Begriff *Cosa Nostra* für die Gesamtheit aller in Gruppen organisierten *Uomini d'onore* (s. d.). Nicht zur *Cosa Nostra* gehören demnach Personen, die zwar irgendwann einmal formell zum *Uomo d'onore* gemacht wurden, aber aus irgendwelchen Gründen – etwa wegen der Auflösung der »Familie« oder weil bei der Initiation die Regeln nicht exakt eingehalten wurden – zu keiner der offiziell von der *Cosa Nostra* anerkannten Gruppen gehören. In diesem Zusammenhang erwähnt Calderone auch eine Gruppe von *Uomini d'onore*, die sich ohne Anerkennung durch die *Cosa Nostra* gebildet hatte. Eine Zusammenarbeit mit ihr bedeutete die Todesstrafe.

»Familie«: Famiglia, die unterste Einheit einer Mafiaorganisation im Rahmen der *Cosa Nostra*. Sie besteht aus »Soldaten« (s. d.), *Capidecina* (s. d.), dem *Capofamiglia* (s. d.) oder Repräsentanten, dem Vizerepräsentanten sowie den »Beratern« *(Consiglieri)*, wobei Calderone zufolge die beiden letzten Grade nicht immer zu den Beratungen der »Familie« hinzugezogen werden. Um eine allzu starke Fraktionsbildung innerhalb einer »Familie« zu vermeiden, hat Antonino Calderones Bruder Pippo bei der Neugründung der »Regionalkommission« den Beschluß durchgesetzt, daß innerhalb einer »Familie« nicht mehr als zwei Brüder aus derselben Verwandtschaft sein dürfen. Der Beschluß wurde jedoch offensichtlich nicht in allen »Familien« eingehalten.

Flüchtiger: der italienische Begriff heißt *Latitante*, »einer, der sich verbirgt«, und ist nicht präzise zu übersetzen, zumal die meisten *Latitanti* gar nicht auf der Flucht sind, sondern (mitunter mit Wissen der Polizei) relativ sorglos auf einem Gutshof oder in einer Stadtwohnung leben. Auch der Begriff »Untergetauchter« entspricht dem nicht genau, denn manche *Latitanti* fahren in ihren gepanzerten Autos mitten durch Palermo und sogar direkt am Polizeipräsidium vorbei. Juristisch gesehen handelt es sich um steckbrieflich gesuchte Personen.

Gambizzare: »in die Beine schießen«. Verwundung, die bei Geschäftsleuten, die den »Pizzo« (s. d.) verweigern, als Druck- oder Vergeltungsmittel angewendet wird oder die bei Angehörigen feindlicher Gruppen zur Warnung vor bestimmten Absichten, etwa der Ausdehnung der Geschäfte oder des Übergreifens auf fremdes Territorium, dient. Berühmt wurden Schüsse ins Bein in den siebziger Jahren jedoch nicht durch die Mafia, sondern vor allem durch Aktionen der linksextremistischen Roten Brigaden, die mißliebige Wirtschaftsführer, Politiker und hohe Beamte anschossen. Ein Mann, der diese Tätigkeit ausübt, heißt »Gambizzatore«.

Gevatter: Compare, von Calderone wie in ganz Sizilien gebrauchter Begriff für eine Person, die einem nahesteht, ohne zur engeren Verwandtschaft zu gehören, also etwa ein Tauf- oder Firmpate, ein angeheirateter Vetter, der Schwiegervater eines Bruders der eigenen Schwiegertochter etc.

Hausarrest: »arresto domiciliare«, auch »soggiorno sorvegliato«. In Italien mögliche Form der Haftverschonung. Der Betreffende ist in seinem Bewegungsspielraum auf das Haus oder sein Geschäft eingeschränkt und muß sich dann mehrmals wöchentlich oder auch täglich auf der zuständigen Polizeistation melden und vor allem nach Einbruch der Dunkelheit stets zu Hause bleiben. Vom Hausarrest zu unterscheiden ist die Verbannung (s. d.)

Kommission: Commissione, übergeordnetes Leitungsorgan innerhalb der *Cosa*

Nostra: die Provinzkommission unter einem Vorsitzenden *(Presidente)* oder Sekretär *(Segretario)* koordiniert die »familien«-überschreitenden Aktivitäten der einzelnen Gruppen. Der Leiter der »Kommission« hat aber nicht in allen Provinzen dieselben Vollmachten. Die Regionalkommission (s. d.) soll die Aktivitäten auf der gesamten Insel koordinieren und leiten.

Mafia: der Begriff ist unklarer Herkunft. Calderone schildert anläßlich seiner Initiation, daß die Mafiosi selbst ihn auf das 13. Jahrhundert zurückführen – vermutlich auf die »Sizilianische Vesper«, während der die Sizilianer die Franzosen vertrieben haben. Allerdings spricht er auch einmal vom Jahre 1600 als Geburtsjahr der Mafia. Als Gruppenbezeichnung ist er erstmals in der zweiten Hälfte des 19. Jahrhunderts nachweisbar und wurde für besonders angesehene Häftlinge in den Gefängnissen verwendet. Zu dieser Zeit wurde das Eigenschaftswort »mafiuso« auch noch als Bezeichnung für mutige, kräftige Menschen (auch Frauen) gebraucht. Die heutige »Mafia« hat sich den Forschungsergebnissen zufolge vor allem bei den Landpächtern *(Gabellotti)* Nord- und Innersiziliens nach der Aufhebung der Leibeigenschaft im vorigen Jahrhundert herausgebildet: Die Großgrundbesitzer benötigten Männer, dic die Bestellung des Landes durch massiven Druck auf die Landarbeiter gewährleisteten. Im Laufe der Zeit wurde der *Gabellotto* mächtiger als der Großgrundbesitzer, preßte diesem immer günstigere Bedingungen und am Ende das Land selbst ab. Mit dem Zuzug der Söhne und Enkel der *Gabellotti* in die größeren Städte kamen deren Methoden auch dort zum Einsatz: Zuerst wurden die Obst- und Gemüsemärkte, dann die Geschäfte für fingierte Leistungen oder angebliche Vermittlertätigkeiten ausgenommen oder erpreßt. Nach dem Zweiten Weltkrieg kamen riesige öffentliche Aufträge zur Neustrukturierung Siziliens und zum Aufbau einer großen Tourismusindustrie hinzu, danach der Drogen- und Waffenhandel.

Mafiahierarchie: die internen »Dienstgrade« der *Cosa Nostra*. Die Informationen darüber sind mittlerweile durch die übereinstimmenden Aussagen aller – inzwischen mehr als 200 – Aussteiger abgesichert: Auf der niedrigsten Stufe der *Cosa Nostra* steht der einfache *Uomo d'onore*, der sogenannte *Soldato*. Er wird in eine »Familie« aufgenommen und hat sich streng an deren hierarchische Regeln zu halten. Als direkter Vorgesetzter steht über ihm der *Capodecina*, der eine Gruppe von mehreren, bis zu drei Dutzend *Uomini d'onore* derselben »Familie« befehligt. Das Oberhaupt der »Familie« ist der Repräsentant, auch *Capofamiglia* genannt. Er vertritt die Gruppe nach außen und ernennt (für den Fall seiner Inhaftierung oder sonstiger Verhinderungen) einen Stellvertreter, den Vizerepräsentanten. Die Gesamtheit der Repräsentanten einer Provinz bildet die »Commissione provinciale«, die Provinzkommission, die bei besonders wichtigen oder möglicherweise für andere Gruppen nachteiligen Aktionen einer »Familie« vorab um Erlaubnis gefragt werden muß. Wegen der großen Zahl von »Familien« wurden, laut Calderone, einige Zeit lang mehrere kleinere »Familien« zusammen von einem »Repräsentanten« in der Kommission vertreten. Mehrere Male, darunter auch durch Antonino Caldeones Bruder Giuseppe, wurde eine »Regionalkommission« gebildet, in der die Vertreter aller von der *Cosa Nostra* beherrschten Provinzen Siziliens saßen. Der Kommissionsvorsitzende hatte die Eigenschaft eines »Sekretärs«, der koordinierte, aber keine Befehlsgewalt innehatte. Die »Kommission«, im Journalistenjargon aufgrund einer – von anderen Aussteigern nicht bestätigten – Behauptung Buscettas auch »Cupola«, Kuppel genannt, löste sich während der Mafiakriege auf, wurde dann aber – leicht verändert – erneut ins Leben gerufen. Eine weitere Bezeichnung dafür ist »Interprovinciale«. Calderone nennt die Kommission gemäß dem catanesischen Sprachgebrauch vor allem »la Regione«, die Region.

Maxi-Prozeß: Verfahren gegen insgesamt 704 Angeklagte, das von 1986 bis 1988 dauerte. In erster Instanz wurden 30mal lebenslänglich und insgesamt mehr als 5000 Jahre Gefängnis für ca. 400 Angeklagte verhängt. Im Berufungsverfahren gab es eine Reduktion auf die Hälfte des Strafmaßes, das die erste Instanz verhängt hatte. In der letzten Instanz vor dem Obersten Gerichtshof wurden dann diese widersprüchlichen Richtersprüche überprüft; in den meisten Fällen ist das von der zweiten Instanz verhängte Strafmaß wieder angehoben worden. Gegen den besonders freispruchsfreudigen 1. Senat des Obersten Gerichtshofs wurde inzwichen ein Ermittlungsverfahren eingeleitet.

'Ndrangheta: kriminelle Vereinigung, die wie die Camorra ebenfalls oft mit der Mafia in einen Topf geworfen wird; der Begriff kommt von griechisch »Andros«, Mann, und hat seinen Ursprung im Banditentum Kalabriens (das einst zu Großgriechenland gehörte). In den letzten Jahrzehnten entwickelte sich ein blutiger Krieg um die (für Verstecke von Entführten sowie Rauschgift- und Waffendepots besonders geeigneten) Hänge des kalabresischen Aspromonte. Teile der Banden griffen dann seit den sechziger Jahren immer offener nach der Herrschaft über die größeren Orte, vermischten sich mit dem Bürgertum und zogen im Laufe der Zeit nahezu alle lukrativen Geschäfte der armen Region an sich. Mit mafiosen Gruppen kam es, wegen der erwähnten Verstecke, vor allem nach der Entdeckung ihrer Labors zur Herstellung von Heroin in Palermo, zu einer engeren Zusammenarbeit. Außerdem ist die *Cosa Nostra* stark interessiert an den Kontakten mit den nach Kanada und Nordamerika ausgewanderten Kalabresen. Zwischen beiden Organisationen, der *'Ndrangheta* und der *Cosa Nostra*, besteht jedoch, wie Calderone ausführlich schildert, eine tiefe Abneigung.

Pentito: wörtlich »Reuiger«, im strafrechtlichen Sinne ein Straftäter, der dem Verbrechen abgeschworen hat und nun mit den Behörden zusammenarbeitet. Der Begriff kam während der Zerschlagung des Linksterrorismus der Roten Brigaden in Mode. Auf Mafiosi wurde er erst 1984, nach den ersten Aussagen des Aussteigers Tommaso Buscetta, angewandt. Strafnachlaß erhalten

Mafiosi erst seit einer Gesetzesänderung 1987. Im Ausland wird der Begriff oft als »Kronzeuge« übersetzt. Das trifft den Kern jedoch nicht ganz, da es auch *Pentiti* gibt, die keine Vergünstigungen durch den Staat erhalten haben, und sich die Aussteiger zudem bei der Zusammenarbeit mit den Behörden ganz unterschiedlich verhalten: So haben einzelne von ihnen rückhaltlos ausgepackt; andere aber lediglich ihre eigenen Taten gestanden, jedoch keine belastenden Angaben über ihre ehemaligen Mittäter gemacht.

Pizzo: vom sizilianischen »bagniusi u pizzu«, »den Schnabel baden«, herrührende Bezeichnung für das von lokalen Banden eingetriebene Schutzgeld, d. h. die Bezahlung für den angeblichen Schutz von Läden und Unternehmen. Oft wird er durch angedrohte oder tatsächliche Beschädigungen, z. B. der Fahrzeuge oder der Ladenscheiben, der Betriebseinrichtungen oder des Inventars, erpreßt.

»Prozeß der 114«: Bezeichnung für den ersten großen Nachkriegsprozeß gegen die Mafia. In Italien werden Anklageschriften in Großprozessen (wegen der Vielzahl der Angeklagten) mit dem Namen des Hauptangeklagten, oft aber auch mit dem Namen des im Alphabet an erster Stelle stehenden Angeklagten bezeichnet und mit der Anzahl der weiteren Angeklagten versehen, also z. B. »Prozeß gegen Spatola Rosario +119«. Da der erste Name aber oft von eher sekundärer Bedeutung für das Verfahren ist, hat sich die Presse angewöhnt, die Verfahren grundsätzlich nach der Gesamtzahl der Angeklagten zu nennen.

Regionalkommission: mehrmals ins Leben gerufenes, während der Mafiakriege aber immer wieder aufgelöstes zentrales Leitungsorgan für die Gesamtaktivitäten der *Cosa Nostra* auf Sizilien. Sie dient besonders der Schlichtung von Streitigkeiten und zur Information und Einleitung von Vorsichtsmaßnahmen bei großen Attentaten, insbesondere auf Repräsentanten des Staates. Antonino Calderones Bruder Pippo setzte Mitte der siebziger Jahre die Gründung einer solchen Kommission mit präzisen Regeln und Schlichtungsformeln durch. Sie sollte in gewisser Weise »demokratisch« verfahren, d. h. alle ihre Mitglieder sollten gewählt und gleichberechtigt sein, die Versammlungen sollten abwechselnd in den beteiligten Provinzen (sechs der neun Regierungsbezirke Siziliens; nicht beteiligt waren Messina, Syrakus und Ragusa) stattfinden. Pippo Calderone war der erste Vorsitzende dieser »Regionalkommission«. Nach seinem Tod wurde Michele Greco in das Amt gewählt. Tatsächlich hielten sich die damals aufstrebenden Gruppen aus Corleone und die Grecos aus Ciaculli/Palermo von vornherein nicht an die Gründungsbeschlüsse der »Regionalkommission«. Deshalb löste sich diese Einrichtung Anfang der achtziger Jahre, beim sogenannten dritten Mafiakrieg, wieder auf. Nach Angaben jüngster Aussteiger soll inzwischen eine allerdings nicht mehr »demokratisch«, sondern autoritär strukturierte »Kommission« unter dem Vorsitz von Salvatore »Totò« Riina arbeiten.

Repräsentant, Vertreter einer »Familie« (s. d.), auch *Capofamiglia* genannt.

Ritter der Arbeit: Cavaliere del lavoro, vom Staatspräsidenten verliehener Ehrentitel für verdiente Unternehmer, nach Branchen aufgeteilt.

»Soldat«: Soldato, unterste Stufe auf der Hierarchieleiter der *Cosa Nostra*. Mit der Initiation zum *Uomo d'onore* wird der Mafioso zuerst einmal »Soldat«. Er hat sich ohne Widerrede den Anordnungen seines unmittelbaren Vorgesetzten, des *Capodecina* (s. d.), zu fügen und kann nur über ihn Kontakt mit dem *Capofamiglia* oder anderen höheren Mafiaführern aufnehmen.

Uomo d'onore: (im Plural *Uomini d'onore*) wörtlich »Mann der Ehre«, Eigenbezeichnung eines Mafioso bzw. eines Mitgliedes der *Cosa Nostra*. *Uomo d'onore* wird man durch einen formellen Initiationsritus, der in der Regel von der gesamten »Familie«, mitunter aber auch vor ausgewählten Repräsentanten mehrerer »Familien« ausgeführt wird. Nach der Verkündung der Prinzipien und Regeln der *Cosa Nostra* und dem Hinweis, daß man, einmal aufgenommen, den Status des *Uomo d'onore* nie wieder verlassen kann – das würde die Todesstrafe nach sich ziehen –, muß der Novize sich einen Finger jener Hand, mit der er schießt, aufritzen, das Blut auf ein brennendes Bildchen der Jungfrau Maria tropfen lassen und das Bild so lange in seinen Händen behalten, bis es verbrannt ist. Dabei spricht er den vom Repräsentanten der »Familie« vorgesagten Treueschwur nach. Gleichzeitig wählt der Novize einen »Paten« aus, der ihm von nun an als eine Art Mentor zur Seite steht. Vom Begriff *Uomo d'onore* leitet sich auch die Bezeichnung der Mafia als »Onorata società« ab, was fälschlicherweise meist mit »Ehrenwerte Gesellschaft« übersetzt wird, jedoch in Wirklichkeit »Geehrte Gesellschaft« heißt: die *Uomini d'onore* werden »geehrt«, aus Angst und aus Respekt vor ihrer Gewalttätigkeit und ihrer Macht, doch sie werden deswegen keineswegs als »ehrenwert« betrachtet.

Verbannung: »confino«, »soggiorno obbligato«, eine (in Italien mögliche) polizeiliche Maßnahme, um Personen von ihrem Wirkungskreis fernzuhalten, die die Behörden für »sozial gefährliche Elemente« halten, ohne jedoch rechtskräftige Beweise gegen sie zu haben. Bis in die achtziger Jahre wurden Mafiosi und mitunter auch deren Helfershelfer in Politik und Verwaltung in kleine Bergdörfer Norditaliens oder der Abruzzen verbannt; mit dem Erfolg, daß diese, spätestens seit es überall Telefone gibt, ihren mafiosen Tätigkeiten auch dort nachgehen können.

W. R.

Personenregister